Iris Johansen
NETZ DES TODES

IRIS JOHANSEN

NETZ DES TODES

Ein Eve-Duncan-Thriller

Aus dem Amerikanischen
von Bettina Abarbanell

List

Die Originalausgabe erschien 2007 unter dem Titel *Stalemate*
bei Bantam Books, New York.

List ist ein Verlag
der Ullstein Buchverlage GmbH

ISBN 978-3-471-79567-5

Satz: Dörlemann Satz, Lemförde
Druck und Bindung: Bercker Grafische Betriebe, Kevelaer
Printed in Germany

1

Das Telefon klingelte.

Lass es klingeln, dachte Eve, während ihre Finger rasch über die Schädelrekonstruktion glitten, die sie Marty getauft hatte. Wer immer es war, sie würde später zurückrufen, wenn sie mit der Arbeit fertig war. Sie hatte den Lautsprecher eingeschaltet, so dass sie immer noch abnehmen konnte, falls es Joe war oder Jane. Die Skulptur stand unmittelbar vor der Vollendung, und der letzte Schritt war entscheidend.

Nach dem sechsten Läuten schaltete sich der Anrufbeantworter ein.

»Ich muss Sie sprechen. Gehen Sie ans Telefon, Ms. Duncan.«

Ihre Finger erstarrten. Luis Montalvo. Sie hatte erst zweimal mit ihm gesprochen, doch der leichte Akzent war unverkennbar.

»Ich weiß, dass Sie da sind. Sie haben das Cottage die ganze Woche nicht verlassen.« Seine Stimme nahm einen leicht spöttischen Ton an. »Ihr Engagement ist bewundernswert, und wie ich höre, leisten Sie brillante Arbeit. Ich freue mich schon darauf, dass mir diese beiden Vorzüge demnächst zugutekommen werden.« Er wartete einen Moment. »Nun nehmen Sie schon ab. Ich bin es nicht gewöhnt, ignoriert zu werden. Es ärgert mich. Und Sie wollen mich doch bestimmt nicht ärgern.«

Sie wollte aber auch nicht ans Telefon gehen. Er würde sie aus der fieberhaften Konzentration reißen, die sie brauchte, wenn sie so kurz vor der Fertigstellung eines Auftrags stand. Verdammt, sie hatte gehofft, er würde sich nicht wieder bei ihr melden, nachdem sie ihm beim letzten Mal, vor gut einer Woche, eine Abfuhr erteilt hatte.

»Ich gebe nicht auf, wissen Sie.«

Nein, vermutlich nicht. Als er sie das erste Mal anrief, war Montalvo sehr höflich gewesen, und obwohl sie sein Angebot abgelehnt hatte, war ihm auch beim zweiten Telefonat keine Verärgerung anzumerken gewesen. Seine Stimme hatte freundlich und sanft geklungen, beinahe bedauernd, doch unter der samtenen Verbindlichkeit hatte sie einen Ton wahrgenommen, der sie irritierte. Doch während dieser Ton sie neulich aus der Ruhe gebracht hatte, ärgerte sie sich heute darüber. Sie hatte jetzt keine *Zeit*. Marty wartete.

Sie marschierte durchs Zimmer und nahm ab. »Montalvo, ich habe zu tun. Sie kennen meine Antwort. Rufen Sie mich nicht noch einmal an.«

»Ah, wie wunderbar, Ihre Stimme zu hören. Ich wusste, dass Sie nicht so unhöflich sein würden, mich diesem grässlichen Gerät auszuliefern. Ich hasse unpersönliche Maschinen. Ich bin ein Mann des Gefühls und der Leidenschaft – diese Apparate beleidigen mich.«

»Ich möchte wirklich nicht wissen, was Sie lieben oder hassen. Es interessiert mich nicht. Viel lieber möchte ich auflegen und vergessen, dass es Sie gibt.«

»Ich bin mir dieser traurigen Tatsache durchaus bewusst. Sie sind in Ihre jüngste Rekonstruktion vertieft, von dem Jungen, den man in Macon unter der Erde gefunden hat. Haben Sie ihm schon einen Namen gegeben? Wie ich höre, geben Sie allen Schädeln, an denen Sie arbeiten, einen Namen.«

Sie erstarrte. »Woher wissen Sie das?«

»Ich weiß alles über Sie. Ich weiß, dass Sie mit einem gewissen Detective Joe Quinn vom Atlanta Police Department zusammenleben. Ich weiß, dass Sie eine Tochter adoptiert haben, Jane MacGuire. Ich weiß, dass Sie aller Wahrscheinlichkeit nach die beste Gesichtsrekonstrukteurin der Welt sind. Soll ich fortfahren?«

»Das könnten alles öffentlich zugängliche Informationen sein. Und woher wissen Sie von dem in Macon ermordeten Jungen?«

»Ich habe viele, viele Kontakte auf der ganzen Welt. Möchten Sie wissen, wer ihn umgebracht hat? Ich könnte es für Sie herausfinden.«

»Das glaube ich Ihnen nicht.«

»Warum nicht?«

»Weil Sie sich gar nicht hier im Land aufhalten. Sie sind ein mieser Waffenschieber, und Sie leben in Kolumbien, wo Sie sich verstecken und Ihr Gift an den Meistbietenden verkaufen können.«

Er lachte in sich hinein. »Ich weiß ein offenes Wort zu schätzen. Ich kenne kaum eine Frau, die bereit wäre, mir so unverhohlen ihre Meinung zu sagen.«

»Dann bin ich dankbar, nicht zu den Frauen zu gehören, die Sie ›kennen‹, Sie sexistischer Mistkerl. Sonst wäre ich wahrscheinlich versucht, Ihnen die Eier abzuschneiden.«

»Welche Brutalität! Welche Leidenschaft! Ich glaube, wir sind uns sehr ähnlich, Ms. Duncan.«

»Ganz sicher nicht.« Sie holte tief Luft. »Die Antwort ist immer noch nein. Ich habe nicht die Absicht, zu Ihnen zu kommen und diese Rekonstruktion für Sie zu machen.«

»Als ich Ihnen mein Angebot unterbreitet habe, waren Sie sehr höflich und professionell, beinahe mitfühlend.

Beim zweiten Mal waren Sie dann schon wesentlich kürzer angebunden. Ich nehme an, Sie haben Joe Quincy in der Zwischenzeit Erkundigungen über mich einziehen lassen?«

»Ja, natürlich. Ich arbeite nicht mit Betrügern und Mördern zusammen.«

»Jeder arbeitet mit dem zusammen, der ihm das beste Geschäft vorschlägt.«

»Ich habe Ihnen schon letztes Mal gesagt, dass ich an Ihren fetten Honoraren nicht interessiert bin.«

»Und ich war gebührend beeindruckt. Ich glaube, ich habe noch nie erlebt, dass jemand eine Million Dollar für eine Woche Arbeit abgelehnt hat.«

»Schmutziges Geld.«

»Falsch. All mein Bares ist sorgfältig gewaschen.«

»Ich dachte, Sie hätten akzeptiert, dass ich nicht für Sie arbeiten werde.«

»Weil ich nicht versucht habe, Sie umzustimmen? Ich glaube nicht, dass es sonderlich viel Sinn hat, die Räder durchdrehen zu lassen. Ich mache in so einem Fall lieber kehrt und suche nach einem anderen Köder. Ich habe fast eine Woche gebraucht, um herauszufinden, was für ein Köder das bei Ihnen sein könnte.«

»Und?«

»Ich bin überzeugt, dass Sie binnen kürzester Zeit anbeißen werden.«

»Warum?«

»Ich will uns doch nicht die Überraschung verderben. Ich habe es lieber, wenn sich ein Plan wie eine wunderschöne Nachtblume ganz allmählich entfaltet.«

»Sie haben Joe und meine Adoptivtochter erwähnt. Wenn Sie ihnen auch nur ein Haar krümmen, bringe ich Sie um.«

»Schon wieder diese Brutalität.« Er klang belustigt. »So dumm würde ich nie sein. Sie würden sich doch sofort in den Kampf stürzen, um mich unschädlich zu machen. Ich brauche Ihre Kooperation.«

»Ich lege jetzt auf.«

»Also schön. Ich wollte Ihnen nur Gelegenheit geben, es sich noch einmal anders zu überlegen. Ich wäre froh, wenn Sie aus Geldgier zu mir kämen. Weniger Stress für uns alle.«

»Drohen Sie mir?«

»O nein. Das würden Sie schon merken. Ich würde keinen Zweifel daran lassen. Wollen Sie nicht doch herkommen, mich glücklich machen und nebenbei reich werden?«

»Nein.«

»Schade.« Er seufzte. »Gute Nacht.« Er legte auf.

Eve drückte langsam auf die Trenntaste. Er hatte gesagt, er drohe ihr nicht, doch wie sollte sie seinen Anruf sonst verstehen? Es war eine subtile Drohung, umso unheimlicher, als sie in dieser beiläufigen, scheinbar harmlosen Form daherkam. Als sie sein Angebot abgelehnt hatte, war er so ruhig geblieben, dass sie ernsthaft geglaubt hatte, er habe ihr Nein akzeptiert und würde sich nie wieder bei ihr melden. Sie hatte sich getäuscht.

Sollte sie Joe anrufen und ihm erzählen, dass Montalvo noch nicht von der Bildfläche verschwunden war?

Damit er glaubte, sie sei beunruhigt, und vom Dienst nach Hause geeilt kam?

Sie war nicht beunruhigt. Nur irritiert. Montalvo hatte gesagt, ihrer Familie würde nichts geschehen, und das glaubte sie ihm. Er hatte richtig erkannt, dass jede Bedrohung ihres Mannes und ihrer Tochter sie wütend und rebellisch machen würde. Er hatte überhaupt keine konkrete Drohung ausgesprochen, und vielleicht versuchte er auch nur, sie einzuschüchtern, damit sie tat, was er von ihr wollte.

Vielleicht.

Doch er wusste eindeutig zu viel über sie. Ob sie beobachtet wurde?

Ja, sie würde Joe definitiv von dem Anruf erzählen. Aber es hatte keinen Sinn, ihn jetzt zu alarmieren. Sie würde heute Abend mit ihm reden, wenn er zum Essen nach Hause kam. Okay, sie wollte sich wieder Marty zuwenden, und wenn sie jetzt mit Joe über Montalvo sprach, würde ihr das womöglich nicht mehr gelingen. Sie wollte nicht zulassen, dass Montalvo sie in ihrer Konzentration störte. Der Bastard weidete sich wahrscheinlich an dem Gedanken, dass er sie schon so weit unter Kontrolle hatte. Vielleicht würde er sogar noch einmal anrufen, um die Kontrolle zu verstärken. Das durfte sie auf keinen Fall zulassen. Sie schaltete erst das Festnetztelefon und dann ihr Handy ab, ehe sie wieder zur Staffelei ging und weiterzuarbeiten versuchte.

Montalvo ausblenden. Nur an Marty denken, an die Möglichkeit, ihn nach Hause zu bringen. An den Jungen denken, der ermordet, in der Erde verscharrt und allein gelassen worden war, ohne Namen und ohne Zuflucht.

So war es besser. Montalvos Worte begannen zu verschwimmen und immer mehr zu verblassen, als sie sich wieder an die Arbeit machte.

Sprich mit mir, Marty. Hilf mir, dich nach Hause zu bringen …

»Schade.« Montalvo blickte aufs Telefon hinab. »Ich hatte gehofft, sie würde ihrer Habgier nachgeben wie jeder normale Mensch. Eine Stunde, einen Tag lang nobel zu sein, ist leicht, aber dann fangen die Leute meistens an nachzudenken und vielleicht ein bisschen zu träumen. Eine Woche hätte ausreichen müssen, um ihr den Mund wässrig zu machen; dann hätte sie sich allmählich Ausreden einfallen lassen müssen, warum sie den Job annehmen sollte.«

»Geld ist nicht für jeden das A und O, Montalvo«, sagte Soldono.

Montalvo lächelte. »Für fast jeden. Dummerweise gehört Eve Duncan zu einer Minderheit.« Er stand von dem geschnitzten Stuhl am Kopfende des Esstischs auf. »Nun ja. Man muss flexibel sein.«

Soldono erschrak. »Tun Sie es nicht, Montalvo.«

»Sie lässt mir kaum eine andere Wahl. Genau wie Sie. Sie haben noch nicht mit ihr gesprochen, nicht wahr?« Er schüttelte den Kopf. »Ich habe Ihnen gesagt, was Sie tun sollen, aber Sie haben versucht, sich zu drücken. Ich sehe es direkt vor mir, wie Sie panisch nach einer Möglichkeit suchen, sie aus der Sache rauszuhalten, ehe Ihnen die Zeit davonläuft. Tja, jetzt ist es zu spät.«

»Warum sie?«, fragte Soldono. »Es gibt einen sehr guten Gesichtsrekonstrukteur in Rio de Janeiro. Nehmen Sie ihn.«

»Sanchez?« Montalvo schüttelte den Kopf. »Technisch brillant, aber ich brauche etwas anderes.«

»Eve Duncan ist amerikanische Staatsbürgerin und in jeder Polizeidienststelle dieser Erde bekannt und geschätzt. Sie hat Ihr Geld abgelehnt, und Sie stechen in ein Wespennest, wenn Sie sie zu dem Job zwingen.«

»Und das würde Ihnen nicht gefallen, habe ich recht? Die CIA gibt sich dieser Tage sehr zurückhaltend.«

»Lassen Sie mich versuchen, Sanchez zu holen.«

»Sie verstehen nicht, was ich meine.«

»Dann erklären Sie's mir.«

Er blickte nachdenklich in sein Weinglas. »Es geht um Leidenschaft.«

»Was?«

»Ich habe Eve Duncan gesagt, ich sei ein leidenschaftlicher Mensch. Das ist wahr.«

Soldono hatte bislang keinerlei Gefühl bei Montalvo wahrgenommen, schon gar keine Leidenschaft. Der Mann war brillant und erfindungsreich, und er versteckte all seine Gefühle und Gedanken hinter jenem leicht spöttischen Lächeln. »Warum Eve Duncan?«, fragte Soldono noch einmal.

»Sie hat diese Leidenschaft auch. Ich habe ihre Akte gelesen, und nichts könnte deutlicher sein. Es ist, als ob ständig eine Windhose um sie herumwirbelt. Sie ist quasi auf der Straße aufgewachsen, bei einer drogenabhängigen Mutter, und hat als Teenager ein uneheliches Kind zur Welt gebracht. Daraufhin hat sie das Steuer herumgerissen, ist aufs College gegangen und eine vorbildliche Mutter geworden. Dann wurde ihre Tochter gekidnappt und vermutlich ermordet, den Leichnam hat man nie gefunden. Sie war am Boden zerstört, doch anstatt sich geschlagen zu geben, ist diese Dame Gesichtsrekonstrukteurin geworden und versucht seitdem, anderen Eltern Gewissheit zu verschaffen, indem sie die Überreste ihrer vermissten Kinder identifiziert.«

»Das weiß ich alles«, sagte Soldono ungeduldig.

»Sie kennen die Fakten, aber Sie haben Eve Duncan nicht so genau studiert wie ich. Möglicherweise kenne ich sie besser, als sie sich selber kennt. Ich weiß, wie sie tickt. Ich weiß, was sie im Innersten antreibt.«

»Ja, sicher.« Er konnte den Sarkasmus in seiner Stimme nicht verbergen. »Leidenschaft?«

»Unterschätzen Sie die Kraft nicht, die sie den Menschen verleiht. Da Vinci hatte diese Kraft. Michelangelo hatte sie. Sie macht den Unterschied zwischen Kunst und Schöpfung aus. Eve Duncan hat sie.« Seine Stimme war sanft, sein Ton jedoch hart. »Und deshalb brauche ich sie. Versuchen Sie also nicht, mir jemand anderen anzudrehen.«

»Lassen Sie sich etwas einfallen. Sie haben mir versprochen, dass Sie ...«

»Und ich würde mein Versprechen halten, wenn Sie Ihres gehalten hätten.« Sein Ton triefte vor Spott, als er weiterredete. »Doch da die Dame mir nicht entgegenkommt, brauche ich jemanden, der mich unterstützt. Das verstehen Sie doch, nicht wahr?«

»Nein.«

Montalvos Lächeln schwand. »Dann sollten Sie sich schleunigst darum bemühen. Ich hab's Ihnen gestern schon gesagt: Wenn ich nicht die Antwort bekomme, die ich hören möchte, gehe ich zum nächsten Schritt über. Offenbar haben Sie es vorgezogen zu glauben, ich meinte es nicht ernst. Ich gebe Ihnen weitere vier Stunden, um sie zu überreden, Soldono. Nicht mehr und nicht weniger.« Er schaute auf seine Uhr. »Heute Abend, zehn Uhr.«

»Auf so einen Handel kann ich mich nicht einlassen.«

»Natürlich können Sie das. Reden Sie doch keinen Unsinn. So arbeiten Sie ständig. Ein Leben für ein anderes.« Er wandte sich zum Gehen. »Essen Sie weiter. Das Tiramisu ist hervorragend. Der Koch wird enttäuscht sein, wenn Sie es nicht probieren.«

Soldono schäumte vor Wut, als er ihn davongehen sah. Gepflegt, elegant und gefährlich wie eine Stange Dynamit, die man zu nah ans Feuer hält. Scheißkerl.

Würde er es tun?

Wie konnte er das auch nur eine Sekunde in Zweifel ziehen? Montalvo bluffte nie, und er würde jede Drohung, die er aussprach, auf genau die Art und Weise wahr machen, wie er es angekündigt hatte.

Ihm blieben vier Stunden Zeit.

Er hatte gehofft, er könnte Montalvo aufhalten, ohne Eve Duncan in die Sache hineinzuziehen, doch die Frist war abgelaufen. Was hatte er davon, um dieser Frau willen einen solchen Deal abzuschließen? Warum ließ er den Dingen nicht einfach ihren Lauf? Er musste sicher sein, dass es sich lohnte.

Vier Stunden.

Er griff nach seinem Handy und wählte rasch.

»Montalvo hat mir vier Stunden gegeben. Der zieht das durch. Wie soll ich ihn verdammt noch mal davon abhalten?«

Venable schwieg einen Moment. »Es ist Zeit, dass Sie Eve Duncan einen Vorschlag unterbreiten.«

»Schöner Vorschlag. Okay. Ich rufe Sie zurück, wenn's geklappt hat.« Er legte auf und suchte in seinem Adressbuch die Nummer von Eve Duncan heraus.

»Jane hat mich angerufen«, sagte Joe, als er zwei Stunden später zum Essen nach Hause kam. »Sie konnte dich nicht erreichen. Sie sagt, sie hat uns in Phoenix ein Zimmer im Doubletree reserviert, und ich soll dich daran erinnern, dass die Show diesen Samstag stattfindet.« Er lächelte. »Ich habe ihr gesagt, es sei relativ wahrscheinlich, dass du das nicht vergessen hättest.«

»Was?« Sie versuchte, ihre Aufmerksamkeit von dem Schädel loszureißen. Es war, als kämpfe sie sich durch dichten Nebel.

»Natürlich habe ich das nicht vergessen.« Eve schaffte

es, den Blick von Marty zu wenden. »Die Show ist sehr wichtig für Jane. Ich will sie auf keinen Fall verpassen. Das müsste sie eigentlich wissen.«

»Ja.« Er ging zum Telefon und schaltete es wieder ein. »Aber sie weiß auch, dass du Tag und Nacht arbeitest, um mit dieser Rekonstruktion fertig zu werden.«

»Marty ist schwierig.« Sie schaute wieder den Schädel des achtjährigen Jungen an; zumindest schätzten die Gerichtsmediziner, dass er acht war. »Ich musste praktisch erst seine zersplitterten Knochen zusammenfügen, ehe ich mit der Arbeit anfangen konnte.«

»Haben wir schon eine Ahnung, wer er ist?«

Sie zuckte mit den Schultern. »Du weißt, dass ich mir nie irgendwelche Unterlagen anschaue, ehe ich nicht fertig bin. Die Polizei in Macon hat Fotos von Kindern zusammengestellt, die in dem gleichen Zeitraum verschwunden sind, in dem ihren Ermittlungen nach auch dieser Junge ermordet wurde. Wir werden sehen, ob es da irgendeine Ähnlichkeit gibt.«

»DNA?«

Sie verzog das Gesicht. »Ach, komm. Die DNA-Labore sind schon bei den aktuellen Morden so weit im Hintertreffen, dass sie es bestimmt nicht besonders eilig haben, einen fünf Jahre alten Fall zu bearbeiten.« Sie strich sich die Haare aus der Stirn. »Aber wenn ich es gut genug mache, habe ich die Chance, ihn nach Hause zu bringen.«

»Du wirst es gut machen«, sagte Joe. »Allerdings nicht, wenn du so müde bist, dass du dein kritisches Urteilsvermögen verlierst.« Er ging in die Küche. »Hast du schon etwas gegessen?«

»Ich glaube, ja ... Ich weiß nicht.«

»Dann gehen wir besser davon aus, dass du noch

nichts gegessen hast. Ich werde das Gulasch aufwärmen und Knoblauchbrot in den Ofen schieben. Das heißt, du hast fünfzehn Minuten Zeit, deine Sachen wegzuräumen und dich frisch zu machen.«

»Ich kann später noch etwas essen.«

»Jetzt.« Er öffnete den Kühlschrank. »Fertig, los.«

Sie zögerte. Montalvo. Eigentlich hatte sie Joe von dem Anruf erzählen wollen, sobald er zur Tür hereinkam, doch jetzt schien es nicht mehr wichtig. Während sie an dem Schädel gearbeitet hatte, war außer der Realität der Rekonstruktion alles verblasst. Marty war wichtig. Die anderen verlorenen Kinder waren wichtig. Sie würde Joe später von Montalvo erzählen. »Ich muss möglichst noch heute Abend fertig werden. Ich möchte das 3D-Computerbild machen, bevor wir nach Phoenix fahren.«

»Der Junge ist seit fünf Jahren tot. Jetzt kann er auch noch ein bisschen länger warten.« Er drehte den Kopf zu ihr um. »Keine Diskussion, Eve. Ich habe schon oft genug zugelassen, dass du dich völlig verausgabst – diesmal handelst du dir einen Streit ein. Ich wette, du hast diese Woche fünf Pfund abgenommen.«

»Ich glaube nicht …« Sie schüttelte müde den Kopf. Vielleicht hatte er recht. Sie war erschöpft, und wahrscheinlich hatte sie auch abgenommen. Dieser Fall war besonders quälend. Nach all den Jahren forensischer Rekonstruktionsarbeit hätte sie sich an die Grausamkeit der Monster, die unschuldige Kinder töteten, gewöhnt haben müssen. Doch die sinnlose, brutale Gewalt, die diesem kleinen Jungen angetan worden war, hatte die Narben wieder aufgerissen. »Ich möchte ihn nach Hause bringen, Joe.« Ihre Lippen wurden schmal. »Und ich möchte den Kerl umbringen, der ihm das angetan hat.«

»Ich weiß«, sagte er. »Gib mir eine Chance, und ich übernehme das. Für den armen kleinen Kerl und dafür, was sein Mörder mit dir anstellt.« Er knallte die Kühlschranktür zu. »Ich hatte gehofft, diese verdammte Besessenheit würde sich allmählich legen, aber dann kommt ein besonders übler Fall daher, und alles geht wieder von vorne los.«

Sie schaute ihn ungläubig an. »Das ist meine Arbeit. Das bin ich. Warum bist du plötzlich so wütend darauf?«

Er schwieg einen Moment. »Weil ich es leid bin. Weil ich es manchmal nicht mehr aushalte, dich leiden zu sehen. Weil die Jahre vergehen, und ich denke, eines Tages geschieht ein Wunder, aber dieses Wunder geschieht nie.«

Er sprach von Bonnie. Sie spürte, wie ihr der Schreck in die Glieder fuhr. Sie konnte sich nicht erinnern, wann er zuletzt von ihrer Tochter gesprochen hatte. Und doch war Bonnie immer da, ein stummer Gast. »Irgendwann finde ich sie.«

»Ein Wunder«, wiederholte er. »Das wäre nach all den Jahren schon nötig.« Er kehrte ihr den Rücken zu und ging zum Ofen. »Nun mach dich frisch. Wenn ich dich weiter ärgere, isst du nachher nichts, und dann war all meine Mühe umsonst.«

Sie musterte ihn. Irgendetwas stimmte nicht. Seine Bewegungen waren ruckartig, und die Bemerkung über Bonnie kam ihr verräterisch vor. Wahrscheinlich wäre es ihr schon früher aufgefallen, wenn sie durch ihre Arbeit und Montalvos Anruf nicht so absorbiert gewesen wäre. »Ich bin nicht die einzige, die gereizt ist. Was zum Teufel ist mit dir los?« Sie verschränkte die Arme vor der Brust, damit sie nicht zitterten. »Und sag mir nicht, du hättest es einfach satt, mit mir zu leben. Keiner zwingt dich, bei mir zu bleiben, wenn du es nicht willst.«

»Du als allerletzte.«

»Blödsinn.« Sie versuchte, mit fester Stimme zu sprechen. »Ich habe kein Recht, dich zu bitten, bei mir zu bleiben. Ich bin ein Gefühlskrüppel. Du hast es ja selber gesagt – ich bin besessen und werde es wohl für den Rest meines Lebens bleiben. Manchmal frage ich mich, warum du mich nicht schon früher verlassen hast.«

Er schaute sie nicht an. »Das weißt du.«

»Joe.«

»Ich bin selber besessen. Und jetzt sieh zu, dass du deinen Hintern ins Badezimmer bewegst. Du musst so schnell wie möglich etwas essen.« Er warf ihr einen raschen Blick zu. »Ist schon wieder gut. Es musste nur mal raus.«

»Warum jetzt?«

»Warum nicht?«

Sie schaute ihn an und zögerte. Es war nicht gut. Sie konnte den Aufruhr, die unerbittliche Energie unter der Oberfläche spüren.

»Jetzt hast du nur noch zehn Minuten.«

Sie versuchte zu lächeln. »Fünf hast du verbraucht, um mir zu sagen, was für eine besessene Verrückte ich bin.«

»Wer's sagt, ist es selber.« Er schaltete den Ofen ein. »Und du bist meine kleine Verrückte.«

Sie verspürte eine Aufwallung von Zärtlichkeit. Kein anderer Mann schaffte es, sie innerhalb eines Herzschlags von einem Gefühl zum nächsten zu katapultieren. Eben noch war sie ärgerlich, verstimmt, defensiv gewesen, und jetzt diese starke Anziehung. Sie drehte sich um und ging den Flur hinunter. »Verrückte dieser Welt, vereinigt euch.«

»Mir reicht es, mich mit einer einzigen zu vereinigen, und das habe ich heute auch noch vor. Nachdem ich ihr etwas zu essen gegeben und ihren Energielevel hochgefahren habe.«

»Versprechungen, Versprechungen.«

Sie lächelte immer noch, als sie ein paar Minuten später unter der Dusche stand. Sie spürte, wie sich sexuelle Lust und Vorfreude in ihr zu regen begannen. Unglaublich – nach all den Jahren mit Joe konnte das Verlangen doch nicht mehr so heftig sein. Sagte man nicht, Sex werde nach einer Weile nett und gemütlich? Ihr Sexleben war noch genauso wild und leidenschaftlich wie am Anfang. Ihr Körper spannte sich an, machte sich für ihn bereit.

Sie holte tief Luft und schloss die Augen, während das Wasser über ihren Körper strömte. Sie würde Joe beim Essen von Montalvos Anruf erzählen, doch jetzt wollte sie sich nur entspannen und alles vergessen außer Joe …

Joe nahm gerade das Knoblauchbrot aus dem Ofen, als sein Handy klingelte.

Soldono.

Er war versucht, die Mailbox anspringen zu lassen.

Mist.

Er ging dran. »Quinn. Ziehen Sie Leine, Soldono. Ich rede nicht mit Ihnen. Wir sind durch.«

»Wenn wir durch wären, hätten Sie nicht abgenommen. Haben Sie schon mit ihr gesprochen? Es ist fast halb zehn, Mann. Die Zeit wird knapp.«

»Nein, ich habe nicht mit ihr gesprochen, und ich werde es auch nicht tun.«

»Doch, das werden Sie. Sie haben schließlich ein Gewissen.«

»Mein Gewissen ist ausschließlich Eve verpflichtet. Eves körperlicher Unversehrtheit und Eves seelischer Gesundheit. Punkt. Ende der Durchsage.«

»Und was sagt Eves eigenes Gewissen, Quinn? Ich habe gehört, Eve Duncans Gewissen umfasse ein wenig mehr. Was würde sie dazu sagen?«

»Ich werde es nie herausfinden. Und Sie auch nicht, Soldono.« Er legte auf. Schön ruhig bleiben. Er hatte Soldono schon viel zu nah an sich herangelassen, sonst wäre er gar nicht erst ans Telefon gegangen.

»Wer ist Soldono?«

Als er sich umdrehte, stand Eve, in einen Frotteebademantel gehüllt, im Türrahmen. »Niemand Wichtiges.«

Sie runzelte die Stirn. »Wenn er nicht wichtig wäre, könnte er dich nicht so wütend machen.«

»Ich bin nicht wütend.«

»Wer ist Soldono? Ein Kollege?«

»Nein.« Er legte das Knoblauchbrot auf einen Teller. »Das müssen wir beide essen, damit wir den Geruch aushalten. Vielleicht war Knoblauch keine so gute Idee. Na ja, immerhin soll es Vampire fernhalten.«

»Ist Soldono ein Vampir?«

»Lass es gut sein, Eve.«

»Wieso?« Sie setzte sich an den Tisch. »Ich habe so eine Ahnung, dass er der Grund sein könnte, warum Du vorhin so aggressiv warst. Wer ist er?«

Er stellte eine Schüssel Gulasch vor sie auf den Tisch. »CIA. Zufrieden?«

»Nein. Ist das alles, was ich erfahre?«

Seine Lippen verzogen sich zu einem sardonischen Lächeln.

»Nicht, wenn es nach Soldono ginge. Aber von mir erfährst du nur das.«

Plötzlich fiel ihr etwas ein, und sie runzelte nachdenklich die Stirn. »Vorhin, als du nach Hause kamst, hast du das Telefon wieder eingeschaltet. Ohne Kommentar. Du hast es einfach eingeschaltet.«

»Jane konnte dich nicht erreichen.«

»Aber du hast mich nicht gefragt, warum ich es abgestellt habe.«

»Du hast gearbeitet.«

»Joe.«

Er antwortete nicht.

»Rede mit mir. Du wusstest von Montalvos Anruf, oder?«

»Ja.« Er schenkte ihnen beiden Kaffee ein. »Warum hast du mich nicht gleich angerufen und mir davon erzählt?«

»Ich dachte, es hätte Zeit, bis du nach Hause kommst.« Sie schnitt eine Grimasse. »Okay, ich wollte nicht weiter über ihn nachdenken. Es hätte mich bei der Arbeit mit Marty gestört. Es war nur so eine Art Kontrollanruf – er wollte hören, ob ich meine Meinung geändert habe. Und er hat keine konkrete Drohung ausgesprochen.«

»Du hättest mir trotzdem Bescheid geben sollen. Ich mag es nicht, wenn man mich ausschließt.«

»Ich auch nicht. Was will Soldono von uns?«

Er zögerte. »Er will nichts von uns. Er will etwas von dir.«

»Und zwar?«

»Dass du nach Kolumbien fährst und die Rekonstruktion machst, um die Montalvo dich gebeten hat.« Er hielt krampfhaft seine Tasse umklammert. »Es ist ihm scheißegal, dass deine Chancen, dort jemals lebend wieder rauszukommen, miserabel sind. Wenn es für Montalvo so wichtig ist, zu erfahren, wem dieser Schädel gehört, wird er wohl kaum jemanden in der Gegend herumlaufen lassen, der diese Information überall verbreiten kann.«

»Du rennst offene Türen bei mir ein. Ich habe nicht die Absicht, nach Kolumbien zu fahren.«

»Gut. Dann lass uns Montalvo und Soldono vergessen. Iss dein Gulasch.«

»Wir werden sie nicht vergessen. Warum arbeitet die CIA mit Montalvo zusammen? Du hast doch gesagt, er sei ein Verbrecher.«

»Die CIA hat ein paar seltsame Bettgenossen.«

»Ich möchte es wissen, Joe.«

»Okay.« Seine Lippen wurden schmal. »Soldono hat mich angerufen, weil er dich nicht erreichen konnte. Er befindet sich in einer heiklen Situation. Montalvo hat sich bei dir gemeldet, weil er davon ausging, dass Soldono oder einer von dessen Vorgesetzten dich schon bearbeitet hätten.«

»Warum sollten sie das tun?«

»Soldono hatte einen Informanten, Pedro Gonzales, in Montalvos Lager. Montalvo hat ihn entlarvt und in sein Gefängnis gesperrt. Er hat angeboten, Gonzales freizulassen, wenn es Soldono gelingt, dich umzustimmen.«

»Und wenn nicht?«

»Was glaubst du, was mit Verrätern passiert?«

»Dann tötet er ihn«, flüsterte sie.

»Gonzales ist ein Schwein«, sagte Joe schroff. »Selbst Soldono hat zugegeben, dass der Kerl genauso kriminell ist wie Montalvo. Nur nicht genauso clever. Deshalb wollte Soldono versuchen, ihn da rauszuholen, ohne einen unschuldigen US-Bürger in die Sache zu verwickeln.«

»Er hat immerhin der CIA geholfen.«

»Für Geld, Eve. Für Geld.«

»Ja, aber er ...« Sie befeuchtete sich die Lippen. »Das Leben ist kostbar. Ich könnte ihn retten.«

»Und dabei selbst sterben.«

Sie rieb sich die Schläfe. »Ich weiß. Ich suche nur nach einem Weg ... Wie viel Zeit haben wir?«

»Nicht genug.«

»Wie viel?«

Er schaute auf seine Armbanduhr. »Fünfundzwanzig Minuten.«

Sie fuhr erschrocken zusammen. »Mein Gott, und du wolltest mir nichts davon sagen?«

Seine Lippen zuckten. »Offenbar doch, sonst hätte ich es ja wohl nicht getan. Vielleicht wollte ich nur meinen Arsch retten, falls du es später herausgefunden hättest.«

»Ruf Soldono an.«

»Nein, du fährst nicht dorthin.«

»Ich habe nicht gesagt, dass ich das vorhabe. Sag Soldono, ich rede noch einmal mit Montalvo. Vielleicht kann ich ihn hinhalten, bis die CIA Gonzales befreit hat.«

Joe starrte sie wortlos an.

»Herrgott noch mal, Joe. Es ist mir egal, ob er kriminell ist. Wenn er mit der CIA zusammengearbeitet hat, wollte er sich ja vielleicht ändern. Was wissen wir schon? Und was könnte es mir schaden, wenn ich zu verhindern versuche, dass er umgebracht wird?«

»Das weiß ich nicht, und ich will es auch nicht wissen.«

»Bitte rede nicht so.« Sie ballte die Hand auf dem Tisch zur Faust. »Es gibt zu viel Schmerz auf der Welt. Ich möchte nicht, dass jemand verletzt oder getötet wird, wenn ich es verhindern kann. Es ist nur ein Telefonanruf, Joe.«

Er zögerte, ehe er sein Handy herausholte und wählte.

»Das will ich schwer hoffen.« Als Soldono sich meldete, sagte er barsch: »Teilen Sie Montalvo mit, sie ist bereit, mit ihm zu sprechen. Er kann sie zurückrufen.«

»Mann, knapper ging's wohl nicht. Ich habe nur noch fünfzehn Minuten.«

»Dann gehen Sie aus der Leitung und reden Sie mit ihm.« Joe legte auf. »Das ist ein Fehler, Eve. Er wird es als Zeichen von Schwäche werten.«

»Das ist mir egal.« Sie nahm ihre Kaffeetasse in beide Hände. Die Wärme tat gut. »Ich lasse mich auf keinen Machtkampf mit dem Mistkerl ein. Ich will nur ein bisschen Zeit schinden, um ein Leben zu retten.« Ihr Blick wanderte zum Telefon. »Ich sollte wohl damit rechnen, dass er heute Abend noch anruft.«

»Ja.« Joe stand auf und schob seinen Stuhl zurück. »Und ich möchte jedes Wort mithören. Stell ihn auf Lautsprecher.«

Sie nickte. »Ich würde das Gespräch sogar aufnehmen, aber ich glaube kaum, dass er irgendetwas Belastendes sagen wird. Du meintest doch, er sei clever.«

Er nickte kurz. »Ich wünschte, du wärst genauso clever gewesen.«

»Hättest du wirklich zugelassen, dass Gonzales stirbt, wenn ich dich nicht dazu gebracht hätte, mir von Soldono zu erzählen?«

»Was glaubst du?« Er trug die Teller zur Spüle. »Du kennst die Antwort. Was mit Typen wie Gonzales passiert, ist mir scheißegal. Wahrscheinlich würde es mich auch nicht scheren, wenn er ein Priester wäre. Nicht, solange du in Gefahr bist.« Er stellte die Teller in die Spülmaschine. »Jetzt geh rüber und mach's dir auf dem Sofa gemütlich und warte, bis der Scheißkerl anruft.«

»Es ist richtig so, Joe.«

Montalvo rief nicht an.

Eine Stunde verging.

Zwei Stunden vergingen.

Drei.

Joe wählte Soldonos Nummer und erreichte nur die Mailbox.

Vier.

Fünf.

»Komm ins Bett.« Joe zog sie hoch. »Er treibt seine Spielchen mit dir.«

»Was hat er denn davon?«

»Woher soll ich das wissen?« Er legte ihr den Arm um die Taille und ging mit ihr ins Schlafzimmer. »Aber von Soldono haben wir auch nichts gehört, und er hätte sich garantiert gemeldet, wenn es ihm nicht gelungen wäre, Montalvo die Nachricht zu übermitteln.«

»Warum rufst du Soldono nicht noch mal an?«

»Das mache ich, sobald ich dich ins Bett gesteckt habe.«

»Du behandelst mich wie ein Kind.«

»Nicht wie ein Kind.« Er drückte sie aufs Bett. »Du hast nichts Kindliches an dir. Dabei wünschte ich mir das manchmal. Sehr sogar.« Er legte sich neben sie und zog die Decke hoch. »Ich würde das Kind in dir feiern. Ich würde jeden Tag eine Party geben, mit roten Luftballons und Feuerwerk.« Er zog sie an sich. »Jetzt entspann dich und versuch zu schlafen. Du hast getan, was du konntest, nun ist Montalvo am Zug.«

»Ruf Soldono noch mal an.«

»Nervensäge.« Er holte sein Handy heraus und wählte die Nummer. »Immer noch die Mailbox.« Er legte das Telefon auf den Nachttisch. »Vielleicht hat Montalvo ihn verdonnert, nicht mit uns zu sprechen, ehe er es nicht selbst getan hat.«

»Vielleicht.« Sie wusste nicht, was sie denken sollte. Ihre Nerven waren wegen des bevorstehenden Telefonats mit Montalvo bis zum Zerreißen gespannt gewesen, und dann war nichts passiert. Sie fühlte sich leer und aufgewühlt zugleich.

Und sie war müde. Sehr, sehr müde.

Sie schmiegte sich enger an ihn. »Ich hatte mir für heute Abend eigentlich etwas anderes vorgestellt.« Plötzlich kam ihr ein Gedanke. »Oder wolltest du mich nur ablenken?«

»Du meinst, ich hätte dich mit meinem männlichen Körper zu betören versucht?«

»Es wäre dir gelungen.«

»Vergangenheitsform.«

»Wenn du ...«

»Schsch.« Er drückte ihr die Lippen auf die Schläfe. »Das hat Zeit. Keiner von uns geht heute noch irgendwohin. *Ich* habe Zeit. Liebe besteht nicht nur aus Sex.« Er lachte leise. »Allerdings ist Sex ein verdammt amüsanter Teil davon, oder?«

»Ja.« Sie schmiegte ihre Wange an seine Schulter. »Ich kann kein Kind für dich sein. Dieser Teil von mir lebt nicht mehr, falls er je existiert hat, aber die roten Luftballons und das Feuerwerk würden mir trotzdem gefallen. Es gibt solche und solche Feste. Sex ist ein Fest. Und hier neben dir zu liegen auch.«

Er drückte sie an sich. »Hey, du bist ja leicht zufriedenzustellen. Schlaf, Eve. Das Fest geht weiter, wenn du wieder aufwachst ...«

2

»Fahr nicht, Mama.«

Eve schlug die Augen auf und sah Bonnie in der Ecke des Zimmers im Schaukelstuhl sitzen. Sie trug Jeans und das Donald-Duck-T-Shirt, das Eve zuletzt an jenem Tag an ihr gesehen hatte, als sie entführt worden war. »Ich fahre nirgendwohin, Kleines. Ich muss nur schauen, ob ich diesem Mann helfen kann.«

Bonnie schüttelte ihren roten Lockenkopf. »Joe macht sich Sorgen. Er hat Angst, dass du fährst.«

Sie warf einen Blick auf das eingedrückte Kissen neben sich. »Wo ist Joe?«

»Draußen auf der Veranda. Er versucht noch mal, Soldono zu erreichen. Aber er will nicht, dass du es merkst. Er mag es nicht, wenn du Angst hast.«

»Ich habe keine Angst.«

»Solltest du aber. Und du wirst auch noch welche bekommen.«

»Okay, Fräulein Alleswisser. Du wirst es mir nachsehen, wenn ich deine Prophezeiungen nicht ganz für bare Münze nehme. Deine Kristallkugel funktioniert nicht immer.«

»Ich weiß überhaupt nicht alles. Manchmal habe ich nur so ein Gefühl. Vor allem, was dich angeht.« Sie lehnte sich im Stuhl zurück und schob ein Bein unter das andere. »Joe ist nicht der einzige, der sich Sorgen um dich macht, Mama.«

Eve räusperte sich, um den Kloß in ihrem Hals loszuwerden. »Nein, Jane auch.«

Bonnie kicherte. »Du gibst wohl nie auf. Ich, Mama.«

»Dann mache ich mir also Sorgen um mich selbst, denn du bist zweifellos ein Produkt meiner Fantasie.«

»Nicht zweifellos. Du hast jede Menge Zweifel, und das wissen wir beide. Du traust dich bloß nicht, es zuzugeben.«

»Dass du ein Geist bist? Da hast du verdammt recht. Ich habe Joe gesagt, ich bin eine Verrückte, aber wenn ich ihm das hier erzähle, hält er mich für total übergeschnappt.« Sie hielt inne und runzelte die Stirn. »Warum lachst du?«

»Weil du dir Vorwürfe machst, dass du vor einem Kind ›verdammt‹ gesagt hast.«

»Quatsch.« Doch einen flüchtigen Moment lang hatte dieser Gedanke sie tatsächlich gestreift. »Das ist alles Teil der Fantasie. Wahrscheinlich könnte man ein Lehrbuch über mich schreiben.«

»Mach dir keine Sorgen«, sagte Bonnie sanft. »Ich bin kein Kind mehr, Mama. Nicht wirklich. Ich konnte nicht immer sieben bleiben. So funktioniert das nicht.«

Das hatte sie Eve schon einmal erklärt, doch für Eve sah sie völlig unverändert aus. Lockiges rotes Haar, leuchtende Augen, strahlendes Lächeln.

Ihre Bonnie …

»Ich bin deine Bonnie. Ich werde immer bei dir sein.«

In dem ersten Jahr, nachdem dieses Monster sie mitgenommen und getötet hatte, war Bonnie nicht bei ihr gewesen. Eve war beinahe wahnsinnig geworden und immer weiter auf jenen letzten Schritt zugetaumelt, der ihr endlich Frieden geschenkt hätte. Dann hatten die Träume von Bonnie angefangen. Diese Träume hatten sie gerettet und ihr geholfen, ins Leben zurückzufinden. »Du warst lange nicht mehr da.«

»Ich muss dir eine Chance geben, ohne mich weiterzuleben. So lautet die Regel. Du bist glücklich mit Joe.«

»Ich glaube, du denkst dir die Regeln aus, wie es dir gerade passt.« Rasch korrigierte sie sich. *»Oder besser gesagt, ich.«*

»Du hast dich versprochen.« Bonnie grinste vor Vergnügen und zog die sommersprossige Nase kraus. Dann verschwand ihr Lächeln wieder. *»Ich stelle die Regeln nicht auf. Aber ich bin froh, dass es etwas gibt, woran wir uns halten können. Sonst wäre ich die ganze Zeit bei dir.«*

»Das wäre schön.«

»Aber es ist nicht gut für dich.«

»Unsinn.« Sie zögerte. »Und warum bist du jetzt hier? Wegen Montalvo?«

»Unter anderem. Ich wollte sowieso kommen. Es gefällt mir nicht, dass Marty dich so unglücklich macht.«

»Ich bin jedes Mal unglücklich, wenn ein Mensch verschwunden ist.«

»Ja, aber dieser geht dir mehr unter die Haut als die anderen. Ich kann deinen Schmerz spüren. Warum?«

»Ich weiß es nicht.« Sie dachte nach. »Vielleicht ist es gar nicht Marty.« Sie schüttelte müde den Kopf. »Vielleicht bin ich schon zu lange dabei. In letzter Zeit könnte ich bei jedem Schädel, den sie mir bringen, in Tränen ausbrechen. Vielleicht ist es die Gesamtheit aller verschwundenen Menschen, die ganze entsetzliche Brutalität auf dieser Welt. Kindern sollte kein Leid geschehen, sie sollten geliebt werden. Wir müssten einen Weg finden, die Monster von ihnen fernzuhalten. Aber das haben wir nicht geschafft, und es geht immer so weiter.«

»Und du machst auch immer weiter. Das ist doch wunderbar, Mama.«

»Es bringt dich nicht zu mir zurück. Ich möchte dich nach Hause holen, Bonnie.«

»Ich bin zu Hause, wann immer ich bei dir bin. Es wird alles gut.«

Eine warme Welle der Liebe durchströmte Eve. Nein, nicht weinen. Schnell das Thema wechseln. »Du hast gesagt, du bist unter anderem Montalvos wegen hier. Wieso?«

»Wegen der Angst. Sie umgibt dich von allen Seiten.«

»Ich hab dir doch gesagt, dass ich keine Angst vor ihm habe.«

»Weil du ihn nicht kennst. Er ist nicht so, wie du denkst. Keiner ahnt, wie er wirklich ist. Die Angst wird noch kommen.« Sie stand auf. »Ich muss gehen. Joe ist nicht mehr am Telefon. Er hat Soldono nicht erreicht. Er kommt jetzt wieder ins Bett.«

»Weshalb willst du denn schon gehen?«, fragte sie spöttisch. »Warum bleibst du nicht und sagst ihm hallo?«

»Du machst wohl Witze. Das willst du in Wirklichkeit doch gar nicht. Du hast mich noch nie mit Joe geteilt. Keine Ahnung, warum nicht.«

Eve wusste es selbst nicht. Vertrauen? Das konnte nicht der Grund sein. Sie würde Joe ihr Leben anvertrauen. Sie waren sich näher als alle anderen Paare, die sie kannte. Und doch hatte sie ihm nie erzählt, dass Bonnie im Traum zu ihr kam.

»Nicht im Traum«, sagte Bonnie leise. »Nicht im Traum, Mama. Schließ die Augen. Ich verschwinde jetzt.«

»Und ich darf nicht sehen, wie du in deinem Star-Trek-*Vehikel davonsaust?« Sie schloss die Augen. »Du hast immer so gerne* Star-Trek *geschaut. Weißt du noch, wie du …«*

Schmerzhafte Leere. Traurigkeit.

Sie schlug die Augen auf. Keine Bonnie. Der Schaukelstuhl war leer. Tränen brannten in ihren Augen. Wie dumm. Zu heulen, weil Bonnie ihr wieder entglitten war.

Geliebter Traum. Geliebter Geist. Geliebte Bonnie.

Sie hörte Joes leise Schritte auf dem Flur.

Instinktiv schloss sie die Augen. Joe sollte nicht sehen, dass sie geweint hatte. Sie würde es nicht ertragen, ihm jetzt irgendetwas erzählen zu müssen. Lieber stellte sie sich schlafend.

Er kam ins Bett und schmiegte sich an sie. »Eve?«, flüsterte er.

Sie antwortete nicht.

Er zögerte; dann legte er den Kopf auf sein Kissen.

Ihr war, als hätte sie ihn betrogen. Sie sollten einander nichts vormachen. Warum konnte sie ihre Zurückhaltung nicht aufgeben und sich ihm anvertrauen? Er war so gut zu ihr. Selbst wenn er sie nicht verstand, würde er sie nie verurteilen.

Aber sie konnte es nicht. In letzter Zeit spürte sie eine wachsende Distanz zwischen ihnen. Manchmal war die Nähe da, dann wieder musste sie sich anstrengen, um sie festzuhalten, um sich auf ihre Liebe an sich zu konzentrieren.

Wie Bonnie, die in ihr Leben herein und wieder davonschwebte wie eine kleine Rauchwolke.

Wie Bonnie …

Sie schlief. Als er ins Bett gekommen war, hatte Eve nicht geschlafen, doch jetzt schlief sie.

Joe starrte in die Dunkelheit. Er wollte Eve berühren, sie wecken, mit ihr schlafen. *Dringend.*

Meine Güte, wie unsicher konnte man denn sein. Mit Eve zu schlafen, sollte lustvoll sein und kein panischer Versuch, sie zu ihm zurückzuholen. Sie waren so fantastisch zusammen im Bett, dass er versucht war, Sex als Kompensation zu benutzen, sobald ihn ein anderer Aspekt ihrer Beziehung irritierte.

Und genau das würde er wieder tun, wenn es sein musste. Er würde alles in Bewegung setzen, was er hatte oder was er Himmel und Hölle abtrotzen konnte. Sie war seit Jahren der Mittelpunkt seines Universums, und er wusste nicht, ob er ohne sie leben könnte.

Doch das war ja auch nicht nötig. Er musste es nur schaffen, hinter die Verschlossenheit zu kommen, die er in den letzten Monaten an ihr wahrgenommen hatte. Zuerst hatte er es auf ihre Müdigkeit geschoben. Eve arbeitete immer bis zur Erschöpfung, wenn er nicht auf sie aufpasste. Dann hatte er gedacht, es läge daran, dass Jane erwachsen geworden war und ihr eigenes Leben lebte. Vielleicht war es nur eine Phase der Umgewöhnung. Vielleicht ...

Vielleicht würde er sie verlieren.

Nein! Er verwarf den Gedanken sofort wieder. Er würde sie nicht verlieren.

Und er würde schon gar nicht zulassen, dass sie von Montalvo getötet oder in Soldonos Machenschaften verstrickt wurde.

Warum zum Teufel hatte Soldono nicht auf seine Nachrichten reagiert?

Am Morgen würde er es erneut versuchen und sich mit der CIA in Washington in Verbindung setzen, wo er ein paar Leute kannte.

Er drehte sich auf die Seite und schaute Eve an.

Wie schön sie war. Er sei verrückt, sagte sie immer; sie

sei nicht einmal hübsch. Ihr Gesicht war eher interessant als attraktiv. Sie hatte glänzendes rotbraunes Haar, doch sie trug es kurz und einfach frisiert. Bei der Arbeit setzte sie eine Hornbrille auf.

In ihren braunen Augen aber lag eine ganze Welt der Klugheit und Kraft, und ihre Lippen waren wunderschön geformt und sinnlich. Wie gern betrachtete er ihr Mienenspiel und versuchte, ein Lächeln auf diese Lippen zu zaubern. Ach was – wie gern betrachtete er *sie*, Punkt.

Er streckte den Arm aus, um sie zu berühren.

Er hielt inne. Nein, dies war nicht der richtige Zeitpunkt, um impulsiv zu sein. Ihr seelisches Gleichgewicht war im Augenblick sehr labil.

Und ihre Beziehung war noch labiler. Das würde sie wahrscheinlich leugnen, aber manchmal glaubte er sie besser zu kennen, als sie sich selber kannte. Er hatte sie beobachtet, mit ihr gelitten und voller Stolz zugesehen, wie ihre Wunden langsam verheilten und sie zu der Frau heranreifte, die sie jetzt war.

Nein, er würde sich in Geduld fassen und abwarten.

Erst mussten sie diese Angelegenheit mit Montalvo hinter sich bringen, ehe er sich darauf konzentrieren konnte, die Hindernisse zwischen ihnen aus dem Weg zu räumen.

Versuch zu schlafen. Fass sie nicht an. Fall nicht über sie her, nur weil du es allmählich nicht mehr aushältst …

Als Eve am nächsten Morgen nach neun Uhr auf die Terrasse trat, war Joe am Telefon. Er schaute sie an, während er die Trenntaste drückte. »Keine Antwort von Soldono.«

»Was ist denn bloß los? Glaubst du, ihm ist irgendwas zugestoßen?«

»Du meinst, ob ich glaube, dass Montalvo die Schnauze voll von ihm hatte und ihn umgebracht hat?« Joe zuckte mit den Schultern. »Wir werden es herausfinden. Ich telefoniere gleich mal ein wenig herum. Vielleicht kann Venable von der CIA etwas in Erfahrung bringen.«

Venable. Der Name sagte ihr irgendetwas. »Wird er denn mit uns über CIA-Angelegenheiten reden?«

Joes Lippen wurden schmal. »O ja, und ob er mit mir reden wird. Frühstücke erst mal. Ich sag dir Bescheid, wenn ich etwas weiß.«

»Ich möchte nur ein bisschen Orangensaft.« Sie wandte sich zur Tür. »Ich muss mit Marty vorankommen. Ich hätte gestern Abend weitermachen sollen, anstatt mich über Dinge aufzuregen, die ich nicht ändern kann.«

»Du darfst dich zwischendurch auch ruhig mal ablenken lassen.«

»Nein, darf ich nicht. Nicht, wenn ich eine Arbeit zu Ende bringen muss.« Sie ging zur Staffelei hinüber, wo Marty auf sie wartete.

Konzentration. An den Jungen denken. Alles andere vergessen. Ihre Finger bewegten sich tastend über den Schädel, formten zärtlich den Ton über den Wangenknochen. Es war das letzte Stadium der Rekonstruktion, und das entscheidende.

Die Hände arbeiten lassen, ohne nachzudenken.

Glätten.

Formen.

Glätten.

Hilf mir, Marty …

Joe brauchte nahezu eine Stunde, um Venable zu erreichen, und als der Agent an den Apparat kam, war sein Ton reserviert und wenig ermutigend.

»Ich kann nicht über Soldono sprechen, Quinn. Er ist ein Agent im Einsatz. Sie waren doch mal beim FBI, Sie wissen, dass es unseren Mann in Gefahr bringt, wenn wir über den Einsatz reden.«

»Wir haben uns nicht an Soldono gewandt. Er ist zu uns gekommen. Und jetzt erzählen Sie mir schon, was los ist.«

»Gleiche Antwort.«

»Venable.« Joes Worte waren wie Projektile, hart und schnell. »Ich weiß nicht, worum es hier überhaupt geht, aber klar ist, dass Ihr Mann im Hinblick auf Montalvo versagt hat. Es gefällt mir nicht, dass Eve dafür herhalten soll, den Fehler auszubügeln. Es gefällt mir so wenig, dass ich Lust hätte, Soldono eigenhändig zu erwürgen, falls der Mistkerl noch lebendig irgendwo rumläuft. Aber Eve ist anders als ich. Sie wird keine Ruhe geben, ehe sie nicht weiß, dass Soldono wohlauf ist und dass er Montalvo rechtzeitig erreicht hat, um ihn daran zu hindern, einen Mann hinzurichten. Also sagen Sie mir jetzt gefälligst, was hier gespielt wird.«

Venable schwieg einen Moment. »Ich weiß nicht, was gespielt wird. Ich habe nichts mehr von Soldono gehört, seit er mich angerufen und mir gesagt hat, Eve habe sich einverstanden erklärt, mit Montalvo zu verhandeln. Er wollte ihn gleich danach kontaktieren und mir dann wieder Bescheid geben.«

»Und er hat nicht angerufen?«

»Nein. Ich habe die ganze Nacht versucht, ihn zu erreichen.«

»Mist.«

»Ich habe jemanden in Montalvos Lager geschickt, damit er etwas über Soldono herausfindet, aber ich werde nicht noch einen Mann aufs Spiel setzen, ehe ich nicht sicher bin, dass Soldono in Gefahr ist.«

»Für den Maulwurf in Montalvos Lager haben Sie einiges riskiert.«

»Gonzales war wertvoll für uns. Ein Großteil von Montalvos Leuten steht hinter ihm, und die Chancen, einen weiteren Informanten in sein Lager einzuschleusen, sind gleich Null. Wir müssen wissen, was er tut.«

»Warum? Ein unbedeutender kleiner Waffenhändler?«

»An Montalvo ist gar nichts unbedeutend und klein. Sie haben nicht gründlich genug recherchiert. Er ist *der* Waffendealer in Südamerika. Er versorgt Drogendealer, Rebellen, Milizen, jeden, der's bezahlen kann. Solange wir ihn nicht daran hindern können, müssen wir wenigstens wissen, wohin die Waffen gehen.«

»Und das hat Gonzales Ihnen erzählt.«

»Bis Montalvo ihn letzte Woche erwischt hat. Er hat Soldono kontaktiert und ihn zu einem Gespräch ins Lager gebeten. Den Rest kennen Sie.«

»Totales Versagen.«

»Wenn es so ist, trage ich die Hauptverantwortung dafür. Ich habe Soldono gesagt, er soll Zeit schinden und sich überlegen, wie wir vorgehen können, ohne einen amerikanischen Staatsbürger in Gefahr zu bringen.« Er schwieg einen Moment. »Offen gestanden war ich überrascht, dass Montalvo davon ausging, Gonzales' Leben würde ihr nicht egal sein.«

»Es ist ihr nicht egal. Wenn man so viel mit dem Tod zu tun hat wie Eve, bekommt das Leben einen ganz besonderen Wert. Aber der Gedanke, dass Montalvo das offenbar erkannt hat, jagt mir eine Scheißangst ein. Wie kommt er denn dazu – ich möchte mehr über Montalvo wissen.«

»Er ist klug, hochgefährlich und nicht immer berechenbar. Ich habe jetzt keine Zeit, Ihnen mehr von ihm zu erzählen. Wie Sie merken, habe ich ein Problem. Ich rufe Sie an, wenn ich etwas über Soldono herausgefunden habe.« Er legte auf.

Joe drückte langsam auf die Trenntaste. Seine Unruhe wuchs. Es war unheimlich, wie gut Montalvo Eves Charakter durchschaut hatte. Keine Bedrohung ihrer Familie, hatte sie gesagt. Nichts, was sie sofort auf die Barrikaden gebracht hätte. Und doch spielte er mit ihrer Sensibilität, die der Kern ihres Wesens war.

Er stand auf und ging ins Haus. Eve war vollkommen in ihre Arbeit versunken, ihre Finger flogen über die Gesichtszüge ihrer Rekonstruktion. Sie blickte nicht auf, als er ins Zimmer kam. Sie hatte alles vergessen außer ihrem Marty und der Aufgabe, ihn nach Hause zu bringen.

Dieses eine Mal war er dankbar für die monomanische Hingabe, die so charakteristisch für sie war. Sie würde gar nicht bemerken, wie die Zeit verging, wenn Venable ihn nicht gleich zurückrief.

Vorsichtig setzte Eve die braunen Glasaugen in die Höhlen und trat einen Schritt zurück. Besser würde sie es nicht hinkriegen. Sie hoffte nur, dass es gut genug war. »Was meinst du, Marty?«, flüsterte sie. »Du warst ein sehr hübscher kleiner Junge, weißt du. Ich hoffe so sehr, dass du irgendwo einen sicheren Hafen gefunden hast. Ich gehe jetzt an den Computer, und dann werden wir sehen, ob wir dich nicht nach Hause bringen können.«

»Fertig?«

Sie drehte sich um und sah Joe auf dem Sofa sitzen. Sie nickte und griff nach dem Handtuch, um sich die Hände abzuwischen. »Fertig. Es hat lange gedauert. Irgendwie wollte es nicht kommen.« Sie drückte den Rücken durch, um den Schmerz zu lindern. »Es ist ja schon fast dunkel.«

»Es ist seit einer Stunde dunkel.«

»Oh.« Sie schüttelte den Kopf, um wieder zu sich zu kommen. So fühlte sie sich immer, wenn sie mit einer Rekonstruktion fertig war. Erschöpft, desorientiert – und traurig. »Länger als ich dachte.«

Doch jetzt kam die Welt wieder zu ihr zurück. »Hast du Soldono inzwischen erreicht? Ach nein, du wolltest ja Venable anrufen.«

»Venable hat sich noch nicht wieder gemeldet. Er hat keine Ahnung, warum Soldono nicht ans Telefon geht. Willst du nicht kurz duschen? Ich schiebe eine Pizza in den Ofen, und dann können wir …« Joes Handy klingelte. »Quinn.« Er lauschte einen Moment. »Okay, ich rufe zurück.«

»Ist etwas passiert?«, fragte Eve.

»Ich weiß es nicht. Venable hat eine anonyme Nachricht auf seiner Mailbox.«

»Und was hat das mit uns zu tun?«

»Es waren nur zwei Wörter: ›Duncan. Veranda.‹«

Ihr Blick flog zur Tür. »Veranda.« Im Nu hatte sie den Raum durchquert.

Joe war schneller. »Geh sofort da weg.« Er stieß sie unsanft beiseite. Dann öffnete er das Fenster rechts neben der Verandatür, holte die schmale Taschenlampe aus seiner Hosentasche und richtete den Lichtstrahl nach draußen auf die dämmerige Veranda. »Nichts. Niemand.« Er schwang sich über die Fensterbank und ging in die Hocke. Der Lichtstrahl leuchtete jeden Quadratzentimeter der Veranda aus. Einen Augenblick später kam Joe wieder hoch. »Hier ist niemand.«

»Falscher Alarm?«

»Das habe ich nicht gesagt.« Er zeigte mit dem Strahl der Taschenlampe auf eine rechteckige Styroporkiste, die vor der Haustür stand. »Aber wenigstens ist der Bote nicht mehr da.«

Eve riss die Tür auf und schaute auf die Kiste hinab. Herrgott, sie zitterte. »Was ist das?«

»Keine Drähte. Was nicht automatisch heißt, dass keine Explosionsgefahr besteht.«

Sie beugte sich vor und berührte den Deckel der Kiste. »Es ist … kalt.«

»Hände weg. Beweismaterial.«

»Das ist mir egal. Herrgott noch mal, Montalvo wird mich doch nicht in die Luft jagen wollen. Mach die Kiste auf. Wenn du dein bescheuertes Beweismaterial nicht anfassen willst, bitte. Aber mach jetzt die Kiste auf.«

»Das schließt sich gegenseitig aus. Ach, Scheiß drauf.« Er nahm sein Taschenmesser, schnitt vorsichtig das Klebeband durch und öffnete langsam den Deckel. »Tritt einen Schritt zurück, solange ich …«

Blut.

»O mein Gott«, flüsterte Eve.

Joe knallte den Deckel zu.

»Nein.« Ihre Stimme zitterte. »Es ist okay. Mach die Kiste wieder auf.«

»Du hast es gesehen. Es ist ein Männerkopf.«

»Mach auf.«

Er zögerte, ehe er die Kiste erneut öffnete. Die braunen Augen eines Männerkopfs starrten blind zu ihnen herauf.

»Gonzales?«, flüsterte sie.

»Ich weiß es nicht. Wir haben keine Ahnung, wie er aussieht. Es könnte auch Soldono sein.«

Ihr wurde übel. »Warum? Ich habe ihm doch gesagt, dass wir reden könnten.«

»Vielleicht ist er verrückt. Oder er hat die Hinhaltetaktik durchschaut. Verdammt, was weiß ich?« Er holte sein Handy heraus. »Auf jeden Fall sollte die Kiste von einem Forensikerteam untersucht werden.«

Sie nickte. »Du hast recht. Wahrscheinlich hätte ich dich nicht bitten dürfen ...« Sie hielt inne, den Blick auf den Kopf gerichtet. »Warte. Irgendwas stimmt da nicht.«

»Ach ja? Da stimmt allerdings was nicht. Der Scheißkerl hat ihn geköpft.«

»Nein. Die Augen ...« Sie streckte die Hand nach dem Kopf aus.

»Fass ihn nicht an.«

»Ich glaube, das ist nicht ...« Sie befeuchtete sich die Lippen. »Zumindest die Augen ...« Sie berührte mit den Fingerspitzen das linke Auge. Dann holte sie tief Luft. »Hol die Kiste rein.«

»Ich denke nicht dran.«

»Ich brauche mehr Licht.« Sie hob die Kiste selber hoch. »Wenn du mir schon nicht hilfst, geh wenigstens aus dem Weg.« Sie hörte Joe fluchen, als sie die Kiste im Haus wieder auf den Boden stellte. »Es ist nicht so, wie wir dachten.«

Er ist nicht so, wie du denkst. Keiner ahnt, wie er wirklich ist.

Das hatte Bonnie über Montalvo gesagt, dachte sie zerstreut. Oder Eve hatte es in den Gesprächen mit Montalvo gespürt.

»Was meinst du damit?«, fragte Joe.

»Die Augen. Sie sind aus Glas.«

»Bist du sicher?«

»Erst seit ich sie berührt habe. Irgendwas kam mir komisch vor, als ich ihn angeschaut habe. Ich habe über die Jahre Tausende von Glasaugen in meine Rekonstruktionen eingesetzt. Und wenn er unechte Augen hat, dann könnte ...« Sie schaltete das Deckenlicht ein und schaute auf den blutigen Kopf hinab. »Dieser Scheißkerl.«

Joe fluchte leise. »Eine Attrappe.«

»Und nicht mal eine gute. Wenn es draußen nicht so dunkel wäre, hätte ich es gleich erkannt. Und das Blut hat auch nicht gerade geholfen. Ein echter Schockeffekt.« Sie schob den Kopf in der Kiste hin und her, um ihn genauer zu betrachten. »Trockeneis, damit wir glauben, er müsse gekühlt werden. Alles sehr sorgfältig gemacht, bloß um mich zu Tode zu erschrecken. Es kommt mir vor wie ein dummer Jungenstreich. Am liebsten würde ich ...« Sie unterbrach sich, als sie in der Blutlache am Boden der Kiste etwas liegen sah. Einen Briefumschlag. Sie holte ihn heraus und riss ihn auf.

»Ein Brief?«, fragte Joe.

»Nein. Ein Foto.« Es war das Foto eines jungen, gutaussehenden, dunkelhaarigen Mannes, der den Arm um eine lächelnde Frau legte. Vor ihnen standen zwei Kinder, ein ungefähr vierjähriger Junge und ein Mädchen, das acht oder neun sein mochte. Das kleine Mädchen trug ein gestärktes weißes Kleid, der Junge ein weißes Hemd mit Schlips. Sie sahen aus, als wollten sie zur Kirche gehen, dachte Eve. »Was zum Teufel ist das?« Sie drehte das Foto um und wischte das Blut weg, das durch den Umschlag gesickert war und die Schrift auf der Rückseite verdeckte. Die Tinte war ebenfalls verwischt, doch sie konnte trotzdem lesen, was dort stand. »Pedro und Maria Gonzales. Manuel und Rosa bei Rosas Erstkommunion.« Ihre Hände waren von dem Foto blutig geworden, bemerkte Eve, und sie ließ es fallen. »Der Kopf ähnelt eindeutig dem Mann auf dem Foto. Ich nehme an, Montalvo wollte uns wissen lassen, wer er ist. Absolut bizarr. Jedenfalls«, flüsterte sie, »hoffe ich, dass er das wollte.«

»Wir müssen Venable anrufen.«

»Warte.«

»Wieso?«

»Montalvo wird sich bei mir melden.« Sie ging in die Hocke. »Jeden Moment. Ihm muss klar gewesen sein, dass wir ziemlich schnell herausfinden würden, was es mit seinem Überraschungspaket auf sich hat. Er hakt bestimmt noch mal nach.«

»Vielleicht.«

»Nicht vielleicht.« Sie heftete den Blick auf die Attrappe. »Auf jeden Fall. Ich bin mir absolut sicher.«

Das Festnetztelefon klingelte.

Sie sprang auf und lief hin.

»Haben Sie's bekommen?«, fragte Montalvo.

»Was sind Sie eigentlich für ein sadistisches Schwein? Was wollten Sie mit diesem makabren Scherz erreichen?«

»Sie haben es also bekommen. Dann ist mein Timing ja tadellos. Ich konnte meinen Kurier nicht so lange bleiben lassen. Wäre ja denkbar gewesen, dass Quinn sich an seine Fersen heftet, und der Mann ist mir einiges wert.«

»Ja, ich hab's bekommen. Und nicht länger als eine Minute für echt gehalten. Wer immer das fabriziert hat, ein Experte war es nicht.«

»Ich hatte keine Zeit, es richtig machen zu lassen.« Er schwieg einen Moment. »Ich musste mich entscheiden. Zuerst wollte ich Ihnen Gonzales' Kopf schicken, aber diese Lösung gefiel mir noch besser. Ich dachte, damit wäre mir Ihre Aufmerksamkeit sicher.«

»Lebt Gonzales noch?«

»Vielleicht. Vielleicht auch nicht.«

»Sagen Sie's mir.«

Er schwieg.

»Ich habe Ihnen doch ausrichten lassen, dass ich bereit bin, noch einmal mit Ihnen über die Rekonstruktion zu reden.«

»Sie wollten mich hinhalten. Ich wusste, dass das Ihre erste Reaktion sein würde. Da ich Ihnen keine Zusage entlocken konnte, habe ich beschlossen, zur nächsten Stufe unserer Verhandlungen überzugehen.«

»Haben Sie Gonzales umgebracht? Soldono meinte, das würden Sie tun.«

»Und Soldono glaubt, mich sehr gut zu kennen.«

»Was ist mit Soldono? Wir können ihn nicht erreichen.«

Er überging die Frage. »Hat Ihnen das Foto gefallen? Ich habe es aus Gonzales' Brieftasche genommen. Sehr gut getroffen. Viel besser als das Exponat, das ich Ihnen geschickt habe.«

»Lebt er noch?«

»Und seine Frau und seine Kinder? Eine hübsche Familie, finden Sie nicht? Seine Frau, sein Sohn und seine Tochter leben in einer kleinen Stadt in der Nähe des Lagers. Er hat gestern eine Nachricht von ihnen bekommen. Sie verstehen nicht, warum er dieses Wochenende nicht nach Hause gekommen ist.«

»Dann lassen Sie ihn gehen.«

»Das kann ich nicht.«

»Weil er tot ist?«

»Warum kommen Sie nicht her und finden es selber heraus?«

»Sagen Sie's mir.«

Er antwortete nicht sofort. »Ich habe keine Lust zu diesen Spielchen. Er ist nicht tot … noch nicht. Und seine Frau und seine Kinder sind es auch nicht.«

»Seine Familie? Sie wollten seine Familie umbringen?«

»Fragen Sie Soldono, welche Strafe bei uns Wilden hier in den Bergen auf Verrat steht. Man braucht schließlich eine Abschreckung, damit die Männer die Grenzen nicht überschreiten. Wir müssen Exempel statuieren.«

»Mit Kindern?«

»Niemand weiß besser als Sie, dass auch Kinder kein bisschen heilig sind.«

»Bastard.«

»Ich schlage Ihnen ein Geschäft vor. Sie kommen her und fertigen die Rekonstruktion für mich an, und ich vergesse die Sache mit dem Exempel. Ich schicke Gonzales und seine Familie nach Hause und vergesse, dass sie existieren.«

»Ich kann Ihnen ja wohl kaum vertrauen.«

»Doch, das können Sie. Und das wissen Sie auch. Ich halte mein Wort.«

»Schwachsinn.«

»Sie haben recht. Sie kennen mich nicht. Ich muss Ihnen etwas anbieten, das Ihnen sehr viel wert ist. So viel, dass Sie bereit sind, ein Risiko einzugehen. Warten Sie … ah, ich hab's.« Er schwieg einen Moment. »Ich höre ein schwaches Echo. Haben Sie mich auf Lautsprecher gestellt?«

»Ja.«

»Weil Sie wollten, dass Quinn jedes Wort mithört. Schalten Sie den Lautsprecher aus. Dies geht nur Sie und mich etwas an.«

»Ich werde es ihm sowieso erzählen, sobald Sie aufgelegt haben.«

»Möglich. Warten Sie's ab. Schalten Sie ihn aus.«

Joe nickte ihr zu.

Sie nahm das Telefon in die Hand und drückte auf die Lautsprechertaste. »Reden Sie. Was ist das für ein Angebot, das ich nicht ablehnen kann?«

»Was wünschen Sie sich am allermeisten auf der ganzen Welt? Was treibt Sie an, was verfolgt Sie bis in Ihre Träume?«

Sie wurde starr. »Ich brauche Antworten und keine Fragen.«

»Sie brauchen *eine* Antwort.« Er machte eine Pause und sagte dann leise: »Bonnie. Es dreht sich alles um Bonnie, nicht wahr?«

»Ich lege gleich auf.«

»Nein, das werden Sie nicht tun. Weil Sie jede Straße entlanggehen würden, um Ihre Bonnie zu finden. Selbst eine so finstere wie meine. Ich mach's kurz. Sie wollen die sterblichen Überreste Ihrer Tochter Bonnie finden. Sie wollen ihren Mörder finden. Das Schwein, das hingerichtet wurde, hat sie nicht umgebracht. Sie vermuten, dass Sie den wahren Mörder schon vor Jahren gefunden haben, aber sicher sind Sie nicht. Sie konnten es nicht beweisen. Ich finde Bonnie für Sie. Ich finde auch ihren Mörder. Und wenn Sie wollen, schaffe ich ihn für Sie aus der Welt, dann brauchen Sie sich in diesem Punkt nicht auf die Gerichte zu verlassen.«

»Das können Sie mir nicht versprechen.«

»Doch. Ich kann eine Menge Strippen ziehen, und ich kenne die kriminelle Szene ziemlich gut. Hatte in letzter Zeit bis zum Überdruss damit zu tun. Wenn wir uns einigen, bekommen Sie, was Sie wollen, und ich bekomme, was ich will.«

»Ich bekomme Lügen aufgetischt. Sie bekommen Ihre

Rekonstruktion. Wahrscheinlich ende ich in einem Grab irgendwo im Dschungel.«

»Ganz sicher nicht. Ich gebe Ihnen mein Wort. Aber ich verstehe, dass Sie Zweifel haben, ob ich auch halten kann, was ich behauptet habe. Ich verstehe Ihre Skepsis.«

»Ich wäre verrückt, wenn ich nicht skeptisch wäre.«

»Als Sie das Geld ausgeschlagen haben, war mir klar, dass es auf einen Handel hinauslaufen würde, also habe ich einen Plan entwickelt. Ich habe mir einen Test ausgedacht, um Ihnen zu beweisen, dass ich die Wahrheit sage.«

»Einen Test?«

»Die Rekonstruktion, an der Sie gerade arbeiten. Sind Sie damit fertig?«

»Ja.«

»Faxen Sie mir ein Foto davon.«

»Warum?«

»Sie wollen doch wissen, wer er ist und wer ihn getötet hat. Ich finde es für Sie heraus. Ich sagte ja schon, dass ich über viele Beziehungen verfüge.«

»Das kann auch die Polizei herausfinden, sobald sie das Foto in Händen hat.«

»Aber wird man sich dort so viel Mühe geben wie ich? Und selbst wenn sie rauskriegen, wer er ist, werden sie seinen Mörder mit allen Mitteln verfolgen? Ich glaube kaum.«

Sie glaubte es auch nicht. Die Zahl der Mörder, die gefasst und verurteilt wurden, selbst wenn man die Leichen gefunden hatte, war nicht sonderlich eindrucksvoll. »Wie würden Sie vorgehen?«

»Oh, ich würde niemanden umbringen, es sei denn, Sie bäten mich ausdrücklich darum. Einschüchterung. Erpressung. Was immer notwendig ist.« Er hielt einen Augenblick inne. »Schicken Sie mir das Foto. Was haben Sie zu verlieren? Es verpflichtet Sie zu nichts. Es ist nur ein Test, damit Sie sehen, ob ich Ihnen geben kann, was Sie haben möchten. Betrachten Sie es als Werbegeschenk. Der große Goldtopf steht am anderen Ende des Regenbogens. Bonnie kriegen Sie von mir erst, wenn Sie die Rekonstruktion für mich machen. Ich erwarte das Foto innerhalb von vierundzwanzig Stunden.«

»Sie werden vergebens warten.«

»Das glaube ich nicht.«

»Was, wenn ich es Ihnen nicht schicke? Hat das Konsequenzen für Gonzales oder Soldono?«

»Jede Aktion zeitigt eine Reaktion. Auch das Ausbleiben einer Handlung kann den Lauf der Ereignisse verändern. Haben Sie schon mal einen dieser Zeitreise-Filme gesehen, in denen der Held die Zukunft allein dadurch verändert, dass er etwas tut oder unterlässt?«

»Wir reden hier aber nicht von Science Fiction, sondern vom echten Leben.«

»Das Prinzip ist dasselbe.«

»Sie wollen mir nicht antworten.«

»Finden Sie's selber heraus. Sie tun gut daran, über mich nachzudenken, Mutmaßungen über meine Reaktionen anzustellen. Es ist wichtig, dass wir uns möglichst gut kennenlernen. Wir werden uns sehr nahekommen. Meine Faxnummer erhalten Sie in den nächsten Stunden.« Er hängte ein.

»Also, was hat er gesagt?«, fragte Joe, als sie das Telefon aus der Hand legte.

»Er hat mir einen Handel vorgeschlagen.«

»Das Leben von Gonzales und seiner Familie für deine Zusage, zu ihm zu kommen? Auf keinen Fall.« Er schaute ihr forschend ins Gesicht. »Da ist doch noch etwas.«

Bonnie.

»Ja.« Sie befeuchtete sich die Lippen. »Er hat angeboten, mir zu beweisen, dass er sein Wort hält. Mit einer Art Test.«

»Was für ein Test?«

»Marty. Er sagt, wenn ich ihm ein Foto schicke, würde er herausfinden, wer er war und wer ihn umgebracht hat.«

»Das kann Jahre dauern.«

Sie nickte. »Er sagt, er hat die Leute schon beisammen, die das für ihn erledigen, aber wie will er denn – das ist doch verrückt.«

»Genau. Also lass die Finger davon. Ruf ihn an und sag ihm, er vergeudet seine Zeit.«

Sie schwieg.

»Eve.«

»Was kann es schon schaden? Ich habe ihm nichts versprochen, und vielleicht bringen wir Marty auf diese Weise früher nach Hause.«

»Er zieht dich mit jeder seiner Aktionen mehr in seinen Bann. Zuerst dieser verfluchte blutige Kopf, um dir einen Schock zu versetzen und dich zu verunsichern, und dann das Angebot, den kleinen Jungen für dich nach Hause zu bringen. Peitsche und Zuckerbrot.«

Wir werden uns sehr nahekommen.

»Er hat Gonzales bisher nicht getötet. Wenn ich ihn lange genug hinhalte, kann die CIA ihn und seine Familie vielleicht in Sicherheit bringen.«

»Du hältst Montalvo nicht hin, du verhandelst mit ihm.«

»Ich tue beides.« Sie schlug den Deckel der Kiste zu. »Wenn ich mich entscheide, auf sein Angebot einzugehen. Ich bin mir noch nicht sicher.«

Ich finde Bonnie für Sie.

»Du bist verdammt nah dran, dich auf ihn einzulassen«, sagte Joe schroff. »Ich bin doch nicht blind, Eve.«

»Noch hat er mich nicht konkret gebeten, irgendetwas zu tun.«

»Noch. Das ist das entscheidende Wort, und es bedeutet …« Joes Handy klingelte. Er warf einen Blick auf das Display. »Soldono.« Er nahm ab. »Quinn. Warum haben Sie nicht auf meine Anrufe reagiert, verdammt noch mal?« Er hörte einen Moment zu, ehe er Eve das Telefon hinhielt. »Montalvo hat ihm verboten, sein Handy zu benutzen, bevor sein kleines Überraschungspaket angekommen war. Er möchte mit dir sprechen.«

Sie nahm das Handy. »Lebt Gonzales noch, Soldono?«

»Vor einer halben Stunde habe ich ihn jedenfalls noch lebend gesehen. Montalvo ist dafür extra mit mir zum Gefängnis gefahren. Er wollte, dass ich Ihnen das erzählen kann.« Er zögerte. »Aber ich weiß nicht, ob es dabei bleibt. Ich habe keinen blassen Schimmer, was Montalvo vorhat. Er scheint Sie im Augenblick mit Glacéhandschuhen anzufassen, aber das kann sich im Handumdrehen ändern.«

»Schaffen Sie es, Gonzales und seine Familie da rauszuholen und aus dem Land zu bringen, wenn ich Montalvo noch ein paar Tage hinhalte?«

Er schwieg; offenbar dachte er darüber nach. »Vielleicht. Ich könnte es versuchen. Die Frau und die Kinder dürften kein Problem sein, aber Gonzales … Schaffen Sie es denn, ihn hinzuhalten?«

»Möglich.«

»Er hat mir gesagt, ich soll Sie anrufen und Ihnen eine Faxnummer geben. Es ist keine Nummer aus dem Lager – für den Fall, dass sein Gerät überwacht wird. Es ist der Faxanschluss eines Hauses in der Stadt.« Sie schrieb mit, als er die Nummer herunterratterte. »Was wollen Sie ihm denn schicken?«, fragte er.

»Er will sich selber testen.« Sie hob den Blick und schaute Joe an. »Und ich möchte sehen, was dabei herauskommt.«

»Solange Sie nicht erwarten, dass er nicht falsch spielt, um die gewünschten Ergebnisse zu erzielen. Er ist ein gerissener Hund.«

»Ich erwarte gar nichts von ihm. Und ich habe ihm nicht versprochen, ihm dafür das zu geben, was er haben will. Ich kann also nur gewinnen, vorausgesetzt, es gelingt Ihnen, die Familie Gonzales aus Kolumbien zu schaffen.«

Soldono schwieg eine Weile. »Montalvo schließt normalerweise keine einseitigen Geschäfte ab. Und wenn er es getan hat, dann seien Sie besser auf der Hut.«

»Hält er sein Wort?«

»Soweit ich weiß, ja.«

»Das genügt nicht. Glauben Sie, er hätte Gonzales freigelassen, wenn Sie mich so unter Druck gesetzt hätten, wie er es wollte?«

Er zögerte. »Ja.«

»Gut, dann sagen Sie Montalvo, dass ich ihm das Foto innerhalb der nächsten sechs Stunden schicken werde. Und dass ich fünf Tage als angemessene Frist betrachte, die fraglichen Informationen zu beschaffen. Reicht Ihnen das?«

»Ich hoffe es.«

»Ich auch. Und noch etwas. Ich möchte, dass Venable mir eine vollständige Akte über Montalvo zuschickt.«

»Warum?«

»Er weiß eindeutig zu viel über mich; ich muss alles über ihn in Erfahrung bringen.«

»Ich gebe Venable Bescheid. Er wird sie Ihnen unverzüglich zukommen lassen.« Er zögerte. »Es tut mir leid, dass wir Sie in die Sache hineinziehen mussten, Miss Duncan. Wir haben unser Möglichstes getan, um es zu verhindern.«

»Mir tut es auch leid. Beschaffen Sie mir einfach seine Akte.« Sie legte auf und schaute Joe an. »Und?«

»Was willst du von mir hören?«, fragte er unwirsch. »Es ist ein Fehler. Er wird dich aussaugen und bei lebendigem Leib verschlingen, wenn du es zulässt.«

»Ich lasse es aber nicht zu.« Sie stand auf und ging zur Staffelei. »Ein Foto ist keine Verpflichtung. Er wird mir etwas geben, woran mir sehr viel liegt, und er verlangt keine Gegenleistung dafür.« Sie bückte sich, öffnete den Schrank und holte ihre Fotoausrüstung heraus. »Und die Verzögerung könnte Leben retten.«

»Warum fünf Tage?«

»Ich will mich nicht mit ihm abgeben müssen, wenn wir am Wochenende nach Phoenix fahren. Und er wollte, dass ich ihn teste – gut, nun hat er seinen Test, und was für einen. Für Soldono dürfte die Zeit ausreichen, um die Familie Gonzales in Sicherheit zu bringen, und ich brauche mich trotzdem nicht allzu lange mit Montalvo zu befassen.«

»Es wäre ein Wunder, wenn er es schaffen würde.«

Ein Wunder. Erst gestern Abend hatte Joe gesagt, es wäre ein Wunder, wenn Bonnie eines Tages gefunden würde. Fast war es, als spürte er, dass Montalvo ihr mehr angeboten hatte, als Marty nach Hause zu bringen. Vielleicht hatte er tatsächlich eine Ahnung. Joe kannte sie so gut …

Und warum hatte sie Joe nicht erzählt, was Montalvo ihr versprochen hatte? Sie hatte nicht gelogen, aber sie hatte es ihm nicht erzählt. Etwas zu verschweigen war auch eine Art Lüge.

Sie konnte es ihm immer noch erzählen.

Nein, sie durfte sich nicht auch noch selbst belügen. Sie würde es ihm nicht erzählen, weil sie seine Reaktion im Voraus kannte. Sie wusste, dass er sich Sorgen machen und mit allen Mitteln versuchen würde, sie davon abzuhalten, Montalvos Ansinnen auch nur in Erwägung zu ziehen. Es hatte keinen Zweck, Joe einzuweihen, wo sie doch genauso gut wusste wie er, dass Montalvos Lockmittel ein Ruf der Sirenen war, der in die Irre führte.

Männer wie Montalvo handelten mit dem Tod und nicht mit Wundern.

3

Das Schloss auf dem Bild war in Nebelschwaden gehüllt, die nicht von dieser Welt zu sein schienen.

»MacDuff's Run?«, fragte Eve Jane. »Sieht in deiner Interpretation wie Camelot aus.«

Jane grinste. »Das ist MacDuff's Sicht.« Sie setzte ihr Glas Wein an die Lippen. »Es ist wie der Song in dem Musical. Magisch.«

»Ich bin erstaunt, dass er das Bild nicht kaufen will.«

»Ich habe ihm nicht gesagt, dass es von mir ist.« Sie legte den Kopf schief, um es zu begutachten. »Eigentlich male ich ja keine Landschaften, aber dieser Ort ging mir nicht mehr aus dem Sinn. Vielleicht ist er tatsächlich ein bisschen magisch. Gefällt es dir?«

»Sehr.« Eve blickte sich in der von Menschen wimmelnden Galerie um. Kein Zweifel – die Ausstellung war schon jetzt ein Erfolg. Den ganzen Nachmittag über waren ›Verkauft‹-Schilder auf Janes Bildern aufgetaucht. »Aber ich mag alle deine Bilder. Besonders das von Toby, wo er auf dem Kaminvorleger liegt und schläft.«

»Das ist im Moment seine Lieblingsbeschäftigung. Er zählt lieber Schafe, als Eichhörnchen zu jagen.«

»Das gehört zu den Privilegien eines Hundes. Toby ist schließlich kein Welpe mehr. Wann kommt ihr beide mal für eine Weile nach Hause?«

»Bald. Vielleicht schon nächste Woche. Sobald ich hier fertig bin. Ich brauche dringend eine Verschnaufpause.«

»Gut.« Eve trank einen Schluck Wein. »Du fehlst uns. Wie geht es Trevor?«

»Gut.« Sie lächelte und winkte einem Mann auf der anderen Seite der Galerie zu, der sich mit Joe unterhielt. »Er ist gerade erst aus Johannesburg zurück. Er hatte mir versprochen, rechtzeitig zur Eröffnung da zu sein.«

»Er sieht gut aus.«

»Er sieht wie ein verdammter Filmstar aus, und jede Frau in diesem Raum leckt sich alle zehn Finger nach ihm«, sagte Jane grinsend. »Ich brauche Trevors Anwesenheit, damit meine Ausstellungen Starqualität bekommen.«

»Du hast selber Starqualität. Frag mal die Leute hier, die deine Bilder gekauft haben.«

Jane zuckte die Schultern. »Ich betrachte mich nicht als Rembrandt. Ich liebe meine Arbeit, nicht das Lob.« Ihr Blick wanderte zu Eve zurück. »Und im Vergleich zu deiner Arbeit kommt sie mir ziemlich trivial vor.«

»Mir nicht. Kunst erfreut die Menschen und hat zugleich heilende Wirkung. Meine Rekonstruktionen führen zwar vielleicht zu einem Abschluss, aber Freude kommt nicht dabei auf.«

»Du siehst müde aus. Du hast mal wieder zu viel gearbeitet.«

»Kann sein.« Sie wechselte das Thema. »Wie steht's mit dir und Trevor?«

Janes Lächeln schwand. »Wie soll es mit uns stehen?«

»Jane.«

Sie zog die Nase kraus. »Okay. Er ist sexy. Er ist klug. Wir verstehen uns blendend.« Sie hielt inne. »Und ich habe eine Heidenangst davor, mich zu binden. Es hat doch keine Eile. Es gibt eine Million Dinge, die ich mit meinem Leben anstellen möchte, ehe ich eine Familie gründe. Zufrieden?«

»Fürs erste ja. Tut mir leid, ich wollte nicht neugierig sein. Ich mache mir nur manchmal Sorgen.«

»Und Gott weiß, dass ich das auf keinen Fall möchte. Du hast schon genug Probleme.« Sie schaute wieder zu Joe hinüber. »Warum ist er so nervös? Er versucht, sich locker zu geben, aber er sieht aus wie …« Sie suchte nach einer Beschreibung. »Wie ein Tiger auf dem Sprung.«

Eve hätte wissen müssen, dass Jane ihre und Joes innere Unruhe spüren würde. Jane war auf der Straße groß geworden, und sie war schlau und hatte eine starke Intuition. Außerdem war sie ihnen beiden sehr nahe. »Er will mich beschützen. Es gibt da einen Auftrag, den ich in Betracht ziehe, und er möchte nicht, dass ich ihn annehme.«

»Dann nimm ihn nicht an.«

»Werde ich wahrscheinlich auch nicht.« Sie wechselte das Thema. »Wir fahren morgen früh nach Atlanta zurück. Kannst du mit uns zu Abend essen, oder bist du mit all diesen hochgestochenen Kunstmäzenen beschäftigt?«

»Die können mich mal.« Jane grinste. »Ich weiß, wer in meinem Leben zählt. Ich komme um sieben zu euch ins Hotel. Okay?«

»Sehr gut.« Sie stellte ihr Glas auf dem Tisch ab. »Jetzt misch dich lieber unter die Leute. Das ist im Moment am wichtigsten für dich. Ich habe dich ja heute Abend noch für mich allein.« Sie bahnte sich einen Weg durch die Menge, um sich zu Joe und Trevor zu gesellen.

Nach wenigen Schritten klingelte ihr Handy.

»Amüsieren Sie sich gut?«, fragte Montalvo.

Sie blieb wie angewurzelt stehen, und ihre Hand krampfte sich um das Telefon. »Bis eben habe ich mich sehr gut amüsiert. Was wollen Sie?«

»Ihre Jane ist eine großartige Künstlerin und ein schönes Mädchen. Sie müssen sehr stolz auf sie sein.«

»Darauf können Sie Gift nehmen. Was wollen Sie?«

»Es ist drei Tage her, dass Sie mir Ihre Frist gesetzt haben. Ich dachte, ich schulde Ihnen einen Zwischenbericht.«

»Brauchen Sie etwa mehr Zeit?«

»Ich sagte doch, ich will Ihnen einen Zwischenbericht geben. Ihr kleiner Junge heißt Peter Dandlow. Neun Jahre alt. Er stammt nicht aus Macon. Seine Eltern lebten in Valdosta, Georgia. Dort wurde er vor fünf Jahren als vermisst gemeldet. Er war ein Schlüsselkind und sollte seine Mutter immer bei der Arbeit anrufen, wenn er von der Schule nach Hause kam. Eines Tages rief er nicht an. Sie hat ihn nie wieder gesehen.«

Einen Augenblick lang war sie zu verblüfft, um etwas zu sagen. »Wie haben Sie das herausgefunden?«

»Mithilfe der Computerdateien von allen Polizeidienststellen der Gegend. Es ist nicht leicht, sie zu knacken, aber für einen Computerfreak keineswegs unmöglich. Ich habe meinen Leuten genügend Geld gegeben, um sie anzuspornen, hart und schnell zu arbeiten. Die Unterlagen mancher Städte waren spärlich, deshalb habe ich einen Mann losgeschickt, damit er in diesen Fällen zusätzlich die Archive der Leichenschauhäuser durchsucht.« Er schwieg einen Moment. »Ihre Rekonstruktion von dem Jungen ist hervorragend. Sie können stolz darauf sein. Ich habe Ihnen ein Fax ins Hotel geschickt, mit einem Foto des Jungen und Ihrer Rekonstruktion. Es müsste inzwischen da sein.«

Sie bemühte sich, mit fester Stimme zu sprechen. »Woher soll ich wissen, dass das alles stimmt? Sie können das Foto auch gefälscht haben.«

Er lachte leise. »Wie misstrauisch Sie sind. Das gefällt mir. Lassen Sie's Quinn auf jeden Fall bei der Polizei von Valdosta nachprüfen. Ich für mein Teil bin mir sicher, dass Peter Dandlow das Opfer ist, das Sie suchen. Deshalb bin ich jetzt zu Schritt zwei übergegangen.«

»Und der wäre?«

»Ich habe Ihnen doch gesagt, dass ich den Mörder des Jungen finden werde. Zwei Tage sind keine lange Zeit, aber ein paar Dinge habe ich schon unternommen. Ich glaube nicht, dass der Junge von seinen Eltern ermordet wurde, obwohl das in solchen Fällen gar nicht so selten ist. Der Vater hat die Mutter des Jungen verlassen, bevor der Junge geboren wurde, und das Ausmaß der Verletzungen des Kleinen lässt auf eine gewisse Kraft und Brutalität schließen. Es ist zwar vorstellbar, dass die Mutter das Kind geschlagen und getötet hat, aber die ständigen Prügel, die ...«

»Sie glauben allen Ernstes, dass Sie seinen Mörder finden können? Niemals.«

»Ich sage nicht, dass ich ihn kriege. Dafür reicht die Zeit nicht. Aber ich werde Sie auf die richtige Spur führen.«

»Der Fall ist ad acta gelegt, Montalvo.«

»Dann hole ich ihn eben wieder heraus. Ich bin gut darin, etwas zu bewegen. Allerdings finde ich es schade, dass Sie mir so wenig Zeit geben. Normalerweise führe ich gern zu Ende, was ich einmal angefangen habe. Möchten Sie denn nicht, dass ich den Mörder des Jungen an den Haaren herbeizerre und Ihnen vor die Füße lege?«

»Nein.«

»Und was ist mit Bonnies Mörder?«, fragte er leise.

Sie erstarrte.

»Ich rufe Sie in zwei Tagen wieder an, Eve.« Er legte auf.

Ihr Herz klopfte heftig. Sie bekam kaum Luft. Sie musste sofort hier raus. Die Menge schien sich immer dichter um sie zu drängen ...

Sie schaffte es bis zum Seitenausgang und lief auf die kleine Straße hinaus. Die Luft war kühl und frisch. Sie atmete tief ein, einmal, noch einmal.

Und was ist mit Bonnies Mörder?

Scheißkerl. Lügner. Lügner.

Und doch hatte er innerhalb von drei Tagen herausgefunden, wer Marty war.

Was noch lange nicht hieß, dass er Bonnie oder Bonnies Mörder finden konnte. Es hieß noch nicht einmal, dass es stimmte, was er von Marty erzählte.

»Ich habe dich aus dem Saal rennen sehen. Was ist los?«

Sie drehte sich um und sah Joe in der Tür stehen. »Ich brauchte ein bisschen frische Luft.« Sie befeuchtete sich die Lippen. »Montalvo hat angerufen. Er sagt, Marty sei ein vermisst gemeldeter Junge aus Valdosta. Peter Dandlow. Er hat mir ein Fax mit einem Foto des Jungen ins Hotel geschickt.«

»Der Mann ist kriminell. Es könnte gefälscht sein.«

»Das habe ich ihm auch gesagt. Er meint, du könntest es bei der Polizei in Valdosta nachprüfen.«

»Das werde ich garantiert tun.«

»Ich glaube nicht, dass er blufft.«

»Wieso nicht? Der Kopf auf unserer Veranda war auch nicht echt.«

»Das war etwas anderes. Er wusste, dass ich das ganz schnell merken würde. Er wollte etwas damit bezwecken.«

»Das will er jetzt auch.«

Ja, aber nicht das, was Joe dachte. »Du hättest mal seine Stimme hören sollen. Er war ... euphorisch. Es macht ihm Spaß, eine so schwierige Aufgabe zu lösen. Ich sehe es direkt vor mir, wie er dasitzt und grübelt und drängt und fordert, um das Puzzle zusammenzusetzen.«

»Hör auf, dir Gedanken über ihn zu machen«, sagte Joe schroff. »Du sprichst über Montalvo, als würdest du ihn kennen. Er versucht dich reinzulegen.«

Sie hatte tatsächlich langsam das Gefühl, ihn zu kennen. Und es gab keinen Zweifel, dass er wusste, welche Knöpfe er bei ihr drücken musste. Bonnie. Immer Bonnie.

Sie versuchte zu lächeln. »Es kann nie schaden, seinen Feind zu kennen.« Sie wandte sich zur Tür. »Lass uns lieber wieder reingehen. Jane könnte sich sonst Sorgen machen.«

»Eben war sie noch von einer Menge bewundernder Fans umringt. Was willst du jetzt tun? Ins Hotel rennen und das Fax holen?«

»Nein, dies ist Janes Abend. Ich schaue mir das Fax erst an, wenn wir nachher vom Essen kommen.«

»Hallelujah.« Er fasste sie am Arm. »Und morgen forsche ich in Valdosta nach. Ich hoffe, der Kerl lügt das Blaue vom Himmel herunter.«

»Ich nicht. Wenn er die Wahrheit sagt, können wir Marty zu seiner Mutter zurückbringen.«

»Und das macht Montalvo dann zum Helden?«

»Nein, aber es bedeutet, dass das, wofür ich gearbeitet habe, Wirklichkeit wird. Es ist mir egal, auf welche Weise das passiert – Hauptsache, es passiert.«

Er schwieg einen Moment, während er ihr die Tür aufhielt. »Entschuldige. Ich würde mich freuen, wenn du

Marty nach Hause bringen könntest. Ich wünschte nur, es geschähe auf andere Weise.«

»Ich auch.« Sie wollte nicht glauben, dass Montalvo so etwas wie ein Wundertäter war.

Sie wollte nicht spüren, wie sich dunkel die Hoffnung in ihr regte.

Als sie und Joe kurz vor Mitternacht ins Hotel zurückkamen, holte sie sich das Fax an der Rezeption ab und schaute es sich erst an, als sie in ihrer Suite waren.

Das Foto von Peter Dandlow zeigte verblüffende Ähnlichkeit mit der Rekonstruktion, die sie erstellt hatte. Die beiden Fotos auf dem Fax sahen fast identisch aus. Natürlich gab es auch Unterschiede. Es gab immer Unterschiede, wenn man keine Kopie anfertigte, sondern sich auf die Gewebestruktur und auf seinen Instinkt verließ. Aber sie nahm dankbar zur Kenntnis, dass sie gute Arbeit geleistet hatte.

Sie gab Joe das Fax. »Nah dran.«

»Sehr nah. Darf ich es haben?«

»Natürlich.« Sie ging ins Badezimmer und schloss die Tür hinter sich. Schmerz durchflutete sie. Dieser lächelnde, süße Junge, voller Leben und Fröhlichkeit. Es war immer dasselbe. Erst das befriedigende Gefühl, gute Arbeit geleistet zu haben, und dann der schneidende Schmerz.

»Eve.«

»Ich brauche nur einen Moment.«

»Lass mich rein.« Er öffnete die Tür. »Schließ mich um Himmels willen nicht aus.« Er nahm sie in die Arme. »Ich weiß doch, wie du dich fühlst. Ich habe dir jedes Mal drüber hinweggeholfen. Was ist jetzt anders?«

»Nichts.« Er war zu Recht verwirrt. Sie hatte instinktiv gehandelt; es gab keinen vernünftigen Grund, ihn auszuschließen. »Ich habe wohl nicht nachgedacht.«

»Das ist es ja, was mir Sorgen macht.« Er drückte sie an sich. »Ich find's zwar nicht richtig, was du tust, aber das heißt noch lange nicht, dass ich nicht für dich da bin.«

»Ich weiß.« Sie vergrub das Gesicht in seiner Schulter. Himmel, sie liebte ihn doch. Warum hatte sie in letzter Zeit so ein verzweifeltes Gefühl von Verlust und Schmerz, wenn sie mit ihm zusammen war? »Ich weiß, Joe ...«

Sie waren dem Dreckskerl dicht auf den Fersen.

Montalvo sprang ins Wasser und watete flussabwärts. Weiter vorn hörte er die Hunde kläffen, als sie die Witterung aufnahmen.

Soldono holte ihn ein. »Ich komme nicht weiter mit. Ich jage Menschen nicht wie wilde Tiere.«

»Natürlich tun Sie das.« Montalvos Hand schloss sich fester um sein Gewehr. »Sie tun alles, was Sie tun müssen, je nachdem, wie Ihre Befehle lauten. Normalerweise ist diese Art von Jagd für Sie nur nicht notwendig.« Seine Lippen wurden schmal. »In meiner Welt ist sie überaus notwendig.«

»Aber Sie haben Spaß daran.«

»Habe ich das?« Er watete weiter. »Denken Sie, was Sie wollen. Hauptsache, Sie folgen mir und halten den Mund, sonst lasse ich Sie in dem Dschungel hier verrotten.«

Er entdeckte Miguel weiter vorn bei den Hunden. »Im Wald jenseits der Lichtung«, rief Miguel. »Soll ich die Hunde auf ihn hetzen?«

»Nein, ruf sie zurück. Ihr bleibt beide hier. Überlasst ihn mir.« Er stieg aus dem Wasser, rannte von Baum zu Baum, suchte Schutz, wo immer möglich. Er fühlte sich an die Jahre erinnert, die er bei den Rebellen verbracht hatte. Die gleichen bis zur Schmerzgrenze geschärften Instinkte, das gleiche Rauschen von Adrenalin.

Eine Kugel pfiff an seinem Ohr vorbei und bohrte sich in den Baumstamm neben ihm.

Er wich nach links aus.

Er sah, wie sich die Blätter eines Stechpalmenbuschs bewegten.

Eine Falle, um ihn herauszulocken, ihn in die Schusslinie zu zwingen.

Er musste einen Bogen schlagen und sich anschleichen.

Vorsichtig, leise.

Aquila lauerte irgendwo da vorn und richtete das Gewehr auf alles, was sich bewegte.

Ein Flattern links vom Baum.

Das Licht flackerte, wurde mal heller, mal dunkler. Montalvo wartete, bis seine Augen sich an die perlgraue Dämmerung gewöhnt hatten.

Die letzte Bewegung war kein Trick. Er konnte vage Aquilas Gestalt vor den Büschen erkennen.

Er stützte sich auf ein Knie und zielte. Es war kein leichter Schuss. Schlechtes Licht, große Entfernung, und Aquila konnte jeden Moment weiterlaufen.

Konzentration.

Sein Finger legte sich um den –

Aquila bewegte sich nach links!

Trotzdem schießen. Einen halben Meter weiter nach links zielen …

Er drückte ab.

Aquila fiel zu Boden.

Stellte er sich tot? War er verwundet? Oder wirklich tot?

Montalvo schlug einen Bogen und schlich sich vorsichtig an. Aquila war eine Schlange, und er hatte keine Lust, in seinem Todeskampf von ihm gebissen zu werden.

Keine Gefahr.

Aquila lag zusammengekrümmt auf dem Boden; von seinem Schädel war nicht mehr viel übrig. Es war ein guter Schuss gewesen.

»Das sollte ich also mit ansehen?«, fragte Soldono.

Montalvo blickte sich um und sah Soldono und Miguel auf sich zu kommen. »Ja.« Zu Miguel sagte er: »Begrab ihn gleich hier an Ort und Stelle.«

Miguel nickte. »Ich hole schnell einen Spaten aus dem Wagen.« Er verschwand im Gebüsch.

Soldono blickte auf Aquila hinab. »Wer war der Mann?«

»Jemand, der mich mal sehr geärgert hat.«

»Inwiefern?«

»Das geht nur mich etwas an.«

»Nein. Ich muss wissen, warum Sie mich durch den Dschungel schleifen und mich zuschauen lassen, wie Sie einem Mann den Kopf wegschießen.«

»Die Gelegenheit war günstig, und ich habe sie beim Schopf gepackt.« Er drehte sich um und lief in die Richtung des Wagens zurück. »Ich fand, es war eine gute Idee.«

Er spürte Soldonos irritierten und leicht angewiderten Blick in seinem Rücken, als er zwischen den Bäumen entlang lief. Normalerweise hätte er bei seiner Jagd auf Aquila niemanden dabeihaben wollen, doch wie gesagt – die Gelegenheit war günstig gewesen.

Es dämmerte bereits. Wenn er wieder im Lager war,

würde es taghell sein. Er würde sich kurz hinlegen und dann Norton in Macon anrufen, um zu hören, was er ihm zu berichten hatte.

Eve Duncan wartete.

Als sie am folgenden Tag ins Cottage zurückkamen, fand Eve dort Montalvos Akte vor.

»Ich nehme an, du willst sie dir vor dem Essen anschauen«, sagte Joe.

Sie nickte abwesend, während sie den Umschlag öffnete. »Ich habe sowieso keinen großen Hunger.«

»Ich koche uns erst einmal Kaffee.« Joe ging in die Küche. »Aber später musst du etwas essen. Ich habe Jane versprochen, dafür zu sorgen, dass du wieder zunimmst.«

»Okay.« Der Umschlag enthielt nicht viel. Ein paar Fotos und zwei Blatt Papier. »Nach Venables Ankündigung hatte ich ein Strafregister vom Umfang eines Telefonbuchs erwartet.«

Joe kam zu ihr und nahm eins der Blätter in die Hand. »Keine Gefängnisstrafen. Vor zehn Jahren ist er ein paar Mal wegen Verdachts auf illegalen Waffenhandel verhaftet worden. Danach nichts mehr.«

»Wie ist das möglich? Venable meinte doch, er sei eine ganz große Nummer.«

»Entweder ist er sehr clever, oder er verfügt über Kontakte auf höchster Ebene, oder er hat genug Geld, um sich von allem Ärger freizukaufen. Vielleicht auch alles drei.«

»Wahrscheinlich hast du recht.« Sie schaute die Fotos durch. Montalvo sah nicht auf herkömmliche Weise gut aus. Er schien sich irgendwann einmal die Nase gebrochen zu haben, und seine Lippen waren wohlgeformt, aber ziemlich breit. Das dunkle Haar war an den Schläfen von silbernen Fäden durchzogen. Er hatte dunkle Augen, die einen kühn und direkt anblickten. »Wie alt ist er?«

Joe überflog den Bericht. »Das steht hier nicht. Vermutlich Anfang Vierzig.«

»Vermutlich? Venable konnte noch nicht mal sein Geburtsdatum ermitteln?«

Joe schüttelte den Kopf. »Dieser Akte zufolge nicht. Angeblich ist er als jüngerer Mann bei den Rebellen gewesen.«

»Vermutlich? Angeblich? Was ist mit seinen persönlichen Daten? Wo wurde er geboren? Hat er Angehörige? Herrgott noch mal, wenn er schon mehrfach von der Polizei verhaftet wurde, muss es doch Aufzeichnungen darüber geben.«

»Die CIA hatte zum ersten Mal vor zehn Jahren mit ihm Kontakt, als er Waffen an die Rebellen verkaufte. Er hatte im Dschungel ein Lager errichtet und führte wie ein Feudalherrscher seinen Palast. Sie haben nachgeforscht, sie haben Fragen gestellt, aber sie konnten nichts in Erfahrung bringen.«

»Der geheimnisvolle Fremde?«

»Es gibt kein Geheimnis, das man nicht aufdecken kann. Vielleicht wissen sie mehr, als auf diesen Blättern steht.«

»Das leuchtet mir mehr ein, als dass sie nicht in der Lage sein sollten, mehr über ihn herauszufinden. Soldono und er schienen sich jedenfalls ziemlich gut zu kennen.« Sie ballte ihre Hand zur Faust. »Ich will mehr wissen, verdammt.«

»Du weißt genug. Er ist ein Verbrecher, er hat keine Skrupel, einen Mann und seine gesamte Familie zu töten, und er wird dich, wenn du es zulässt, benutzen. Ich würde sagen, das reicht.«

»Wahrscheinlich hast du recht.« Sie blickte erneut auf die Fotos hinab. »Es ist nur ... er ist so ... es ist schwer, ihn abzuweisen, ohne zu wissen, was er überhaupt will. Was ist das für eine Rekonstruktion, die ich für ihn anfertigen soll? Warum versucht er's nicht mit einer DNA-Analyse? Genug Geld dafür hat er bestimmt. Er nimmt erhebliche Mühen auf sich, um mich zu ködern.«

»Unter anderem bringt er dich dazu, ununterbrochen an ihn zu denken.« Joe warf das Blatt Papier auf den Wohnzimmertisch. »Du hast doch schon manchen Kriminellen abgewiesen, der sich an dich gewandt hat. Was ist an Montalvo so anders?«

Die anderen hatten ihr nicht Bonnie versprochen.

Sie versuchte zu lächeln. »Anhand dieser Akte werde ich's jedenfalls nicht herausbekommen.«

»Du hast erreicht, was du wolltest. Du weißt jetzt, wer Marty ist. Lass den Mistkerl einfach abblitzen.«

»Erst wenn Gonzales und seine Familie in Sicherheit sind. Soldono hat sich noch nicht gemeldet. Ich rufe ihn heute Abend an, um zu hören, ob sich irgendetwas getan hat.«

»Und ich rufe in Valdosta an. Mal sehen, ob der Junge wirklich der ist, für den Montalvo ihn ausgibt.« Er ging in die Küche. »Der Kaffee müsste fertig sein. Möchtest du eine Tasse?«

»Später. Ich glaube, ich gehe erst mal am See spazieren. Kommst du mit?«

Er schüttelte den Kopf. »Ich rufe lieber in Valdosta an. Ich hoffe, sie sagen mir, das Fax ist getürkt.«

»Das glaube ich nicht – ich weiß nicht. Er klang so aufgekratzt, als er mit mir sprach. Ich glaube nicht, dass er gelogen hat.« Sie öffnete die Verandatür. »Ich bin in einer halben Stunde zurück.«

»Okay.« Er war bereits dabei, eine Nummer auf seinem Handy zu wählen, ganz auf das konzentriert, was er sich vorgenommen hatte.

Joe war immer konzentriert, dachte sie, während sie die Stufen hinunterging. Konzentriert, aufmerksam, vollkommen in das vertieft, woran er gerade arbeitete. Deshalb war er so ein hervorragender Polizist.

Der See lag spiegelglatt da.

Frieden.

Sie liebte den Frieden, den das Cottage ausstrahlte, und sie liebte die Sicherheit und Verlässlichkeit ihres Lebens mit Joe. Er hatte gepolsterte Wände um sie herum gebaut, um sie vor allem Unheil zu schützen.

Sie wollte diesen sicheren Hafen nicht verlassen. Sie wollte für immer hier bleiben, umgeben von Joes Liebe und Fürsorge.

Warum dachte sie überhaupt daran wegzugehen? Der Gedanke war aus dem Nichts gekommen. Sie hatte nicht die Absicht, ihr Leben zu ändern oder ein Wagnis einzugehen, nur weil …

Nur weil was? Nach Kolumbien zu fliegen, nur weil eine kleine Chance bestand, dass Montalvo sein Versprechen halten könnte. Ihr Leben wegen eines Verbrechers aufs Spiel zu setzen, dem der Frieden, den sie so liebte, vollkommen gleichgültig war.

Ihr Handy klingelte.

Soldono. Hoffnung durchfuhr sie. Sag mir, dass ich draußen bin. Sag mir, du hast Gonzalez in Sicherheit gebracht, dann habe ich keinen Grund mehr, zu Montalvo zu fliegen.

Keinen Grund mehr außer Bonnie.

»Was ist los?«, fragte sie, sobald sie abgenommen hatte. »Gonzales?«

»Noch nicht.« Soldono zögerte. »Es ist schwierig. Montalvo scheint mit diesem Schritt zu rechnen. Sie sind sehr gut bewacht.«

»Das wollte ich eigentlich nicht hören.« Sie schwieg. »Meinen Sie, er hat ernsthaft vor, ihn und seine Familie zu töten?«

»Ernsthaft genug jedenfalls, dass wir es nicht ausschließen können.«

»In der Akte, die Venable uns geschickt hat, steht nichts von *gewalttätigen Neigungen.* Allerdings«, fügte sie frustriert hinzu, »steht da sowieso verdammt wenig drin. Weiß denn niemand bei der CIA mehr über ihn?«

»Ich glaube nicht.«

»Sagen Sie mir die Wahrheit?«

»Ich habe keinen Grund, Sie zu belügen. Aber ich würde an Ihrer Stelle nicht darauf zählen, dass Montalvo nicht gewalttätig ist, nur weil in seiner Polizeiakte kein Hinweis darauf steht.«

»Er hätte mir Gonzales' Kopf schicken können. Stattdessen hat er mir eine Attrappe geschickt.«

»Das könnte auch nur heißen, dass er ganz genau weiß, wie sehr Sie das abgestoßen hätte. Er hat sich Ihre Aufmerksamkeit gesichert und kann Ihnen immer noch mit Gonzales kommen. Glauben Sie mir, der Mann hat keine Bedenken, jemanden umzubringen.«

»Woher wissen Sie das?«

»Weil er wollte, dass ich es weiß.« Er schwieg einen Moment. »Ich war gestern Nacht zu einem Jagdausflug eingeladen. Nein – nicht eingeladen, man hat mir vielmehr befohlen mitzukommen.«

»Eine Jagd?«

»Ja. Auf einen gewissen Aquila. Ich weiß nicht, was er Montalvo angetan hat, aber es war offenbar schlimm genug, um sich in den Dschungel abzusetzen. Montalvo und sein Oberleutnant Miguel haben ihn verfolgt. Es ging keine Sekunde darum, ihn lebendig zurückzubringen. Er war schon ein toter Mann, als Montalvo die Verfolgung aufnahm.«

»Haben sie ihn gefunden?«

»Nach fünf Stunden. Den Rest hat Montalvo allein erledigt. Er hat ihm den halben Kopf weggeschossen.«

»O nein.«

»Dann hat er Miguel befohlen, ihn im Dschungel zu begraben, und sich wieder seinen Geschäften zugewandt.« Er schwieg. »Und ich bin sicher, diese Geschäfte betrafen Sie.«

»Warum?«

»Weil Montalvo kein Exhibitionist ist. Er hatte einen Grund dafür, mich mitzunehmen. Er wollte, dass ich sehe, wie er Aquila umlegt. Er wollte, dass ich Ihnen davon erzähle.«

»Damit ich Ihnen genau die Fragen stelle, die ich gestellt habe. Er wollte mir zeigen, dass er die Sache durchzieht.« Himmel, Montalvo war wirklich clever. Er schien zu wissen, was sie dachte und was sie tun würde, noch ehe sie es tat. »Hat er das nur gemacht, um mir etwas zu beweisen?«

»Nein, er sagte, es sei eine günstige Gelegenheit gewesen, und er habe sie einfach beim Schopf ergriffen.«

Ihr lief ein Schauer über den Rücken. »Und was für eine Gelegenheit.«

»Jedenfalls haben Sie jetzt Ihre Antwort.«

Ja, sie hatte eine Antwort auf vieles, nur nicht auf die

Frage, die sie zuerst gestellt hatte. »Können Sie die Leute in Sicherheit bringen, ehe Montalvo ihnen den Kopf wegschießt?«

»Ich tue mein Bestes. Venable schickt mir Unterstützung.«

»Das reicht nicht.«

»Ich weiß«, sagte Soldono matt. »In vielen Fällen reicht meine Arbeit nicht. Lauter Kompromisse. Ich tue, was ich kann. Ich rufe Sie wieder an, wenn ich mehr weiß.« Er legte auf.

Hoffentlich hatte er das nächste Mal bessere Nachrichten für sie, dachte sie niedergeschlagen. Sie war nicht sehr freundlich zu ihm gewesen, dabei hatte er wahrscheinlich so effizient gearbeitet, wie es unter den gegebenen Umständen möglich war. Immerhin saß er in Montalvos Haus und wurde ständig beobachtet.

Es war seltsam, doch sie hatte das Gefühl, dass Montalvo auch sie beobachtete. Sie sah ihn auf der Lauer liegen wie einen Panther, der wartete und aufpasste und jeden Ausgang versperrte, ehe sie ihn erreicht hatte.

Sie blickte auf den See. Die Sonne ging gerade unter, und die letzten Sonnenstrahlen spiegelten sich flammend rot im Wasser. So viel Schönheit. Manchmal raubte es ihr den Atem. Sie wollte solche Momente für immer in Erinnerung behalten.

In Erinnerung behalten? Sie erlebte solche Momente jeden Tag. Sie brauchte sich nicht daran zu erinnern.

Sie musste zurückgehen und Joe von dem Gespräch mit Soldono erzählen. Vielleicht nicht in allen Einzelheiten. Er war schon nervös und beunruhigt genug. Er brauchte nichts von dem Mann zu wissen, den Montalvo umgebracht hatte. Es würde ihn nicht überraschen, sondern ihm nur noch mehr Munition liefern, die er auf sie abfeuern konnte, damit sie nicht weiter mit Montalvo verhandelte.

Sie drehte sich um und ging zum Cottage zurück. Sie würde sich nicht von weiteren Kontakten zu Montalvo abhalten lassen, aber sie brauchte ebenfalls Munition. Die Akte war so lächerlich dürftig, dass sie sich wehrlos fühlte. Das konnte sie nicht hinnehmen. Von diesem Gefühl hatte sie nach Bonnies Tod schon genug gehabt. Es war der entscheidende Grund, warum sie die Ausbildung zur Gesichtsrekonstrukteurin gemacht hatte. Es war eine Möglichkeit gewesen, zurückzuschlagen, ein eigenes Ziel vor Augen zu haben.

Wissen war Macht. Wissen war Stärke. Wenn sie mit Montalvo verhandeln wollte, brauchte sie viel von beidem.

»Soldono hat mich angerufen, während ich unten am See war«, erzählte sie Joe, als sie ins Haus kam. »Er schlägt bald zu. Noch hat er Gonzales und seine Familie nicht außer Landes gebracht. Aber Venable schickt ihm Unterstützung.« Sie ging in die Küche und schenkte sich eine Tasse Kaffee ein. »Und er weiß auch nicht mehr, als in dem Bericht steht. Behauptet er jedenfalls.« Sie führte die Tasse an die Lippen. »Ich neige eher dazu, ihm zu glauben. Falls sie bei der CIA wichtige Hintergrundinformationen über Montalvo unter Verschluss halten, werden sie's Soldono nicht erzählt haben.«

»Es ist nicht sehr klug, einem Agenten Informationen vorzuenthalten, die er im Dienst womöglich gut gebrauchen könnte.«

»Das denke ich auch. Wir brauchen alle Informationen, die wir über Montalvo bekommen können.« Sie hielt inne. »Und deshalb werde ich Galen anrufen.«

»Das überrascht mich nicht. Ich hab's kommen sehen.

Aber vielleicht kann er dir nicht helfen, das muss dir klar sein.«

»Vielleicht ja doch. Galen handelt schließlich unter anderem mit Informationen. Mag sein, dass die CIA nicht in der Lage ist, etwas über Montalvo in Erfahrung zu bringen, aber auf Galen ist Verlass.«

»Früher konntest du dich auf ihn verlassen, das ist wahr.« Er schaute in seine Kaffeetasse. »Aber du hast seit Monaten nicht mit ihm gesprochen. Elena und er haben inzwischen eine kleine Tochter bekommen. Du bist seine Freundin, aber Beziehungen neigen dazu, in die Brüche zu gehen, wenn neue Bindungen entstehen.«

»Nicht bei Galen.« Dafür waren sie und Galen sich in der Zeit, die sie zusammen verbracht hatten, zu nah gewesen. »Er wird sich Zeit für mich nehmen. Ich verlange ja nicht von ihm, nach Kolumbien zu fliegen und Montalvo auszuspionieren. Ich bitte ihn nur um ein paar Informationen. Ich rufe ihn gleich nach dem Essen an.« Sie öffnete den Kühlschrank. »Was hältst du davon, wenn ich eine Tiefkühllasagne in den Ofen schiebe?«

»Viel.« Er schwieg einen Moment. »Du hast noch gar nicht nach meinem Anruf in Valdosta gefragt.«

Sie holte die Lasagne heraus. »Ach ja – was hat der ergeben?«

»Das Fax ist nicht getürkt. Aber du hattest auch nichts anderes erwartet, oder?«

»Es ist gut, es bestätigt zu bekommen.« Sie hatte tatsächlich keinen Zweifel gehabt, dass Montalvo die Wahrheit sagte. Es war zu leicht zu überprüfen, und er hatte kein Interesse daran, es sich mit ihr zu verscherzen. Er hatte extreme Anstrengungen unternommen, um sicherzugehen, dass sie ihn weder für einen Lügner noch für einen Scharlatan hielt. »Danke für deine Mühe.«

»Kein Problem.« Er schaltete den Ofen ein. »Ich habe das Gefühl, die eigentlichen Probleme kommen erst noch.«

»Montalvo?«, wiederholte Galen. »Ich habe von ihm gehört. Allerdings nichts, was man vertrauliche Informationen nennen würde.«

»Kannst du für mich mehr über ihn herausfinden?«

»Natürlich, Liebes.« Galen seufzte. »Ich würde ihn sogar für dich aus dem Weg räumen, aber ich fürchte, meine Elena hätte etwas dagegen. Sie schafft es, dass ich allmählich zahm werde wie ein Kätzchen.«

Eve kicherte. »Kann ich mir nicht vorstellen. Zumal Elena früher gefährlicher war als du.«

»War sie *nicht.*« Sein britischer Akzent wurde stärker, wenn er entrüstet war. »Wir standen immer auf gleicher Stufe. Nur dass meine Stufe manchmal noch gleicher war als ihre. Na ja, aber sonst sind wir uns in fast jeder Hinsicht gewachsen.«

»Das muss wohl stimmen, wenn ihr es geschafft habt, zwischen euren Kämpfen ein Kind zu zeugen. Wie geht es Elspeth?«

»Bestens. Sie ist schön, süß, klug und bezaubernd. Ich weiß wirklich nicht, warum es immer heißt, zwei sei so ein schreckliches Alter. Sie ist ein absoluter …« Er unterbrach sich. »Nein, Elspeth, du nimmst *kein* Bad im Hundetrinknapf. Das ist gar keine gute Idee. Kann sein, dass du dann sauber bist, aber der Hund ist nicht so glücklich. Hörst du nicht?« Eve vernahm im Hintergrund das Jauchzen eines kleinen Kindes und dann Protestgeschrei. »Okay, jetzt hab ich sie unter dem Arm. Was sagte ich gerade?«

»Elspeth ist klug, bezaubernd und süß.«

»Und trotzig und eigensinnig und extrem herrschsüchtig. Aber dass sie zwei ist, hat nichts damit zu tun. Sie ist das Kind ihrer Mutter.«

»Und Elena sagt wahrscheinlich das Gleiche über dich.«

»Ganz bestimmt. Sie rotten sich gegen mich zusammen. Du hast ja keine Ahnung, wie eine Tochter dein Leben regieren kann, solange du nicht …« Er verstummte. »Mein Gott, Eve, entschuldige. Ich habe nicht nachgedacht.«

»Hör auf. Meinst du, ich gönne dir nicht jede Minute deines Glücks mit Elspeth? Es ist eine der schönsten Erfahrungen, die du je machen wirst. Halt sie fest, Galen.«

»Ja. Das tue ich.« Er zögerte. »Bevor wir Elspeth hatten, dachte ich immer, ich trauerte mit dir, aber das war nichts im Vergleich zu jetzt. Ich hatte überhaupt keine Ahnung. Vielleicht kann ich es auch jetzt nicht richtig nachempfinden, aber mein Gott – es tut mir so unglaublich leid.«

»Danke, Galen.« Sie räusperte sich. »Lass uns auflegen, damit du dich wieder um Elspeth kümmern kannst.«

»Nein, es geht schon. Sie spielt jetzt mit ihrem Klavier. Nein, Scheiße, sie klettert *auf* ihr Klavier. Mist, jetzt hab ich's schon wieder gesagt. Bei jedem Schimpfwort müssen wir einen Dollar in ihre College-Kasse legen. Sie hat schon genug für Harvard zusammen. Nein, Elspeth, du springst nicht vom …« Er legte auf.

Eve lächelte immer noch, als sie auf die Trenntaste drückte. Es war so schön zu hören, wie glücklich er klang. Sie hatte ihm die Wahrheit gesagt. Sie missgönnte ihm keinen einzigen kostbaren Moment, nur weil sie solche Momente nicht mehr haben konnte. Bonnie. Elspeth. All die anderen Kinder, die den Zauber der Kindheit miteinander teilten und die Tage vergoldeten.

»Wird er dir helfen?«, fragte Joe.

»Ja. Er hat gesagt, er macht sich gleich an die Arbeit, aber ich bin nicht sicher, wann ich von ihm hören werde. Er schien mit Hundenäpfen und Klavieren beschäftigt.«

»Was?«

»Elspeth.«

Joe nickte. »Und jede Verzögerung im Namen des kleinen Mädchens ist ihm verziehen.«

»Klar. Galen weiß eben Prioritäten zu setzen.« Sie stand auf. »Ich muss meine Post durchsehen und eine Absage an die Polizei in Moskau schicken.«

»Ich dachte, du wolltest den Job vielleicht übernehmen.«

Sie zuckte mit den Schultern. »Ich hab's mir anders überlegt. Wenn sie mir einen Aufschub gewähren, kann ich es immer noch machen. Aber wenn sie die Rekonstruktion sofort haben wollen, müssen sie jemand anderen finden.«

»Du räumst wohl deinen Kalender frei.«

Sie antwortete nicht direkt. »Mit den Russen zu arbeiten, kann quälend sein. Die haben gegenwärtig so viele Probleme mit der Mafia, dass sie nicht sonderlich daran interessiert sind, alte Fälle wieder aufzuwärmen.« Sie ging zum Postkorb und nahm den Stapel Briefe heraus. »Und ich habe keine Lust, mich schon wieder zu quälen. Marty war schwierig genug ...«

4

Montalvo rief nicht an, nachdem die fünf Tage vergangen waren. Er rief auch am sechsten und siebenten Tag nicht an.

Am achten Tag klingelte ihr Handy um 15 Uhr 32.

»Haben Sie mit angehaltenem Atem gewartet?«, fragte Montalvo. »Ich versichere Ihnen, dass die Verzögerung keine Taktik war. Ich hasse es, einer Herausforderung nicht mit der größtmöglichen Effizienz begegnen zu können. Ich war höchst unzufrieden mit Norton, meinem Hauptagenten in den Staaten.«

»Werden Sie ihn erschießen wie einen gewissen Aquila?«

»Aha, Soldono hat also mit Ihnen darüber gesprochen. Nein, so sehr hat Norton mich nicht geärgert. Die Fälle haben keinerlei Ähnlichkeit. Aquila war bewaffnet und hätte mich bei der erstbesten Gelegenheit getötet. Wer ineffizient arbeitet, wird abgelöst und bekommt keine Vergünstigungen mehr. Diese Strafe reicht in den meisten Fällen aus. Da ich Ihnen allerdings mein Wort gegeben hatte und es darum ging, Ihr Vertrauen zu gewinnen, war ich schon sehr erzürnt.«

»Ich würde Ihnen nie vertrauen.«

»Sie könnten wenigstens meiner Fähigkeit vertrauen, mein Versprechen in die Tat umzusetzen«, sagte er sanft.

»Ich habe aber nicht geglaubt, dass Sie das schaffen. Es ist völlig unmöglich, den Mörder binnen so kurzer Zeit zu finden.«

»Es ist mir aber gelungen.«

Sie erstarrte. »Was?«

»Ich habe keinen konkreten Beweis. Dazu reichte die Zeit nicht. Aber glauben Sie mir, ich habe ihn gefunden.«

»Wie denn?«

»Ich habe meine Leute die Polizeiakten aller Kinderschänder in der Umgebung von Valdosta und Macon überprüfen lassen. Keine davon schien zu passen. Es gab ungefähr in der fraglichen Zeit zwei versuchte Entführungen, eine in Columbus, Georgia, und eine in Stockbridge. Diese Männer wurden jedoch fast unmittelbar danach gefasst. Es gibt keine Berichte über versuchte Entführungen in Macon. Aber der Junge wurde in einem Grab in der Nähe von Macon gefunden.«

»Und?«

»Ich habe mir den Sachverhalt genau angesehen und beschlossen, mich auf Macon zu konzentrieren. Wenn ich ein Verbrechen begehen wollte, würde ich es nicht im eigenen Garten tun. Ich würde mir mein Opfer in einer anderen Stadt suchen und die Leiche in einiger Entfernung davon vergraben.«

»Und haben Sie einen Verdächtigen in den Akten gefunden?«

»Nein, wir sind auf ein paar Sexstraftäter gestoßen, die zur fraglichen Zeit in Macon waren. Es hat eine Weile gedauert, sie aufzuspüren und zu eliminieren. Nein, das meine ich nicht wörtlich. Obwohl ich sicher bin, dass sie's verdient hätten. Zwei saßen damals im Gefängnis. Der andere hatte ein Alibi. Ich dachte, wir rennen gegen eine Wand. Ich bin nicht gern im Irrtum.«

»Sie sagten, Sie hätten ihn gefunden«, drängte sie.

»Ungeduldig? Dazu komme ich gleich. Da ich nicht wahrhaben wollte, dass ich mich geirrt hatte, schlug ich eine andere Richtung ein. Wenn der Mörder kein aktenkundiger Sexstraftäter und noch nie wegen Kindesmissbrauch angeklagt gewesen war, was konnte dann die Lösung sein? Macon ist eine große College-Stadt. Was, wenn es einer der Studenten war? Das war eine gewagte Vermutung, aber ich ordnete die Durchsicht aller Polizeiakten von Studenten an, die aufgegriffen worden waren, weil sie sich in der Nähe von Schulen oder Kindertagesstätten herumgedrückt hatten. Donald Palker tauchte im Computer auf. Er hatte eine Flasche Whiskey im Auto gehabt und behauptet, er sei nach einer Party vor dem Jolly Time Day Care Center ins Koma gefallen. Die Polizei von Macon hat es oft mit Studenten zu tun, die nicht so viel vertragen, wie sie trinken. Palker war im zweiten Collegejahr, gepflegt, gute Noten, und er war höflich und hat sich entschuldigt. Sie haben ihn gehen lassen.«

»Und dann starb Marty«, flüsterte sie. »Wurde dieser Palker nicht noch einmal verhaftet?«

»Doch, aber nicht in Georgia. Letztes Jahr war er in Connecticut wegen Verdachts auf Ermordung eines zehnjährigen Jungen angeklagt. Aber die Beweislage war nicht eindeutig, und er wurde freigelassen.«

»Das heißt, er läuft immer noch frei rum?«

»Ja, er wohnt bei seinen Eltern im Norden des Staats New York. Wie gesagt, ich hatte nicht genug Zeit, Beweise zusammenzutragen. Ich habe einen Mann abgestellt, der Palker beschattet. Wenn Quinn die Leute in Valdosta dazu bringen könnte, ihre forensischen Unterlagen nach anderer DNA als der des Jungen zu durchsuchen, finden wir vielleicht eine Übereinstimmung.« Er schwieg einen Augenblick. »Aber wenn Ihnen das zu umständlich ist, kann Palker auch einfach verschwinden. Es würde den Gerichten eine Menge Geld sparen und vielleicht ein Leben retten. Ihre Entscheidung.«

Ihr schauderte. »Und irgendwo vergraben werden? Wir kümmern uns um die DNA.«

»Dachte ich's mir, dass das Ihre Antwort sein würde. Ihnen graut vor solchen Gräbern.«

»Haben Sie Ihrem Miguel deshalb befohlen, Aquila auf diese Weise zu begraben?«

»Nein, das war reine Bequemlichkeit. Nicht alle meine Entscheidungen haben mit Ihnen zu tun.« Er lachte in sich hinein. »Ein erheblicher Teil davon im Moment allerdings schon.«

»Ich habe nicht das geringste Bedürfnis, im Zentrum Ihrer Aufmerksamkeit zu stehen.«

»Stehen Sie aber.« Er machte eine Pause, und als er weiter sprach, war jede Spur von Humor aus seiner Stimme verschwunden. »Ich habe die Aufgabe, die Sie mir gestellt haben, nicht hundertprozentig erfüllt, aber Sie müssen zugeben, dass ich mich ziemlich gut geschlagen habe. Immerhin habe ich Ihnen bewiesen, dass ich Ihnen geben kann, was Sie haben wollen.«

»Nein, haben Sie nicht. Martys Mord ist, im Vergleich zu Bonnies, jüngste Geschichte. Bonnie wurde vor langer Zeit ermordet. Joe und ich haben jahrelang ergebnislos nach ihr gesucht. Wir haben alle Möglichkeiten ausgeschöpft. Und Sie glauben, Sie bräuchten bloß auf der Bildfläche zu erscheinen und schon hätten Sie sie?«

»Nicht ich glaube das. Sie glauben es«, entgegnete er sanft. »Oder Sie hoffen es, Eve. In dieser Sekunde führen Sie sich all die Informationen vor Augen, die ich in nur acht Tagen zusammengetragen habe. Sie fragen sich, ob Sie je werden vergessen können, dass Sie Ihre Bonnie vielleicht hätten finden können, falls Sie diese Gelegenheit ungenutzt verstreichen lassen.«

»Mein Gott, sind Sie sadistisch.«

»Nein, ich sehe nur keinen anderen Ausweg. Dies ist kein Spiel für mich. Ich brauche Sie unbedingt. Geben Sie mir eine Zusage, und ich finde Ihr kleines Mädchen.«

»Und wenn ich es nicht tue?«

»Es sind gute und schlechte Karten im Stapel. Es liegt an Ihnen, wie Sie spielen.«

»Also bin ich verantwortlich? Schieben Sie mir nicht die Schuld in die Schuhe, die eigentlich Sie selbst trifft.«

»Das würde ich nie tun. Ich übernehme die volle Verantwortung für alles, was ich tue. Ich werde jetzt auflegen, damit Sie über das Geschenk nachdenken können, das ich Ihnen machen will.«

»Ein Geschenk ist nicht an Bedingungen geknüpft.«

»Richtig. Auf Wiedersehen, Eve. Ich werde ...«

»Seit wann wissen Sie von Palker?«

»Seit gestern Abend.«

»Warum haben Sie mich nicht gleich angerufen?«

»Sagen Sie es mir, Eve.«

»Jedenfalls nicht, um mich auf die Folter zu spannen. Ihr Ego hätte Ihnen befohlen, mich so bald wie möglich anzurufen, um die Frist nicht noch weiter zu überschreiten.«

»Wirklich?«

»Wirklich.«

»Warum dann?«

»Wegen Joe. Sie wussten, dass Joe um diese Uhrzeit nicht zu Hause sein würde. Sie wollten nicht, dass er hört, was Sie vorhin zu mir gesagt haben. Sie wollen auch jetzt nicht, dass er es erfährt.«

»Sehr gut. Sie fangen tatsächlich an, mich zu verstehen.«

»Nicht gut genug. Wie viele Menschen haben Sie bezahlt, um alles, was es über Sie zu wissen gibt, so tief zu vergraben wie den Mann, den Sie getötet und in ein Erdloch geworfen haben?«

»Eine ganze Menge. Ich fühle mich geschmeichelt, dass Sie überhaupt etwas über mich in Erfahrung bringen wollten. Und wie ich Ihnen schon sagte, dies geht nur Sie und mich etwas an. Ich bin sicher, dass Joe Quinn seit meinem ersten Anruf überall Straßensperren errichtet hat. Er versucht, mir in die Quere zu kommen. Das wissen Sie so gut wie ich, und ich kann es nicht hinnehmen. Er wacht über Sie wie ein Schutzengel, der Sie vor meinen teuflischen Methoden zu bewahren versucht.«

»Er ist ein guter Mann, und ich höre auf seinen Rat.«

»Ich weiß. Das ist eine der Schwierigkeiten, die ich zu überwinden hatte. Aber ich habe sie überwunden, nicht wahr? Letzten Endes ist es Ihnen egal, ob Sie klug handeln. Es ist Ihnen egal, ob Sie sich in Gefahr bringen. Sie sind müde und verzweifelt, und Sie wollen, dass Ihr Herz endlich Ruhe findet.« Er senkte die Stimme und fügte mit sanfter Dringlichkeit hinzu: »Ich gebe Ihnen diese Ruhe, Eve. Kommen Sie zu mir. Helfen Sie mir, und ich helfe Ihnen.«

Herrgott, sie fühlte, wie sie schwach wurde, wie sie seinen Worten nachgab, als wäre er tatsächlich Luzifer, der sie mit unermesslichen Reichtümern in Versuchung führte.

Doch es waren keine beliebigen Reichtümer; sie wusste genau, was sie von ihm bekommen würde.

»Rufen Sie mich an, wenn Sie bereit sind zu kommen, und ich treffe die nötigen Vorkehrungen.« Er legte auf.

Lieber Gott.

Sie stand auf, trat ans Fenster und blickte auf den See hinaus.

Helfen Sie mir, und ich helfe Ihnen.

Verdammt, sie brauchte wirklich Hilfe. Sie brauchte jemanden, der ihr sagte, sie sei verrückt, sich in das Netz ziehen zu lassen, das Montalvo gesponnen hatte. Aber genau das hatte Joe die ganze Zeit getan, und sie hatte ihn ignoriert, ihn sogar bekämpft.

Weil sie nicht beschützt werden wollte. Von der Sekunde an, als er Bonnie erwähnt hatte, war sie bereit gewesen, für die Chance, dass Montalvo sie nicht belog, alles aufs Spiel zu setzen. Irgendwo tief im Innern hatte sie verzweifelt gehofft, dass es Montalvo gelingen würde, Martys Identität zu ermitteln und seinen Mörder ausfindig zu machen. Wenn es ihm einmal gelang, würde es ihm vielleicht auch ein zweites Mal gelingen.

Und er hatte sein Versprechen gehalten. Er hatte die Prüfung bestanden.

Helfen Sie mir, und ich helfe Ihnen.

Sie schloss die Augen, während ihr die Worte wieder und wieder durch den Kopf gingen.

Helfen Sie mir, und ich …

Sie schlug die Augen auf und wandte sich vom See ab. Es war nicht nötig, noch länger bei Montalvos Worten zu verweilen. Sie hatten ihre Wirkung getan. Nach dem ersten Versuch hatte er nicht mehr viel Überzeugungsarbeit leisten müssen. Es war schon mehr als genug gewesen. Unterbewusst hatte sie sich in den letzten Tagen selbst die ganze Zeit zu überzeugen versucht.

Und es war keine Frage, weder in ihrem Kopf noch in ihrem Herzen, dass sie Montalvo erlauben würde, ihr bei der Suche nach Bonnie zu helfen.

Dreißig Minuten später rief sie Montalvo an. »Ich komme. Aber unter meinen Bedingungen, nicht unter Ihren.«

»Und die wären?«

»Sie schicken mir kein Flugzeug. Die CIA bringt mich zu Ihnen.«

»Einverstanden.«

»Und Sie sorgen dafür, dass Gonzales und seine Familie am Flugplatz bereitstehen, wenn ich lande, und sofort in die Maschine steigen, damit die CIA sie aus Kolumbien ausfliegen kann.«

»Einverstanden.«

»Und drittens geben Sie Ihren Leuten nicht erst das Startzeichen für die Suche nach meiner Tochter, wenn ich mit meiner Arbeit fertig bin. Sie lassen sie sofort anfangen.«

»Einverstanden. Noch etwas?«

»Nein.« Sie zögerte. »Ich bin zwar gut, aber Wunder kann ich nicht vollbringen. Vielleicht erreiche ich nicht das, was Sie sich von mir wünschen. Mein Einsatz ist der Versuch, nicht der Erfolg.«

»Ich habe Ihre Arbeit gesehen. Manchmal kommen Sie einem Wunder schon sehr nahe.«

»Ich meine es ernst, Montalvo.«

Er schwieg einen Moment. »Solange ich den Eindruck habe, dass Sie Ihr Bestes geben, streite ich nicht mit Ihnen.«

»Ich gebe immer mein Bestes. Anders kann ich gar nicht arbeiten. Eins noch. Joe Quinn.«

»Er kann Sie nicht begleiten.«

»Ich will auch nicht, dass er mich begleitet. Ich setze vielleicht mein eigenes Leben für Sie aufs Spiel, aber doch nicht Joes. Joe wird die Sache allerdings anders sehen als ich. Sie müssen mir ein Versprechen geben. Sie werden meiner Familie kein einziges Haar krümmen, und das gilt vor allem für Joe. Egal, was er tut oder sagt oder wie viel Ärger er Ihnen möglicherweise bereiten könnte: Sie lassen Joe Quinn in Ruhe.«

»Das ist vielleicht die heikelste Bedingung. Ich habe mich über ihn erkundigt. Polizei, FBI, Ex-SEAL. Er könnte für einige Unruhe sorgen.«

»Da haben Sie verdammt recht. Meinen Sie, das interessiert mich? Geben Sie mir Ihr Wort.«

»Würden Sie mir denn glauben?«

»Wahrscheinlich nicht. Aber wenn ich es zur Bedingung mache, wissen Sie, dass Sie gegen unsere Abmachung verstoßen würden.«

»Ich halte mein Wort. Das ist so ein Spleen von mir.«

»Warten wir's ab. Geben Sie mir einfach Ihr Wort. Ich will es hören.«

Er seufzte. »Unter keinen Umständen werde ich Ihrem bewundernswerten Joe Quinn auch nur ein Haar krümmen. Zufrieden?«

»Nein, ich bin in dieser ganzen Angelegenheit mit gar nichts zufrieden. Ich versuche nur, den Schaden zu begrenzen.«

»Und das haben Sie gut gemacht. Ich hätte nichts anderes von Ihnen erwartet.« Sein Ton wurde forsch. »Jetzt lassen Sie uns die Einzelheiten besprechen. Sie landen auf einer Piste in einer kleinen Stadt: San Cristal. Die Gegend ist unwegsam, so dass es selbst für einen Hubschrauber schwierig ist, in der Nähe des Lagers zu landen. Sie werden mit einem Jeep bis auf ungefähr zwei Kilometer an das Lager herangebracht. Dort passieren Sie die Kontrollstellen.«

»Ziemlich isoliert. Wie gehen Sie Ihren Geschäften nach?«

»Indem ich am Leben bleibe und mir niemanden zu nahe kommen lasse. Meine Leute kennen den Dschungel rund um das Lager wie ihre Westentasche und merken sofort, wenn sich jemand nähert.«

»Wie Aquila?«

»Ja, er hat sich viel zu nah herangewagt. Wann kann ich mit Ihnen rechnen?«

»Ich melde mich. Ich muss erst mit Venable sprechen.«

»Er wird Sie mit Warnungen und düsteren Vorahnungen überschütten, aber letztlich wird er Ihnen zustimmen. Er ist sehr besorgt um Gonzales. Für einen so erfahrenen Agenten macht ihm sein Gewissen ziemlich stark zu schaffen, wenn es um unschuldige Dritte geht.«

»Sie tun so, als wäre das eine Seltenheit.«

»Ich weiß Menschen zu schätzen, die Prinzipien haben und sich daran halten. Die meisten von uns hängen ihre Fahne nach dem Wind.«

»Sie vielleicht. Ich tue das nicht, und Joe auch nicht. Ich rufe Sie an, wenn ich mich mit Venable über den Flug geeinigt habe.« Sie legte auf.

Die Würfel waren gefallen.

Angst. Unsicherheit. Erregung.

Und die Erregung, merkte sie, wuchs. Die Begegnung mit dem Unbekannten, die Herausforderung, der sie sich stellte, und die Chance, Bonnie zu finden. Sie fühlte sich auf einmal voller Energie. Mit dieser Reaktion hatte sie nicht gerechnet. Jetzt, da die Entscheidung gefallen war, kam es ihr vor, als ob jede Facette ihres Geists und Körpers sich zum Kampf bereit machte.

Und ein Kampf würde es womöglich auch werden, dachte sie reumütig.

Gut. Dann war es an der Zeit, sich Verstärkung zu holen. Sie suchte Venables Nummer heraus und wählte rasch.

»Es ist meine Pflicht zu versuchen, Sie davon abzubringen«, sagte Venable. »Sie begeben sich in Gefahr, und wir sind nicht in der Lage, Ihnen im Notfall zu helfen.« Er fügte matt hinzu: »Ich dachte, das sei Ihnen bewusst. Wir konnten ja nicht mal Gonzales helfen.«

»Ich werde Sie nicht um Hilfe bitten. Es ist meine freie Entscheidung. Wenn ich in Schwierigkeiten gerate, muss ich selbst einen Ausweg finden.«

»Und Quinn? Was haben Sie ihm erzählt?«

»Nichts.« Sie schwieg einen Moment. »Er hat nichts damit zu tun.«

»Noch nicht.«

»Er wird erst davon erfahren, wenn ich schon auf halbem Weg nach Kolumbien bin. Er wird wütend sein und Sie dazu bringen wollen, mich aus Montalvos Lager herauszuholen. Das werden Sie nicht tun. Sollten Sie doch auftauchen, werde ich nicht mitkommen. Und wenn Sie mich zu zwingen versuchen, verlieren Sie womöglich ein paar von Ihren Männern. Haben Sie verstanden?«

»Verstanden. Aber Quinn kriegen Sie nie dazu, es zu verstehen. Kann sein, dass er uns allen die Hölle heiß macht.«

»Glauben Sie mir, ich muss es tun. Sehen Sie zu, dass er mir fernbleibt und sich nicht in Gefahr bringt, Venable. Sie schulden mir etwas für Gonzales. Zahlen Sie's mir zurück, indem Sie Joe beschützen.« Es war höchste Zeit, das Gespräch zu beenden. Sie wurde zu emotional. »Ich erwarte, dass mich morgen früh um halb zehn jemand abholt.«

»Ich kümmere mich darum. Und Sie werden sich's nicht mehr anders überlegen?«

»Nein, auf keinen Fall.«

Nachdem sie aufgelegt hatte, stand sie einen Augenblick da und rang um Fassung. Weil sie über Joe gesprochen hatten, war die Auswirkung, die ihr Verhalten auf ihn haben würde, in den Vordergrund geraten. Er würde zwar verstehen, dass sie ging, aber nicht, dass sie ihn nicht mitkommen ließ. Er würde es als Verrat an ihrer Beziehung betrachten.

Aber das konnte sie jetzt nicht ändern. Über die Schadensbegrenzung konnte sie später nachdenken. Sie hatte alles getan, um ihn nicht in Gefahr zu bringen. Sie musste ihren Weg gehen.

Doch nicht heute Abend. Sie hatte Joe noch für eine weitere Nacht. Die kommenden Tage waren Bonnie vorbehalten. Der heutige Abend gehörte ihr.

»Wir müssen morgen in die Stadt fahren, Soldono«, sagte Montalvo, nachdem er aufgelegt hatte. »Ich erwarte einen Gast.«

»Sie kommt tatsächlich?«

»Sie hat viele Bedingungen gestellt.« Er lächelte. »Sie war klug genug, ihre Sache möglichst gut abzusichern. Aber das Ende vom Lied ist, dass sie kommt.«

»Gott helfe ihr.«

Montalvos Lächeln schwand. »Gott hilft denen, die sich selber helfen. Eve Duncan tut, was sie kann, um sich selber zu helfen. Hoffen wir, dass es dabei bleibt.« Er wandte sich zum Gehen. »Jetzt sagen Sie Maria Gonzales und den Kindern, sie sollen die Koffer packen. Ihren Mann lasse ich erst in letzter Minute frei, wenn wir zum Flugplatz aufbrechen. Wird ihm nicht schaden, noch ein bisschen zu schwitzen.«

»Sie lassen sie frei?«

»Eine Bedingung Ihrer Ms. Duncan. Ich hatte es erwartet.« Er warf Soldono einen kühlen Blick zu. »Es war klug von Ihnen, dass Sie nicht versucht haben, sie vorher von hier wegzuschaffen. Ich hatte ein wenig Sorge, Sie wären vielleicht doch nicht so intelligent, wie ich gedacht hatte. Sie hätten meinen Plan erheblich behindern können, wenn Sie mich gezwungen hätten, Sie aufzuspüren und Gewalt anzuwenden. Der Umgang mit Eve Duncan verlangt viel Fingerspitzengefühl.«

Soldono erwiderte seinen Blick. »Wenn ich gewusst hätte, wie, hätte ich es getan.« Er wandte sich ab. »Und ich wäre nicht so leichte Beute gewesen wie Aquila.«

Montalvo lachte. »Schön für Sie. Endlich mal ein anderer Ton. Ich war's langsam schon leid, dass Sie immer so diplomatisch mit mir umgehen.«

»Es stand ein Menschenleben auf dem Spiel. Ich habe getan, was ich tun musste.«

»Und jetzt wird der Mann freigelassen, und Sie können wieder Sie selbst sein. Was für eine Erleichterung für uns beide.« Montalvo bedeutete ihm zu gehen. »Jetzt holen Sie schon die Frau und die Kinder. Miguel gibt Ihnen Geld, damit Sie sie irgendwo hinschaffen, weit weg von mir.«

»Warum?«

»Es hält mich vielleicht davon ab, den Regeln zu folgen, die ich für dieses Lager aufgestellt habe.« Er machte eine Pause. »Vielleicht auch nicht. Also sagen Sie mir nicht, wo Sie sie hinbringen.«

»Sie sind ein merkwürdiger Mann, Montalvo.«

»Besser merkwürdig als durchschnittlich. Ich habe mir schon als Kind geschworen, nie zum Mittelmaß zu gehören. Ich habe Wort gehalten.«

»Das stimmt.« Soldono ging zur Tür. »Wenn Sie Gonzales freilassen, ist meine Anwesenheit hier auch nicht länger vonnöten. Ich fliege mit demselben Flugzeug.«

»Nein, ich möchte, dass Sie bleiben.«

»Warum?«

»Eve Duncan wird sich sicherer fühlen, wenn Sie da sind.«

Er zögerte. »Das muss ich erst mit Venable besprechen.«

»Wir wissen beide, dass er nichts dagegen haben wird. Sie geben nicht nur einer amerikanischen Staatsbürgerin Schutz, sondern haben darüber hinaus weiterhin die Möglichkeit, meine Unternehmungen auszuspionieren. So hat das Ganze schließlich angefangen.«

»Ich muss Sie warnen – ich werde ihr allen Schutz bieten, dessen ich fähig bin. Ich bin kein Pappkamerad, Montalvo.«

»Gut. Je sicherer sie sich fühlt, umso produktiver wird sie arbeiten.«

Soldono schüttelte den Kopf und marschierte aus dem Zimmer.

Montalvo stand auf, ging durch den Raum und trat ans Fenster, um in den Dschungel hinauszublicken. Er verspürte ein Prickeln am ganzen Körper.

Sie kam.

Es war ein harter Kampf gewesen, doch er hatte gewonnen. Er war geduldig gewesen und hatte nicht gezogen und gezerrt. Er hatte seinen Verstand benutzt, nicht seine Muskeln.

Bist du genauso aufgeregt wie ich, Eve? Ich glaube schon. Ich habe es deiner Stimme angehört. Ich habe es gespürt.

Ich habe dich bald, du Dreckskerl. Schritt für Schritt. Person für Person. Du kannst mich nicht aufhalten, Diaz.

Sie kam.

Nekmon zögerte, als er vor der Schlafzimmertür stand. Diaz hatte eine neue Frau bei sich und ließ sich für gewöhnlich nicht gern stören. Scheiß drauf. Diaz hatte ihm befohlen, Bericht zu erstatten, sobald er etwas über Aquila erfuhr. Wenn er es nicht tat, würde ihm das auch nicht gut bekommen. Er war so oder so dran.

Er klopfte. »Nekmon.«

»Kommen Sie rein, kommen Sie rein«, sagte Diaz gereizt.

Als er die Tür öffnete, stieg ihm der Duft von Parfum und Marihuana in die Nase. »Tut mir leid, dass ich Sie störe, aber Sie haben gesagt …«

»Ich weiß, was ich gesagt habe.« Diaz setzte sich im Bett auf, lehnte sich an das gepolsterte, mit Samt bezogene Kopfteil und steckte sich einen Joint an. »Reden Sie und verschwinden Sie wieder.«

Nekmon vermied es tunlichst, die nackte Frau anzuschauen, die neben Diaz lag. »Aquila hat sich vorgestern Abend gemeldet. Er hatte nicht viel. Montalvo hat sich in letzter Zeit ziemlich ruhig verhalten und sich nicht weit vom Lager fortbewegt. Einen Namen hat er während der Überwachung allerdings mehrmals genannt – Eve Duncan. Es hat irgendwas mit einem Auftrag zu tun.«

»Wer zum Teufel ist Eve Duncan?«

»Ich habe im Internet recherchiert und dort eine Person dieses Namens gefunden. Wenn es sich um ein und dieselbe Person handelt, ist sie eine berühmte Gesichtsrekonstrukteurin.«

Diaz zuckte zusammen. »Was?«

»Mein Bericht liegt auf Ihrem Schreibtisch. Wenn Sie wollen, hole ich ihn her.«

»Nein, nicht jetzt«, antwortete Diaz zerstreut. »Aber

sagen Sie mir Bescheid, wenn Aquila sich mit weiteren Informationen meldet.«

»Wir haben seit vierundzwanzig Stunden nichts mehr von ihm gehört. Dabei sollte er sich eigentlich alle acht Stunden melden.«

Diaz fluchte leise. »Der Idiot hat sich wahrscheinlich ziemlich dumm angestellt.«

»Das denke ich auch. Soll ich jemand anderen hinschicken?«

Diaz nickte bedächtig. »Schicken Sie Duarte los.«

Nekmon zog die Augenbrauen hoch. »Meinen Sie, das ist nötig?«

»Es kann nicht schaden. Ich bin lieber gewappnet.« Dann murmelte er: »Eve Duncan. Der Scheißkerl scheint näher zu kommen.«

»Kann ich noch irgendetwas tun?«

»Nicht hier drinnen. Ich mag keine Sandwiches.« Er reichte den Joint der Frau, die neben ihm lag.

Nur dass es gar keine Frau war, wie Nekmon jetzt bemerkte. Es war ein Mädchen, nicht älter als elf oder zwölf. Er erinnerte sich undeutlich, sie auf einer der Koka-Farmen arbeiten gesehen zu haben. Diaz wohl auch, und offenbar hatte ihm gefallen, was er sah. Nekmon war nicht sonderlich überrascht. Diaz hatte schon immer eine Schwäche für junges Gemüse gehabt. Aus den Bordellen in Bogotá brachte er regelmäßig Mädchen mit, die noch jünger waren als dieses hier.

»Dann gehe ich jetzt. Gute Nacht, Mr. Diaz.«

Diaz antwortete nicht. Er war schon mit dem Mädchen beschäftigt. »Dann wollen wir doch mal sehen, wie gut du deine Hausaufgaben gemacht hast, kleine *puta* …«

»Noch mal, Joe?« Eves Stimme klang atemlos, als sie sich dichter an ihn schmiegte. »Erzähl mir nicht, ich hätte dich geschafft.«

»Das verrate ich dir nicht.« Er rollte sich herum und legte sich auf sie. »Also halt still oder sei still.«

»Halt her, meinst du wohl.« Sie lächelte ihn an. »Kein Problem.«

»Ich hoffe nicht.« Er streichelte ihre Wange. »Das wünsche ich dir, Eve. Nie mehr irgendein Problem.«

»Es gibt immer Probleme.« Sie drehte den Kopf zur Seite, um ihn in die Handfläche zu küssen. »Aber in solchen Momenten wie jetzt können wir sie vergessen. Du bist ein wunderbarer Mann – und ein verdammt guter Liebhaber.« Sie flüsterte: »Ich liebe dich, Joe.«

»Das dachte ich mir fast, so wie du mich heute verführt hast. Ich konnte ja nicht mal in Ruhe zu Ende essen, da hast du schon dein Bestes gegeben, um mich ins Bett zu kriegen.«

»Du hast es mir leicht gemacht. Ich musste gar nicht mein Bestes geben. Beklagst du dich etwa?«

»Wenn ich das täte, müsstest du mich sofort zum Seelenklempner schicken.« Er beugte sich hinunter und küsste sie, langsam, fordernd. »Gott, wie ich es liebe, verführt zu werden. Ich wollte mich nur zurückhalten und Sex nicht benutzen, um dich zu beeinflussen.«

»Wie dumm ist das denn? Benutz es ruhig dazu.« Sie kicherte. »Es bringt zwar nichts, aber wenigstens haben wir dann schön viel Spaß.«

»Gesunde Einstellung.« Er begann sich zu bewegen. »Ich glaube, das mache ich …«

Joe stand vorsichtig auf und ging ins Badezimmer. Er schloss leise die Tür, und kurz darauf hörte sie das Wasser in der Dusche rauschen.

Er wollte sie nicht wecken, das wusste Eve. Es war halb sieben. Er würde sich anziehen und dreißig Minuten später auf dem Weg in seine Dienststelle sein.

Sie würde hier liegen bleiben, sich schlafend stellen und hoffen, dass er nicht das Licht anmachte und die Tränen sah, die ihr übers Gesicht liefen. Dies würden die schwierigsten Minuten sein. Sie wollte so gerne mit ihm sprechen, ihm alles erzählen. Sie wollte seine Nähe spüren und Venables Agenten vergessen, der in ein paar Stunden hier sein würde. Warum blieb sie nicht hier, wo sie Joe haben konnte und Stunden wie die, die sie gerade wie ein Strom aus flüssigem Gold mit sich fortgetragen hatten?

Goldene Nächte, silberner Morgen.

Wer hatte das gesagt?

Jane. Nachdem sie von MacDuff's Run zurückgekehrt war.

Die letzte Nacht war golden gewesen. Doch dieser Morgen war alles andere als silbern. Er war aus schäbigem Metall und hinterließ einen bitteren Messinggeschmack in ihrem Mund.

Die Entscheidung war gefallen. Jeder Abschied war schwer. Wenn sie heute nicht fortging, würde sie es morgen oder übermorgen tun. Sie kannte sich selbst zu gut, um das nicht zu wissen.

Sie konnte nur hoffen, dass Joe kein Licht machte.

5

Als sie auf dem Flughafen von Atlanta in die Privatmaschine einstieg, rief Galen an.

»Hast du eine Minute, Liebes?«, fragte er. »Ich muss mit dir reden.«

»Ich habe Zeit. Hast du was herausgefunden?«

»Nicht so viel, wie ich wollte. Aber genug, um beunruhigt zu sein.«

»Du? Beunruhigt? Dich bringt doch so leicht nichts aus der Fassung.«

»Ich bin nicht aus der Fassung. Beleidige mich nicht. Ich bin nur ein bisschen irritiert.«

»Und was irritiert dich an Montalvo? Wir wussten doch vorher, dass er ein Alptraum ist.«

»Wir wussten nicht, dass da eine Verbindung zu Ramon Diaz besteht.«

»Diaz ... der Name kommt mir bekannt vor, aber ...«

»Kolumbianischer Drogenboss. Abschaum der Welt. Sehr mächtig. Kontrolliert die halbe Regierung.«

»Und Montalvo ist sein Kumpel?«

»Weiß ich nicht. Nach Informationen über Montalvo zu graben, ist die reinste Frustrationsübung. Ich muss selber runterfahren und nachforschen.«

»Nein«, sagte sie scharf. »Darum habe ich dich nicht gebeten. Ich möchte, dass du zu Hause bleibst und aus der Ferne weitergräbst.«

»Kann sein, dass ich mich gestern wie eine Hausfrau

angehört habe, aber ich mache immer noch meine Arbeit, Eve. Aus der Ferne geht das nicht.«

»Was hast du in Erfahrung gebracht?«

»Ich glaube, er ist zweiundvierzig und wurde in einem kleinen Dorf im Süden geboren. Seine Eltern habe ich noch nicht ausfindig gemacht. Er könnte genauso gut irgendwo aus dem Ei geschlüpft sein. Die nächste Information, die wir haben, besagt, dass er zwischen zwanzig und dreißig irgendwann bei den Rebellen war. Sehr gut. Sehr gefährlich. Das ist alles, bis er Jahre später als Waffenguru wieder auftaucht.«

»Und Diaz?«

»Ich weiß es nicht. Mein Informant meint, es sei nur ein Gerücht, keine erwiesene Tatsache. Dieses Gerücht ist allerdings nicht totzukriegen.«

»Vielleicht ist es wie bei der Flüsterpost. Am Ende kommt etwas völlig anderes heraus, als am Anfang gesagt wurde.«

»Vielleicht. Aber wenn da auch nur die geringste Verbindung besteht, solltest du ihm so weit wie möglich aus dem Weg gehen. Diaz erschießt Priester, weil sie gegen den Anbau von Kokain predigen. Ich weiß nicht, wie mies Montalvos Methoden sind, doch wenn er mit Diaz zusammenarbeitet, muss er ein ganz finsterer Zeitgenosse sein.«

»Gerüchte.«

Galen schwieg einen Moment. »Und du willst sie nicht hören, diese Gerüchte, stimmt's? Warum nicht?«

»Ich höre zu.«

»Ich kann dich kaum verstehen, es ist so laut bei dir. Wo bist du?«

»Ich muss jetzt sowieso auflegen. Ruf mich an, wenn du etwas Konkretes erfährst.« Sie stieg die Treppe zum Flugzeug hinauf. »Aber du bleibst auf jeden Fall bei

Elena und Elspeth. So dringend brauche ich die Information nicht.«

»Gestern klang es aber noch ziemlich dringend. Was ist passiert?«

Nichts. Nur dass sie es selber herausfinden würde – egal, ob es gute oder schlechte Nachrichten waren. »Danke, dass du's versucht hast, Galen.«

»Mit Versuchen ist es bei mir nicht getan. Das weißt du genau, sonst hättest du mich nicht angerufen. Ich melde mich, wenn ich mehr weiß. Auf Wiedersehen, Eve ...«

»Auf Wiedersehen, Galen. Und vergiss nicht, was ...«

Er hatte aufgelegt. Mist, sie hatte Galens Neugier angestachelt, und gepaart mit seiner Berufsehre, würde sie ihn nicht eher ruhen lassen, als bis er zufrieden war.

Der Pilot kam aus dem Cockpit. »Wir müssen jetzt starten, Ms. Duncan.«

»Gut.« Sie setzte sich auf ihren Platz und schnallte sich an. Es war nicht gut. In wenigen Stunden würde Joe nach Hause kommen und die Nachricht lesen, die sie ihm hinterlassen hatte. Galen würde womöglich beschließen, seine Familie allein zu lassen, um nach Kolumbien zu fliegen, und sie selber war unterwegs zu einem Mann, der nicht nur hochkriminell war, sondern dazu noch mit Abschaum wie Diaz auf Du und Du stand.

Nein, in diesem Augenblick war überhaupt nichts gut.

Die Nachricht lag auf dem Wohnzimmertisch, wo er sie nicht übersehen konnte.

Er stieß einen leisen Fluch aus, als er den Umschlag aufriss.

Joe,

ich musste es tun. Ich bin auf dem Weg zu Montalvo. Komm nicht hinterher. Es wäre wesentlich riskanter für uns beide, wenn du hier wärst. Montalvo wird mir nichts tun. Er braucht mich. Ich werde eine Zeitlang nicht ans Handy gehen, aber ich melde mich bei dir. Komm auf keinen Fall her. Bitte.

Ich sehe dich jetzt vor mir, während du dies liest – wütend und ratlos. Du denkst, ich sei dumm und blind, und du fragst dich, wie ich auf seine Taktik hereinfallen konnte. Ich habe dagegen angekämpft, bis zum Schluss, doch letztlich konnte ich nicht anders.

Er hat mir Bonnie versprochen.

Ich liebe dich.

Eve

Verdammte Scheiße.

Joe zerknüllte die Nachricht langsam in der Hand. Er wollte um sich schlagen, wollte irgendetwas zermalmen, anstatt nur dieses beschissene Blatt Papier zu zerknüllen. Er hätte wissen müssen, dass sie im Begriff gewesen war zu handeln. Eve war beim Sex immer sehr direkt und leidenschaftlich, doch gestern Nacht war sie regelrecht aggressiv gewesen.

Und einfach fantastisch, verdammt.

Wenn Abschied je fantastisch sein konnte.

Der Dreckskerl. Er hatte den einen Köder ausgeworfen, dem Eve nicht widerstehen konnte, und es so raffiniert angestellt, dass es ihr beinahe akzeptabel erschien.

Ja, solange sie an der Rekonstruktion arbeitete, war sie in Sicherheit. Doch sie wusste genauso gut wie er, dass danach alles möglich war. Es war ihr egal. Die Chance, Bonnie zu finden, war ihr dieses Risiko wert.

Schmerz durchflutete ihn. Ihm war es das nicht wert. Er wollte sie nicht verlieren.

Und ihre Bitte, ihr nicht hinterherzureisen, war Blödsinn. Ausgeschlossen.

Er holte sein Handy heraus. Eve anzurufen, hatte keinen Zweck. Wenn sie sagte, sie sei nicht erreichbar, war sie nicht erreichbar.

Er wählte Galens Nummer. Als Galen sich meldete, sagte er: »Ich brauche alles, was du über Montalvos Lager herausfinden kannst – wie es bewacht ist, jede potenzielle Schwachstelle und so weiter.«

Galen schwieg einen Moment. »Wann?«

»Gestern.«

Galen pfiff leise durch die Zähne. »Nicht ganz einfach. Könntest du mir einen Grund für diese Dringlichkeit nennen?«

»Irgendwann heute Abend wird Eve durch die Tore dieses Lagers marschieren.«

»Scheiße.«

»Genau. Sie hat mir eine Nachricht hinterlassen, in der sie mich bittet, brav zu Hause zu bleiben und Topflappen zu häkeln.«

»Klar. Ich kann kaum fassen, dass sie ein solches Risiko eingeht. Und das, obwohl ich ihr von Diaz erzählt habe.«

»Diaz?«

»Ich habe sie heute Morgen angerufen und ihr gesagt, dass es möglicherweise eine Verbindung zwischen Montalvo und Diaz gibt. Das wäre ein sehr unangenehmes Duo. Drogen und Waffen.« Er zögerte. »Ich glaube, sie war gerade auf dem Flugplatz, als ich mit ihr telefonierte. Der Lärm …«

Diaz – guter Gott. Alles, was Joe von ihm gehört hatte, klang äußerst brutal und gefährlich. »Montalvo ist schon unangenehm genug. Er hat Eve herumdirigiert wie ein Maestro.«

»Eve lässt sich nicht leicht manipulieren.«

»Er hat ihr Bonnie versprochen.«

»Großer Gott. Das zieht natürlich. Ich schaue mal, was ich für dich herausfinden kann. Wann fliegst du?«

»Heute Abend.«

»Ruf vorher Venable an, vielleicht hat er auch noch ein paar Informationen für dich. Das kann nicht schaden. Wir brauchen womöglich alle Hilfe, die wir kriegen können.«

»Wir?«

»Wir treffen uns in Bogotá, und dann sehen wir weiter.«

»Nein.«

»O doch. Ich fliege sowieso, ob mit dir oder ohne dich. Eve hat mich gebeten, etwas für sie zu tun, und ich hab's noch nicht erledigt. Du kannst gerne versuchen, ohne mich klarzukommen, aber dann wirst du da drüben umherirren wie ein Blinder. Meine Quellen vertrauen ausschließlich mir.«

Und Galen hatte die besten Informationsquellen, die Joe jemals untergekommen waren. »Dann werde ich nicht weiter mit dir diskutieren. Obwohl Eve das wahrscheinlich tun würde. Sie wirkte ziemlich sentimental, als sie von eurer Elspeth erzählte.«

»Ich habe nicht die Absicht dortzubleiben. Wir fahren hin, holen Eve raus und hauen wieder ab.« Er hielt inne. »Wenn wir sie überreden können mitzukommen. Das ist dein Job.«

»Danke. Sie wird mitkommen, und wenn wir sie fesseln und knebeln müssen. Ich rufe dich an, sobald ich meine Flugdaten habe.« Er drückte auf die Trenntaste und saß eine Weile da. Versuchte, seine Panik zu bekämpfen. Galen hatte recht. Am schwierigsten würde es sein, Eve dazu zu bringen, dass sie ihren Deal mit Montalvo sausen ließ und mitkam.

Er würde, ja er musste sich etwas einfallen lassen. Handeln, anstatt untätig hier herumsitzen. Venable würde er auf dem Weg zum Flughafen anrufen. Er stand auf und ging zur Tür.

San Cristal

Es war nach Mitternacht, als der Hubschrauber, in den Eve in Bogotá umgestiegen war, auf der Landebahn der kleinen Ortschaft aufsetzte, die nur ein Punkt inmitten des schwarzen Dschungels war.

Sie holte tief Luft, um ihre verkrampften Muskeln zu lockern. Jetzt war nicht der richtige Moment, Nerven zu zeigen. Es war ihre Entscheidung gewesen herzukommen. Sie fühlte sich allein und unsicher – na und? Augen zu und durch.

»Willkommen, Ms. Duncan.« Die Tür glitt zur Seite. »Hatten Sie eine gute Reise?«

Montalvo. Im Licht der Laterne sah er jünger, kräftiger, dynamischer aus als auf den Fotos. Und erheblich gefährlicher; die Fotos hatten nicht die Pistole gezeigt, die er am Gürtel trug.

»Ja – gemessen daran, wohin sie ging.« Sie schnallte sich ab. »Und wieso bin ich auf einmal Ms. Duncan, nachdem Sie mich bei Ihren letzten Anrufen immer Eve genannt haben?«

Er lachte in sich hinein. »Ich dachte, Sie fühlen sich

vielleicht wohler, wenn ich Sie etwas unpersönlicher anrede. Falsch?«

»Falsch. Ich werde mich überhaupt nicht wohlfühlen, ehe ich hier nicht wieder weg bin. Nennen Sie mich, wie Sie wollen.« Sie ignorierte die Hand, die er ihr reichte, und sprang aus dem Hubschrauber. »Wo sind Gonzales und seine Familie?«

»In der Hütte. Die Kinder hatten Angst.«

»Vor Ihnen?«

»Vermutlich.« Er nahm ihre zwei Taschen. »Ist das alles?«

»Kleidung und mein Arbeitsmaterial.«

»Ich hätte Ihnen sagen sollen, dass Sie kein Material brauchen. Ich habe alles Nötige im Lager.«

»Ich arbeite gerne mit meinen eigenen Utensilien.«

»Das verstehe ich. Ich habe Waffen, die ich seit Jahren benutze. Die Vertrautheit hat etwas Beruhigendes.« Er warf die Taschen hinten in den Jeep. »Es fühlt sich an wie …«

Ihr Blick wanderte zu der Pistole an seiner Hüfte. »Der Tod?«

Das Lächeln wich keine Sekunde von seinem Gesicht. »Darüber habe ich noch nie nachgedacht. Meinen Sie nicht, dass Ihre Utensilien den Tod eher widerspiegeln als meine? Sie arbeiten immerhin mit echten menschlichen Schädeln.«

»Nicht um sie zu zerstören.«

»Guter Einwand. Ich neige schon gelegentlich zum Zerstören.« Er winkte in Richtung Hütte. »Wir lassen jetzt die Familie in den Hubschrauber einsteigen und bringen Sie ins Lager. Sie sind sicher müde.«

»Mir geht es sehr gut.«

Er wandte sich ihr zu und begegnete ihrem Blick.

»Nein, es geht Ihnen nicht gut. Sie sind angespannt, und Sie haben ein bisschen Angst. Oh, nicht vor mir. Vor mir haben Sie keine Angst. Aber irgendwo tief in Ihrem Innern fragen Sie sich, ob Sie nicht einen Fehler gemacht haben. Ob es den Streit mit Joe wert ist. Ob ich tun werde, was Sie von mir wollen.«

Himmel, der Mann konnte Gedanken lesen. Genau so sah es in ihr aus.

»Und die Antwort auf alle diese Fragen ist nein«, sagte er leise. »Und ja, und ja. Sie haben das Richtige für uns beide getan. Und ich sorge dafür, dass Sie es nicht bereuen werden.«

Sie zwang sich, den Blick von ihm abzuwenden. »Das werden wir sehen.« Sie schaute zu der Frau hinüber, die jetzt mit zwei Kindern im Schlepptau zum Hubschrauber eilte, und erstarrte. »Wo ist Gonzales?«

»So wenig Vertrauen ... Nicht dass ich einen gewissen Argwohn nicht zu schätzen wüsste.« Er winkte erneut mit dem Arm. »Soldono bringt Gonzales getrennt von seiner Familie her. Ich wollte den Mistkerl so lange wie möglich schwitzen lassen. Er sollte bis zur letzten Minute nicht wissen, ob er frei kommt oder nicht.«

»Grausam.«

»Er hat's nicht anders verdient. Er hat mich verraten. Kann von Glück sagen, dass er mit heiler Haut davonkommt.«

Sie sah zu, wie der dünne, dunkle Mann aus der Hütte stürzte und über den Platz rannte. Er warf einen panischen Blick in Montalvos Richtung und verschwand mit einem Satz im Hubschrauber. Einen Augenblick später wurde die Tür geschlossen, und die Propeller begannen zu kreisen. »Ich würde sagen, er hat genug geschwitzt – Sie können zufrieden sein.«

»Nein. Ich mag keine Verräter. Nicht mal Soldono hatte was dagegen, dass ich ihn ein wenig bestrafen wollte. Er weiß, dass Gonzales noch mal Glück gehabt hat.« Er wandte sich dem Mann zu, der jetzt zu ihnen herüberkam. »Nicht wahr, Soldono?«

Soldono war ein großer, schlanker Mann um die Dreißig mit sandfarbenem Haar, der zäh wie Leder wirkte. »So könnte man's wohl sagen. Immerhin ist er nicht tot.« Er streckte Eve die Hand hin. »Mark Soldono, CIA. Es tut mir leid, dass ich dazu beigetragen habe, Sie in den Schlamassel hineinzuziehen. Ich hoffe, Sie lassen mich alles tun, was nötig ist, um Ihnen den Aufenthalt im Lager etwas zu erleichtern.«

Erleichterung durchflutete sie. »Sie begleiten uns?«

Er schnitt eine Grimasse. »Montalvo wollte Ihnen ein Gefühl der Sicherheit geben. Ich denke, das ist mein Part.« Sein Blick wanderte zum Hubschrauber, der gerade vom Boden abhob. »Dabei haben Sie sich bisher besser angestellt als ich. Mir gefällt zwar der Preis nicht, den Sie gezahlt haben, aber trotzdem danke.«

»Es ging nicht nur um Gonzales«, sagte Eve. »Er war nur eine Zusatzleistung.«

Montalvo lachte leise. »Die Formulierung gefällt mir. ›Eine Zusatzleistung‹ …« Er setzte sich ans Steuer des Jeeps. »Ich werde mal sehen, was für Zusatzleistungen mir noch für Sie einfallen.«

»Ein Menschenleben können Sie nicht toppen.«

»Und dabei sind wir beide nicht wegen des Lebens, sondern wegen des Todes hier. Was sagt uns das?« Er startete den Jeep. »Egal. Es ist unfair, ein philosophisches Streitgespräch zu führen, solange Sie müde sind. Entspannen Sie sich. Bis zum Lager sind es achtzehn Kilometer. Auf den letzten zwei Kilometern gibt es drei Kontrollstellen.«

»Sie sind sehr vorsichtig.«

»So habe ich es geschafft, all die Jahre am Leben zu bleiben. Für mein Gewerbe bin ich ein alter Mann.«

»Mit zweiundvierzig?«

»Sie haben sich informiert. Einundvierzig, um genau zu sein.«

»Und mit Waffen zu handeln ist so gefährlich?«

Er zuckte die Schultern. »In diesem Teil der Welt will jeder Waffen haben, und wer sie bekommen kann, ohne dafür zu bezahlen, der wird es tun. Waffen sind wie Drogen. Je mehr man davon hat, desto mehr glaubt man zu brauchen.«

»Wie ungemein profitabel für Sie.«

»Ja, das ist es.« Er drehte sich um und schaute sie an. »Wollen wir darüber reden? Von mir aus gerne, aber es ist kein Thema, das dazu beitragen wird, eine sonderlich harmonische Stimmung zwischen uns zu schaffen.«

Sie hielt seinem Blick eine Zeitlang stand, ehe sie wegschaute. So hatte sie ihn sich nicht vorgestellt. Keine Wut, keine Bösartigkeit, sondern ruhige, besonnene Antworten auf jede feindselige Bemerkung. Sie wusste, dass er klug und überzeugend war, doch häufig änderten Menschen sich, wenn sie bekommen hatten, was sie wollten.

»Ich glaube nicht, dass es irgendetwas gibt, wodurch die Beziehung zwischen uns harmonisch werden könnte. Aber wir brauchen sie auch nicht unnötig zu verschlechtern.« Sie lehnte sich an. »Wir müssen nur zusehen, dass wir einander überleben.«

»Sehr vernünftig.« Er drehte sich um und schaute Soldono an. »Vielleicht hätte ich Sie doch nicht gebraucht, Soldono. Ich scheine sie kein bisschen nervös zu machen.«

»Sie kennt sie ja kaum«, erwiderte Soldono trocken.

»Geben Sie ihr noch ein, zwei Stunden. Ich bleibe, Montalvo.«

Montalvo lächelte. »Natürlich bleiben Sie. Ich wollte Sie nur ein bisschen ärgern, damit Sie Eve zeigen können, wie stark und entschlossen Sie sein können.« Er schaltete den CD-Spieler ein. »Chopin. Den hören Sie doch am liebsten, nicht wahr?«

Ja, sie liebte Chopin. Sie fröstelte. Woher zum Teufel konnte er das wissen, ein so kleines Detail?

»Entschuldigen Sie.« Montalvo stellte die CD wieder aus. »Ich wollte, dass Sie sich wohlfühlen, nicht dass Sie verunsichert sind. Okay, keine Musik. Keine Unterhaltung.«

Dass er ihre Reaktion so leicht durchschaut hatte, minderte das Gefühl der Verunsicherung nicht unbedingt. Sie blickte unverwandt geradeaus. »Tun Sie, was Sie wollen. Es stört mich nicht.«

Er antwortete nicht, und als sie ihm einen Blick zuwarf, sah sie ihn lächeln.

Lass ihn lächeln, dachte sie erschöpft. Lass ihn sich zuversichtlich und stark und allwissend fühlen. Sie musste erst einmal eine Nacht durchschlafen, um sich von der emotionalen und physischen Anstrengung zu erholen, die an ihren Kräften zehrte. Sie würde sich morgen mit Montalvo befassen.

Das Lager war von hohen Steinmauern umgeben und sah aus wie eine bewaffnete Festung. Nein, es *war* eine bewaffnete Festung, stellte Eve fest, als sie durch das hohe Holztor in den Innenhof fuhren. Auf den Mauerzinnen standen Männer mit Gewehren. Und an zwei Stellen entdeckte sie etwas noch Bedrohlicheres.

»Raketen?«, fragte sie, als sie aus dem Jeep stieg. »Mein Gott, bereiten Sie sich auf einen Krieg vor?«

»Ich bin immer auf Krieg vorbereitet. Das hält ihn in Schach.« Er nahm ihr Gepäck aus dem Jeep. »Aber Sie werden erleichtert sein zu hören, dass es keine Nuklearwaffen sind.«

»Mir fällt ein Stein vom Herzen«, sagte sie sarkastisch. »Kein Wunder, dass die CIA sich so für Sie interessiert.«

»Man muss schon irgendwie etwas Besonderes sein, um so viel Interesse zu erregen. Es ist schmeichelhaft.«

»Täuschen Sie sich nicht«, sagte Soldono, als er aus dem Jeep stieg. »Sie würden sich wundern, mit was für Abschaum wir es zu tun haben.«

»Nein, darüber würde ich mich gar nicht wundern.« Er wandte sich einem groß gewachsenen, gut aussehenden Mann in Khakiuniform zu, der auf sie zukam. »Das ist Miguel Vicente. Er zeigt Ihnen Ihr Zimmer. Auf dem Flur stehen Wachposten. Wenn Sie in der Nacht irgendetwas brauchen, fragen Sie einen von ihnen, und er wird es Ihnen holen. Ich frühstücke um neun. Miguel wird Sie morgen früh abholen und Sie zum Esszimmer begleiten.«

Als sie ihn genauer anschaute, sah sie, dass Miguel eher ein Junge war als ein Mann. Wahrscheinlich nicht älter als neunzehn oder zwanzig. Doch auch er trug ein Halfter mit einer Pistole um die Hüfte. Guter Gott, hier war ja wirklich jeder bewaffnet.

Er lächelte. »Wenn Sie mir folgen wollen, Ms. Duncan.«

»Miguel braucht morgen früh nicht zu Ihnen zu kommen, das übernehme ich«, sagte Soldono. »Gute Nacht. Schlafen Sie gut.«

Sie nickte. »Gute Nacht, Soldono.« Sie neigte in kühler Höflichkeit den Kopf in Montalvos Richtung, ehe sie Miguel folgte.

Du lieber Himmel, sie würde einen Führer brauchen, um sich hier zurechtzufinden, dachte sie, während sie über glänzendes Rosenholzparkett lief und ein von Kronleuchtern erhelltes Treppenhaus hinaufstieg. Das war ja ein richtiger Palast, verdammt. Die Schönheit der handgeschnitzten Kommoden und der Samtvorhänge stand im krassen Gegensatz zur militärischen Lageratmosphäre außerhalb dieser Wände.

Und das Zimmer, das Miguel ihr zeigte, war genauso luxuriös und schön möbliert wie der Rest des Hauses.

»Ich hoffe, Sie fühlen sich hier wohl«, sagte Miguel. »Man hat mir gesagt, ich soll darauf achten, dass Sie zufrieden sind. Gefällt es Ihnen?«

Er runzelte ängstlich die Stirn, und sie bemerkte wieder, wie jung er noch war. »Ja, es gefällt mir.«

»Wirklich?«

Sie nickte, während sie sich im Zimmer umschaute. Auch das Kopfteil des Bettes war mit Schnitzereien verziert, und auf dem glänzenden Parkett lagen feine persische Teppiche. »Es ist wie in einem *Zorro*-Film.«

Er lächelte. »Zorro kenne ich, aber der saß ziemlich lange im Gefängnis. Ich hoffe, das meinen Sie nicht.«

»Nein, ich meine das spanisch-aristokratische Ambiente.« Sie ging zu dem riesigen Bett, wo Miguel ihre Taschen abgestellt hatte. »Arbeiten Sie hier im Haus?«

Er schüttelte den Kopf. »Nur für Sie. Ich bin ein Soldat des Colonel.«

»Colonel?«

Er öffnete die Terrassentüren. »Colonel Montalvo.«

»Montalvo?« Sie starrte ihn verdutzt an. »Wenn er ein Offizier ist, muss er sich selbst dazu ernannt haben.«

»Ich bin ein Soldat des Colonel«, wiederholte er. »Die Tür dort links führt ins Bad. Schlafen Sie gut.« Ehe sie antworten konnte, war er fort.

Ein Colonel? Nun ja, vielleicht gefiel ihm die Idee, sich selbst als Offizier zu bezeichnen, als Anführer seiner kleinen Armee hier im Lager. Sie hätte nicht gedacht, dass er so eitel wäre. Nein, Galen hatte erzählt, er sei bei den Rebellen gewesen, aber von einem Offiziersrang hatte er nichts gesagt.

Doch was wusste sie schon von diesem Mann? Sie hatte bisher nur an der Oberfläche gekratzt. Wenn sie Glück hatte, musste sie nicht tiefer graben. Sie würde den Auftrag erledigen, den er ihr erteilte. Dann würde sie die Bezahlung einfordern, die er ihr angeboten hatte, und schnell wieder in ihrem Cottage am See verschwinden. Und vielleicht, wenn Montalvo Wort hielt, würde sie dann endlich, endlich Frieden finden.

Falls Joe sie noch zurückhaben wollte. Er würde verletzt sein und böse, und er würde weder gelassen noch versöhnlich reagieren. Als ihr größtes Vergehen würde er es betrachten, dass sie ihn nicht mitgenommen hatte. Dafür hatte er zu viel mit ihr durchgemacht.

Nicht an Joe denken. Es tat zu weh. Sie fühlte sich sehr allein in diesem riesigen, palastartigen Raum, der so anders war als ihr kleines, gemütliches Cottage, an das sie gewöhnt war. Sie wollte nach Hause.

Schluss mit dem Gejammer. Sie zog ihr Nachthemd aus der Reisetasche und ging ins Badezimmer. Duschen. Schlafen. Morgen würde sie sich in die Arbeit stürzen und alles andere ausblenden.

Der Schädel.

Montalvo hatte ihr nichts Genaues über den Schädel gesagt. Sie hätte ihn auf dem Weg hierher fragen können, hatte es jedoch bewusst vermieden. Der emotionale Aufruhr, in dem sie sich befand, war zu groß, um sich auf irgendetwas anderes als die ersten Schritte der Gewöhnung an das neue Umfeld zu konzentrieren.

Sie würde ihn morgen nach dem Schädel fragen.

Sie hatte nicht nach dem Schädel gefragt.

Montalvo lehnte sich in seinem Schreibtischstuhl zurück und schlug die schon etwas zerfledderte Eve-Duncan-Akte auf. Er war müde, doch er wusste, dass er nicht würde schlafen können. Das Adrenalin strömte noch immer wie ein starker Wein durch seine Adern. Vielleicht war es auch die Begegnung mit Eve, die ihn berauschte. Sie war so stark, wie er gedacht hatte, doch er hatte auch einen Hauch von Verletzlichkeit wahrgenommen, der ihn überraschte. Eigentlich sollte ihn nichts an ihr überraschen; er hatte sich mit Eve auseinandergesetzt, hatte sich ihre Vorlesungsbänder angehört und alles gelesen, was er über sie finden konnte. Das Foto in ihrer Akte wurde ihr nicht gerecht. Ihr Körper war schlank und stark, doch ihre Feingliedrigkeit verlieh ihr eine Zerbrechlichkeit, die etwas äußerst Aufreizendes, ja Erotisches hatte.

Er hatte erwartet, dass Eve ihn im Moment ihrer Ankunft zur Rede stellen würde, doch das war nicht geschehen. Was ihn durchaus erleichterte. Je länger er ihre Fragen hinauszögern konnte, umso besser.

Er schaute auf, als kurz darauf Miguel ins Zimmer kam. »Wie geht es ihr?«

»Gut. Sie wirkte müde.« Er zögerte. »Sie ist … angenehm. Ihr wird doch nichts geschehen, oder?«

»Nach Möglichkeit nicht. Aber man kann nie ganz sicher sein. Das weißt du, Miguel.«

»Ja, das weiß ich. Es ist nur … ich glaube, ich mag sie.«

»Ich auch. Trotzdem.«

Er nickte. »Tut mir leid. Ich wollte nicht …« Er wechselte rasch das Thema. »Ich habe eine Nachricht für Sie, von Delk aus Atlanta. Er hat auf dem Festnetztelefon angerufen, nachdem er Sie auf Ihrem Handy nicht erreichen konnte.«

»Ich hatte es ausgeschaltet. Ich wollte unseren Gast nicht mit meinen geschäftlichen Telefonaten behelligen. Sie ist ein bisschen empfindlich, was meinen Beruf angeht.« Er lachte in sich hinein. »Nein, sie hält mich für Satan. Dabei ist sie Satan noch nie begegnet. Wie lautet die Nachricht?«

»Joe Quinn ist heute mit der Sechs-Uhr-dreißig-Maschine nach Bogotá geflogen.«

Montalvos Lächeln schwand. »Schon? Der Mann vergeudet keine Zeit.«

»Sie sagten doch, er würde kommen.«

Montalvo zuckte die Schultern. »Ich dachte, mir blieben vielleicht noch ein oder zwei Tage zur Vorbereitung. Manche Menschen werden mit der ersten Wut und Enttäuschung nicht so leicht fertig und müssen sich durch diese Gefühle erst durchkämpfen. Offenbar habe ich mich getäuscht. Das bedeutet einfach, dass wir schneller arbeiten müssen.«

»Wollen Sie, dass er stirbt?«

»Nein, ich habe versprochen, ihn nicht zu töten. Was die Sache noch schwieriger macht.«

»Ich könnte es für Sie tun. Ich habe nichts dergleichen versprochen.«

»Es ist ein implizites Versprechen, das auch meine Männer einschließt.«

Miguel lächelte. »Aber ich verstehe keine Implikationen. Ich bin bloß ein dummer Junge vom Land. Mein Vater ist in Schwierigkeiten, deshalb muss ich ihm helfen.«

Montalvo runzelte die Stirn. »Ich bin nicht dein Vater. Ich habe deinen Vater *umgebracht*, verdammt noch mal.«

»Und deshalb müssen Sie ihn mir ersetzen. Ich habe Sie mir ausgesucht.«

»Miguel, du hast dir den falschen ausgesucht. Geh, solange du ...« Er unterbrach sich. »Du hörst mir nicht zu.«

»Doch, ich habe zugehört. Ich werde Joe Quinn nicht töten. Sie wollen abwarten, bis Sie es selber tun können.« Er wandte sich zum Gehen. »Ich werde jetzt die anderen vorwarnen, dass Joe Quinn im Anmarsch ist. Ob er wirklich kommt – trotz so großer Widerstände?«

»Ich an seiner Stelle würde es tun.«

Miguel blieb an der Tür stehen und warf ihm einen neugierigen Blick zu. »Warum?«

»Sie ist eine außergewöhnliche Frau. So eine findet man nicht alle Tage. Man kann von Glück sagen, wenn man alle zehn Jahre einer begegnet wie ihr.«

»Und trotzdem haben Sie gesagt, dass Sie sie vielleicht sterben lassen.«

»Ja, das kann ich nicht ausschließen.« Er schaute wieder in die Akte, die offen vor ihm lag. »Gibt es irgendetwas Neues von Diaz?«

»Nein. Aber inzwischen müssten sie Aquila eigentlich vermissen. Entweder schicken sie einen Ersatzmann, oder sie denken sich einen anderen Schachzug aus.«

»In strategischer Hinsicht hast du inzwischen einiges dazugelernt.«

Miguel lächelte erneut. »Ich bin der Sohn meines Vaters.« Damit stolzierte er aus dem Zimmer.

Montalvo fluchte leise vor sich hin. Er musste sich unbedingt etwas einfallen lassen, was Miguel betraf. Er hatte ihn schon mehrmals weggeschickt, doch er kam immer wieder. Nein, jetzt mal ganz ehrlich, er hatte ihn jedes Mal wiederkommen lassen, weil er ein egoistischer Vollidiot war und sich dem Jungen näher fühlte als irgendjemandem sonst auf der Welt.

Er klappte die Akte zu und stand auf. Über Miguel konnte er weiter nachdenken, wenn dies alles vorbei war. Verdammter Mist, bis dahin war er vielleicht selbst auf der Flucht, und dann würde sich die Frage, ob er den Jungen wegschicken sollte, erübrigen.

Er würde jetzt ins Bett gehen und schlafen, damit er für die Konfrontation mit Eve morgen früh gewappnet war.

Und überlegen, wie er Joe Quinn loswerden konnte, ohne sich selbst die Finger schmutzig zu machen.

6

Eve war fertig angezogen und wartete schon, als Soldono am nächsten Morgen an ihre Tür klopfte.

»Wie haben Sie geschlafen?«, fragte er, als sie die Tür öffnete. »Sie sehen ein wenig müde aus.«

»Mir geht's gut.« Sie trat zu ihm auf den Flur. »Und ja, die Nacht war mäßig. Was hatten Sie erwartet?«

»Eine schlaflose Nacht und ein paar Bedenken. Ich hatte nicht erwartet, dass Sie hierherkommen und sich unter Montalvos Knute begeben würden.« Er schnitt eine Grimasse. »Obwohl ich Ihnen natürlich dankbar bin, dass Sie Gonzales rausgeboxt und mir damit den Hintern gerettet haben. Sonst hätte ich selbst etwas unternehmen müssen, und das hätte womöglich fatale Folgen gehabt.«

»Ich hatte nicht den Eindruck, dass Montalvo Ihnen feindselig gesinnt ist.«

»Nein, aber er hat Regeln, und Gonzales hat eins der wichtigsten Gesetze gebrochen, die für seine Männer gelten. Wenn ich ihm in die Quere gekommen wäre, hätte er keine Sekunde gezögert, mich umzubringen.«

»Gesetze. Regeln. Ein militärisches Lager. Der Mann ist kriminell und führt eine kriminelle Organisation an. Was ist hier eigentlich los?«

Er zuckte mit den Schultern. »Fragen Sie mich nicht. Es funktioniert. Seine Männer sind loyal und stehen ganz und gar unter seiner Fuchtel.« Er machte eine Pause.

»Aber sie bewundern ihn auch, und das hält sie stärker bei der Stange als alles andere. Es hat uns verdammt viel Mühe gekostet, unter seinen Männern auch nur einen ausfindig zu machen, der bereit war, ihn zu verraten. Ich habe mehr als achtzehn Monate gebraucht, bis ich Gonzales gefunden hatte, und weitere drei, um ihn zu überreden.«

»Und wie haben Sie das gemacht?«

»Mit Geld. Sehr viel Geld und dem Versprechen, ihn von hier wegzuschaffen, bevor Montalvo etwas merkt.«

»Was Ihnen nicht gelungen ist.« Während sie den Flur entlangliefen, wanderte ihr Blick hierhin und dorthin. »Was für ein Palast. Ich war ganz überrascht, als ich ankam. Schon merkwürdig, mitten im Dschungel ein solches Anwesen zu sehen. Montalvo scheint Wert auf die Annehmlichkeiten des Lebens zu legen.« Und gestern Abend hatte er ganz und gar entspannt gewirkt, dachte sie. Höflich, zuvorkommend, gut aussehend. »Er hat sich eine militärische Festung gebaut und sich dann selbst zum Kaiser ernannt.«

»Gonzales meint, er habe weder das Fort noch den Palast gebaut. Er hat beides vor ungefähr zehn Jahren von einem gewissen Hector Caranda übernommen, der damals hier in der Gegend der Drogenboss war.«

»Übernommen?«

»Caranda und seine Männer sind nicht mehr. Wenn Sie sich genauer im Dschungel umschauen, finden Sie sicher irgendwo ihre Gräber.«

»Na prima.« Sie sah ihn an. »Das scheint Sie ja nicht weiter zu kümmern.«

»Wenn Verbrecher sich mit Verbrechern anlegen, bleibt für uns weniger zu tun. Von mir aus können sie sich gerne gegenseitig umbringen.« Er wies auf den Torbogen vor ihnen. »Der Frühstücksraum. Seine Hoheit wartet.«

»Ich fühle mich geschmeichelt, Soldono«, hörten sie Montalvo hinter ihnen sagen. »Ich hatte schon Zweifel, ob Ihnen meine königliche Art aufgefallen war.« Er nickte Eve zu. »Er hat Ihnen Gift in die Ohren gespritzt. Wahrscheinlich stimmt das meiste, aber es ist trotzdem nicht schön.« Er winkte sie in den Raum. »Und ich ›warte‹ keineswegs. Ich arbeite schon seit sechs Uhr früh.«

Er trat an den glänzenden Eichentisch und zog einen Stuhl für sie zurück. »Um die Ruhe zu bewahren und meine Aufregung angesichts unserer Unterredung heute Morgen ein wenig zu zügeln.« Sein Blick wanderte forschend über ihr Gesicht. »Wie ich sehe, sind Sie ebenfalls aufgeregt. Vielleicht ist bei Ihnen nicht so viel Vorfreude im Spiel, aber Neugier ganz bestimmt.« Er winkte, und ein Diener in weißer Livree erschien in der Tür. »Wenn ich recht informiert bin, frühstücken Sie nicht großartig, deshalb habe ich Eier, Speck und eine Scheibe Toast bestellt.«

»Das ist zu viel.«

Er lächelte. »Und für den Fall, dass Sie das sagen würden, habe ich Orangensaft, Kaffee und einen Bagel bestellt. Setzen Sie sich, Soldono. Sie sind so vorhersehbar – richtig langweilig. Er nimmt immer French Toast und kanadischen Speck, Eve. Wären Sie je auf die Idee gekommen, dass er ein Schleckermaul ist?«

»Ich kenne ihn nicht. Ich kann keine Vermutungen darüber anstellen, was ihm schmeckt.«

»Und ich?« Er setzte sich ihr gegenüber. »Ich bitte Sie, stellen Sie Vermutungen an.«

Sie schaute ihn an. »Ich denke, Sie haben bereits um

sechs gefrühstückt. Wahrscheinlich etwas Leichtes. Saft, Kaffee … vielleicht etwas Toast.«

Er lachte in sich hinein. »Richtig. Abgesehen vom Toast. Ich esse immer eine Tortilla. Das weckt Erinnerungen an meine Kindheit. Eine der schönen Erinnerungen. An den glücklichen Erinnerungen sollte man nach Möglichkeit festhalten, denken Sie nicht?«

Sie führte das Glas Orangensaft an die Lippen. »Warum reden Sie von Essen und Kindheitserinnerungen? Ihre bescheuerte Tortilla ist mir scheißegal. Ich bin nicht hier, um mich nett mit Ihnen zu unterhalten oder Sie kennenzulernen. Ich bin hier, um einen Auftrag zu erledigen.«

»Ja, das stimmt.« Er lehnte sich in seinem Stuhl zurück und betrachtete sie. »Sie sehen fantastisch aus in dem hellen Licht hier. Nicht viele Frauen verkraften die Wahrheit des Tageslichts, aber Sie umhüllt es, als wäre es in Sie verliebt. Ich war gespannt, wie Sie hier am Frühstückstisch aussehen würden.«

»Schwachsinn.«

»Nein, wirklich.«

»Und ich hatte nicht erwartet, schon beim Frühstück einem Mann gegenüberzusitzen, der eine lächerliche Pistole an der Hüfte trägt wie irgend so ein Revolverheld aus dem Wilden Westen. Das ist wirklich ein bisschen zu viel, Montalvo.«

Er lachte und schaute auf sein Halfter hinab. »Aber gelegentlich notwendig. Ich bin schon zu lange Soldat. Ich habe gelernt, dass man sich nicht in Sicherheit wiegen sollte, nur weil man sich auf eigenem Grund und Boden befindet.«

»Mein Auftrag«, sagte sie. »Die Rekonstruktion.«

Er nickte und wandte sich an Soldono. »Würden Sie uns entschuldigen? Ich denke, auf der Terrasse ist es heute Morgen sehr angenehm für Sie. Ich lasse Ihnen Ihr Frühstück dort servieren.«

»Eve?«, fragte Soldono.

»Bis später«, sagte sie.

Soldono zog die Schultern hoch, stand auf und schlenderte durch die Terrassentüren hinaus.

Montalvo nickte dem Diener zu, der sofort hinter Soldono her eilte.

»Ich bin sicher, dass Soldono uns am liebsten belauschen würde, aber ich habe angeordnet, ihn so zuvorkommend und aufmerksam zu bedienen, dass es ihm zu peinlich wäre.« Er setzte seine Kaffeetasse an die Lippen. »Der Arme, das wird frustrierend für ihn sein.«

»Wo ist der Schädel? Wo werde ich arbeiten?«

»Ich habe Ihnen in der Bibliothek eine Werkstatt einrichten lassen.«

»Gehen wir hin.«

»Wollen Sie nicht erst einmal in Ruhe frühstücken? Sie haben Ihren Bagel noch kaum angerührt.«

»Ich will keinen Bagel. Ich will den Schädel sehen.«

»Der Bagel wäre die bessere Wahl.«

Sie erstarrte. »Wieso?«

»Der Schädel ist nicht hier auf dem Gelände.«

»Wo zum Teufel ist er dann?«

»Er ist noch nicht ausgegraben. Er liegt siebzig Kilometer nördlich von hier auf einem kleinen Friedhof.«

»Ich plündere keine Gräber, Montalvo«, zischte sie.

»Dieses Grab brauchen Sie auch nicht zu plündern, das übernehme ich. Ich konnte es nur nicht tun, bevor Sie hier waren und sich bereitgefunden hatten, den Auftrag für mich zu erledigen. Sie werden schneller arbeiten müssen als je zuvor.«

»Aber als Helfershelfer eines Grabräubers stehe ich

nicht zur Verfügung, Montalvo. Suchen Sie sich gefälligst jemand anderen.«

»Ich habe ja Sie.«

Sie begegnete seinem Blick. »Nein, haben Sie nicht. Sie haben mich mit Engelszungen hergelockt, aber ich lasse mich nicht dazu verleiten, etwas zu tun, das ich nicht mit meinem Gewissen vereinbaren kann. Ein Grab zu schänden, das steht ganz oben auf meiner Liste.«

»Weil ein anständiges Begräbnis für Sie bedeutet, dass jemand nach Hause gebracht wird, zu seiner letzten Ruhestätte. Das ist es, wofür Sie arbeiten, seit Ihre Tochter gestorben ist.« Seine Lippen wurden schmal. »Ich versichere Ihnen, dass die Person, die in diesem Grab liegt, nicht von liebenden, fürsorglichen Händen dort hingebracht worden ist. Es ist keine Ruhestätte, Eve.«

»Das sagen Sie.«

»Es ist die Wahrheit. Schauen Sie mich an.« Er legte so viel Nachdruck in seine Worte, dass seine Stimme vibrierte. »Ich sage Ihnen die Wahrheit.«

Sie konnte nicht umhin, ihm zu glauben. »Oder was Sie für die Wahrheit halten. Wenn Sie sicher wären, hätten Sie mich nicht hergeholt, damit ich es verifiziere. Warum konnten Sie keine DNA-Analyse machen lassen?«

»Ich habe jemanden, der dazu bereit wäre, aber er verlangt irgendeinen Beweis, ehe er es riskiert.«

»Wieso?«

»Weil jeder Wissenschaftler, der diesen Schädel berührt, Gefahr läuft, auf höchst unangenehme Weise ermordet zu werden.«

»Von wem?«

»Ramon Diaz. Sie haben vielleicht von ihm gehört.«

»Ich habe Fotos von ihm in der Zeitung gesehen. Drogen.«

»Ja. Drogen und Rotlichtmilieu und Mord.«

»Dann haben Sie ja einiges gemeinsam.«

»Das glauben Sie. Ich habe Miguel gesagt, Sie wären noch nie dem Satan begegnet. Wenn Sie je Ramon Diaz über den Weg gelaufen wären, könnte ich das nicht behaupten. Ich habe so meine Momente, aber Diaz ist der Meister. Er thront in seinem Schloss und glaubt, er könne tun und lassen, was immer ihm beliebt.«

»Und wenn ein Experte sein Leben damit aufs Spiel setzt, dass er die DNA untersucht, wie steht es dann mit mir?«

Er nickte. »Genauso. Die forensische Rekonstruktion gilt zwar vor Gericht nichts, aber es würde schon reichen, dass Sie von dem Schädel wissen.«

Sie starrte ihn ungläubig an. »Sie geben zu, dass ich Kopf und Kragen riskiere, wenn ich die Rekonstruktion für Sie anfertige?«

»Ja.«

»Sie sind ein Dreckskerl.«

»Ja, aber kein Satan. Merken Sie sich den Unterschied.« Er nahm noch einen Schluck Kaffee. »Und wenn ich mehr Zeit gehabt hätte, die Sache vorzubereiten, hätte ich Ihnen gegenüber auch ganz aufrichtig sein können – Sie wären trotzdem gekommen. Wenn der Preis hoch genug ist, nimmt man jedes Risiko in Kauf. Aber nachdem ich den ersten Schritt getan hatte, reichte die Zeit einfach nicht. Ich musste zuschlagen, solange die Gelegenheit günstig war. Ich habe darauf gesetzt, dass Sie schon kooperieren würden, wenn Sie erst einmal hier wären.«

»Da haben Sie Pech gehabt, Montalvo.«

»Das werden wir sehen. Der einzige Grund, weshalb Sie gekommen sind, ist Bonnie. Dieser Grund existiert immer noch. Sie wussten nicht, was Sie hier vorfinden würden. Alle haben Sie gewarnt, was für ein böser Mann ich sei. Sie sind trotzdem gekommen.«

»Ich werde nicht kriminell, nur weil Sie es sind. Nachdem man mir Bonnie genommen hatte, habe ich etwas Anständiges aus meinem Leben gemacht. Ich lasse mich nicht wieder herunterziehen.«

»Und wenn ich Ihnen verspreche, dass Sie nichts Unehrenhaftes tun müssen? Ihr Ruf und Ihre moralischen Grundsätze bleiben völlig unangetastet; Sie werden eine schneeweiße Weste behalten.« Er schnitt eine Grimasse. »Das einzige, was Sie aufs Spiel setzen, ist Ihr Leben. So leid es mir tut.«

»Nur mein Leben? Na, dann pfeife ich doch auf alles andere und springe sofort auf den fahrenden Zug!«

»Das hätten Sie vielleicht getan, wenn ich Sie in den ersten Jahren nach Bonnies Tod zu fassen gekriegt hätte. Jetzt ist es anders.«

Sie schaute ihn an, und Wut flammte in ihr auf. »Sie glauben, mich so gut zu kennen. Es reicht nicht, eine Akte über jemanden zu lesen. Sie haben keine Ahnung, wer ich eigentlich bin.«

»Die Akte war nur der Anfang. Ich habe über Sie nachgedacht. Ich habe im Kopf Szenarien mit Ihnen durchgespielt. Manchmal habe ich von Ihnen geträumt.«

Es lief ihr kalt über den Rücken. »Sie sind ja krank.«

Er schüttelte den Kopf. »Als ich anfing, nach jemandem wie Ihnen zu suchen, war ich absolut kühl und überlegt. Doch als ich dann auf Sie stieß und Nachforschungen anzustellen begann, änderte sich das. Ich wusste, dass Sie dazu bestimmt waren, hierherzukommen und die Rekonstruktion für mich anzufertigen.«

»Warum?«

»Ich habe Sie angeschaut und mich selbst gesehen.« Er schob seinen Stuhl zurück und stand auf. »Sie haben jetzt erst einmal genug zu verdauen. Und ich rede nicht vom Frühstück. Wir unterhalten uns später weiter.«

»Sie haben mir nichts erzählt, weswegen ich das Gespräch gerne fortsetzen würde.«

»Ich musste erst mal das Eis brechen. Für Details ist die Zeit noch nicht reif.«

»Ich möchte, dass Sie mich zum Flugplatz zurückbringen. Soldono wird einen Rückflug für mich arrangieren.«

Er ging zur Tür. »Ich glaube, Sie werden Ihre Meinung noch ändern.«

»Da irren Sie sich.«

»Wie Sie sicher wissen, habe ich keine Sekunde geglaubt, dass Sie Geld für die Rekonstruktion nehmen würden.« Er blieb an der Tür stehen. »Das war nur meine Eröffnung. Ich wusste von Anfang an, was Sie dazu bringen würde, mit mir zu arbeiten. Dadurch hatte ich Zeit, etwas zu finden, das Ihnen Anreiz genug bieten würde zu bleiben, wenn Sie erst einmal hier wären. Miguel hat Ihnen einen Bericht auf den Schreibtisch gelegt. Sie sollten ihn lesen, bevor Sie eine Entscheidung treffen.«

»Einen Bericht?«

Doch er war bereits aus dem Zimmer gegangen.

Frustriert und verwirrt schaute sie ihm nach. Himmel, was war das für ein Mann? Hochgefährlich und bedrohlich, und doch sprach er seine Drohungen so sachlich aus, dass sie keinerlei Angst empfunden hatte. In der Art, wie er mit ihr redete, lag etwas seltsam Kameradschaftliches, ja eine Art Vertraulichkeit.

Ich habe Sie angeschaut und mich selbst gesehen.

»Fertig geplaudert?« Soldono war im Türrahmen erschienen. »Sie sehen nicht gerade froh aus.«

»Bin ich auch nicht. Er hat den Schädel, den ich rekonstruieren soll, gar nicht hier. Er muss erst ein Grab plündern, um ihn zu bekommen.«

»Und was haben Sie ihm gesagt?«

»Dass ich Sie bitten würde, einen Rückflug für mich zu arrangieren.« Sie stand auf. »Könnten Sie das tun?«

»Ich werde mich bemühen.« Er fügte hinzu: »Wenn er Sie nicht gehen lassen will, könnte es allerdings zwecklos sein. Solange er nicht seine Zustimmung gibt, brauchen wir eine Armee, um Sie hier herauszuschaffen.«

»Regeln Sie das Organisatorische. Um Montalvo kümmere ich mich selbst.«

Soldono nickte und runzelte nachdenklich die Stirn. »Was für ein Grab ist es denn, das er plündern will?«

»Das hat er mir nicht gesagt. Was spielt das für eine Rolle?«

»Absolut alles, was Montalvo tut, spielt eine Rolle. Jede seiner Handlungen hat weitreichende Konsequenzen. Deshalb sollten Sie vielleicht doch erwägen, den Auftrag für ihn zu erledigen. Es würde Ihre Rückreise vermutlich um einiges erleichtern.«

Sie starrte ihn ungläubig an. »Und Ihren Job auch, nehme ich an.«

»Erheblich.« Er hielt ihrem Blick stand. »Ich habe kein Problem damit, die Toten zu stören, wenn dadurch gewährleistet ist, dass Sie am Leben bleiben und irgendwann wieder nach Hause fahren können.«

Ihre Wut ebbte ab. »Ich habe kein Recht, über Sie zu urteilen. Dies ist allein meine Verantwortung. Als ich herkam, wusste ich, dass ich in ein Spinnennetz treten würde und dass es verdammt schwierig werden könnte, sich wieder daraus zu befreien.«

»Verdammt schwierig«, wiederholte er. »Also tun Sie,

was immer Sie tun müssen, damit wir alle mit heiler Haut davonkommen.«

»Ich werde darüber nachdenken.« Sie ging zur Tür. »Aber halten Sie lieber nicht solange die Luft an.«

Tun Sie, was immer Sie tun müssen.

Soldonos Worte hallten in ihrem Kopf wider, als sie die Treppe zum ersten Stock hinaufstieg. Das war leicht gesagt, doch sie konnte nicht danach handeln. Nicht wenn es um ihre Arbeit ging. Soldono und die Männer von der CIA schlossen ständig irgendwelche Deals ab, und nicht wenige davon mit Kriminellen wie Montalvo.

Obwohl sie einen Deal mit Montalvo abgeschlossen hatte, war sie nicht sicher, ob sie sein Täuschungsmanöver tolerieren konnte, geschweige denn ...

Miguel hat Ihnen einen Bericht auf den Schreibtisch gelegt.

Als sie oben angekommen war, beschleunigte sie instinktiv ihren Schritt.

Auf ihrem Schreibtisch lag ein blauer Hefter.

Sie ging langsam darauf zu.

Ich wusste von Anfang an, was Sie dazu bringen würde, mit mir zu arbeiten.

Sie schlug den Hefter auf.

Bonnie Duncan.

Ein Bild von Bonnie aus dem Jahr, bevor sie verschwunden war.

Ein Stapel Papiere, fast zwei Zentimeter dick.

Oh, mein Gott.

Sie ließ sich auf den Schreibtischstuhl sinken und begann zu lesen.

»Sie werden merken, dass sie Besuch bekommen.« Galen schaute auf den Dschungel hinab. »Wir können uns dem Lager nicht nähern, ohne dass Montalvo Wind davon kriegt.«

»Wir brauchen nur irgendwo in der Nähe zu landen, den Hubschrauber zu tarnen und dann im Dschungel abzutauchen.«

»Ach, das ist alles?«, fragte Galen. »Mann, und ich dachte schon, dir schwebte irgendwas Kompliziertes vor.« Er stieg höher und drehte Richtung Süden ab. »Venable meinte, der Dschungel sei sehr gut bewacht, und wir müssten eventuell ein paar Posten aus dem Weg räumen.«

»Du musst mich nicht begleiten.«

»Doch. Das hat nichts mit dir zu tun. Ich habe einen Auftrag zu erledigen. Ich soll etwas über Montalvo herausfinden. Das kann ich nur so machen. Außerdem habe ich zufällig etwas für Eve übrig. Ich dachte nur, ich spreche die Schwierigkeiten lieber mal an – ich habe nämlich nicht die Absicht, meine Kräfte zu vergeuden, weil kein vernünftiger Schlachtplan existiert. Stürmen wir die Bastille? Oder versuchen wir, einen Guerillakrieg zu führen? Über genügend Feuerkraft verfügen wir zwar, aber es wäre ein bisschen absurd, schließlich sind wir nur zu zweit.«

»Wir pirschen uns so nah wie möglich heran und suchen nach einer Schwachstelle.« Joe lächelte grimmig. »Dann rufe ich Eve auf dem Handy an und bringe sie dazu, unser Spiel mitzuspielen anstatt Montalvos.«

»Das erscheint mir wesentlich sinnvoller, als die Bastille zu stürmen.« Galen seufzte. »Wenn auch um einiges langweiliger.«

»Wenn Eve allerdings nicht an ihr Handy geht, müssen

wir vielleicht auf eins deiner Szenarien zurückgreifen. Sie hat mich gewarnt.«

»Ich glaube, sie wird drangehen. Eve macht sich bestimmt Sorgen. Sie wird wissen wollen, ob du in Bedrängnis bist und ihre Hilfe brauchst.«

»Ich bin in Bedrängnis.« Und Joe musste seinerseits wissen, ob es ihr gut ging oder ob sie bis über beide Ohren in Schwierigkeiten steckte. Er hatte eine Scheißangst, seit Galen ihm von Montalvos Verbindung zu Diaz erzählt hatte. Nicht genug damit, dass Eve sich mit *einem* solchen Dreckskerl eingelassen hatte – nun tauchte am Horizont ein zweiter, noch größerer auf. »Und ich bin nicht sicher, ob du recht hast. Normalerweise hält sie Wort, und sie hat gesagt, sie würde am Anfang nicht ans Telefon gehen.«

»Ich habe recht. Ich kenne sie vielleicht nicht so gut wie du, aber dafür kann ich einen Schritt zurücktreten und die Lage neutral beobachten. Du denkst möglicherweise im Moment nicht so klar wie sonst.«

»Ach, tatsächlich«, sagte er sarkastisch. »Während du natürlich die Ruhe und Besonnenheit selbst wärst, wenn das Ganze dir passieren würde.«

»Nein. Ich hätte genau solche Angst wie du. Aber es geht nicht um Elena oder Elspeth, also kann ich dir kluge Vorträge halten. Und dir Vernunft predigen, wenn du vom Kurs abkommst. Vorausgesetzt, du hörst mir zu.«

Joe schwieg einen Augenblick. »Ja, ich höre dir zu. Ich kann dir nicht versprechen, dass ich tue, was du sagst, aber zuhören werde ich dir.« Er schaute nach unten – weit und breit nichts als Dschungel. Venable hatte ihn gewarnt, dass Montalvos Männer das Gebiet wie ihre Westentasche kannten, doch das bereitete ihm keine Sorgen. Als SEAL hatte er monatelang im Dschungel gelebt, war geflohen und hatte trotzdem überlebt. Das war Jahre her, doch die Erinnerung würde schon wiederkommen. Weit schwieriger würde es sein, Eve herauszuholen. Sie war stark, und ihre Entschlossenheit und ihr Durchhaltevermögen konnten unglaublich sein; andererseits war sie nicht ausgebildet. Galen dagegen hatte früher einmal als Söldner gedient und würde ihm gewiss helfen können. »Danke«, sagte er zögernd. »Ich weiß, dass ich ziemlich grob zu dir war, aber du bist Eve ein echter Freund, und das weiß ich zu schätzen.«

»Grob? Ist mir kaum aufgefallen. Aber ich blute ja auch aus hundert kleinen Schnittwunden und spüre wahrscheinlich vor lauter Schwäche gar nichts mehr.« Er lächelte. »Und ich erwarte nicht, dass sich daran etwas ändert. Du leidest, und du bist ein Mann, der instinktiv um sich schlägt, wenn er leidet. Und ich bin zufällig derjenige, der's abkriegt. Um Eves willen sei dir großmütig vergeben.«

»Das Wort ›großmütig‹ würde ich in diesem Zusammenhang nicht verwenden«, sagte Joe trocken. »Aber ich werde versuchen, dich nicht mehr als Punchingball zu missbrauchen.«

»Um Eves willen?«

Er blickte wieder auf den Dschungel hinab. »Um Eves willen.«

Es war Nachmittag, als Eve den Bericht durchgelesen hatte. Sie lehnte sich in ihrem Stuhl zurück. Nicht weinen. Nicht zittern. Du musst hinuntergehen und mit Montalvo sprechen, und du darfst ihm deine Schwäche nicht zeigen.

Scheiß drauf. Sie musste sich ein bisschen Zeit zugestehen. Den Schmerz zulassen, solange sie allein war. Die

Tränen kommen lassen. Sie schloss die Augen, und die Tränen liefen ihr über das Gesicht.

Bonnie.

Fünfzehn Minuten später stand sie auf, ging ins Badezimmer und wusch sich das Gesicht mit kaltem Wasser. Ihre Augen waren noch ein bisschen geschwollen, doch daran ließ sich jetzt nichts ändern. Sie trocknete sich ab, nahm den Bericht und verließ das Zimmer.

Auf dem Flur lief sie beinahe in Miguel hinein, der ihrer Tür gegenüber an der Wand lehnte.

Er richtete sich rasch auf. »Wollen Sie zu ihm?«

»Was kampieren Sie denn auf meiner Schwelle?«

»Er hat gesagt, ich soll hier warten und Sie zu ihm bringen. Er wollte nicht, dass Sie ihn erst suchen müssen. Sind Sie soweit?«

»Ja, allerdings.« Sie ging an ihm vorbei und steuerte auf die Treppe zu. »Wo ist er?«

»In der Bibliothek.« Miguel holte sie ein. »Unten im Südflügel. Ich zeige Ihnen den Weg.« Er ging voran. »Sie sind verärgert. Das tut mir leid. Ich hatte ihn gefragt, ob das nötig ist.«

»Wissen Sie, was in dem Bericht steht?«

»Ja, er spricht manchmal mit mir. Nicht oft. Nicht über Sachen, die ihm am Herzen liegen. Aber diesmal musste er mit jemandem reden.« Unten angekommen, wandte er sich nach rechts. »Das war mein Privileg.«

»Wenn Sie es so nennen können.«

»Das kann ich.« Er wandte sich nach links, öffnete eine Tür und lächelte freundlich. »Etwas mit dem Colonel zu teilen, ist immer ein Privileg.« Er trat zur Seite. »Wenn ich Ihnen helfen kann, rufen Sie mich. Auch das wäre ein Privileg.«

»Kommen Sie herein, Eve«, rief Montalvo von drinnen. »Miguel, sorgen Sie dafür, dass wir nicht gestört werden.«

»Bei allem, was recht ist«, sagte Eve, als sie ins Zimmer trat. Sie knallte Montalvo den Hefter auf den Schreibtisch und ließ sich auf den Besucherstuhl fallen. »Wir haben wirklich ein paar Dinge zu besprechen.«

»Kaffee?« Er goss das dampfende schwarze Getränk aus einer Karaffe, die auf seinem Schreibtisch stand, in eine Tasse. »Sie sehen aus, als könnten Sie welchen gebrauchen.«

»Nicht jetzt.«

Er stellte die Tasse vor sie hin. »Weil Ihre Hand zittern würde, wenn Sie die Tasse jetzt hochnähmen? Das würde ich nicht als Zeichen von Schwäche betrachten. Nicht bei Ihnen.«

»Nicht jetzt«, wiederholte sie. Sie befeuchtete sich die Lippen. »Das ist ein unglaublicher Bericht. Musste er so gründlich sein? Von Bonnies Verschwinden im Park an schildert er ja wirklich jeden Aspekt der Untersuchung bis ins kleinste Detail. Jeder Sexualstraftäter und Kinderschänder, den die Polizei verhört hat, ist namentlich genannt, jedes Wort dokumentiert, das dabei aufgenommen oder geschrieben wurde. Und dann die plastischen Beschreibungen der anderen Mädchenleichen, die man gefunden hat und von denen man meinte, es könnte sich dabei um Bonnie handeln. Sie haben ein ganzes Dossier über Ralph Andrew Fraser verfasst, den Mann, der wegen der Ermordung dieser anderen Kinder hingerichtet wurde und den man auch für Bonnies Mörder hielt.«

»Aber er hat sie nicht umgebracht«, sagte Montalvo. »Ich glaube, das wussten Sie die ganze Zeit. Deshalb waren Sie, als ein paar Jahre später ein weiterer Verdächtiger auftauchte, so schnell bereit, an dessen Schuld zu glauben. Nur dass Bonnies Leiche nicht dort war, wo sie seinen Angaben nach hätte sein sollen. Das muss Ihnen das Herz gebrochen haben.«

»Ja.« Sie drängte die Tränen zurück. »Das hat es.«

»Aber Sie haben sich nicht entmutigen lassen. Sie haben nie die Hoffnung aufgegeben.«

»Sie reden, als wäre das eine Tugend. Die Hoffnung hat mich nie aufgegeben. Ich konnte gar nichts dagegen tun. Warum sind Sie so ins Detail gegangen? Das war nicht nötig.«

»Und hat alles wieder hochkommen lassen und Ihnen wehgetan. Ich hatte erwogen, den Bericht zu bearbeiten, bevor ich ihn Ihnen gab, aber das konnte ich nicht. Sie sollten alles wissen, was ich über den Fall herausgefunden habe. Wie tief ich gegraben habe, um auf Antworten zu stoßen.«

»Teil drei hätte mir genügt.« Sie schlug eine Seite auf, die sie markiert hatte. »Wo Ihre Leute angefangen haben, sich auf die Suche nach Bonnies Mörder zu machen.«

»Haben sie nicht fabelhafte Arbeit geleistet? Sie waren hoch motiviert. Ich habe ihnen die Million versprochen, die Sie nicht haben wollten, damit sie möglichst schnell und tief graben. Sie konnten zwar keinen einzelnen Verdächtigen ausmachen, aber immerhin haben sie den Kreis der möglichen Täter auf drei reduziert.«

Sie schaute sich die drei Namen auf der Liste an. »Und wie? Sie sagten etwas von undichten Stellen im Gefängnis?«

»Sie haben Männer befragt, die zur selben Zeit in derselben Anstalt gesessen haben wie Fraser. Häftlinge wissen am besten, was sich im Milieu so abspielt. Sie reden viel, und die meisten haben für Kinderschänder nicht das geringste Verständnis. Über Bonnies Fall wurde in der

Gefängnisgerüchteküche heiß diskutiert. Noch mehr spekuliert. Manche behaupteten sogar, sie hätten den Mörder so gut gekannt, dass er ihnen gegenüber mit seiner Tat geprahlt habe.«

»Warum haben sie nichts gesagt, wenn sie etwas wussten? Sie hätten doch einen Nutzen daraus ziehen können.«

»Nicht ohne Beweise. Der Staat war sehr zufrieden mit dem Mann, der im Todestrakt saß. Die Öffentlichkeit hatte lautstark eine Verhaftung gefordert. Die Möglichkeit, dass es auch jemand anders gewesen sein könnte, wurde gar nicht in Betracht gezogen.«

»Mein Gott.« Sie brauchte einen Moment, um ihre Gefühle unter Kontrolle zu bekommen. »Paul Black, Thomas Kistle, Kevin Jelak. Leben sie noch?«

»Ja. Kistle haben wir gefunden. Die anderen sind vom Radarschirm verschwunden, aber die spüren wir auch noch auf. Ich habe es Ihnen versprochen, Eve.«

»Alles, was Sie sagen, könnte gelogen sein.«

»Stimmt. Ist es aber nicht.«

»Warum haben Sie mir den Bericht gegeben, obwohl ich Ihnen gesagt hatte, ich würde aus unserem Deal aussteigen?«

»Hoffnung.«

Sie lehnte sich in ihrem Stuhl zurück und rieb sich die Schläfen. »Sie manipulieren mich.«

»Wenn Sie es zulassen. Es hängt alles von Ihnen ab. Ich bin Ihnen ausgeliefert.«

Sie schnaubte. »Klar.«

Er lächelte. »Vielleicht dachte ich auch, ich könnte Sie auf diese Weise von meinem kleinen Täuschungsmanöver ablenken.«

»Klein?«

»Von meinem nicht so kleinen Täuschungsmanöver«, korrigierte er sich. »Und ich dachte, Sie würden mir dann vielleicht glauben und Ihre Entscheidung noch einmal überdenken.«

Sie starrte ihn an. Er war aalglatt. Er war kompliziert. Er war eloquent. Er war zweifellos ein sehr gefährlicher Mann. Und zugleich spürte sie in ihm eine Triebkraft, die sie bei anderen Menschen selten erlebt hatte.

Ich habe Sie angeschaut und mich selbst gesehen.

Und wenn sie ihn anschaute, sah auch sie Eigenschaften, die sie selber besaß. Das gleiche Feuer, die gleiche Energie, die gleiche Leidenschaft.

Aber Leidenschaft wofür?

»Sie haben gesagt, ich würde nicht gegen meine Prinzipien verstoßen, wenn ich diesen Auftrag für Sie erledige. Wie meinen Sie das? Ich plündere keine Gräber.«

Er seufzte auf. »Sie denken noch einmal drüber nach.«

»Wie meinen Sie das?«, wiederholte sie.

»Normalerweise würden Sie keine Gräber plündern. Aber wenn nun Ihre Bonnie in dem Grab läge – würden Sie dann nicht nachschauen wollen?«

»Ich würde mir eine gerichtliche Verfügung besorgen und sie exhumieren lassen, anstatt irgendwo im Dunkeln herumzuschleichen.«

»Und wenn Sie diese Verfügung nicht bekommen könnten? Wenn Sie wüssten, dass Bonnie dort liegt, aber Sie kämen nicht an sie heran?«

Sie schwieg einen Moment. »Ich würde selbst nachschauen, und wenn ich dafür in die Hölle hinabsteigen müsste.«

»Ich auch«, sagte er knapp. »Und genau das tue ich. Ich steige in die Hölle hinab.«

»Reden Sie nicht in Rätseln. Sagen Sie mir gefälligst, was Sache ist.«

»Der Friedhof liegt auf dem Farmland, das zu Diaz' Gelände gehört. Er sucht seit fünf Jahren nach diesem Grab. Und beobachtet mich, damit ich es nicht vor ihm finde. Deshalb war Aquila hier. Er hat versucht, meine Männer zu bestechen, um an Informationen heranzukommen.«

»Und da haben Sie ihn umgebracht.«

»Ja, ich wusste ja nicht, wie viele Informationen er schon abgezogen hatte. Und ich hatte es fast geschafft, Sie zu überreden. Ich hoffe nur, dass er nicht mehr mit Diaz reden konnte, ehe ich ihn aus dem Weg geräumt habe.«

»Sie meinen, Sie haben es meinetwegen getan? Ich wusste ja bis zur letzten Minute selber gar nicht, dass ich kommen würde.«

»Und ich habe unsere Verhandlungen streng vertraulich gehalten. Aber das heißt nicht, dass er nicht doch ein paar Informationsfetzen aufgeschnappt hat. Miguel hat in Aquilas Lager im Dschungel Abhör- und Überwachungsgeräte gefunden.«

»Und was hätte Diaz tun können, wenn er gewusst hätte, dass ich komme?«

»Er hätte einen Auftragskiller zu Ihnen nach Atlanta geschickt. Oder er hätte uns auf dem Weg zum Lager aufgelauert. Da beides nicht geschehen ist, weiß er vielleicht gar nicht, wen ich hergeholt habe oder dass Sie tatsächlich gekommen sind. Aber er kann sich denken, dass ich glaube, das Grab gefunden zu haben.«

»Und wer liegt in dem Grab?«

Er schwieg einen Moment. »Meine Frau.«

Sie wurde starr vor Schreck. »Wie bitte?«

»Nalia Armandariz. Sie war die Tochter von Antonio Armandariz, dem Rebellenführer. Ich war bei den Rebellen, als wir uns zum ersten Mal begegneten.« Er lächelte. »Sie war wie ein Tiger. Und voller Mut und Ideale, und von einer Lebenslust, wie sie mir nie zuvor begegnet war.«

»Sie haben sie geliebt.«

»O ja«, sagte er leise. »Als ich sie kennenlernte, war ich krank vor Bitterkeit und Wut. Sie hat mich geheilt. Sie war immer fröhlich. Das mag komisch klingen, denn immerhin war sie Soldatin. Eine gute Soldatin und die rechte Hand ihres Vaters.«

»Wie ist sie gestorben?«

»Diaz. Sie hatte die Nase zu weit in seine Geschäfte gesteckt. Ihr Vater hatte sich mit Diaz zusammengetan, der die Sache der Rebellen ausdrücklich unterstützte. Er beschützte Diaz' Koka-Züchter vor rivalisierenden Drogenhändlern und führte ein paar Razzien für ihn durch. Als das Militär anfing, Ärger zu machen, ließ Diaz die Rebellen angreifen. Er ließ Armandariz in dem Glauben, dass er sich der Sache der Rebellen verschrieben hatte, und warf ihm zum Beweis ab und zu einen Knochen vor die Füße – Bargeld oder Waffen. Doch Nalia fand irgendwann heraus, dass er ein doppeltes Spiel spielte. Er schmierte die Regierung und ließ Bargeld in die Staatskassen fließen, damit die Verantwortlichen wegschauten, wenn er seine Drogen exportierte.«

»Hatte sie Beweise?«

»Sie war gerade dabei, welche zusammenzutragen, als sie verschwand.«

»Verschwand? Ich dachte, er hätte sie umgebracht.«

»Bonnie ist verschwunden. Haben Sie irgendeinen Zweifel daran, dass sie tot ist?«

Sie schüttelte langsam den Kopf. »Leider nicht.«

»Sehen Sie. Diaz war sehr clever. Er hat den Beweis für sein doppeltes Spiel unter die Erde gebracht und Nalias Vater weisgemacht, Nalia habe die letzte Zahlung, die er Diaz geschickt hatte, gestohlen und sich nach Australien abgesetzt.«

Sie schüttelte den Kopf. »Das kann er doch nicht geglaubt haben. Sie war seine Tochter.«

»Er wollte es glauben. Er war ein Fanatiker, und Diaz unterstützte seine Organisation. Ein Auge zuzudrücken, nur weil er ein bisschen falschspielte, schien ihm ein kleiner Preis zu sein.«

»Klein? Er hat eine Tochter verloren.«

»In seinen Augen hat er sie nicht verloren – sie ist abtrünnig geworden. Sie war nicht mehr seine Tochter.«

»Und was haben Sie gemacht?«

»Was glauben Sie? Ich habe Diaz verfolgt. Am Ende bin ich seinen Männern mehr tot als lebendig entkommen und habe mich ins Haus eines Freundes geschleppt, um mich dort zu erholen. Es hat praktisch ein ganzes Jahr gedauert, bis ich wieder gesund war. In der Zwischenzeit hatte sich manches geändert. Nalias Vater wollte nichts mehr mit mir zu tun haben. Ich hatte seinen Wohltäter angegriffen, und solange er an seinem Selbstbetrug festhielt, konnte er das unter keinen Umständen akzeptieren.«

»Haben Sie Diaz danach weiter verfolgt?«

»Nein. Ich hatte ja Zeit genug gehabt, mich zu beruhigen und nachzudenken. Ich wollte Diaz nicht bloß umbringen. Ich wollte ihn in die Knie zwingen. Ich wollte alles zerstören, was er aufgebaut hatte, alles, was er in seinem kleinen Königreich geschaffen hatte. Dafür musste ich erst einmal ungefähr so viel Geld zusammen bekommen wie er. Ich brauchte Bestechungsgelder, um etwa genauso viele Leute hinter mich zu bringen, wie sie ihm zur Verfügung standen. Ich war ein Soldat und besaß nichts weiter als die Kleider, die ich am Leib trug, und ein Gewehr. Also machte ich mich daran, Geld zu beschaffen.«

»Indem Sie selbst zum Verbrecher wurden?«

Er zuckte die Schultern. »Waffen waren das einzige, womit ich mich auskannte.«

»Soll das eine Ausrede sein?«

»Nein, ich würde Ihnen genauso wenig mit Ausreden kommen wie mir selbst. Soldono ist sicher gerne bereit, Ihnen zu erzählen, was für ein schlimmer Junge ich bin. Ich erkläre Ihnen nur, was geschehen ist. Ich musste Diaz in die Knie zwingen. Es war mir egal, wie ich zu Geld kam, Hauptsache, ich hatte welches. Und so habe ich meinen Plan nach und nach in die Tat umgesetzt. Irgendwann hatte ich genug Geld, um das Lager hier zu errichten, so dass Diaz mir nichts anhaben konnte.« Er hielt einen Augenblick inne. »Und so viel Geld, dass ich Profis damit beauftragen konnte, herauszufinden, wo Bonnies Mörder sein könnte. Ich denke, zumindest diese Investition könnte Ihnen vielleicht sinnvoll erscheinen.«

Dieser Mistkerl. Vielleicht redete er sich nicht heraus, doch es war ihm gelungen, den einzigen Ton anzuschlagen, der in ihrem tiefsten Inneren widerhallte. »Weiter.«

»Aber ich wollte mehr, als bloß eine Art Midas werden. Ich musste Nalia finden. Ich wollte ihren Vater zwingen zuzugeben, dass sie tot war und dass es Diaz war, der sie umgebracht hatte. Ich fing an nachzuforschen. Es dauerte zwei Jahre, bis ich herausgefunden hatte, was sie mit ihrer Leiche gemacht hatten.«

»Der Friedhof?«

»O nein. Er hat sie in einen Sumpf geworfen. Ich habe einen seiner Männer bestochen, der dabei gewesen war – er sollte sie mir holen. Aber er hat mich hintergangen und den Leichnam nicht zu mir gebracht, sondern ihn auf dem Friedhof verscharrt, ohne Grabstein. Er meinte, er habe nicht riskieren können, dass Diaz erfuhr, was er gemacht hatte. Der verfluchte Friedhof liegt praktisch auf dem Dach von Diaz' Villa. Dann hat Diaz doch herausbekommen, dass sein Mann sich mit mir eingelassen hatte, und wollte ihn bestrafen.« Er presste die Lippen aufeinander. »Ich war schneller. Ich konnte doch nicht zulassen, dass er Diaz erzählt, wo er das Skelett hatte verschwinden lassen.«

»Sie haben ihn umgebracht?«

»Natürlich. Er braucht Ihnen nicht leid zu tun. Bei mir ging's wenigstens schnell. Ich garantiere Ihnen, dass Diaz sich Zeit gelassen hätte. Wie auch immer – nun musste ich mir eine Methode ausdenken, auf den Friedhof zu gelangen und mit Nalias Leichnam wieder zu verschwinden, ohne dass meine Leute dabei umgebracht würden.«

»Und jemanden finden, der die Rekonstruktion anfertigt.«

Er nickte. »Bevor Diaz weiß, was wir vorhaben, und mit voller Kraft zuschlägt.«

»Und dann wollen Sie Nalias Rekonstruktion ihrem Vater zeigen? Wozu soll das denn gut sein?«

»Wissen Sie noch, wie schockiert Sie waren, als Sie die Kiste aufgemacht haben, die ich Ihnen geschickt habe? Stellen Sie sich die Reaktion eines Vaters vor oder die Reaktion der Freunde, mit denen sie aufgewachsen ist. Die Rebellen verfügen hierzulande noch über erhebliche Feuerkraft. Wenn sie diese Kraft auf eine einzelne Zielscheibe richten, könnte das verheerend sein.«

»Sie wollen sie gegen Diaz richten.«

»Ja, ich habe die Absicht, sie gegen Diaz zu richten.« Er schaute sie unverwandt an. »Sobald Sie mir meine Frau zurückgegeben haben.«

Nach ein paar Sekunden riss sie ihren Blick von seinem los. »Vielleicht liegt sie ja gar nicht in dem Grab. Es könnte doch sein, dass Sie auf mehr als eine Weise hintergangen worden sind.«

»Das ist mir bewusst. Aber ich muss es riskieren.«

»Und Sie wollen, dass ich es ebenfalls riskiere. Sie haben mich zusammen mit Diaz auf die Abschussliste gesetzt. Abgesehen davon, dass Sie bei Ihrer Aktion ebenfalls getötet werden könnten.«

»Ich habe Miguel gesagt, dass er Sie dann hier wegbringen soll. Und ich werde alles so arrangieren, dass die Suche nach Bonnies Mörder weitergeht, auch wenn ich sterbe. Sie brauchen nichts anderes zu tun, als einzuwilligen.«

»Warum sollte ich Ihnen glauben? Sie könnten mir Märchen erzählen.«

»Aber Sie glauben mir.«

Sie wollte ihm nicht glauben. Sie wollte weder Sympathie noch Mitleid für ihn empfinden. »Sie könnten mir auch nur einen Teil der Wahrheit erzählen und den Rest so zurechtbiegen, wie es Ihnen passt. Sie sind selbst ein Verbrecher. Warum sollte ich glauben, dass Sie Diaz' Organisation zerstören wollen? Dieser Teil der Geschichte könnte allein dazu da sein, mir weiszumachen, dass das, was ich tue, im Wesentlichen ethisch vertretbar ist.«

»Es ist die Wahrheit.« Seine Stimme bebte vor Eindringlichkeit, sein Blick wich ihr nicht aus. »Jedes einzelne Wort, das ich gesagt habe, stimmt. Ja, ich habe Sie zu manipulieren versucht, aber nur, um Sie hierherzubekommen. Ich wusste, dass ich die Karten irgendwann auf den Tisch legen müsste.«

»Warum?«

»Weil ich Sie nicht betrügen konnte. Ich habe Ihren Schmerz gespürt.« Leise fügte er hinzu: »Weil es der gleiche Schmerz ist wie meiner. Ich habe meine Frau geliebt, Eve. Diaz hat sie umgebracht und dann weggeworfen wie ein Stück Müll. In den Jahren, als ich nicht wusste, wo sie war, habe ich immer wieder Alpträume gehabt, in denen ich sie gesucht und nie gefunden habe.«

Himmel, sie fühlte, wie Tränen in ihren Augen brannten. Sie kannte diesen tödlichen Schmerz. Er ging nie weg, egal, wie viel Zeit verstrich. Sie stand auf. »Ich muss darüber nachdenken. Ich kann Ihnen nicht – ich muss erst darüber nachdenken.«

»Sie brauchen nur die Rekonstruktion zu machen. Ich sorge dafür, dass Sie ein paar Stunden später wieder auf dem Heimweg sind. Dann sind Sie frei.«

»Ich muss darüber nachdenken«, wiederholte sie, während sie zur Tür ging. »Verdammt, Sie bitten mich, Ihnen zu vertrauen, und dabei müsste ich doch verrückt sein, wenn ich das tun würde.«

»Sie wären vielleicht verrückt, wenn Sie den Job übernehmen, aber nicht, wenn Sie mir vertrauen würden.«

Sie blickte sich noch einmal zu ihm um und meinte, zum ersten Mal Gefühle unter der glatten Fassade auszumachen. Den entsetzlichen Schmerz, die tönerne Einsamkeit …

Ich habe Sie angeschaut und mich selbst gesehen.

Sie riss sich los und rannte beinahe aus dem Zimmer.

Er musste ein Zauberer sein, dass er so gut auf der Klaviatur ihrer Gefühle zu spielen verstand. Schon möglich, dass seine Frau zu den verlorenen Seelen gehörte, doch sie durfte sie nicht mit Bonnie vergleichen. Vielleicht lag Nalia überhaupt nicht in dem Grab. Vielleicht lockte er sie auf eine völlig falsche Fährte.

Wie vielen falschen Fährten war sie schon gefolgt, in der Hoffnung, ihre Tochter zu finden? Wie viele Hoffnungen hatten sich schon zerschlagen?

Sie verglich schon wieder. Ausblenden. Ruhig und logisch nachdenken. Sie durfte nicht zulassen, dass ihre Entscheidung von ihren Gefühlen beeinflusst wurde.

Aber Gott im Himmel, sie hatte solche Angst, dass sie einwilligen würde.

7

An diesem Abend ging sie nicht zum Essen hinunter, und um halb acht stand Miguel mit einem abgedeckten Tablett vor ihrer Tür.

»Die Mühe hätten Sie sich nicht zu machen brauchen. Ich habe keinen Hunger.«

»Es macht mir keine Mühe.« Miguel stellte das Tablett auf der niedrigen Kommode neben der Tür ab. »Ich bringe Ihnen nur ein Sandwich und Salat. Das tue ich gerne. Das Karussell dreht sich – Sie helfen dem Colonel. Ich helfe Ihnen.«

»Ich habe Montalvo nicht gesagt, dass ich ihm helfen werde. Alles ist … anders geworden.«

Er nickte. »Und Sie sind sehr beunruhigt. Das war ihm klar. Vertrauen Sie ihm. Er wird versuchen, Sie zu beschützen.«

»Versuchen? Das ist mir ein bisschen zu wenig.« Sie setzte sich an den Tisch und hob den Deckel an. »Aber Sie scheinen ihm zu vertrauen.«

»Natürlich.«

»Warum?«

»Weil er hält, was er verspricht. Und er ist immer da, wenn ich ihn brauche.« Er schenkte ihr Kaffee ein. »Er hat mir das Leben gerettet, wissen Sie.«

»Nein, das wusste ich nicht. Ich weiß gar nichts von Ihnen oder sonst jemandem hier.«

»Das stimmt.« Er lächelte. »Aber Sie werden mehr erfahren, wenn Sie hierbleiben und dem Colonel helfen.«

Und sie musste unbedingt mehr erfahren. Den ganzen Nachmittag lang war sie zwischen Skepsis und Hoffnung hin und her gerissen gewesen. »Wie hat er Ihnen das Leben gerettet? Sie sind zu jung, um schon für einen Mann wie Montalvo zu arbeiten.«

Er grinste. »Das sagt er auch. Er versucht immer wieder, mich wegzuschicken. Er sagt, ich soll zur Schule gehen und lernen, mich zu bessern. Aber ich bin auch so schon ziemlich gut. Ich bin ein verdammt guter Soldat.«

»Dann gehen Sie zur Armee. Bleiben Sie nicht bei einem Verbrecher. Wenn er Ihnen das Leben retten musste, hat er es bestimmt vorher selbst in Gefahr gebracht.«

Er schüttelte den Kopf. »Nein, er hat meinen Vater getötet.«

Sie starrte ihn entsetzt an. »Was?«

»Mein Vater wollte mich umbringen. Meine Mutter hatte er schon umgebracht. Ich hatte mich im Wald versteckt, und er war hinter mir her. Ich war erst dreizehn, und ich hätte mich nicht lange vor ihm verstecken können.«

»Himmel, warum hat er das getan?«

»Drogen. Er hat Diaz' Drogen an die Farmer verteilt. Als Teil ihrer Bezahlung dafür, dass sie den Stoff angebaut haben. Er hat auch selber welche genommen. Wenn er auf Droge war, hat er meine Mutter geschlagen, und eines Tages hat er sie umgebracht. Wenn ich ein Gewehr gehabt hätte, hätte ich ihn erschossen. Ich habe alle Drogen genommen, die er im Haus hatte, und sie in den Brunnen geworfen. Dann bin ich abgehauen, in den Wald. Er hat mich ins Bein geschossen, als ich noch nicht weit gekommen war. Ich bin auf allen vieren weitergekrochen, aber er hat mich eingeholt.« Seine Lippen wurden schmal. »Ich sehe noch, wie er über mir steht und auf meinen Kopf zielt.«

»Und dann hat Montalvo ihn erschossen?«

»Ja. Er hatte nach meinem Vater gesucht und war ihm in den Wald gefolgt. Er dachte, mein Vater sei ein schwaches Glied in der Kette und könnte ihm etwas über den Tod seiner Frau erzählen.« Er lächelte. »Habe ich nicht Glück gehabt? Er hat den Dreckskerl umgebracht.«

Sie brauchte über seine Worte nicht so entsetzt zu sein. Seine Haltung war vermutlich gesund. Väter und Mütter waren nur so heilig wie ihr Verhalten ihren Kindern gegenüber. Und sie hatte in ihrem Leben schon viel Missbrauch gesehen. Sie war froh, dass Miguel überlebt und anscheinend keine dauerhaften Schäden davongetragen hatte. »Sie haben Glück gehabt, sofern Sie Ihr Leben selbst in die Hand nehmen und sich nicht an Montalvo klammern.«

»Er lässt gar nicht zu, dass ich mich an ihn klammere. Er hat mir nur ein Zuhause und ein Ziel gegeben. Er sagt, es sei wichtig, ein Ziel zu haben.«

Und Montalvos Ziel war es, Rache zu üben.

Und jemanden wiederzufinden, den er verloren hatte.

Und war das nicht auch ihr Ziel?

»Ich lasse Sie jetzt allein«, sagte Miguel. »Wenn Sie noch irgendetwas brauchen, rufen Sie mich. Ich bleibe immer in der Nähe.«

»Warten Sie.«

Er blickte sich zu ihr um.

»Hat Montalvo Sie geschickt, damit Sie mir das erzählen?«

»Nein. Er hat nur gesagt, ich soll Ihnen Ihr Abendessen bringen.« Seine Lippen verzogen sich zu einem feinen Lächeln. »Aber er ist sehr clever, und er kennt mich gut.

Es ist gut möglich, dass er geahnt hat, wie unser Gespräch sich entwickeln würde.«

»Darauf würde ich wetten«, sagte sie trocken.

»Bitte essen Sie Ihr Sandwich auf. Sie werden Ihre Kraft brauchen.« Er öffnete die Tür und verließ den Raum.

Du liebe Zeit, da wuchs ja ein zweiter Montalvo heran, dachte sie. Miguel verfügte über die gleiche Hartnäckigkeit und Willenskraft wie sein Idol, gepaart mit einer charmanten Jungenhaftigkeit. Sie mochte den Kerl.

Sie aß den letzten Bissen ihres Sandwichs. Miguel hatte recht – egal, welchen Weg sie einschlug, sie brauchte Kraft und Entschlossenheit, um sich durch den …

Ihr Handy klingelte.

Sie verkrampfte sich, als sie den Namen auf dem Display sah.

Nein, Joe. Jetzt nicht.

Es klingelte noch einmal.

Verdammt, sie hatte ihm doch gesagt, sie würde nicht abnehmen, wenn er anrief. Warum …

Es klingelte erneut.

Sie drückte energisch auf die Taste. »Joe, ich kann jetzt nicht mit dir sprechen.«

»Unsinn. Du sprichst gerade mit mir.«

»Nur um dir zu sagen, dass es mir gut geht und du dir keine Sorgen zu machen brauchst.«

»Wie nett von dir, mir dieses Krümelchen Trost hinzuwerfen. Es geht dir nicht gut. Nicht, solange du in diesem Lager bist. Und ich werde mir Sorgen machen, bis ich dich dort herausgeholt habe. Was hast du denn erwartet?«

Sie hatte genau das erwartet, was sie von Joe jetzt bekam. Kaum bezähmbare Wut und Frustration. »Ich erwarte, dass du meine Entscheidung respektierst.«

»Deine Entscheidung? Er hat dich gelenkt wie ein Schlangenbeschwörer. Er hat Bonnie benutzt, verdammt noch mal.«

»Ja.«

»Lügen, Eve. Du weißt, dass er lügt. Du wusstest, dass du einem Gespenst nachjagst, als du losgefahren bist. Du konntest nur nicht anders.«

»Stimmt, mir war klar, dass er womöglich mit mir spielt. Es war mir egal. Ich musste es riskieren.« Sie hielt kurz inne. »Aber seit ich hier bin, habe ich Indizien dafür gefunden, dass er vielleicht doch nicht lügt. Ich muss hierbleiben, bis ich klarer sehe, ob es sich lohnt ...«

»Nein!«

»Du kannst es mir nicht verbieten. Ich muss selbst entscheiden, was richtig ist. Ich rufe dich an, wenn es soweit ist.«

»Leg nicht auf.« Er schwieg einen Moment, und sie konnte spüren, wie er mit sich rang. »Galen meint, ich fahre den Karren gerade in den Dreck. Das kann ich mir nicht erlauben.«

»Galen? Ist er bei dir?«

»Ja, und er mischt sich mehr ein, als mir lieb ist.«

Plötzlich kam ihr ein Verdacht. »Joe, wo bist du?«

»Wenn ich durchs Fernrohr schauen würde, könnte ich dich wahrscheinlich sehen.«

»Scheiße.«

»Genau mein Gefühl. Du solltest hier bei mir sein und nicht in diesem Lager.«

»Fahr wieder nach Hause, Joe. Ich will nicht, dass du hierbleibst.«

»Das beruht auf Gegenseitigkeit. Ich bleibe. Galen hat von Sprengkörpern bis zu Überwachungsgeräten alles dabei, damit wir uns hier häuslich einrichten können.«

»Joe, Montalvo ist ein verzweifelter Mann. Und er befehligt eine ganze verdammte Armee.«

»Dann komm raus und rette mich.«

»Joe, hör mir doch zu. Montalvo hat mir versprochen, dir nichts anzutun, aber es kann immer etwas schiefgehen. Was ist, wenn einen seiner Männer plötzlich die Schießwut packt und er dich tötet?«

»Woher soll ich wissen, dass du nicht gegen deinen Willen festgehalten wirst? Vielleicht steht Montalvo die ganze Zeit neben dir und hält dir eine Pistole an den Kopf.«

»Deine Fantasie geht mit dir durch. Ich habe dir doch schon gesagt …«

»Ich weiß gar nichts, solange du mir nicht direkt gegenüber stehst. Und ich fahre erst nach Hause, wenn du nach Hause fährst.«

»Joe, bitte erpresse mich nicht. Ich bin nicht …«

»Erpressung ist unter solchen Umständen erlaubt. Ich werde alles tun, was möglich ist. Und wenn du nicht rauskommst und mich rettest, kannst du stattdessen Galen retten, hat er gesagt. Oder zwei Fliegen mit einer Klappe schlagen und dich doppelt verdient machen.«

»Ich lege jetzt auf, Joe. Wenn du das nächste Mal anrufst, möchte ich hören, dass du in Bogotá bist.« Sie drückte auf die Trenntaste.

Guter Gott, es war genau das passiert, was sie befürchtet hatte. Oder besser gesagt: Sie hatte es *gewusst*, sonst hätte sie Joe in ihrem Deal mit Montalvo nie auch nur erwähnt. Und doch hatte sie einen Funken Hoffnung gehabt, dass Joe von ihren Entscheidungen unberührt bleiben würde.

Sie stand auf, ging zum Fenster und blickte in den dunklen Dschungel. Er war da. Ganz nah. Sie verspürte

Panik, doch zugleich war da auch ein leises Prickeln primitiver Freude. Sie waren zusammen. So sollte es sein. Ihr Verstand hatte ihr gesagt, dass sie ihn zurücklassen musste, doch wo die Instinkte regierten, herrschten eben weder Sinn noch Verstand.

Sie musste diese Instinkte unterdrücken. Sie musste Joe beschützen. Natürlich konnte sie seine Zweifel hinsichtlich ihrer Sicherheit verstehen. Telefongespräche waren häufig trügerisch und unbefriedigend. Doch wenn sie versuchte, sich mit Joe zu treffen und ihn persönlich zu überzeugen, dass er wieder nach Hause fahren solle, kam sie womöglich in Versuchung, mit ihm zu gehen. Und sie wusste nicht, wie Montalvo reagieren würde, wenn sie sich jetzt aus dem Staub machte. Bevor sie hierhergekommen war, hätte sie geschworen, dass er Gewalt anwenden würde. Jetzt kannte sie ihn etwas besser, und doch war er eine noch unkalkulierbarere Größe geworden. Er war ein verzweifelter Mann. Verzweiflung konnte tödlich sein – gefährlicher als Skrupellosigkeit.

»Quinn ist hier«, sagte Miguel, als er in die Bibliothek kam. »Wir haben heute Nachmittag einen Helikopter gesichtet. Wir glauben, dass er etwa fünfunddreißig Kilometer nördlich von hier gelandet ist.«

Montalvo runzelte die Stirn. »Bist du sicher, dass es nicht einer von Diaz' Hubschraubern war? Er demonstriert hier in letzter Zeit häufiger seine Präsenz.«

»Wir haben die Nummer überprüft. In Bogotá von einem gewissen Carmine Valdez gemietet. Der Pilot sollte den Kunden absetzen und in der Nähe bleiben, um ihn auf Zuruf wieder abholen zu können.«

»Beschreibung?«

»Spielt das eine Rolle? Quinn hat bestimmt jemand anderen beauftragt, den Helikopter für ihn auszuleihen.«

»Nein, es spielt keine Rolle.« Montalvo schnitt eine Grimasse. »Ich hatte gehofft, mich jetzt nicht mit diesem Problem beschäftigen zu müssen. Ich mache Fortschritte.«

Miguel nickte. »Aber sie ist eine sehr emotionale Frau. Es kann durchaus passieren, dass sie sich von ihren Gefühlen leiten lässt. Das habe ich heute Abend gemerkt. Sie wollte mich trösten.«

»Genauso gut könnte sie versuchen, ein Tigerbaby zu trösten.«

»Tigerbabys können sehr anschmiegsam sein«, protestierte er. Seine Miene wurde sachlich. »Glauben Sie, dass Quinn in der Nähe ist? Wir haben von keinem unserer Wachposten Meldung erhalten.«

»Quinn war bei den SEALs. Es ist gut möglich, dass unsere Posten ihn nicht gesehen haben. Und wenn, dann wünschen sie sich womöglich, sie hätten ihn nicht gesehen.«

»Wollen Sie, dass ich nach ihm suche?«

»Nein, ich weiß im Augenblick noch nicht, was ich mit ihm anstellen soll, wenn wir ihn finden.«

»Was schlagen Sie vor?«

»Die Männer sollen sich in höchster Alarmbereitschaft halten. Alles, was Quinn betrifft, wird mir augenblicklich gemeldet. Und es wird ihm kein Haar gekrümmt, bevor ich nicht den Befehl dazu gebe.«

»Er könnte eine Gelegenheit sein.«

Wie oft hatte er selbst das gesagt, dachte Montalvo, während er den Jungen musterte. Er brauchte sich nicht zu wundern, dass Miguel ihm den Ball jetzt zurückwarf. Gelegenheiten sollte man beim Schopf packen und nicht ignorieren.

»Bei dieser konkreten Gelegenheit könnte der Schuss nach hinten losgehen. Wir warten ab, passen auf und schauen mal, was er tut.«

»Und schauen mal, was sie tut?«

Ja, letztlich hing alles von Eve ab. Quinn würde versuchen, Kontakt mit ihr aufzunehmen, und sein Einfluss war stark. In welche Richtung würde sie springen?

Es war fast Mitternacht, als Eve ihr Zimmer verließ. Als sie die Treppe hinunterging, sah sie Soldono die Eingangshalle durchqueren.

Er blieb stehen. »Scheint ja für uns alle eine lange Nacht zu werden.«

»Ich muss mit Montalvo sprechen.«

»Und ich komme gerade von ihm. Er hat mich in die Mangel genommen.«

»Warum?«

Er schaute sie forschend an. »Ich glaube, das wissen Sie selbst.«

»Joe?«

Er nickte. »Montalvo wollte wissen, ob die CIA hinter Joe steht. Er ist hier in Kolumbien.«

Das waren sehr schlechte Nachrichten. Wenn Montalvo Bescheid wusste, durchkämmten sie jetzt vielleicht bereits den Dschungel nach Joe.

Soldono fixierte sie. »Wie nah ist er, Eve?«

»Zu nah. Haben Sie ihm geholfen herzukommen?«

»Nicht persönlich. Aber es ist gut möglich, dass Venable seine Hand im Spiel hat.«

»Dann sagen Sie Venable gefälligst, er soll ihn hier rausholen, verdammt.«

»Ich bin Venable gegenüber nicht weisungsbefugt. Er ist mein Vorgesetzter.«

»Dann sollte er sich nicht in meine Angelegenheiten mischen. Ich habe Gonzales für Sie rausgeholt. Sie sind mir etwas schuldig. Ich lasse nicht zu, dass Joe getötet wird.«

»Ich werde alles tun, um …«

»Vergessen Sie's.« Sie marschierte an ihm vorbei. »Ich kümmere mich selbst darum.« Sie ging in die Bibliothek und knallte die Tür hinter sich zu. »Sie haben mir versprochen, dass Joe nichts geschieht.«

Montalvo, der am Fenster stand, drehte sich zu ihr um. »Noch ist ihm nichts geschehen.«

Noch. Ein Eisschauer lief ihr über den Rücken. »Und das bleibt auch so. Wenn Sie ihm etwas tun, bringe ich Sie eigenhändig um.«

»Ich wäre ja dumm, wenn ich Quinn liquidieren würde, während Sie erwägen, mir zu helfen. Ich habe hart an diesem Coup gearbeitet. Ich habe kein Interesse daran, Sie gegen mich aufzubringen. Aber er hätte nicht hinter Ihnen herkommen sollen. Ein Unfall ist schnell passiert.«

»Nicht in Joes Fall.«

»Hat er Kontakt zu Ihnen aufgenommen?«

Sie zögerte. »Ja.«

»Und Sie konnten ihm nicht klarmachen, dass Sie die Entscheidung selbst treffen müssen?« Er zuckte die Schultern. »Was für ein eigensinniger Mann.«

»Er ist sich nicht sicher, ob Sie mich nicht gegen meinen Willen hier festhalten. Sie könnten mich schließlich auch zwingen, ihm zu erzählen, dass alles in Ordnung ist.«

»Klar.« Er erwiderte ihren Blick. »Überzeugen Sie ihn vom Gegenteil. Ich kann ihn nicht schützen, wenn er mir unbedingt in die Quere kommen will. Meine Männer sind als Soldaten ausgebildet. Wenn sie angegriffen werden, reagieren sie instinktiv.«

»Dann können Sie die Rekonstruktion vergessen.«

»Patt.« Er dachte eine Weile nach. »Sie wollen, dass Quinn verschwindet. Sie wollen von niemandem zu einer Entscheidung gezwungen werden, nicht mal von ihm. Wie kann ich Ihnen helfen, ihn von hier fortzuschaffen?«

Indem Sie diesem Sturkopf eins überziehen und ihn in einen Hubschrauber verfrachten, dachte sie frustriert. »Es wäre das Beste, wenn ich mich mit ihm treffen könnte. Er muss wissen, dass ich hier nicht gefesselt und geknebelt werde. Ich brauche Zeit, um mit ihm zu reden und ihn davon zu überzeugen, dass er nach Hause fahren soll. Das ist meiner Meinung nach das einzige, was helfen könnte.«

»Und was erwarten Sie von mir?«

»Sie müssen schwören, dass Sie mir nicht folgen werden und dass niemand Joe etwas antun wird, während ich mit ihm zusammen bin.«

Er musterte sie mit unbewegter Miene. »Und was ist, wenn ich Ihnen mein Wort gebe, und Sie machen sich mit ihm gemeinsam aus dem Staub?«

»Ich verspreche, dass ich das nicht tun werde. Wenn ich verschwinde, hat es nichts mit Joe zu tun.«

Er nickte bedächtig. »Ich glaube Ihnen.«

»Schwören Sie.«

Er lächelte. »Ich schwöre auf das Grab meiner Frau, dass ich Ihnen weder folgen, noch Ihrem Joe etwas antun werde. Wann soll es losgehen?«

»Sobald ich ihn erreicht habe. Heute Nacht.«

»Wollen Sie alleine gehen? Es ist gefährlich nachts im Dschungel.«

»Und ich würde mich höchstwahrscheinlich verlaufen.

Ich bin kein Dschungelkind. Geben Sie mir Soldono als Begleitschutz mit.«

»Miguel würde Sie sicher gerne ...«

»Soldono.«

»Na schön. Verständlich. Miguel ist mir sehr ergeben. Manchmal zu sehr.« Er ging zur Tür. »Rufen Sie ihn an. Ich hole Ihnen Soldono.«

Sie griff nach ihrem Handy. Sie hatte Zeit für Joe geschunden. Wenn sie ihn überreden konnte, nach Hause zu fahren, kam er vielleicht lebend hier heraus. Montalvo hatte ihr nicht gerade Mut gemacht.

Sie holte tief Luft und wählte Joes Nummer.

Bitte hör auf mich, Joe. Bitte.

»Es könnte eine Falle sein«, murmelte Soldono, während er sie durch das dichte Gebüsch führte. »Montalvo hätte dann eine Sorge weniger und könnte Sie trotzdem zwingen, die Rekonstruktion für ihn zu machen.«

»Das wäre nicht sein Stil.« Sie spähte geradeaus in die Dunkelheit. Sie hatte sich zwar den Weg beschreiben lassen, doch jetzt wusste sie noch nicht einmal, wie weit sie in den letzten zehn Minuten gekommen waren. »Und er kann mich zwar zwingen, für ihn zu arbeiten, aber ob ich gute Arbeit leiste, darüber hat er keine Kontrolle.«

»Sie scheinen ihn ja inzwischen ziemlich gut kennengelernt zu haben.«

»Ich hatte keine andere Wahl. Ich muss ...« Sie fuhr zusammen, als sich vor ihnen das Gebüsch teilte.

»Verschwinden Sie, Soldono. Ich übernehme sie.«

Joe.

Allerdings nicht der Joe, den sie kannte. Er trug eine Khaki-Uniform und Stiefel und hatte sich das Haar mit einem Tuch zurückgebunden. Dies war der Ex-SEAL, jener Mann, der lautlos und effizient töten konnte. Sie hatte ihn erst ein einziges Mal so erlebt, als sie zusammen in den Sümpfen Louisianas unterwegs gewesen waren.

»Das ist Eves Entscheidung«, sagte Soldono. »Ich habe ihr versprochen, sie zu Ihnen und auch wieder zurück ins Lager zu bringen.«

»Warten Sie da hinten, wo der Pfad endet«, sagte Eve zu Soldono. »Ich bin in zehn Minuten bei Ihnen.«

»Das bist du ganz sicher nicht«, sagte Joe, während Soldono sich entfernte. »Du bist draußen. Und du bleibst draußen.«

»Ich bin nur aus einem einzigen Grund hier, und ich werde auf keinen Fall …«

»Es hat keinen Zweck. Auf dem Ohr ist er taub.« Galen war aus der Dunkelheit hinter Joe aufgetaucht. »Hallo, Eve. Quinn ist ein wenig verstimmt. Du hättest nicht einfach so abhauen sollen.«

»Halt den Mund, Galen.« Joe drehte sich nicht um. »Hau ab. Ich brauche dich hier nicht.«

»Wollte ich gerade tun. Ich muss mich nur noch ein bisschen umschauen, um sicherzustellen, dass Montalvo kein doppeltes Spiel spielt.«

»Das habe ich schon getan«, sagte Joe gereizt.

»Ich denke, ich drehe lieber noch eine zweite Runde«, sagte Galen. »Es wäre doch schade, wenn Quinn kaltgemacht würde. Ich habe mich an seine liebenswerte Garstigkeit gewöhnt. Sie würde mir vielleicht fehlen.«

»Montalvo wird ihm nicht auflauern«, sagte Eve.

»Ich schaue nur mal nach …« Galen verschwand im Gebüsch.

Joes Hand schloss sich um ihr Handgelenk. »Wir gehen.«

»Lass mich los, Joe. Ich habe Montalvo versprochen, nicht abzuhauen.«

»Und ich habe niemandem etwas versprochen.« Er lächelte erbarmungslos. »Ich könnte dir eins auf die Nase geben, damit du kurz bewusstlos bist. Dann hast du dein Wort nicht gebrochen, und ich habe trotzdem erreicht, was ich wollte.«

»Das würdest du nicht tun.«

»Schau mich an. Ich würde alles tun, um dich zu beschützen. Alles.«

Sie schaute ihn an, und was sie sah, gefiel ihr überhaupt nicht. Seine Augen funkelten wild in seinem angespannten Gesicht. »Das macht dir ja Spaß«, flüsterte sie.

»Nein, es würde mir Spaß machen, Montalvo zu fassen zu kriegen. Du meinst, ich stehe unter Strom? Ja, allerdings. Soll ich dich jetzt k.o. schlagen oder kommst du freiwillig mit?«

»Weder noch.« Sie schaute auf ihren Arm hinab, den seine Hand noch immer umklammert hielt. »Droh mir nicht, Joe. Und du tust mir weh. Jedes Mal, wenn ich meinen Arm sehe, werde ich mich daran erinnern, dass die blauen Flecken darauf von dir stammen.«

»Besser leicht verletzt als tot.« Aber er lockerte seinen Griff ein wenig. »Und es ist mir egal, ob du mich als brutalen Scheißkerl in Erinnerung behältst. Hauptsache, du bleibst am Leben und kannst dich überhaupt an irgendetwas erinnern.«

Er war genauso hart und wütend, wie sie es erwartet hatte. Nicht streiten. Das hatte keinen Sinn. Sie war hergekommen, um ihm etwas zu erklären. Also los. »Ich muss hierbleiben, Joe. Es ist meine Chance. Bitte hör mir zu. Montalvo hat mir einen Bericht gegeben. Es war ein Bericht über Bonnie, und ich habe …«

Galen glitt leise durch das Gebüsch und suchte mit dem Blick die Bäume und Fächerpalmen links und rechts ab. Er konnte Eves Stimme hören, verstand aber nicht, was sie sagte. Der Ton, in dem sie mit Quinn sprach, war dringlich, engagiert, beinahe flehend. Er bezweifelte, dass es etwas nützen würde. Quinn stand am Abgrund und drohte jeden Moment hinunter zu fallen.

Na und? Wäre ihm nicht genauso zumute, wenn Elena an Eves Stelle wäre? Er könnte Quinn sagen, er solle diplomatisch mit Eve umgehen, anstatt sie unter Druck zu setzen, doch Quinn war verzweifelt, und der primitive Instinkt hatte im Moment die Oberhand. Galen konnte nur versuchen, einen Mittelweg zu finden, und hoffen, dass Quinn nicht ...

Da vorne bewegte sich etwas.

Er blieb stehen und lauschte.

Ein Tier?

Wenn es ein Tier war, musste es, den Geräuschen nach zu urteilen, so groß sein wie ein Mensch.

Scheiße, wahrscheinlich war es ein Mensch. Jetzt wechselte es die Richtung und bewegte sich auf den Pfad zu, wo Quinn und Eve standen und redeten.

Galen machte ein paar Schritte vorwärts und horchte.

Schnell.

Leise.

Das Ziel im Blick behalten.

Auf einmal bemerkte er, dass das Rascheln aufgehört hatte.

Himmel.

Scheiß aufs Leisesein. Er rannte los.

»Der Bericht kann eine raffinierte Fälschung gewesen sein«, sagte Joe.

»Das hast du von dem Valdosta-Bericht über Marty auch gesagt«, erwiderte Eve müde. »Und der hat sich als echt erwiesen.«

»Du kennst doch die Redensart: Wer im Begriff ist, jemandem eine große Lüge aufzutischen, pflastert den Weg mit lauter kleinen Wahrheiten. Um genau so eine große Lüge könnte es sich hier handeln.«

»Und es könnte die Wahrheit sein. Es könnte der Wendepunkt sein, auf den ich all die Jahre gewartet habe.«

»Du hast doch jetzt die Namen. Lass mich der Sache nachgehen. Du brauchst Montalvo nicht.«

»Montalvo brauchte mir die Namen nicht zu geben. Er hat darauf vertraut, dass ich meinen Teil der Vereinbarung einhalte.«

»Und sobald er bekommen hat, was er will, schert es ihn einen feuchten Dreck, was aus dir wird. Stell dich doch nicht blind. Wenn er dich nicht tötet, wird Diaz es tun. Steig aus, solange du noch …«

»Eve! Runter!«

Galen!

Sie hörte Joe einen Fluch ausstoßen, und dann riss er sie zu Boden.

Ein Schuss.

Schmerz jagte ihr durch die Schläfe.

Dunkelheit. Kämpf dagegen an. Lass sie nicht gewinnen.

Sie lag auf dem Boden, und Joe bedeckte ihren Körper mit dem seinen.

Noch ein Schuss.

Joes Muskeln zuckten, als die Kugel in seinen Körper eindrang.

Nein. Nein. Nein.

Sie umklammerte ihn mit beiden Armen.

Joe. Hilfe. Joe. Hilfe.

Die Dunkelheit lastete auf ihr.

Hilfe. Joe lag auf ihr wie ein totes Gewicht.

Tot. Nicht dieses Wort denken.

Joe. Hilfe.

Verschwimmende, mit jedem panischen Atemzug tiefer werdende Dunkelheit.

Joe. Hilfe.

O Gott, sie konnte sich ja nicht einmal selber helfen ...

8

Musik.

Chopin, registrierte sie vage. Wunderschön ... Sie hatte Chopin immer geliebt. Beruhigender, als er normalerweise ...

Joe!

Sie riss die Augen auf und sah Montalvo neben ihrem Bett sitzen. Sie rappelte sich hoch. »Joe. Wo ist ...«

Montalvo drehte sich wie verrückt, der ganze Raum wirbelte um sie herum.

»Sachte.« Montalvo war da und drückte sie behutsam wieder in die Kissen. »Quinn lebt. Galen lebt. Um beide wird sich gekümmert. Ruhen Sie sich aus.«

Wie Joes Körper gezuckt hatte, als die Kugel in ihn eindrang.

»Wie zum Teufel soll ich mich ausruhen?« Ihre Stimme bebte. »Sie Bastard, Sie haben ihn angeschossen!«

»Das war ich nicht.«

»Dann eben einer Ihrer Männer. Sie hatten mich ja gewarnt, dass das passieren könnte.«

»Ja, das habe ich. Deshalb wollte ich der erste sein, der mit Ihnen spricht, wenn Sie aufwachen.« Er blickte ihr direkt in die Augen. »Ich war es nicht. Und es war auch keiner meiner Männer. Ich weiß, dass es Ihnen im Moment schwerfällt, klar zu denken, aber ich bitte Sie, nur ein bisschen Logik anzuwenden. Die erste Kugel galt Ihnen. Quinn hat Sie nach unten und zur Seite gerissen, sonst hätte die Kugel Ihnen den Kopf weggepustet. Erst die zweite Kugel hat Quinn erwischt. Es ist vollkommen ausgeschlossen, dass ich versucht haben sollte, Sie zu töten. Seit einem Jahr sind alle meine Anstrengungen darauf gerichtet, dafür zu sorgen, dass Sie am Leben bleiben und arbeiten können. Warum sollte ich all das mit einem Schuss zunichte machen?«

»Woher soll ich das wissen? Ich habe keinen blassen Schimmer, was in Ihrem Kopf vorgeht.«

»Doch. Sie wollen nur nicht wahrhaben, wie nah wir uns bereits gekommen sind.« Er reichte ihr ein Glas zerstoßenes Eis mit einem Strohhalm darin. »Trinken Sie einen Schluck Wasser. Das gibt Ihnen etwas Zeit zum Nachdenken und hilft gegen Ihre ausgedörrte Kehle. Sie waren fast vierundzwanzig Stunden bewusstlos. Und Sie haben eine gewaltige Gehirnerschütterung. Ich hatte schon angefangen, mir Sorgen zu machen, weil Sie gar nicht wieder aufwachen wollten.«

Sie nahm kleine Schlucke von dem Wasser. Ihr Mund war trocken, und es tat gut, als das Wasser ihr die Kehle hinunterrann. »Joe. Erzählen Sie mir von Joe.«

»Die Kugel ist in seinen Rücken eingedrungen, auf eine Rippe geprallt und von da nach oben abgelenkt worden. Sie hat kein lebenswichtiges Organ getroffen, aber er hat ziemlich viel Blut verloren. Er musste eine Transfusion bekommen.« Er lächelte. »Ich habe die gleiche Blutgruppe wie Quinn, deshalb ist er jetzt mit einem halben Liter von meinem Blut gestraft. Wenn er das erfährt, wird er vermutlich schwarz vor Wut.«

»Das glaube ich auch.« Erleichterung durchströmte sie. »Er ist also außer Lebensgefahr. Sind Sie sicher?«

»Ganz sicher. Er wird wohl ein paar Wochen brauchen, bis er wieder ein einigermaßen normales Leben führen kann. Aber ich habe schon schlimmere Verletzungen überlebt, und ich wette, Quinn ist hart im Nehmen.«

»Ja. Ja, das ist er.« Sie schloss die Augen. Gott sei Dank. »Wann kann ich ihn sehen?«

»Im Moment ist er wegen der Schmerzmittel kaum ansprechbar. Morgen wahrscheinlich. Meinen Sie, Sie können jetzt wieder einschlafen? Der Arzt meinte, Schlaf sei die beste Medizin für ...«

»Nein.« Sie schlug die Augen auf. »Galen?«

»Galen war es, der den Schützen gesehen und ihn umgelegt hat. Er wurde nicht verletzt.«

»Dann will ich ihn sehen.«

»Das dachte ich mir.« Er nahm ihr das Glas Wasser aus der Hand und stellte es auf den Nachttisch. »Ich schicke ihn in drei Stunden zu Ihnen. Früher nicht. Ich möchte, dass Sie jetzt das Nickerchen machen, das Dr. Diego empfohlen hat.«

»Ich will ihn sofort sehen.«

»Dann müssen Sie aus dem Bett kriechen, das ganze Haus durchsuchen und riskieren, dass Sie sich selbst schaden. Eine Hilfe für Galen oder für Ihren Joe wären Sie in dem Fall wohl nicht.« Er wandte sich zum Gehen. »Wir reden später, wenn Sie sich von jemandem haben beruhigen lassen, dem Sie vertrauen.« Als er die Tür öffnete, blickte er sich noch einmal nach ihr um. »Vergessen Sie nicht, die Kugel war für Sie bestimmt.«

»Aber sie hat mich nicht umgebracht«, entgegnete sie schroff. »Und sie hat Joe aus dem Rennen genommen. Das passt doch gut in Ihr Konzept.«

Er schüttelte den Kopf. »Ich hatte gehofft, dass Sie diesen Gedanken nicht verfolgen würden, aber ich hätte es besser wissen müssen, so clever, wie Sie sind. Fragen Sie

Galen, ob die Kugel Sie getötet hätte, wenn Quinn nicht dazwischengegangen wäre.«

»Keine Sorge. Das werde ich tun.«

Er lächelte reumütig und legte den Kopf schief. »Alles andere würde mich enttäuschen, Eve.«

Er verließ das Zimmer.

Scheißkerl. Sie wollte nicht in diesem Bett hier liegen und von der Sorge um Joe gepeinigt werden. Sie wollte zu ihm. Galen würde ihr dabei helfen. Sie stützte sich auf den Ellbogen und sackte sofort wieder zusammen, ein scharfer Schmerz schoss durch ihren Kopf.

Vielleicht nicht jetzt. Montalvo hatte recht. Sie würde aus dem Bett kriechen müssen, wenn sie den Versuch unternehmen würde aufzustehen.

Drei Stunden. Montalvo hatte versprochen, Galen in drei Stunden zu ihr zu schicken ...

Galen.

Er lächelte auf sie herab, als sie die Augen aufschlug. »Das wird aber auch Zeit, Liebes. Ich wollte dich gerade mal kräftig schütteln.«

»Untersteh dich.« Sie versuchte zu lächeln. »Sonst muss ich ein ernstes Wort mit dir reden. Mein Kopf ist im Moment ziemlich zerbrechlich.«

Sein Lächeln schwand. »Das glaube ich dir. Ich habe einen Mordsschrecken gekriegt, als ich euch beide blutüberströmt dort liegen sah.«

»Blutüberströmt?«

»Na ja, nicht ganz. Aber von meiner erhöhten Warte sah es so aus.«

»Ich möchte zu Joe.«

Er nickte. »Das dachte ich mir. Es geht ihm heute schon besser. Er verliert manchmal noch das Bewusstsein, aber du wirst nicht mehr ganz so erschrocken sein, wie du es gestern gewesen wärst, als du das erste Mal aufgewacht bist.«

Sie runzelte die Stirn. »Gestern? Ich bin vor drei Stunden aufgewacht.«

»Einspruch, Euer Ehren – Montalvo hat mich gestern zu dir geschickt, aber du hast dich nicht gerührt. Also habe ich alle paar Stunden nach dir geschaut und gewartet, bis du aufwachst.«

»Wie ist das bloß möglich.« Aber sie fühlte sich besser. Ihr Kopf tat nicht mehr so weh, und sie konnte wieder klarer denken. »Hat er mir ein Schlafmittel gegeben?«

»Keine Ahnung. Zutrauen würde ich's ihm.« Er zuckte die Schultern. »Vielleicht war's auch bloß Mutter Natur. Du warst ganz schön fertig.« Er betrachtete sie prüfend. »Und du siehst immer noch mickrig aus wie ein neugeborenes Kätzchen. Ich denke, ich werde Miguel bitten, dir ein bisschen Suppe zu bringen, und danach können wir versuchen, zu Joe zu gehen. Ich habe keine Lust, dich durchs Haus zu schleppen, nur weil du mir unterwegs ohnmächtig wirst.«

»Und ich habe nicht die Absicht ...« Doch sie fühlte sich immer noch schwach. »Okay, Suppe klingt gut. Danke.«

Sie schaute ihm nach, als er aus dem Zimmer ging, und versuchte sich dann vorsichtig im Bett aufzusetzen. Ihr wurde leicht schwindlig, doch das gab sich schnell wieder. Sie schwang die Beine herum und stellte sie auf den Boden. Ins Badezimmer gehen, das Gesicht waschen, Zähne putzen.

Langsam.

Ihre Beine waren wie Spaghetti.

Als sie es bis zum Bad geschafft hatte, ging es ihr schon

besser. Nach dem Waschen fühlte sie sich fast wieder wie ein normaler Mensch.

»Eve?« Galen klopfte an die Tür.

»Alles in Ordnung.« Sie öffnete schwungvoll die Tür. »Mir geht's schon besser.«

»Du siehst auch besser aus.« Er reichte ihr ein Paar Khakihosen, Unterwäsche und ein weites weißes T-Shirt. »Ich habe deine Tasche durchwühlt. Wenn du die Suppe aufisst, helfe ich dir beim Anziehen.«

»Das ist nicht nö ...« Ach, zum Teufel mit der Unabhängigkeit. Sie musste unbedingt zu Joe und würde alle Hilfe annehmen, die sie brauchte. »Mal schauen.« Sie ließ die Kleider aufs Bett fallen und kroch mit einem Seufzer der Erleichterung wieder unter die Decke. Sie war so erledigt, als wäre sie beim Boston-Marathon mitgelaufen. »Herrgott noch mal, es war doch bloß ein Streifschuss, aber so fühlt es sich nicht an.«

»Es ist immerhin eine Kopfwunde, und eine Gehirnerschütterung ist keine Lappalie.« Galen deckte sie ordentlich zu. »Und zwei Zentimeter weiter links, und wir würden dieses Gespräch jetzt nicht führen.«

»Könnte es auch sein, dass jemand absichtlich danebengeschossen hat?«

»Nein, der Schuss sollte definitiv dich treffen. Und ich lobe mich ungern selbst, aber wenn ich den Scheißkerl nicht genau im richtigen Moment angegriffen hätte, wärst du jetzt bei den Engeln.«

Oder bei Bonnie. Ihrer Bonnie.

»Das scheint dich ja nicht sonderlich zu beunruhigen«, sagte Galen. »Es ist die Wahrheit, Eve.«

Sie schüttelte den Kopf, um klarer denken zu können. »Ich weiß, Galen. Erzähl mir, was passiert ist.«

»Ich drehte meine Runde und sah plötzlich, wie sich

jemand auf die Stelle zu bewegte, wo ich dich und Quinn zurückgelassen hatte. Ich bin ihm gefolgt, und als ich nah genug dran war, hatte er sich schon hingekniet und sein Gewehr in Anschlag gebracht. Ich war innerhalb von Sekunden bei ihm, aber ehe ich dazwischen gehen konnte, hatte er schon zwei Schüsse abgegeben.«

»Du selbst hast nichts abgekriegt?«

Er schüttelte den Kopf. »Aber er war kein leichter Gegner – ein Profi. Wenn er nicht so ganz und gar auf den Schuss konzentriert gewesen wäre, hätte ich euch vielleicht nicht retten können.«

»Montalvos Männer sind Profis.«

Er musterte sie. »Offenbar möchtest du, dass dieser Schütze einer von Montalvos Leuten ist. Warum?«

»Es stimmt nicht, dass ich das möchte. Ich muss nur alles hinterfragen, was Montalvo tut.« Weil zu viel davon abhing, ob sie Montalvo vertrauen konnte. »Was ist passiert, nachdem du ihm den Schuss vermasselt hattest?«

»Ich hab dem Bastard das Genick gebrochen. Dann bin ich sofort zu euch gelaufen, um zu schauen, ob ihr noch am Leben wart. Soldono war schon bei euch. Er hat Montalvo angerufen, und in null Komma nichts waren sein Assistent Miguel und ein paar andere Männer zur Stelle. Sie haben euch zum Lager zurückgebracht, wo die Sanitäter sich um die Erstversorgung gekümmert haben. Dann haben sie einem Arzt Bescheid gegeben, der im Dorf wohnt, Dr. Diego, und er war eine knappe Stunde später da.«

»Und der Schütze?«

»Miguel meint, es sei einer von Diaz' Männern. Paulo Duarte. Extrem gefährlich. Extrem unangenehm. Diaz setzt ihn nur für besondere Aufgaben ein, die …«

»Woher weißt du, dass Miguel die Wahrheit sagt?«

»Gute Frage.« Miguel stand mit einem Tablett in der Hand in der Tür und lächelte. »Ich würde jederzeit für den Colonel lügen. Das steht außer Frage.« Er kam näher. »Und es steht auch außer Frage, dass ich mich sehr darüber freue, wie viel besser Sie heute aussehen. Ich habe mir Sorgen um Sie gemacht.« Er stellte das Tablett auf den Nachttisch. »Der Colonel auch. Er ist Ihnen nicht von der Seite gewichen, bis er sicher sein konnte, dass Sie über den Berg waren.«

»Was gewiss kein ganz uneigennütziges Anliegen ist.«

»Nein, natürlich nicht. Aber er schätzt Sie sehr. Selbst wenn Sie ihm nicht nützlich wären, würde er auf keinen Fall wollen, dass Sie getötet werden.«

»Wie nett von ihm.«

Er lachte in sich hinein, während er ihr eine Serviette reichte. »Ich kann nicht so gut mit Worten umgehen wie der Colonel. Er schimpft immer mit mir.« Er schaute Galen an. »Sie bringen Sie zu Quinn?«

»Das habe ich vor, ja. Irgendwelche Einwände?«

»Nein, solange sie dazu in der Lage ist, soll ich mich nicht einmischen, hat der Colonel gesagt.« Er ging zur Tür. »Aber ich frage lieber erst den Arzt. Sein Votum könnte meine Entscheidung beeinflussen.«

»Vergessen Sie's«, sagte Eve. »Ich gehe zu Joe. So oder so.«

»Ich muss erst den Arzt fragen«, wiederholte er, als er das Zimmer verließ.

»Sturkopf«, murmelte Galen. »Aber der Junge hat die Truppe, die euch zu Hilfe kam, wie ein erfahrener Veteran befehligt. Montalvo kann sich glücklich schätzen, dass er ihn hat.«

»Aber Miguel kann sich nicht glücklich schätzen. Er

vergöttert Montalvo regelrecht.« Sie löffelte schnell ihre Suppe. »Und wie er selbst gesagt hat – er würde keine Sekunde zögern, für ihn zu lügen.«

»Was den Schützen angeht, hat er nicht gelogen. Ich habe seine Taschen durchwühlt, und als ich keinen Ausweis bei ihm finden konnte, habe ich ihn mit meinem Handy fotografiert und das Bild an meine Kontaktperson in Bogotá geschickt. Sechs Stunden später hatte ich eine Antwort. Paulo Duarte. Er arbeitet seit drei Jahren für Ramon Diaz. Ein übler Zeitgenosse.«

»Und Diaz hat ihn beauftragt, mich zu töten.«

»Vermutlich. Montalvo hat mir erklärt, welches Motiv er haben könnte, dich töten zu lassen. Du bringst dich aber wirklich in Schwulitäten, Liebes.«

Und Joe noch dazu. Er lag in einem anderen Zimmer dieses Palasts und kämpfte ums Überleben, nur weil sie ohne Rücksicht auf Verluste in diesen Schlamassel hineingewatet war.

»Niemand brauchte dir zu folgen, Eve«, sagte Galen ruhig und schaute ihr in die Augen. »Du hast uns gesagt, wir sollen zu Hause bleiben. Also hör auf, dir Vorwürfe zu machen. Wir sind hergekommen, weil wir nicht anders konnten. Du wusstest ja nicht, womit du hier konfrontiert sein würdest.«

»Ich wusste, dass es etwas Schlimmes sein könnte.« Sie aß den letzten Rest der Suppe und schlug die Decke zurück. »Ich muss jetzt Joe sehen. Auch wenn ich mich noch ein bisschen wackelig fühle. Hilfst du mir beim Anziehen?«

»Gern.« Er lächelte, als er ihren BH vom Bett nahm. »Das ist nur fair. Du hast mich auch schon nackt gesehen.«

Nackt? Ach ja, jene Nacht in Louisiana hatte sie fast

schon vergessen. »Joe war nicht sonderlich begeistert, als du es ihm erzählt hast, du Satan.«

»Er musste mal ein wenig wachgerüttelt werden.« Er half ihr, das Nachthemd auszuziehen. »Und ich bin immer gern zur Stelle …«

Montalvo wartete vor der Tür auf sie, als sie langsam den Flur zu Joes Zimmer hinunterging. »Es freut mich, Sie wieder auf den Beinen zu sehen.« Er nickte Galen zu. »Ich begleite sie hinein.«

Galen hob die Augenbrauen. »Eve?«

Sie nickte knapp. »Egal. Hauptsache, ich kann Joe sehen.«

»Keine Sorge, ich liefere sie wohlbehalten wieder in ihrem Zimmer ab, Galen.« Montalvo hielt ihr die Tür auf. »Es wird nicht lange dauern.«

»Da wäre ich mir an Ihrer Stelle nicht so sicher.« Sie ging an ihm vorbei in das Zimmer hinein, das von einer einzelnen Nachttischlampe schwach erleuchtet war.

Joe lag in einem kolossalen Bett an der gegenüberliegenden Wand. Für einen so großen Mann sah er … klein aus. Klein und seltsam hilflos. Es erschreckte sie. Sie kannte Joe nicht anders als stark und vollkommen souverän.

Sie ließ sich auf den Stuhl neben seinem Bett sinken.

»Er hat gerade seine Medizin bekommen«, sagte Montalvo, der hinter ihr stand. »Er wird vermutlich erst in ein paar Stunden wieder aufwachen. Deshalb dachte ich, Sie würden vielleicht wieder in ihr Zimmer gehen wollen, sobald Sie sich davon überzeugt haben, dass es ihm nicht schlechter geht, als ich gesagt habe.«

»Diesmal irren Sie sich.« Sie nahm Joes Hand in ihre beiden Hände. »Ich gehe nirgendwo hin, ehe er nicht weiß, dass ich lebe und bei ihm bin.« Sie lehnte sich in ihrem Stuhl zurück. »Also verschwinden Sie ruhig, Montalvo.«

»Gleich.« Er setzte sich ein Stück entfernt von ihr auf einen Stuhl. »Ich leiste Ihnen gern noch einen Augenblick Gesellschaft.«

»Ich brauche keine Gesellschaft. Ich habe ja Joe.«

»Der gegenwärtig nicht bei uns ist.«

»Er ist immer bei mir.«

Er schwieg einen Augenblick. »Ihre Geschichte mit Quinn muss ganz außergewöhnlich sein.«

Joe. Wie er sie in der Zeit, nachdem Bonnie entführt worden war, nächtelang in den Armen gehalten hatte. Wie er mit ihr geredet und mit ihr gemeinsam versucht hatte, das Geschehene zu begreifen. Wie er gegeben und genommen hatte, durch tausend Sonnenaufgänge und Sonnenuntergänge immer an ihrer Seite.

»Das verstehen Sie nicht«, sagte sie mit unsicherer Stimme.

»Nein, aber ich wünschte, ich könnte es verstehen. Ich hatte Nalia nur drei Jahre. Wir haben das Glück gekannt. Aber wir hatten nicht genug Zeit, uns so aneinanderzubinden wie Sie und Quinn. Betrogen hat man uns darum.« Er blickte auf den Teppich vor seinen Füßen hinab. »Und sie ist um noch so viel mehr betrogen worden. Es gab eine ganze Welt, die ich ihr zeigen wollte. Sie ist im Dschungel aufgewachsen und hat nur Kampf und Krieg kennengelernt. Und trotzdem war sie ... ein Wunder. Glauben Sie, dass Menschen mit einer Seele geboren werden?«

»Ja.«

»Ich habe es nicht geglaubt. Bis ich sie getroffen habe.« Er schwieg einen Moment. »Joe geht es bald wieder gut. Das verspreche ich Ihnen.«

Ihre Hand schloss sich fester um Joes. »Ich weiß. Etwas anderes lasse ich gar nicht zu.«

Er stand auf. »Und ich habe nichts damit zu tun, Eve. Ich habe Ihnen eine faire Chance gegeben. Ich habe Sie wirklich nicht betrogen.«

Sie antwortete nicht.

»Ich weiß, dass Sie durcheinander sind und über nichts anderes als Quinn nachdenken wollen. Aber das geht vorüber. Die Wahrheit zählt. Wir wissen beide, dass am Ende kaum etwas so wesentlich ist wie sie.«

»Mit Ausnahme Ihrer Rache.«

»Und Ihrer.« Er stand auf und ging zur Tür. »Miguel wird in den nächsten paar Stunden nach Ihnen schauen. Er bringt Ihnen alles, was Sie brauchen.«

»Im Augenblick wünsche ich mir keine Rache. Ich will nur, dass Joe wieder gesund wird.«

»Ich glaube, auch das geht vorüber, sobald er sich erholt hat. Und vielleicht sollten Sie darüber nachdenken, wie Quinn reagieren wird. Rache ist ein sehr elementares Bedürfnis. Wie primitiv ist Ihr Joe Quinn?«

Sie dachte an den Joe, der ihr in jener Nacht im Dschungel gegenübergestanden hatte. Primitiv? O ja, allerdings. »Darüber möchte ich jetzt wirklich nicht nachdenken. Gehen Sie, Montalvo.«

Er lächelte. »Verzeihen Sie. Ich wollte Sie nicht beunruhigen.«

»Nein, das passiert ganz automatisch, nicht wahr?«

»Vielleicht. Vielleicht bin ich auch nur von Neid auf Ihre Geschichte mit Joe zerfressen. Aber Geschichte entsteht jeden Tag neu. Manchmal muss man dafür nur das Alte hinter sich lassen.«

Sie zog die Stirn kraus. »Wovon reden Sie überhaupt, verdammt?«

»Von etwas, das Sie nicht hören wollen. Gute Nacht, Eve. Wir sehen uns morgen früh. Oder wann immer Sie mit mir sprechen wollen. Ich stehe jederzeit zu Ihrer Verfügung.«

Sie schaute ihm nach, bis die Tür sich hinter ihm schloss. Es machte sie rasend, dass er sich so rätselhaft ausdrückte; sie wollte sich jetzt nicht mit ihm befassen. Sie hatte im Moment genügend Probleme und musste all ihre Aufmerksamkeit auf Joe konzentrieren.

Himmel, wie blass er war. Montalvo hatte gesagt, er hätte eine Menge Blut verloren, und das war ohne jeden Zweifel wahr.

Wach auf, Joe.

Schau mich an. Ich muss mit eigenen Augen sehen, dass du wieder gesund wirst. Wach doch auf …

»Eve?«

Sie schlug die Augen auf. Joe war wach und schaute zu ihr hoch.

»Hallo«, sagte sie sanft, während sie sich vorbeugte und seine Hand nahm. »Ganz schön langweilig, hier zu sitzen, wenn du immer nur daliegst und schläfst. Ich muss eingedöst sein.«

»Entschuldige.« Sein Blick blieb an dem Verband an ihrer Schläfe hängen. »Wie geht es dir?«

»Gut.«

»Wie gut?«

Sie hätte sich denken können, dass Joe sich mit einer schnellen Antwort nicht zufriedengeben würde. »Die Kugel hat meine Schläfe gestreift, und jetzt habe ich eine Gehirnerschütterung. Ich war eine Zeitlang bewusstlos, sonst wäre ich schon früher zu dir gekommen.«

»Montalvo war hier. Ich habe ihn nach dir gefragt … Er hat gesagt, du lebst und es geht dir gut.« Seine Lippen wurden schmal. »Lügner.«

»Nein, es ging mir so gut wie unter den Umständen zu erwarten. Er wollte nur nicht, dass du dir Sorgen machst.«

»Hat man mir deshalb ständig Medikamente gegeben?«

»Nein, du hattest Schmerzen. Immerhin hast du bei dem Angriff das meiste abgekriegt. Du hast mich mit deinem Körper gedeckt.«

»Nicht rechtzeitig. Du bist trotzdem getroffen worden.«

»Vollkommen rechtzeitig. Ich lebe ja noch. Galen meint, das wäre nicht der Fall, wenn du mich nicht zu Boden gerissen hättest. Die Kugel sollte meinen Kopf treffen.«

»Scheiße.« Er schwieg einen Moment. »Dann war es wahrscheinlich doch nicht Montalvo. Ob ich draufgehe, ist ihm völlig egal. Aber dich braucht er lebendig und funktionsfähig.«

»Galen hat die Identität des Schützen überprüft. Er heißt Duarte und hat für Ramon Diaz gearbeitet. Diaz muss ihn hergeschickt haben, um dafür zu sorgen, dass ich den Auftrag nicht erledigen kann, für den ich hierhergekommen bin.«

»Das wäre ihm um ein Haar gelungen.« Joe schaute wieder auf Eves Verband. »Um ein sehr feines Haar.«

Der gereizte Unterton, mit dem er das sagte, gefiel ihr nicht. Sie kannte diesen Ton schon, und für gewöhnlich war er gleichbedeutend mit mühsam beherrschter Wut. »Es ist doch gut gegangen, Joe.«

»Er hat dich *verletzt.*«

»Nicht annähernd so schwer wie dich.«

»Glaubst du etwa, Diaz wird es nicht noch einmal versuchen? Du bist zwischen ihm und Montalvo gefangen. Er wird immer wiederkommen, bis er dich erwischt hat.«

»Das schafft er nicht. Hör auf, darüber nachzudenken. Konzentrier dich lieber darauf, gesund zu werden. Das ist im Augenblick viel wichtiger.«

Er nickte kurz. »Da hast du verdammt recht. Das ist extrem wichtig. Gegen Ende der Woche werde ich das Bett hier verlassen.«

»Wohl kaum.«

»Auf jeden Fall.« Er schloss die Augen. »Sagst du Galen bitte, ich möchte ihn sehen?«

»He, versuchst du mich loszuwerden?«

»Himmel, nein.« Er öffnete die Augen nicht, drückte aber ihre Hand, bevor er sie losließ. »Ich will nur verhindern, dass jemand anders es tut.«

Wie primitiv ist Ihr Joe Quinn?

Während sie Joe betrachtete, kamen ihr Montalvos Worte wieder in den Sinn. Sie hatte sich gescheut, über die Antwort auf eine Frage nachzudenken, die einen Haufen unerwünschter Einsichten offengelegt hätte. Und doch wusste sie, dass diese Frage die ganze Zeit in ihrem Hinterkopf war. Es gab niemanden, der einen stärkeren Beschützer- und Racheinstinkt hatte als Joe, wenn die Situation es erforderte.

Und diese Situation erforderte es definitiv.

»Hör auf, dir Sorgen zu machen, und hol Galen her«, sagte Joe.

»Ich mache mir keine Sorgen. Ich möchte dich schütteln.«

Er öffnete die Augen, und ein feines Lächeln spielte um seine Lippen. »So wie ich dich schütteln wollte, als du nicht mit mir zurück nach Bogotá kommen wolltest? Es ist zwecklos, mit mir zu diskutieren. Ich höre nicht zu.«

Sie ballte die Hände und funkelte ihn an. »Joe, dies ist nicht der richtige …«

»Galen«, wiederholte er.

Sie sprang auf. »Ich hole Galen, aber nur weil du krank bist und ich nicht will, dass du dich aufregst.« Sie marschierte zur Tür. »Dies ist nicht das Ende der Debatte.« Sie riss die Tür auf. »Von was für einer Debatte rede ich überhaupt? Du lässt ja gar nicht zu, dass ich dich mit Argumenten wenigstens halbwegs zur Vernunft bringe.«

»Ich bin vollkommen vernünftig. Meine Logik ist die älteste Logik der Welt. Ursache und Wirkung. Aktion und Reaktion.«

»Scheißlogik.« Sie knallte die Tür hinter sich zu, lehnte sich dagegen und versuchte, ruhig zu atmen.

Schwindel.

Wut.

Angst.

»Geht es Ihnen gut?« Miguel war neben ihr aufgetaucht. »Kann ich Ihnen helfen?«

»Einigermaßen.« Gut nicht. Definitiv nicht gut. »Ja, Sie können mir helfen. Holen Sie Galen und sagen Sie ihm, Joe möchte mit ihm sprechen.«

»Erst wenn ich Sie in Ihr Zimmer gebracht habe.«

»Ich will gar nicht in mein Zimmer. Wo ist Montalvo?«

»In seinem Schlafzimmer. Es ist nach drei Uhr morgens. Er hat sich zurückgezogen.«

»Wo ist sein Zimmer?«

Miguel wies mit dem Kopf auf eine Tür am Ende des Flurs. »Ich könnte ihn wecken und zu Ihnen schicken.«

»Nein, holen Sie lieber Galen. Joe wird wahrscheinlich aufstehen und sich selber auf die Suche nach ihm machen, wenn er nicht bald in seinem Zimmer erscheint. Der Idiot kennt seine Grenzen nicht.«

»Der Colonel auch nicht. Deshalb schafft er oft Dinge, die unmöglich scheinen. Vielleicht ist Quinn genauso?«

»Versuche, das Unmögliche zu schaffen, können tödlich enden.« Sie ging den Flur hinunter. »Und Sie sind genauso schlimm wie all die anderen aufgeblasenen Machos hier. Ruhm und Rache, das ist alles, worum es euch geht. Egal, wie hoch das Risiko ist …«

»Möchten Sie nicht vielleicht doch, dass ich den Colonel für Sie wecke?«

»Nein, das mache ich selbst. Haben Sie nicht gehört, was er gesagt hat? Er steht jederzeit zu meiner Verfügung.«

»Kein Zweifel. Aber ich sollte Sie darauf vorbereiten, dass er nackt schläft.«

»Und?«

»Nichts.« Er drehte sich um. »Ich dachte nur, es würde Sie vielleicht interessieren. Galen ist in fünfzehn Minuten bei Quinn. Ich hoffe, das entspricht Ihren Wünschen.«

»Nein, tut es nicht. Kein bisschen. Aber das ist nicht Ihre Schuld.« Sie klopfte an Montalvos Tür und stieß sie auf. »Ich muss mit Ihnen reden, Montalvo.«

»Aber selbstverständlich. Kommen Sie herein.«

Es war dunkel, doch sie erkannte undeutlich die Umrisse seines Körpers in dem riesigen Bett. »Machen Sie Licht.«

»Wie Sie wünschen.« Er knipste die Nachttischlampe an. »Wie Sie sehen, habe ich keinen Besuch erwartet.« Er lächelte. »Obwohl ich sicher bin, dass Nacktheit Sie nicht stört.«

»Stimmt.« Aber er war ein Prachtexemplar, dachte sie. Groß, muskulös und der Inbegriff des erwachsenen, sinnlichen Mannes.

Er seufzte. »Das dachte ich mir schon. Da bleibt einem wie mir nichts als die Hoffnung.« Er zog die Decke bis zur Taille hoch und setzte sich auf. »Ihre ›Geschichte‹ steht im Moment zu sehr im Weg.«

»Du meine Güte, Sie versuchen Ihr Ziel ja wohl mit allen Mitteln zu erreichen, was?« Sie setzte sich auf einen Stuhl am Fenster. »Ich benutze Sex nicht als Waffe, und ich akzeptiere auch nicht, wenn jemand anders das tut. Ich dachte, Sie wären intelligent genug, das zu durchschauen.«

»Oh, durchaus. Ich würde Sex auch nie als Waffe benutzen. Aber ich bin ein einsamer Mann, und ich treffe selten auf Frauen, die ich sowohl geistig als auch körperlich anziehend finde.« Er lächelte. »Und es gibt eine gewisse Nähe zwischen uns, die zu erforschen interessant sein könnte.« Er hob die Hand, als sie den Mund öffnete, um zu protestieren. »Aber da Sie nicht zu Forschungszwecken hier sind, brauchen wir das Thema nicht weiter zu diskutieren. Sie müssen etwas Dringendes auf dem Herzen haben, sonst hätte es bis morgen warten können.«

»Es ist dringend genug.«

»Möchten Sie etwas trinken?«

»Nein«, sagte sie ungeduldig. »Ich habe Ihnen gesagt, dass ich mit Ihnen reden muss.«

»Ich höre.«

»Joe will Diaz töten.«

»Das dachte ich mir beinahe. Und wenn Sie sich erlaubt hätten, diese Möglichkeit in Betracht zu ziehen, wären Sie bestimmt zu demselben Schluss gekommen. Sind Sie sicher?«

»Sie meinen, ob er mir gesagt hat, dass er das tun würde? Nein, aber ich kenne ihn, und ich habe nicht den geringsten Zweifel. Er wollte Galen sprechen. Er braucht Informationen und vielleicht seine Hilfe. Er wird sich wie ein Wahnsinniger anstrengen, um wieder auf die Beine zu kommen, und dann wird er Diaz' Verfolgung aufnehmen.« Ihre im Schoß gefalteten Hände verkrampften sich ineinander. »Er ist außer sich vor Wut und er will mich beschützen. Ich werde es nicht schaffen, ihm das auszureden.«

»Was kann ich für Sie tun? Ihn mit Medikamenten ruhigstellen? Ihn in seinem Zimmer einsperren?«

»Nein, Joe würde immer einen Weg finden, sich zu befreien. Er ist sehr clever und einfallsreich.«

»Also bleiben Ihnen nicht viele Optionen, richtig?«

»Sie wissen verdammt genau, wie richtig das ist.«

»Dann sagen Sie mir, was Sie zu tun gedenken.«

»Machen Sie sich über mich lustig?«

»Weil ich lächle? Ich lächle, weil ich glaube, dass Sie mich zu einem sehr glücklichen Mann machen werden. Habe ich recht?«

»Ich erledige den Auftrag. Suchen Sie den Schädel und bringen Sie ihn her.«

»Bedingungen?«

»Sie halten Ihr Wort, was die Suche nach Bonnie betrifft. Und Sie fangen sofort an, nach dem Schädel zu suchen; Sie warten nicht auf den günstigsten Moment. Ich möchte morgen Abend mit der Arbeit anfangen.«

»Warum?«

»Ich denke, das wissen Sie. Je eher ich fertig bin, desto früher können Sie Diaz kriegen. Joe wird noch ein oder zwei Wochen lang nicht annähernd in der Lage sein, sich mit ihm anzulegen. Mit ein bisschen Glück haben Sie

Diaz und seinem Abschaum dann schon den Garaus gemacht.«

»Was für ein reizender Plan.« Er lachte in sich hinein. »Aber Sie haben mir eine ziemlich knappe Frist gesetzt. Woher wollen Sie wissen, dass ich sie einhalten kann?«

»Bei der Frist, die Sie sich für Marty gesetzt hatten, waren Sie verdammt nah dran. Sie lieben die Herausforderung. Und auf diese spezielle Herausforderung bereiten Sie sich vor, seit Ihre Frau ermordet wurde. Sie müssen ja halb verrückt dabei geworden sein, immer nur Däumchen zu drehen und auf Ihre Chance zu warten.«

»Zuerst schon. Aber ich habe mit der Zeit gelernt, mich in Geduld zu fassen. Ich hatte keine andere Wahl. Genauso wenig wie Sie, Eve.«

»Ich werde mich in dieser Sache nicht in Geduld fassen. Joe darf gar nicht erst die Chance bekommen, Diaz zu jagen. Er hat gesagt, ich sei zwischen Ihnen und Diaz gefangen, aber es war meine Entscheidung hierherzukommen. Ich werde nicht zulassen, dass Joe ins Kreuzfeuer gerät.« Sie beugte sich vor und fuhr leise mit eiserner Stimme fort: »Ich gebe Ihnen, was Sie wollen, und Sie halten Ihre Versprechen, Montalvo. Handeln Sie und handeln Sie schnell. Joe wird kein einziges Haar gekrümmt, während Sie beide sich gegenseitig den Kopf abreißen. Haben Sie das verstanden?«

»Sie hätten sich nicht deutlicher ausdrücken können.« Er schlug die Decke zurück und ging zum Bad. »Schnelligkeit können Sie haben. Und ich werde versuchen, Diaz aus dem Weg zu räumen, bevor Quinn von seinem Krankenlager aufstehen kann.«

»Sie werden es nicht nur versuchen – Sie werden es

tun.« Sie zuckte die Schultern. »Nehmen Sie eine Ihrer verdammten Raketen, wenn's sein muss.«

»Meine Güte, wie brutal Sie sein können, wenn Ihre Gefühle betroffen sind. Quinn ist nicht der einzige, der Beschützerinstinkte hat.«

»Das gehört dazu.«

Er blickte sich um und lächelte. »Zu Ihrer Geschichte? Ich sagte Ihnen schon, dass die Vergangenheit ein Gegner ist, der sich nur schwer besiegen lässt.« Er verschwand im Badezimmer und schloss die Tür. Einen Augenblick später hörte sie das Wasser in der Dusche rauschen.

So. Jetzt gab es kein Zurück mehr. Sie hatte Montalvo angetrieben, in seinem Kampf gegen Diaz den höchsten Gang einzulegen. Nicht dass sie ihn hätte treten müssen. Sie hatte ja gesehen, wie leidenschaftlich, ja geradezu begierig er sein konnte, wenn er etwas wollte.

Wie würde sich diese Begierde wohl im Bett ausdrücken?

Der Gedanke versetzte ihr einen Schock. Er war aus dem Nichts gekommen. Sie konnte sich nicht erinnern, wann sie das letzte Mal an Sex gedacht hatte, ohne dabei Joe im Sinn zu haben.

Es hatte nichts zu bedeuten, versuchte sie sich schnell selbst zu beruhigen. Sie hatte nur die vergangenen fünfzehn Minuten allein in einem Raum mit einem starken, virilen nackten Mann verbracht. Sie war keine Nonne, und es war nur natürlich, dass ihr Instinkt sich regte. Das hieß nicht, dass sie Joe weniger liebte oder dass sie diesem Instinkt jemals folgen würde. Es war nichts anderes, als wenn man sich einen Film mit Brad Pitt anschaute und dachte, vielleicht wäre es gar nicht so übel, einmal mit ihm …

Schluss jetzt. Sie hatte von Montalvo bekommen, was

sie wollte, und das war jedenfalls kein Quickie in diesem Monsterbett. Joe war in Sicherheit. Sie hatte womöglich eine Chance, Bonnie zu finden.

Wenn für Montalvo und seine Männer heute Abend alles gut lief. Das hing davon ab, ob er es schaffen würde, in jenes Dorf zu schleichen und sich den Schädel zu schnappen, ehe Diaz etwas davon bemerkte.

Sie stand auf und ging zur Schlafzimmertür.

Ein großes Wenn, dachte sie beunruhigt. Ein furchtbar großes und bedrohliches Wenn.

9

Auf dem Flur traf Eve Galen, der gerade aus Joes Zimmer kam.

Sein Blick wanderte an ihr vorbei zu Montalvos Zimmertür. »Ein nächtliches Rendezvous oder ein Attentatsversuch?«

»Weder noch. Und das ist nicht witzig. Was wollte Joe von dir?«

»Das scheinst du doch zu ahnen, sonst würdest du dich nicht mitten in der Nacht zum Schäferstündchen mit Montalvo treffen.«

»Joe braucht Informationen. Er braucht deine Hilfe, sobald er wieder fit genug ist, sich mit Diaz zu befassen. Sonst noch was?«

»Er will, dass ich dich davon abhalte, dich noch weiter mit Montalvo einzulassen, solange er außer Gefecht gesetzt ist.«

»Da verlangt er aber verdammt viel von dir.«

»Nein, das finde ich nicht.« Er lächelte sanft. »Meine Freundin Eve Duncan wurde angeschossen und beinahe ermordet. Alles, worum Quinn mich gebeten hat, hätte ich sowieso getan.«

»Ich lasse nicht zu, dass er Diaz verfolgt.« Ihre Blicke begegneten sich. »Und genauso wenig lasse ich zu, dass du es tust.«

»Wie willst du uns daran hindern?«

»Ich hetze ihm Montalvo auf den Hals. Es ist seine Schlacht. Sein verdammter Krieg, Mann. Soldono sagt, er hat kein Problem damit, wenn diese Verbrecher sich gegenseitig umbringen.«

»Aber ich habe den Eindruck, dass du über Montalvo ein wenig anders denkst als über Diaz.«

»Das liegt daran, dass ich ihn besser kenne. Diaz ist ein Mysterium für mich. Das ändert nichts am Prinzip.«

»Dann dürfte es mich nicht viel Mühe kosten, dir klarzumachen, dass du dich vor Montalvo hüten solltest. Richtig?«

»Falsch. Ich werde den Auftrag übernehmen. Er holt noch heute Abend den Schädel her, und ich versuche so schnell wie möglich fertig zu werden.«

Galen pfiff leise durch die Zähne. »Quinn kriegt einen Rückfall, wenn er das hört.«

»Nein, kriegt er nicht. Du wirst ihm nämlich gar nichts davon sagen. Du tust einfach nur das, worum er dich gebeten hat.« Sie verzog den Mund. »Wozu auch gehört, mich von Montalvo fernzuhalten. Ich erzähle dir das alles nur, weil du es sowieso herausbekommen hättest. Joe kann ich für begrenzte Zeit im Dunkeln lassen, weil er noch eine Weile ans Bett gefesselt sein wird. Ich hoffe nur, Montalvo kriegt seine Rebellen rechtzeitig dazu, gegen Diaz loszuschlagen.«

»Verlass dich nicht darauf, dass Quinns Genesung sich mit deinem Zeitplan deckt. Er hat mich gebeten, ihm Hanteln zu bringen, damit er keine Kraft verliert, während er im Bett liegt. Er glaubt, mit meiner Hilfe könne er spätestens in zwei Tagen das Bett verlassen.«

»Scheiße.«

»Selbst wenn er wieder aufstehen kann, heißt das noch lange nicht, dass er genügend Kraft hat, sich längere Zeit auf den Beinen zu halten. Es könnte Tage dauern, bis er mobil ist.«

»Oder auch nicht. Ich weiß, wie entschlossen Joe sein kann. Wenn er sich etwas vorgenommen hat, entfaltet er übermenschliche Kräfte.«

»Dann solltest du in der Tat ganz schnell arbeiten. Wenn ich in den letzten Tagen eins über Quinn gelernt habe, dann dies: Er lässt sich durch nichts aufhalten, außer vielleicht durch eine weitere Kugel.«

»Wie beruhigend.«

»Ich weiß gar nicht, ob ich dich beruhigen will. Ich neige in diesem Fall eher dazu, mich auf Quinns Seite zu schlagen. Du vertraust Montalvo, aber das heißt noch lange nicht, dass auch Quinn und ich es tun. Woher willst du wissen, dass das, was er dir über diesen Schädel erzählt hat, stimmt? Möglicherweise ist es besser, wenn Quinn und ich uns selber mit Diaz befassen.« Er zuckte die Schultern. »Wir sind ja nicht sehr anspruchsvoll. Wir wollen nicht Diaz' gesamte Operation zerstören, wie Montalvo es vorhat. Wir wären schon zufrieden, wenn wir ihm ein schönes, sauberes Loch zwischen die Augen schießen könnten. Und das ist für zwei Leute durchaus machbar.«

»Rede keinen Stuss, Galen. Du weißt genau, wie gefährlich es wäre, Diaz so nahe zu kommen.«

»Immerhin sind wir dabei nicht von jemandem abhängig, dem wir womöglich gar nicht vertrauen können. Das ist genauso gefährlich.«

»Soll das heißen, dass ich nicht auf dich zählen kann?«

»Du kannst auf meine Hilfe zählen. Fragt sich nur, wie diese Hilfe aussieht.«

Sie holte tief Luft, um ihren Ärger und ihre Frustration zu überwinden. »Sag mir, worauf ich zählen kann. Wirst du Joe sagen, dass ich mich entschlossen habe, die Rekonstruktion zu machen?«

»Nein. Ich glaube, das wirst du selbst tun. Wenn du ihn am Krankenbett besuchst, wirst du ihm nicht verbergen können, dass du arbeitest. Nicht jemandem, der dir so nah ist wie Quinn. Ich habe dich beobachtet, wenn du arbeitest. Du bist dann in einer völlig anderen Welt.«

Daran hatte sie nicht gedacht. Galen hatte recht. »Vielleicht nicht sofort. Ich werde versuchen, eine Verzögerung einzubauen.«

»Und mit Lichtgeschwindigkeit arbeiten. Quinn braucht nicht noch extra angespornt zu werden.«

»Von Druck ausüben hältst du nicht viel, oder?«

»Unter Druck arbeitet es sich immer besser, Liebes.«

Sie schüttelte den Kopf. »Aber warum willst du, dass ich schneller arbeite? Auf wessen Seite stehst du eigentlich, Galen?«

»Ich hab mich noch nicht entschieden.« Er grinste. »Elena sagt, ich sei wie die Katze auf dem sprichwörtlichen heißen Blechdach. Ich springe immer in die Richtung, die mir gerade günstig erscheint.«

»Quatsch. Ich weiß doch, dass du auch Verpflichtungen eingehst.«

»Aber wie ich sie umsetze, ist meine Sache«, sagte er sanft. »Und jetzt geh schnell ins Bett. Ich bleibe bei Quinn. Ich glaube, es ist im Moment besser, wenn du ihn nicht siehst. Du hast tausend Pläne im Kopf und wirst dich kaum beherrschen können, ihn zu schütteln und ihm zu sagen, dass er tun soll, was du willst. Das ist für einen Patienten in seiner Verfassung nicht gut.«

»Genauso wenig, wie vom Krankenlager aufzustehen, bevor man gesund ist. Und du hilfst ihm auch noch dabei.«

»Touché.« Er drehte sich zur Tür um. »Aber wenigstens schüttele ich ihn nicht und …« Er unterbrach sich, als Montalvos Tür aufging.

Montalvo, in Khakiuniform, Armeestiefeln und mit der ewigen Pistole an der Hüfte, kam rasch auf sie zu. Er nickte Eve zu. »Ist Ihnen das schnell genug? Wir sind noch nicht ganz auf dem Weg, aber die Planung läuft auf Hochtouren. Heute Abend um acht müssten wir soweit sein, dass wir aufbrechen können.« Er ging an ihr vorbei und lief die Treppe hinunter.

»Dem hast du ja wirklich ein Feuer unter dem Hintern angezündet«, murmelte Galen. »Oder soll ich sagen: ein Freudenfeuer? Daran kann man sich ja fast die Hände wärmen.«

Sie wusste, was er meinte. Montalvos Erregung und drängende Ungeduld waren nahezu greifbar. »Er hat lange auf diesen Moment gewartet. Außerdem war er mal Soldat, und er liebt die Herausforderung. Er wird es in vollen Zügen genießen, direkt vor Diaz' Nase nach diesem Schädel zu suchen.«

»Klar.« Galen schaute ihm immer noch nach. »Man kann süchtig danach werden.«

Herrgott, Galen klang doch tatsächlich wehmütig, dachte sie entnervt.

Männer.

»Er kann sich glücklich schätzen, wenn er bei dieser Aktion seinen eigenen Kopf retten kann; von dem Schädel seiner Frau ganz zu schweigen«, sagte sie barsch.

»Er scheint ein gut ausgebildetes Team zu haben. Seine Chancen stehen nicht schlecht.«

»Montalvo behauptet, Diaz habe Wind davon bekommen, dass er nah dran war, ihre Leiche zu finden. Vielleicht weiß er mehr darüber, wo das Grab ist, als Montalvo denkt. Wir werden ja sehen, ob er es schafft, mir den Schädel heute Abend zu bringen.« Sie wandte sich zum Gehen. Sie schwankte ein wenig und konzentrierte sich darauf, das Gleichgewicht zu halten. Wie müde sie war und wie ihr der Kopf dröhnte. Sie brauchte Schlaf, um gesund zu werden, und sie musste unbedingt gesund werden. Wenn Montalvo ihr den Schädel tatsächlich heute brachte, lagen ein paar anstrengende Tage vor ihr.

Sie schaute sich noch einmal um und sah, wie Galen endlich aufhörte, Montalvo nachzublicken, und Joes Tür öffnete. Galen entpuppte sich als genauso kompliziert wie all die anderen Männer hier im Lager.

Katze auf dem heißen Blechdach. In der Tat.

»Duarte hat sich seit Dienstag nicht gemeldet, das ist zwei Tage her«, sagte Nekmon. »Wir wissen, dass er in der Gegend war und beobachtet hat, was im Lager vor sich ging. Eve Duncan hat er nicht erwähnt. Aber wir wissen, dass ein Arzt aus dem Dorf ins Lager gerufen wurde, ebenfalls vor zwei Tagen. Er ist immer noch da.«

Diaz runzelte die Stirn. »Wenn Duarte es geschafft hat, auf Eve Duncan zu schießen, muss der Schuss danebengegangen sein. Tote Frauen brauchen keinen Arzt.«

»Wir sind nicht sicher, ob sie im Lager ist.«

»Weil unser Mann in Atlanta keinen Beweis dafür gefunden hat, dass sie abgereist ist? Seien Sie kein Idiot. Montalvo hat sicher Mittel und Wege, sie unbemerkt über jede beliebige Grenze zu schmuggeln.«

Nekmon nickte. »Und Joe Quinn ist von Atlanta aus nach Bogotá geflogen. Dort haben wir ihn dann aus den Augen verloren.«

»Sie scheinen eine ganze Menge Leute aus den Augen zu verlieren«, sagte Diaz sarkastisch. »Aquila, Duarte,

Quinn, und Eve Duncan können Sie nicht mal lokalisieren, geschweige denn aus den Augen verlieren.«

»Wenn Duarte auf sie geschossen hat, besteht die Chance, dass sie tot ist. Er war gut.«

»Warum dann einen Arzt rufen?«

Nekmon hob leicht die Schultern. »Für Quinn? Für Montalvo selbst?«

»Vermutungen, immer nur Vermutungen. Mein Gott, ich bin es so leid. Ich brauche Antworten. Ich will, dass dieses Problem endlich gelöst wird.« Er blickte mit finsterer Miene in sein Glas. »Montalvo ist schon viel zu lange ein Stachel in meinem Fleisch. Man hätte ihn damals töten müssen – als er mir nachgestellt hat, nachdem wir diese Armandariz ausgeschaltet hatten.«

»Es war schwierig«, sagte Nekmon. »Wir dachten ja gute zwei Jahre lang, wir könnten ihn jeden Moment erledigen. Er wurde zu einem verdammten Phantom. Und nachdem er angefangen hatte, Waffen zu verkaufen, hätten wir uns mit dem kleinen Battaillon anlegen müssen, das ständig um ihn herum war. Sie haben selbst gesagt, es sei besser, ihn zu beobachten und abzuwarten.«

»Weil ich die Leiche dieser verfluchten Frau brauche. Ich hätte sie verbrennen und die Asche in alle vier Winde verstreuen sollen. Ich werde nicht zulassen, dass sie ausgebuddelt wird und mein schöner Deal mit Armandariz daran scheitert. Ich brauche ihn noch. Nicht jedem Mann steht eine ganze Armee zur Verfügung.«

»Aber wieso brauchen Sie ihn eigentlich noch, wenn ich das fragen darf? Sie haben doch genug Geld, um Ihre Operation in ein anderes Land zu verlegen.«

»Ein anderes Land? Sind Sie verrückt geworden? Hier bin ich König. Ich nehme mir, was ich will und wen ich will. Wenn ich in ein anderes Land gehe, werde ich dort nur als zwielichtige Gestalt angesehen, die vernichtet werden muss.«

»War nur ein Vorschlag.«

»Das ist das Problem mit Ihnen, Nekmon. Sie setzen immer auf die sichere Bank. Deshalb werden Sie immer für einen Mann wie mich arbeiten.«

»Ramon Diaz gibt es nur einmal. Es gibt ganz sicher keinen zweiten Mann wie Sie.«

Der Idiot schmeichelte ihm, dachte Diaz. Vielleicht beleidigte er ihn aber auch und dachte, er würde es nicht merken. Nekmon mit seiner College-Bildung und seiner weltläufigen Art begann ihm auf die Nerven zu gehen. Er taugte für die Buch- und Kontenführung, und er war ein hervorragender Frontmann, doch er ließ sich ersetzen.

Allerdings nicht sofort. Solange er mit Montalvo zu tun hatte, konnte er keinen Wechsel bei seinen Leuten verkraften. Der Scheißkerl rückte ihm zu dicht auf die Pelle.

»Sollen wir jemand anderen losschicken, um nach Duarte zu suchen?«, fragte Nekmon.

»Wenn Sie nichts von ihm gehört haben, wurde er entweder gefangen genommen oder er ist tot. Fällt Ihnen nichts Besseres ein?«

»Möglicherweise könnte ich jemanden aus Montalvos Lager als Informanten ködern. Ich arbeite schon seit einer Weile daran. Er hat mehr Geld verlangt.«

»Dann geben Sie es ihm.« Er runzelte nachdenklich die Stirn. »Dass ich Aquila und Duarte zu Montalvo geschickt habe, könnte sich als eine Art Auslöser erweisen. Er weiß jetzt, dass ich alarmiert bin und versuchen werde, mich gegen das, was er vorhat, zu wappnen. Vielleicht ahnt er nicht, dass ich über Eve Duncan Bescheid weiß, aber es wird ihm ordentlich Feuer unter dem Hintern machen, ihr den verdammten Schädel zu bringen.«

»Wenn er ihn nicht schon längst hat.«

»Er hat ihn nicht. Sonst hätte er nicht jahrelang stillgehalten. Ich beobachte ihn wie ein Adler, seit ich weiß, dass er diesen Scheißkerl dazu gebracht hat, ihre Leiche für ihn auszubuddeln.« Sein Blick wurde noch finsterer. »Die Leiche ist irgendwo hier in der Nähe. Ich weiß es. Der Bastard war noch nicht weit gekommen, als ich herausfand, dass er für Montalvo arbeitet. Nein, Montalvo weiß zwar, wo sie ist, aber er hat sie noch nicht geholt.«

Er stand auf und schlenderte zu dem hohen Fenster, um über die sanft gewellten Koka-Hügel zu schauen. Was für ein verschlafener und sonniger Anblick. Nekmon würde nie begreifen, dass es ihn jedes Mal erregte, wenn er diese Hügel betrachtete. In einem einzigen dieser Koka-Felder steckte mehr Macht, als die meisten Männer in ihrem gesamten Geschäftsleben jemals erfahren würden. Die Macht, andere zu zerstören und zu manipulieren, einen gutgläubigen Trottel in ungeahnte Höhen zu heben und nach Belieben wieder fallen zu lassen. Die Tatsache, dass die Drogen ihn zu einem reichen Mann gemacht hatten, war zweitrangig. Es war die Macht, die zählte.

Und er würde nicht zulassen, dass Montalvo ihm auch nur ein Fitzelchen von dieser Macht wegnahm. Er hatte ihn schon einmal besiegt. Es würde ihm nicht noch ein zweites Mal gelingen.

»Sie werden also gar nichts tun?«, fragte Nekmon.

Doch, bei allernächster Gelegenheit würde er Nekmon durch einen anderen Mann ersetzen. »Das habe ich nicht gesagt. Verstärken Sie die Überwachung des Lagers. Sorgen Sie hier für höchste Sicherheit.«

»Und dann?«

Er lächelte. »Tja, wir werden abwarten, die Augen offen halten und ihn uns schnappen, sobald er sich seine geliebte Braut zu holen versucht.«

Die Uhr auf dem Nachttisch zeigte 18:35 an.

Eve schüttelte den Kopf, um wach zu werden. Sie hatte so tief und fest geschlafen, als stünde *sie* unter Medikamenteneinfluss und nicht Joe. In der Sekunde, in der ihr Kopf das Kissen berührt hatte, war sie für die Welt verloren gewesen.

Der Schädel.

Sie schwang die Beine aus dem Bett, stand auf und eilte zum Badezimmer. Montalvo hatte gesagt, er würde um acht aufbrechen. Sie musste sofort hinunter. Vielleicht brach er früher auf, und sie musste …

Sie hielt inne. Warum war sie so in Eile? Warum hatte sie dieses Gefühl, ihn unbedingt sehen zu müssen, bevor er aufbrach?

Sie ging langsam ins Badezimmer und stellte die Dusche an. Sie war hellwach, wie elektrisiert, voller Erwartung.

Aber was erwartete sie eigentlich?

Und dann wusste sie es plötzlich.

Und es blieb nicht viel Zeit.

Sie stellte sich rasch unter den Wasserstrahl.

Kaum dreißig Minuten später rannte sie die Treppe hinunter. Im Erdgeschoss herrschte hektische Betriebsamkeit. Überall bis an die Zähne bewaffnete Männer in Khakiuniform und schweren Stiefeln. Sie entdeckte Soldono in der Nähe der Haustür.

»Wo ist Montalvo?«, rief sie schon vom Treppenabsatz aus.

»Draußen, irgendwo auf den Schutzwällen, glaube ich«, sagte Soldono. »Er ist hier den ganzen Nachmittag hin und her gerannt.« Er taxierte sie. »Sie sehen erstaunlich wohl aus, gemessen an dem Schlag, den Sie verpasst bekommen haben. Als ich Sie da unter Quinn auf dem Boden liegen sah, dachte ich zuerst, Sie wären tot.«

»Ich bin fit.« Sie ging an ihm vorbei durch die Haustür. Draußen war es fast dunkel, doch da überall Laternen brannten, entdeckte sie Montalvo fast sofort. Er kam die Stufen vom Wall herunter und redete mit jemandem hinter ihm.

»Montalvo.«

Er lächelte, als er sich zu ihr umdrehte. »Ah, Sie sind gekommen, um mir auf Wiedersehen zu sagen. Wollen Sie mir noch einen Glücksbringer mitgeben, bevor ich in die Schlacht reite?«

»Nein. Deshalb bin ich nicht hier.«

Sein Lächeln schwand, und er stieß einen Seufzer aus. »Ich hatte es befürchtet. Dabei hatte ich gehofft, Sie wären noch zu angeschlagen und benommen, um auf die für Sie typische Weise zu agieren. Offensichtlich waren meine Hoffnungen vergebens.«

»Ich komme mit.«

»Unmöglich.«

»Ich komme mit.«

»Eve, wir müssen schnell sein, und Sie wären uns nur im Weg.«

»Ich sage ja nicht, dass Sie mir ein Gewehr in die Hand drücken sollen, damit ich diesen Scheißkerl selber umlege. Ich bin ja nicht blöd. Das Kämpfen überlasse ich denen, die dafür ausgebildet sind. Aber ich bin dabei, wenn Sie den Schädel ausgraben.«

»Nein!« Soldono war hinter ihr aufgetaucht. »Eve,

das ist doch lächerlich. Sie würden das nicht überleben. Warum bestehen Sie darauf mitzukommen?«

»Es ist eine Frage des Vertrauens.« Montalvos Ton war spöttisch. »Sie hat kein Vertrauen zu mir. So ist es doch, nicht wahr, Eve?«

»Natürlich ist es so. Sie haben mir ein schönes Märchen erzählt, von einer verlorenen Liebe und einem Monster, das wie ein fetter Gnom in seinem Schloss sitzt und alles mit Gift beschmiert, was es anfasst. Und wenn das alles eine Lüge ist? Wenn Sie den Schädel irgendwo versteckt haben und Ihre Männer nur zum Schein mitnehmen und ein paar Stunden später wiederkommen und ihn mir überreichen? Oder wenn es vielleicht gar nicht der Schädel Ihrer Frau ist? Ich bin schon öfter belogen worden. Vielleicht geht es hier um die Rekonstruktion eines ganz anderen Schädels. Oder der Leichnam ist irgendwo anders beerdigt als auf Diaz' Territorium, und ich schände ein Grab. Woher soll ich das wissen?«

»Eine Frage des Vertrauens«, sagte er. »Catch 22.«

»Ich mache die Rekonstruktion nicht, wenn ich nicht wenigstens annähernd sicher sein kann, dass Sie mir die Wahrheit sagen.«

»Was heißt annähernd?«

»Ich will den Friedhof mit eigenen Augen sehen. Ich will diese Festung hoch über der Stadt sehen, in der Ramon Diaz angeblich wohnt. Ich will sehen, wie Sie den Schädel ausgraben.«

»Eve«, protestierte Soldono, »das ist ein Fehler.«

»Ich habe in letzter Zeit eine Menge Fehler gemacht.« Sie schaute Montalvo direkt in die Augen. »Aber ich werde nicht aus Leichtgläubigkeit gegen meine moralischen Grundsätze verstoßen. Diesen Fehler werde ich nicht machen.«

Sie hörte, wie Soldono hinter ihr einen Fluch ausstieß, doch sie ignorierte ihn. Dies war eine Sache zwischen ihr und Montalvo.

»Sie werden nicht mit uns mithalten können«, sagte Montalvo. »Gestern konnten Sie noch kaum aufstehen.«

»Dann lassen Sie sich etwas einfallen, wie ich mithalten kann. Benutzen Sie Ihren scharfen Verstand.«

»Ihre Entscheidung ist unumstößlich?«

»Absolut.«

Er schwieg einen Moment. »Mit Ihnen sind wir langsamer. Auf dem Hinweg spielt das keine Rolle, aber auf dem Rückweg könnte es fatal sein.«

»Ich möchte auf gar keinen Fall, dass jemand meinetwegen stirbt. Positionieren Sie mich so, dass ich genau sehen kann, was abläuft. Sobald ich den Schädel in Ihren Händen gesehen habe, schicken Sie mich zurück ins Lager. Dann können Sie und Ihre Männer die Sache in Ihrem eigenen Tempo zu Ende bringen.«

»Wenn alles nach Plan läuft.«

»Ich muss sichergehen, dass Sie mir die Wahrheit sagen.«

»Lassen Sie sie nicht mitkommen, Montalvo«, sagte Soldono. »Sie wissen, was Diaz mit ihr macht, wenn er sie zu fassen bekommt.«

»O ja. Er tötet sie und wirft sie in den Sumpf. Und eines Tages findet jemand ihren Schädel und fragt sich, wer so töricht sein konnte.« Montalvo zuckte die Schultern. »Aber dieser Jemand werde nicht ich sein. Weil ich nicht zulassen werde, dass es ein zweites Mal geschieht. Er kriegt sie nicht zu fassen, darauf können Sie Gift nehmen.« Sein Blick wanderte zu Eve zurück. »Gehen Sie in Ihr Zimmer und stellen Sie sich noch einmal unter die Dusche.«

»Wie bitte?«

»Waschen Sie die ganzen Creme- und Seifenreste ab. Sie duften sehr angenehm, aber ich habe schon aus mehreren Metern Entfernung gerochen, dass Sie kommen. Einige von Diaz' Leuten haben die gleiche Kommandotruppen-Ausbildung wie ich.«

Sie nickte. »Noch etwas?«

»Miguel wird Ihnen ein Mittel gegen Moskitos geben.« Er schaute auf seine Armbanduhr. »Sie haben fünfundvierzig Minuten Zeit.«

»Ich werde rechtzeitig da sein.« Sie eilte bereits auf die Eingangstür zu.

»Das befürchte ich auch.«

Soldono holte sie ein, als sie am Fuß der Treppe angelangt war. »Das ist doch verrückt.«

»Ich habe keine Zeit, mit Ihnen zu diskutieren. Ich werde mitgehen. Lassen Sie mich in Ruhe, Soldono.«

»Ich kann Sie nicht in Ruhe lassen. Sie sind mein Job. Ich habe den Auftrag, Sie zu beschützen.« Er runzelte die Stirn. »Wenn Sie mitgehen, komme ich auch mit.«

»Das wird Montalvo nicht zulassen. Sie sind ein CIA-Agent. Das Risiko wird er nicht eingehen.« Sie nahm immer zwei Stufen auf einmal. »Ich kann jetzt nicht noch mehr Zeit mit Ihnen verschwenden. Ich möchte kurz zu Joe, bevor ich unter die Dusche springe.«

»Vielleicht kann er es Ihnen ausreden.«

»Joe wird nichts davon erfahren.« Sie funkelte ihn an. »Haben Sie verstanden, Soldono?«

»Ich finde, irgendjemand sollte ihm …« Er brach ab. »Verstanden.«

»Gut.« Sie war oben angekommen, lief den Gang entlang und an dem Mann vorbei, der vor Joes Zimmer Wache stand. Leise öffnete sie die Tür. Sie hatte erwartet,

Galen dort anzutreffen, doch außer Joe war niemand da. Sie ging zum Bett. Joes Augen waren geschlossen, und zuerst dachte sie, er schliefe.

»Eve?« Er öffnete verschlafen die Augen. »Ich dachte mir, dass du es bist. Dieser Gardenienduft ...«

»Zu viel? Wahrscheinlich sollte ich weniger von der Creme nehmen.«

»Nein, ich hab's immer gemocht. Es riecht so sauber ...«

»Schon aus mehreren Metern Entfernung«, wiederholte sie trocken Montalvos Worte. Sie berührte sanft sein Haar. »Hast du noch Schmerzen?«

»Es geht. Sie geben mir ja andauernd diese verfluchten Mittel dagegen. Morgen sage ich ihnen, sie sollen sich zum Teufel scheren.« Er nahm ihre Hand. »Du hast mich heute gar nicht besucht. Ich habe dich vermisst. Lag das daran, dass du sauer auf mich warst?«

»Es lag daran, dass ich praktisch die Besinnung verloren habe, sobald ich mich ins Bett gelegt hatte.«

»Jetzt siehst du gut aus.« Er ließ seinen Blick forschend über ihr Gesicht gleiten. »Du hast rote Wangen, und deine Augen sind ... ich weiß nicht.« Seine eigenen Augen fielen ihm zu. »Du siehst ... gut aus.«

»Danke.«

»Ich glaube ... das beunruhigt mich.«

Himmel, wenn er nicht unter Medikamenten gestanden hätte, wäre es ein Leichtes für ihn gewesen, sie zu durchschauen. Sie beugte sich vor und küsste ihn auf die Stirn. »Mir geht es gut, und du bist auch bald wieder auf dem Damm. Und ja, ich bin sauer auf dich. Was mich allerdings nicht davon abhalten würde, dich zu besuchen, wenn du krank bist. So funktioniert das nicht. Nicht, wenn man jemanden liebt.«

»Schön ... das dachte ich mir, aber manchmal vergesse ich es ...«

Er war eingeschlafen.

Sie gab sich noch einen Moment, um seine Hand zu halten, ihn anzuschauen und bei ihm zu sein.

Dann legte sie seine Hand behutsam auf die Decke und schlich auf Zehenspitzen zur Tür.

Jetzt blieben ihr noch weniger als dreißig Minuten von der Zeit, die Montalvo ihr zugebilligt hatte, und sie musste sich sputen.

Miguel wartete vor der Tür auf sie. Er gab ihr ein Stück Seife und eine kleine Flasche mit einem Mittel gegen Moskitos. »Sie sind unvernünftig. Der Colonel ist nicht sehr glücklich.«

»Tut mir leid. Ich weiß, dass das in Ihren Augen ein Kapitalverbrechen ist.«

»Ja. Aber ich werde Sie erst wie eine Verbrecherin behandeln, wenn Ihre Unvernunft dem Colonel schadet.« Sein Blick war kühl, als er sich von ihr abwandte. »Das ist inakzeptabel.«

»Für mich auch.« Sie ging weiter. Sie war es leid, sich ständig verteidigen zu müssen; die ganze Angelegenheit war schwierig genug. Also – duschen, Haare waschen, sich von dem verdammten Geruch befreien und dann wieder nach unten gehen.

Zwanzig Minuten später rannte sie die Treppe hinunter. Die Eingangshalle war jetzt leer. Wahrscheinlich hatten sich alle schon draußen versammelt, dachte sie, und waren aufbruchbereit.

Genauso war es. Zwei Jeeps standen mit laufendem Motor vor dem Haus, und ein mit Männern beladener Lastwagen fuhr bereits durchs Lagertor davon.

Sie sah Montalvo im Schatten des hinteren Jeeps mit jemandem reden und ging zu ihm.

»Ich bin so weit. Kein Geruch mehr, wie Sie …«

Galen.

Er lächelte sie an. »Hallo, Liebes.«

Montalvo wandte sich zum Gehen. »Gut. Steigen Sie ein. Wir treffen uns dann im Dorf, Galen.« Er marschierte zu dem vorderen Jeep. »Das heißt, wenn wir Glück haben, treffe ich Sie dort nicht.«

Eve wirbelte herum und schaute Galen ins Gesicht. »Was zum Teufel machst du hier?«

»Sieht so aus, als assistierte ich bei einem Grabraub.«

»Ich hatte dir doch gesagt, ich möchte nicht, dass …«

»Das war, bevor du beschlossen hattest, Kopf und Kragen zu riskieren, um sicherzugehen, dass Montalvo dich nicht belügt.« Er schnitt eine Grimasse. »Und ich fürchte, ich selbst habe dich zu diesem Schritt angestachelt, als ich dich gestern Abend gefragt habe, woher du wüsstest, dass Montalvo dir im Hinblick auf dieses ganze Grabräuber-Szenario reinen Wein einschenkt.«

»Ich hätte wahrscheinlich auch ohne dein Zutun weiter darüber nachgedacht und begriffen, dass ich es selbst verifizieren muss. Im Grunde war es mir schon klar. Ich bin nur nicht gleich darauf gekommen, weil ich so erschöpft war. Es ist nicht deine Schuld …«

»Schsch. Du brauchst jemanden, der dich auf dem Rückweg begleitet, und Soldono hast du schließlich einen Korb gegeben.«

»Soldono ist zu dir gerannt und hat dich gebeten, an seiner Stelle mitzukommen?«

»Er musste nicht lange betteln.« Er half ihr in den Jeep. »Selbst wenn du nicht in die Sache verwickelt wärst, hätte ich mir vielleicht einen Platz im Auto gesichert. Scheint doch eine Party ganz nach meinem Geschmack zu werden.«

»Ich möchte nicht, dass du mitkommst, Galen.«

»Zu spät.«

»Einer muss hierbleiben und sich um Joe kümmern.«

»Ich habe Soldono beauftragt, ihm die Hand zu halten.« Er ließ den Motor an. »Nicht dass das nötig wäre, schließlich schaut ja ein Arzt regelmäßig nach ihm. Und du redest, als würden wir tagelang wegbleiben. Montalvo rechnet mit ungefähr sechs Stunden.«

Sie schaute ihn entnervt an. »Wie hast du Montalvo dazu überredet, dich mitzunehmen?«

»Meine Weste ist nicht so schneeweiß wie Soldonos, und er hat begriffen, dass ich mich um mich selbst kümmern kann. Meine Anwesenheit befreit einen seiner Männer von der Aufgabe, deinen Babysitter zu spielen. Es war nicht allzu schwierig, ihn davon zu überzeugen, dass ich eine gute Ergänzung für seine lustige Truppe bin.« Er warf ihr einen kurzen Blick zu, während er Montalvos Jeep folgte und durch das Lagertor fuhr. »Wäre es nicht vielleicht besser, wir würden jetzt aufhören zu diskutieren, und stattdessen erzähle ich dir, was Montalvo und ich uns ausgedacht haben, damit du bekommst, was du willst, und wir trotzdem alle am Leben bleiben?«

Es war zwecklos. »Okay. Dann erklär mir, wie das Ganze ablaufen wird.«

»Der Hügel oberhalb des Friedhofs ist dicht bewaldet. Wir werden den Jeep unten an der Straße parken, hinaufsteigen und von oben zuschauen, wie Montalvo und seine Männer zur Tat schreiten. Wenn du genug gesehen hast, gehen wir wieder zum Wagen und sausen davon.«

»Das klingt sehr einfach und effizient.«

»Ach, habe ich etwa vergessen, dir zu sagen, dass wir auf den letzten sieben Kilometern bis zum Hügel ohne Licht fahren müssen und möglicherweise im Graben landen? Und dass Montalvo zwar einen Spähtrupp vorausgeschickt hat, falls auf dieser Seite des Tals noch irgendwelche Scharfschützen rumlungern – aber leider ist er nur zu fünfundachtzig Prozent sicher, dass sie keinen übersehen haben?« Er schaute sie an. »Willst du immer noch mit?«

»Ja.« Sie starrte durch die Windschutzscheibe auf die Rücklichter von Montalvos Jeep. »Ich muss mit.«

»Da vorne müsste es sein.« Galen spähte angestrengt durch die Windschutzscheibe. »Herrgott noch mal, das ist ja, als ob man durch einen dunklen Tunnel kriecht. Montalvo hat gesagt, der Mond würde heute Nacht scheinen. Wo zum Teufel ist er?«

»Offensichtlich hat Montalvo nicht alles unter Kontrolle. Wolken ziehen auch ohne sein Zutun auf.«

»Immerhin scheint er die Scharfschützenlage unter Kontrolle zu haben. Wir sind bis hierher gekommen, ohne ... Da ist es.« Er riss das Steuer herum, und der Jeep schlitterte auf einen Seitenpfad. Nach etwa hundert Metern bremste Galen ab, wendete und hielt an. »Raus. Montalvo und seine Leute müssten uns zehn Minuten voraus sein. Es hat länger gedauert, als ich dachte, die stockfinstere Straße hier entlangzuschleichen. Wenn du die Show nicht verpassen willst, sollten wir uns beeilen.«

»Ich will die Show auf keinen Fall verpassen.« Sie sprang aus dem Jeep. »Wo geht's lang?«

»Dort links müsste ein Weg sein.« Er packte sie am Arm. »Da ist er.«

Sie folgte ihm. »Wie weit ist es?«

»Keine Ahnung. So genau waren Montalvos Angaben leider nicht. Er hat nur gesagt, wir sollen den Hügel ganz hinaufsteigen.«

Es ging steil bergauf, und der Schieferweg war rutschig. Zweimal fiel sie fast hin und richtete sich rasch wieder auf. Schon nach ungefähr fünf Minuten atmete sie schwer.

»Alles okay?«, flüsterte Galen.

»Nein! Ich bin noch ziemlich wacklig auf den Beinen, aber ich werd's schon schaffen.«

»Daran habe ich nicht den leisesten Zweifel. Aber wenn du eine Hand brauchen kannst, gib mir Bescheid.«

»Ehe ich dir vor die Füße falle, schreie ich, da kannst du sicher sein«, sagte sie grimmig.

»Bitte nicht schreien. Das könnte die Scharfschützen auf den Plan rufen, die Montalvo nicht berücksichtigt hat. Es reicht, wenn du mich leicht am Ärmel ziehst – ich glaube, wir sind da.« Er streckte die Hand nach hinten aus und zog sie die letzten paar Meter bis zum Kamm des Hügels hinauf. »Da ist Diaz' Königreich.«

Wenn dies tatsächlich ein Königreich sein sollte, passte der Palast auf dem Hügel vis-à-vis auf jeden Fall ins Bild. Der Mond versteckte sich noch hinter den Wolken, und das Schloss war weit und breit das einzige hell erleuchtete und in der Dunkelheit leicht erkennbare Gebäude. Es war ein grandioses spanisch-maurisches Herrenhaus. Türmchen und gewaltige Rundbogenfenster waren über seine gesamte Fassade verteilt, und soweit sie sehen konnte, schien das Gelände rundherum ähnlich eindrucksvoll zu sein.

Ihr Blick wanderte vom Schloss zu dem Dorf, das unmittelbar unter ihnen lag. Dunkelheit. Sie konnte gerade die Häuserdächer ausmachen, aber alles war undeutlich.

»Ich bin nicht hergekommen, um mir das Schloss anzusehen. Ich sehe sowieso nur die Lichter auf dem …«

Der Mond kam hinter den Wolken hervor.

»Wie aufs Stichwort«, murmelte Galen. »Vielleicht hat Montalvo doch Verbindung nach ganz oben.«

Sie hörte ihn kaum. Ihr Blick suchte das Dorf nach irgendeiner Spur des Friedhofs ab.

»Da ist er.« Sie kniete sich hin und hob das Fernglas an die Augen. »Hinter der kleinen Kirche dort links. Mein Gott, er liegt ja ganz am Rand des Dorfs, im Freien. Keine Häuser drum herum, die Schutz gewähren könnten. Wenn Diaz' Leute von dem monströsen Schloss da herunterschauen, sehen sie doch sofort, was sich tut.«

»Dann sollte Montalvo lieber hoffen, dass sie nicht schauen. Siehst du ihn und seine Leute schon?«

»Nein.«

»Das Grab müsste rechts von einem großen Grabmal liegen, etwas nach hinten versetzt.«

»Hat Montalvo dir das erzählt?«

»Ich wollte keine Zeit verlieren.«

Sie suchte den Teil des Friedhofs ab, den Galen beschrieben hatte. Ein großes Grabmal … »Ich hab's. Groß ist gar kein Ausdruck – es ist gewaltig. Sieht nicht gerade aus, als gehörte es auf einen Dorffriedhof.«

»Und wie es da hingehört. Es ist die letzte Ruhestätte von Rosa Maria Diaz, Ramon Diaz' Mutter.«

»Und der Leichnam von Diaz' Frau wurde gleich daneben beerdigt? Nicht besonders schlau. Wahrscheinlich wird doch keine Grabstelle auf dem ganzen Friedhof sorgfältiger gepflegt als diese. Ganz zu schweigen davon, dass Diaz bestimmt häufig dort auftaucht.«

»Montalvo sagt, es war sogar sehr schlau. Das Grab wird überhaupt nicht gepflegt. Diaz hat seine Mutter gehasst. Es heißt, dass er für ihr Dahinscheiden unmittelbar selbst verantwortlich ist. Sie hat ihn, als er noch ganz am Anfang stand, mal der Polizei ausgeliefert.«

»Und warum beerdigt er sie dann hier, wo sie ständig in seiner Nähe ist?«

»Vielleicht irgendein krankes Symbol seines Triumphs über sie, an dem er sich ergötzen kann. Er ist der König oben auf dem Berg, und seine dumme Mutter, die sich immer einmischen musste, verschimmelt in der Gruft zu seinen Füßen.«

»Ich habe hier nicht den richtigen Blickwinkel.« Sie rückte etwas nach links. »So ist es besser.« Sie wurde starr. »Montalvo ist doch schon da. Er gräbt. Zusammen mit zwei anderen Männern.«

»Gut. Je mehr Leute mitarbeiten, umso schneller können wir hier wieder abhauen.« Er hob den Kopf und schaute zu dem Pfad zurück, auf dem sie gekommen waren. »Es ist alles zu glattgegangen. Das gefällt mir nicht ...«

»Nerven?« Sie ließ das Fernglas sinken. »Hast du eine konkrete Befürchtung?«

Er schüttelte den Kopf. »An diesem Job ist gar nichts konkret. Ich improvisiere. Können wir jetzt gehen?«

»Gleich.« Sie hob das Fernglas wieder an. »Sobald sie das Skelett gefunden haben.«

»Dann hoffe ich mal stark, dass sie sie nicht so tief vergraben haben.«

»Ich auch.« Sie rührte sich nicht. »Ich glaube, sie haben es. Montalvo ist ins Grab gesprungen, und Miguel gibt ihm jetzt einen Kasten.« Ihre Hände krampften sich um das Fernglas. »Er hat es. Jetzt steigt er aus dem Grab, und sie rennen durch die ...« Sie drehte sich zu ihm um. »Das reicht mir. Wir können ...«

Galen war nicht da!

Ihr Herz machte einen wilden Satz in ihrer Brust. Panik.

Sie wirbelte herum und fing an zu laufen.

Halt. Langsam. Sei vorsichtig. Du weißt nicht, was los ist.

»Eve.«

Sie fuhr zusammen, als Galen aus dem Gebüsch neben dem Pfad auftauchte. »Mann, hast du mich erschreckt.«

»Prima. Ein bisschen Adrenalin können wir jetzt gut gebrauchen.« Er packte sie am Arm und rannte los. »Wir müssen hier weg.«

»Wieso? Wo warst du denn eben?«

»Ich bin ein Stück zurückgegangen. Ich hatte so ein komisches Gefühl ...« Während sie den Pfad entlangrannten, warf er immer wieder rasche Blicke nach links und rechts. »Ich bin einem von Diaz' Wachleuten begegnet, der hinter uns auf dem Pfad war. Ich habe ihn aus dem Verkehr gezogen, aber ich weiß nicht, ob er vorher schon jemandem Bescheid gegeben hatte, dass wir hier sind.«

»Und Montalvo?«

»Der kommt allein zurecht. Er wird sich auch nicht anders verhalten, wenn er weiß, dass Diaz im Anmarsch ist. Davon geht er sicher sowieso aus. Vielleicht hat er Glück. Wir sind eine Ablenkung.« Jetzt hatten sie den Jeep erreicht, und Galen sprang auf den Fahrersitz. »Komm, schnell.« Er startete den Motor. »Weg hier.«

Im Nu saß sie auf dem Beifahrersitz. »Du hast die Lichter eingeschaltet. Man wird uns sehen.«

»Ich riskiere lieber, gesehen zu werden, als im Graben zu landen, wenn Diaz' Männer in Scharen den Hügel herunterkommen.« Er trat aufs Gaspedal. »Sechs Kilometer, dann sind wir von Diaz' Territorium runter und in

Montalvos Dschungel. Dort können sie uns zwar weiterverfolgen, aber wir sind sicherer. Montalvo und seine Männer kennen den Dschungel wie ihre Westentasche.«

Der Jeep rumpelte über die Spurrillen der unbefestigten Straße, und sie hielt sich fest, um nicht gegen den Sicherheitsgurt geschleudert zu werden. »Sechs Kilometer sind nicht so viel. Vielleicht ...«

Eine Kugel zerschmetterte eine Ecke der Windschutzscheibe.

»Runter.«

Blitzschnell schnallte sie sich ab und beugte den Oberkörper weit vor. Der Jeep schlängelte sich über die Straße wie eine Eidechse.

Noch ein Schuss.

»Daneben«, murmelte Galen. »Dieselbe Waffe. Also nur ein Scharfschütze. Sobald wir außer Reichweite sind, sind wir gerettet. Statt dass der Idiot auf die Reifen zielt ...«

Wie lange noch, bis sie in Sicherheit waren?, dachte Eve verzweifelt. Sechs Kilometer hatte er gesagt, und sie fuhren schnell. Noch drei? Zwei?

Wieder ein Schuss.

»Er ist außer Reichweite«, sagte Galen. »Halt dich fest. Ich muss weiter im Zickzack fahren, falls vor uns noch ein Scharfschütze lauert. In einer Minute sind wir von Diaz' Territorium runter.«

»Halt *du* dich fest. Und wehe, du lässt dir einen Schuss verpassen, verdammt.«

»Ich gebe mein Bestes.« Er grinste sie an, während er das Lenkrad abwechselnd nach links und nach rechts zog. »Und das ist verdammt gut. Gib's zu.«

»Ja, ich geb's zu. Großartig. Fabelhaft. Und jetzt bring uns bitte ins Lager zurück.«

»Frei.« Er bog scharf um die Ecke, und mit einem Schlag befanden sie sich in tiefer Dunkelheit. »Du kannst dich wieder aufsetzen.«

Sie richtete sich auf und blickte sich um.

Dschungel. Die dichte, undurchdringliche Dunkelheit kam von dem überhängenden Blätterwald, der den Nachthimmel verdeckte. »Frei fühle ich mich nicht gerade.« Sie stieß einen Seufzer der Erleichterung aus. »Aber für den Moment reicht es. Lass uns Montalvo anrufen und hören, ob er das gleiche Problem hatte wie wir.«

10

»Montalvos Telefon ist aus«, sagte Galen. »Entweder hat er keinen Empfang, oder er ist von Diaz gefangen genommen worden.«

»Oder er ist tot«, sagte Eve.

»Sei nicht so pessimistisch.« Er machte eine Pause. »Aber vielleicht ist das ja Optimismus. Immerhin wärst du dann die Verpflichtung los, einen höchst unliebsamen Auftrag zu erledigen.«

Und die Chance, Bonnie zu finden, wäre vertan.

»Du antwortest nicht«, sagte Galen.

»Er hat mich nicht belogen. Ich habe mit eigenen Augen gesehen, dass alles genauso abgelaufen ist, wie er gesagt hatte. Ich glaube, was er mir über Diaz und den Schädel seiner Frau erzählt hat, ist auch wahr.«

»Und deshalb hoffst du, dass er noch lebt.«

»Unsere Ziele liegen nicht so weit auseinander.« Sie dachte an jenen Montalvo, den sie hier kennengelernt hatte. »Und ich finde, er hat es verdient, seine Frau nach Hause zu bringen.«

»Und Diaz zur Strecke zu bringen?«

»Ja, allerdings! Der Kerl hat beinahe Joe umgebracht.«

Galen schmunzelte. »Und dafür hat er jede Strafe unter der Sonne verdient. Für eine komplizierte Frau hast du einen ziemlich schlichten Kodex, Eve.«

»Ich bin nicht kompliziert.«

»Nicht mehr als Lucrezia Borgia und Mutter Teresa in einer Person.«

»Ruf Montalvo noch mal an.«

Er wählte die Nummer, und dieses Mal nahm Montalvo sofort ab.

»Aha, Sie sind ja quicklebendig«, sagte Galen. »Wir hatten uns schon gefragt, ob Sie vielleicht tot wären. Wir hatten ein interessantes Gespräch über das Pro und Kontra Ihres Ablebens. Ja, wir sind außerhalb der Schusslinie. Wo sind Sie? Oh.« Er legte auf. »Er hat angefangen zu fluchen. Kein Wunder. Ich habe im Hintergrund Gewehrfeuer gehört. Er ist wahrscheinlich nur ans Handy gegangen, weil er wissen wollte, ob du Hilfe brauchst.«

»Offensichtlich ist er derjenige, der Hilfe braucht.«

»Wir können nicht zurück. Er ist für sich selbst verantwortlich. Entweder kommt er da raus oder nicht.« Er warf ihr einen Blick zu. »Es ist nicht unsere Schuld. Wie gesagt, im Zweifel waren wir sogar zur Ablenkung gut. Er hatte einen Plan, und er hat ausgebildete Leute. Ich denke, er wird sich da schon rausmanövrieren.«

»Hoffentlich hast du recht. Wie weit sind wir vom Lager entfernt?«

»Ein paar Kilometer. Wer weiß? Vielleicht wartet Montalvo am Tor schon auf uns.«

Montalvo wartete nicht am Tor auf sie. Stattdessen kam ihnen Soldono entgegen, als sie den Jeep auf dem Hof parkten.

»Eine gemütliche Spritztour scheint es ja nicht gewesen zu sein.« Soldono musterte die zersplitterte Windschutzscheibe. »Ist einer von Ihnen verletzt?«

»Nein.« Eve stieg aus. »Aber ich weiß nicht, wie es Montalvo und seinen Männern ergangen ist. Haben Sie etwas von ihm gehört?«

Soldono schüttelte den Kopf. »Aber ich gehöre auch

nicht zu den Personen seines Vertrauens. Er hat keinen Grund, mir Bericht zu erstatten. Warum sollte es ihm denn nicht gut gehen?«

»Gewehrfeuer.« Galen kam um den Jeep herum. »Für gewöhnlich ein sicheres Zeichen für Unannehmlichkeiten, nicht wahr?«

»Vielleicht.« Er zuckte die Schultern. »Aber ich kann nicht so tun, als ob mir das Kopfzerbrechen bereiten würde. Ich habe Ihnen ja gesagt, was ich über Bandenkriege denke, Eve. Ich begreife nicht, warum Sie Kopf und Kragen riskiert haben, anstatt sich sofort aus dem Staub zu machen.«

»Das brauchen Sie nicht zu begreifen. Es war meine Entscheidung. Haben Sie nach Joe geschaut?«

»Einmal.« Als er sie die Stirn runzeln sah, hob er beschwichtigend die Hand. »Es ist erst vier Stunden her, dass Sie weggefahren sind.«

»Vier Stunden?« Sie schaute auf ihre Uhr. Er hatte recht. Trotzdem war es schwer zu glauben. Es waren Stunden so großer Anspannung gewesen, dass sie ihr im Rückblick wie Tage vorkamen. »Montalvo hatte auf etwa sechs Stunden getippt.«

»Er liegt nicht immer richtig. Wahrscheinlich hat er Zeit für Zwischenfälle eingerechnet, wie jetzt einer passiert zu sein scheint.« Er ging die Stufen zur Eingangstür hoch. »Ich habe den Koch gebeten, eine Kanne Kaffee zu kochen und sie ins Wohnzimmer zu bringen. Sie können sicher eine Tasse gebrauchen.«

»Nicht jetzt.« Sie setzte sich auf die oberste Stufe. »Ich denke, ich warte auf Montalvo.«

Soldono zuckte die Schultern. »Wie Sie meinen.« Er verschwand im Haus.

»Brauchst du Gesellschaft?«, fragte Galen.

»Nein, sieh du lieber nach Joe. Ich würde ja selbst zu ihm gehen, aber ich glaube, er hat Lunte gerochen, als ich vorhin bei ihm war. Er durchschaut mich auch dann noch, wenn er vor lauter Medikamenten halb im Koma ist.«

»Das überrascht mich nicht«, sagte er und verschwand im Haus.

Sie blickte unverwandt auf das Tor. Wo zum Teufel blieb Montalvo? Wenn er nicht gefangen genommen worden war, hätte er längst hier sein müssen.

Fünf Minuten vergingen.

Zehn.

Fünfzehn.

Nach weiteren zehn Minuten hörte sie in der Ferne das Dröhnen des Lastwagenmotors. Zwei Minuten später kamen Laster und Jeep auf den Hof gefahren.

Erleichterung durchströmte sie. Sie sprang auf.

Du lieber Himmel, der Laster sah ja aus, als hätte er einen Granatenangriff im Irak hinter sich. Die Türen und die Motorhaube waren mit Einschusslöchern übersät, die Fahrertür hing schief in den Scharnieren. Und der Jeep, an dessen Steuer Montalvo saß, schien in kaum besserem Zustand zu sein.

»Was ist passiert?«, fragte sie, als Montalvo angehalten hatte und aus dem Wagen sprang. »Galen sagte, er hätte Schüsse gehört.«

»Vom Friedhof runterzukommen und durch den Wald zu den Fahrzeugen zu laufen, war kein Problem.« Er schnitt eine Grimasse. »Oder fast keins. Ein paar von Diaz' Männern haben uns abgefangen und uns ein paar prekäre Minuten beschert. Wir konnten uns befreien, aber sie haben ihre Kollegen angefunkt, so dass uns weiter vorne an der Straße schon der nächste Trupp erwartete. Sie sind uns bis in den Dschungel gefolgt. Dann sind wir ausgestiegen und haben aus dem Hinterhalt den Turm angegriffen.«

»Was für einen Turm?«

»Es gibt da einen baufälligen alten Turm, sechzehn, siebzehn Kilometer von hier, der von den Chibcha-Indianern für religiöse Zeremonien genutzt wurde. Man nimmt an, dass sie ihre Opfergaben von den Zinnen geworfen haben. Jedenfalls bieten die Fenster dort oben eine großartige Sicht für Scharfschützen.«

»Und weiter?«

Er zuckte die Schultern. »Wir sind hier, oder nicht?« Er holte eine mit Schlamm bedeckte Lederschachtel aus dem Jeep. »Und wir haben das, was wir wollten. Nalia.« Er gab ihr die Schachtel. »Sie ist jetzt in Ihren Händen.«

Nalia, seine Frau.

Seine Stimme war ausdruckslos, genau wie sein Gesicht. Nein, nicht ganz – als sie genauer hinsah, war da ein fast unmerkliches Zucken um seine Mundwinkel. Seine Schultern waren straff und angespannt, so als trüge er eine schwere Last.

Eine Last? Guter Gott, er hatte ihren Schädel aus dem Grab gezerrt, lieblos, ohne Ehrfurcht, dachte Eve. Wie würde sie sich fühlen, wenn sie gezwungen gewesen wäre, dergleichen mit Bonnie zu tun?

»Sie ist in sehr guten Händen«, sagte sie sanft. »Ich werde sie mit Respekt behandeln. Und ehe dies alles vorbei ist, wird sie meine Freundin sein.«

»Danke«, sagte er unbeholfen. Er machte auf dem Absatz kehrt und verschwand im Haus.

»Es war schwer für ihn.« Miguel war aus dem Jeep gestiegen und stand neben ihr. »Gut, dass Sie ihm so zugesprochen haben.«

»Ich habe ihm nur die Wahrheit gesagt.« Sie schaute auf die Schachtel hinab. »Er hat es selbst getan, oder?«

»Ja. Er wollte niemandem erlauben, sie anzufassen.« Er streckte die Hand aus. »Möchten Sie, dass ich den Schädel für Sie in die Bibliothek bringe? Ich habe heute Nachmittag auf Anweisung des Colonels Ihre Arbeitsmaterialien bereitgelegt. Morgen früh können Sie anfangen.«

Sie ignorierte die ausgestreckte Hand. Aus irgendeinem Grund mochte sie den Schädel niemand anderem anvertrauen. »Ich fange heute Abend an.«

Er hob die Brauen. »Heute Abend?«

»Ja.« Sie ging die Stufen hinauf. »Ich kann heute Abend schon einiges schaffen. Sie muss gesäubert werden, und ich kann die ersten Messungen vornehmen. Bringen Sie mir eine Kanne schwarzen Kaffee.«

»Sie müssen doch sehr müde sein. Sie sind noch nicht gesund.«

Sie war nicht müde. Sie fühlte sich lebendig und verspürte ein Kribbeln im Bauch, wenn sie an die vor ihr liegende Aufgabe dachte. Sie hatte wieder ein Ziel.

Nalia, du bist in Sicherheit. Wir bringen dich nach Hause.

»Schwarzer Kaffee«, wiederholte sie.

Es war drei Uhr morgens, als Montalvo in die Bibliothek kam. »Gehen Sie ins Bett. Das ist nicht nötig.«

Sie blickte nicht auf. »Deshalb haben Sie mich hergeholt. Jetzt lassen Sie mich auch meine Arbeit machen.«

»Ich will Sie ja gar nicht davon abhalten. Ich möchte Sie nur nicht vom Boden aufsammeln müssen, wenn Sie ohnmächtig werden.«

»Ich werde nicht ohnmächtig.« Sie drückte den Rücken durch, um den Schmerz in ihrem Kreuz zu lindern. »Nicht während ich arbeite. Egal, wie schlecht es mir geht – wenn ich arbeite, wird es besser.«

Er verzog den Mund. »Göttlicher Beistand?«

Göttlich? Bonnie?

»Ich lehne keinerlei Hilfe ab.« Sie wandte sich wieder der Rekonstruktion zu. »Aber auch Zielstrebigkeit und Entschlossenheit können Wunder wirken.«

»Ich verlange keine Wunder von Ihnen. Nur gute Arbeit. Gehen Sie ins Bett und schlafen Sie ein bisschen.«

»Gleich. Ich bin fast soweit. Ich wollte sie nur noch säubern und sehen, womit ich es zu tun habe.«

»Und womit haben Sie es zu tun?«

»Alle Knochen sind intakt. Das ist eine große Hilfe. Eine ausgewachsene Kaukasierin.« Sie hielt ihm einen kleinen verschließbaren Plastikbeutel hin. »Ein Zahn. Damit haben wir die Möglichkeit, eine DNA-Analyse in Auftrag zu geben, falls Sie noch irgendeinen persönlichen Gegenstand von ihr besitzen. Ich nehme kaum an, dass Sie ihren Vater dazu überreden könnten, Ihnen eine Blutprobe zu geben, oder?«

»Nie und nimmer.«

»Gut, der Zahn wird vielleicht reichen.«

»Er wird glauben, ich hätte das Labor bestochen. Ich verlasse mich lieber auf Ihre Rekonstruktion, um zu ihm durchzudringen.«

»Erwarten Sie nicht zu viel. Ich tue mein Bestes, aber ich bin nicht perfekt.« Sie warf ihm einen Blick zu. »Und womöglich ist dies gar nicht Ihre Frau. Was, wenn es irgendeine andere Frau ist, die Diaz ermordet hat? Was, wenn der Mann, der sie aus dem Sumpf gezogen hat, sich nur einen ordentlichen Batzen Geld verdienen wollte?«

»Er hätte zu große Angst gehabt, mich zu betrügen.«

»Er hatte keine Angst, das Skelett zu vergraben, anstatt es Ihnen zu übergeben.«

Er presste die Lippen zusammen. »Es ist Nalia«, sagte er dann.

»Weil Sie es so wollen?«

»Herrgott, nein, ich möchte, dass sie die Betrügerin ist, für die ihr Vater sie hält, und an irgendeinem Strand in Australien in der Sonne liegt. Ich möchte, dass sie *lebt.*« Er drehte sich um und ging zur Tür. »Aber die Frau in dem Grab ist Nalia.«

»Wir werden es herausfinden.«

»Wann? Wie lange brauchen Sie?«

»Ein paar Tage.« Sie hielt inne. »Sie müssen nicht herkommen, solange ich arbeite. Ich brauche Sie nicht.«

»Aber ich möchte wissen, was los ist.« Er blieb stehen und schaute sie an. »Warum soll ich nicht kommen? Irritiere ich Sie?«

»Nein, sobald ich mit den vorläufigen Messungen fertig bin, werde ich nicht mal merken, dass Sie da sind. Aber Sie könnten irritiert sein. Ihr Schädel wird wie der einer Voodoo-Puppe aussehen, während ich daran arbeite.«

»Herrgott, Sie reden mit dem Mann, der ihr heute Nacht den Schädel vom Skelett gerissen hat«, sagte er schroff.

»Ich rede mit dem Mann, der keinen einzigen Blick auf die Schädelrekonstruktion seiner Frau geworfen hat, seit er ins Zimmer gekommen ist«, sagte sie ruhig. »Und ich rate Ihnen sogar, sie sich erst anzusehen, wenn ich fertig bin. Das brauchen Sie sich nicht anzutun.«

Er stand eine Weile da und schaute Eve an. »Hatten Sie es deshalb so eilig, sie zu säubern?«

»Vielleicht.« Sie blickte wieder zum Schädel. »Und

vielleicht auch, weil ich dachte, sie wäre selber nicht gerne so verdreckt. Ich nehme an, sie war eine sehr besondere Frau.«

»Ja, das war sie. Wunderschön.« Er räusperte sich. »Und sehr anspruchsvoll. Wie nennen Sie sie? Ich weiß, dass Sie nie die Identität Ihrer Rekonstruktion übernehmen.«

»Ich nenne sie Nalia.«

»Weil Sie mir glauben?«

»Nein, weil es mir richtig erscheint. Wenn ich keine Fotos oder Beschreibungen habe, lenkt ein Name mich auch nicht ab.« Sie wischte sich die Hände an dem Tuch ab, das auf der Werkbank lag. »Sie wird sein, wer sie sein wird.«

»Aber Sie glauben mir, sonst hätten Sie nicht mit der Arbeit begonnen.«

»Ich glaube nur, was ich vorhin mit eigenen Augen gesehen habe. Die Hintergrundgeschichte könnten Sie selbst gestrickt haben.«

»Aber das glauben Sie nicht.«

Sie schüttelte müde den Kopf. »Nein, ich glaube nicht, dass Sie mir Märchen erzählt haben. Ich hoffe, ich täusche mich nicht.«

»Ich weiß, dass Sie auf irgendwelche billigen Versicherungen meinerseits nichts geben werden. Die Zeit wird es zeigen.« Er verließ die Bibliothek.

Sie stand einen Moment da und betrachtete den Schädel. »Wir fangen an, Nalia«, flüsterte sie. »Er möchte dich nach Hause bringen. Und ich möchte es auch. Es ist schrecklich, was dir passiert ist, aber ich hoffe, du hast jetzt deinen Frieden. Er hat noch keinen Frieden ...«

Kein Frieden. Unendliche Wut. Unendlicher Schmerz. Sie kannte dieses Chaos der Gefühle.

Doch vielleicht fand seine Suche mit diesem Schädel ein Ende. Sie hoffte es.

»Wir sehen uns in ein paar Stunden wieder, Nalia. Ich muss jetzt ein bisschen schlafen.« Auf dem Weg zur Tür drehte sie sich plötzlich noch einmal um, ging zur Staffelei zurück, nahm das Tuch und warf es über die Rekonstruktion. »Immerhin ist dies seine Bibliothek, Nalia. Er wird wahrscheinlich aus dem einen oder anderen Grund einmal hierherkommen müssen. Und du willst doch sicher auch, dass er dich erst sieht, wenn wir das Beste aus dir gemacht haben.«

Sie ging wieder zur Tür, schaltete das Licht aus und verließ das Zimmer.

Die Erschöpfung traf sie wie ein Keulenschlag. So war es immer, wenn ein Arbeitstag abgeschlossen war. Die Müdigkeit, die sie vorher in Schach gehalten hatte, gewann dann die Oberhand.

Göttlicher Beistand.

Seltsam, dass Montalvo diese Wörter verwendet hatte. Sie hatten eine Saite in ihr zum Klingen gebracht und sie an Bonnie erinnert, dachte sie, während sie die Treppe hinaufstieg. Aber vielleicht war das gar nicht so seltsam. So verschieden sie waren, Montalvo und sie saßen im selben Boot. Eben in der Bibliothek hatte sie sich ihm sehr nahegefühlt.

Vorsicht.

Sie identifizierte sich zu stark mit ihm, und das konnte ihr Urteilsvermögen trüben. Seine Persönlichkeit war schwer zu ignorieren, und es kam ihr vor, als kenne sie ihn bereits sehr gut. Sie begann allmählich, Schmerz zu empfinden, wenn sie an den Verlust dachte, den er erlitten hatte.

Oben angekommen, zögerte sie. Sie hatte eigentlich

nicht vorgehabt, zu Joe zu gehen. Sie wollte ihn nicht wecken, dafür war sie zu verwirrt.

Ach, zum Teufel. Sie brauchte ihn. Sie würde schon dafür sorgen, dass ihre Gegenwart ihn nicht störte. Sie blieb vor seiner Zimmertür stehen und drehte leise den Knauf. Einen Augenblick später kroch sie zu ihm ins Bett.

»Eve?«, sagte er schläfrig.

»Schsch.« Sie legte die Arme um ihn. »Schlaf weiter. Ich wollte dich nur ein bisschen halten. Ich bleibe nicht lange. Ist das okay?«

»Mehr als okay ...«

Ja, es war mehr als okay, dachte sie. Es war gut und verlässlich und Gold wert.

Sie drückte ihn an sich. »Ja, das ist es, Joe.«

Sie war fort. Es war, als wäre Eve nie hier bei ihm im Bett gewesen.

Joe schaute auf die Vertiefung im Kissen neben ihm – der einzige Beweis, dass sie hier gewesen war. Doch die Erinnerung an sie war vollkommen klar, selbst durch den Nebel der schweren Medikamente hindurch.

Und da war noch etwas anderes. Ein vertrauter Geruch, der von dem Kissen aufstieg. Kein Parfüm. Beinahe beißend und irgendwie ...

»Guten Morgen.« Galen war ins Zimmer gekommen, ein Tablett in den Händen. »Du bist wach, wie ich sehe. Ich bringe dir dein Frühstück. Eier, Speck, Toast und Kaffee. Jede Menge Eiweiß und so viel Koffein, dass du sofort aufstehen und aus dem ...«

»Wo ist Eve?«

»Ich glaube, sie schläft noch.« Er stellte das Tablett auf dem Nachttisch ab. »Wie fühlst du dich?«

»Benebelt. Bloß keine Medikamente mehr.«

»Der Arzt sagt, die Schmerzen könnten noch beträchtlich sein.«

»Scheiß drauf.« Er nahm die Tasse, die Galen ihm reichte. »Ich möchte Eve sehen.«

»Ich werde sie nicht aufwecken. Ich bin sicher, sie kommt nachher noch vorbei.«

»Sie war letzte Nacht zweimal hier. Beide Male war ich so benommen, dass ich es kaum mitgekriegt habe.«

»Ach ja? Wie enttäuschend für dich. Jetzt fang schon an zu essen.«

Joe schaute erneut auf das Kissen neben sich. Dieser verdammt vertraute Geruch stieg ihm immer noch in die Nase.

Dann erkannte er ihn.

»Scheiße.« Seine Tasse krachte auf die Untertasse. »Sie macht die Rekonstruktion.«

»Du hast fast die Tasse zerbrochen.« Galen rettete Tasse und Untertasse und stellte sie wieder auf das Tablett. »Das ist gutes Porzellan.«

»Sie hat schon angefangen zu arbeiten, stimmt's?«

»Wie kommst du darauf?«

»Der Geruch des Alkohols an den Handtüchern, die sie während der Arbeit benutzt. Wenn sie arbeitet, haftet er an ihr wie eine zweite Haut. Ich habe ihn schon tausendmal gerochen, wenn sie mit einer Rekonstruktion beschäftigt ist. Ihr Kissen riecht jetzt noch danach.« Er packte das Kissen und schleuderte es wütend in Galens Richtung. »Jetzt hör auf, mir irgendwelchen Mist zu erzählen, und sag mir gefälligst, was los ist.«

»Ich habe dir keinen Mist erzählt.« Er warf das Kissen wieder aufs Bett. »Ich bin dir nur ausgewichen.«

Joe versuchte, sich zu beherrschen. »Galen, du sagst

mir jetzt entweder, wonach sie riecht, oder ich stehe auf und frage sie selbst.«

»Das würde ihr gar nicht gefallen.« Er setzte sich auf den Stuhl neben dem Bett. »Und es würde ihr auch nicht gefallen, dass ich aus dem Nähkästchen plaudere. Aber sie hat ja selber Schuld, wenn sie sich von dir in die Karten schauen und sich die Tour vermasseln lässt.«

»Welche Tour?«

Galen schenkte sich eine Tasse Kaffee ein. »Im Grunde hat alles ganz vielversprechend angefangen. Ich wollte erst nicht mitmachen, aber es war eine interessante ...«

Der Schädel war weg.

Diaz fing an zu fluchen, als er das Skelett sah.

»Offensichtlich hat Montalvo zugeschlagen«, sagte Nekmon, der mit der Taschenlampe in das Grab hineinleuchtete. »Glauben Sie, die Schädelrekonstrukteurin ist noch am Leben?«

»Montalvo hätte sich den Schädel nicht geholt, wenn er nicht jemanden hätte, der die Rekonstruktion für ihn anfertigt.«

»Er ist ein hohes Risiko eingegangen.«

»Allzu hoch kann es ja nicht gewesen sein«, sagte Diaz sarkastisch. »Wenn er in mein Territorium eindringen und im Schatten des Grabmals meiner Mutter einen Schädel stehlen konnte.«

Nekmon blickte auf das Skelett hinab. »Ist das diese Armandariz?«

»Woher soll ich das wissen? Ich sehe bloß einen Haufen Knochen. Aber Montalvo scheint zu glauben, dass es Nalia Armandariz ist, sonst hätte er wohl nicht solche Anstrengungen unternommen, ihren Schädel an sich zu bringen.«

»Kann man eine DNA-Analyse von einem Schädel in Auftrag geben, der jahrelang im Sumpf gelegen hat?«

»Darauf würde ich wetten. Neuerdings kriegt man anhand der DNA ja alles Mögliche raus.« Er wandte sich ab. »Aber das ist nicht der Grund, weshalb Montalvo den Schädel haben wollte. Er weiß genau, in was für Schwierigkeiten ich jedes Labor bringen könnte, das derartige Tests durchführt. Nein, ihr Vater ist ein emotionales Arschloch, und Montalvo will ihn gegen mich aufhetzen.«

»Und was tun wir?«

»Was denken Sie? Wir werfen Erde in das verfluchte Grab und machen uns auf die Suche nach diesem Schädel.«

»In seinem Lager? Sagten Sie nicht, es sei zu gut bewacht, um es anzugreifen?«

»Ich *muss* den Schädel haben. Ich werde alles tun, was dafür nötig ist.«

»Dann brauchen wir Verstärkung aus Bogotá.«

»Idiot. So viel Zeit haben wir nicht. Natürlich fordern wir Verstärkung an, aber wir müssen sofort handeln. Er hat die Frau garantiert nicht hergeholt, damit sie sich jetzt, wo er den Schädel hat, die Beine in den Bauch steht. Wahrscheinlich ist sie längst dabei, ihm ein Gesicht zu verpassen. Wir müssen Zeit schinden.« Er marschierte zum Friedhofstor. »Keine Fehler mehr. Wir müssen Eve Duncan beseitigen.«

Eve kam gerade aus der Dusche, als es an der Tür klopfte. Sie warf sich einen Bademantel über und öffnete die Tür.

»Quinn weiß Bescheid«, sagte Galen. »Du hast es vermasselt.«

»Mist. Wie?«

»Er sagt, du hättest ihm einen nächtlichen Besuch abgestattet und nach diesen Alkoholtüchern gerochen, die du immer benutzt, wenn du an einer Rekonstruktion arbeitest.«

»Wie dumm von mir«, sagte sie ärgerlich. »Mein Gott, bin ich blöd. Ich hätte wissen müssen, dass er den Geruch wiedererkennen würde. So benebelt war er ja nun auch wieder nicht. Ein paar Stunden vorher hat er sogar was über meine Bodylotion gesagt.«

»Besonders intelligent war es nicht«, sagte Galen. »Hättest du mit deinem Besuch nicht bis heute warten können?«

»Doch, natürlich.« Sie schnitt eine Grimasse. »Aber ich wollte es nicht.«

»Weil du das leise Gefühl hast, ihn zu betrügen, wenn du die Rekonstruktion machst?«

Ihre Miene verfinsterte sich. »Ich versuche, ihm das Leben zu retten.«

»Ein äußerst lobenswertes Motiv.« Er schaute ihr direkt in die Augen. »Aber gibt es da nicht noch ein paar andere Gründe, warum du den Auftrag angenommen hast?«

»Na schön, ich wollte es auch für mich. Montalvo hat mir Hoffnung gemacht, und ich bin darauf eingegangen. Das ist völlig in Ordnung, solange niemand anders Schaden nimmt. Ich habe alles getan, um Joe da herauszuhalten.«

»Das würde ich sogar bezeugen. Aber du hättest etwas gerissener sein müssen, um Quinn zu täuschen. Jetzt wirst du Schadensbegrenzung betreiben müssen.«

»Gerissenheit ist nicht meine Stärke.« Sie knabberte auf ihrer Unterlippe. »Wie hat er reagiert?«

»Er ist stinksauer. Was erwartest du? Erst wollte er aufstehen und sofort zu dir rennen. Dann ist er still geworden und hat ziemlich böse ausgesehen.«

Diese Stimmung kannte sie. Am gefährlichsten war Joe, wenn seine erste Wut verraucht war. »Ich schaue bei ihm vorbei, ehe ich in die Bibliothek gehe.« Sie drehte sich um. »Danke, dass du mich gewarnt hast.«

»Ich habe mich schon unter Beschuss nehmen lassen, aber er hat noch einige Munition für dich übrig. Ich kann's ihm nicht verdenken. Wahrscheinlich würde ich genauso reagieren. Du hattest deine Gründe, und es mögen gute Gründe gewesen sein. Aber er mag nicht beschützt werden, und er mag nicht übergangen werden.«

»Pech. Dies ist allein mein Problem, und ich lasse nicht zu, dass er darunter zu leiden hat. Er hat schon genug durchgemacht.«

»Aber jetzt hast du ein anderes Problem: Du musst dafür sorgen, dass er nicht losgeht wie eine lebende Granate und uns alle in die Luft sprengt.« Er wandte sich zum Gehen. »Ich hatte schon eine kleine Kostprobe davon, und ich habe keine Lust, noch ein zweites Mal stillzuhalten. Ich bin geduldig, aber ein Märtyrer bin ich nicht. Bring das in Ordnung, Eve.«

Bring das in Ordnung, dachte sie gereizt, während sie sich hastig anzog und sich mit der Bürste durchs Haar fuhr. Wie sollte sie irgendetwas in Ordnung bringen, wo doch jede Minute ihrer Zeit, jeder einzelne Gedanke in ihrem Kopf der Rekonstruktion von Nalia Armandariz gewidmet sein würde?

Sie sah keine andere Möglichkeit, als ehrlich zu ihm zu sein. Sie hatte keinen Zauberklebstoff zur Hand, mit dem sie alle Stücke, die gerade auseinanderzubrechen schienen, wieder zusammenfügen konnte. Wenn es ihr nicht gelang, ihm ihren Standpunkt begreiflich zu machen, würde sie ihrem Pferd die Sporen geben und weiter voranpreschen; es war das einzige, was sie in dieser Situation tun konnte.

Zehn Minuten später öffnete sie die Tür zu Joes Zimmer. Er saß aufrecht im Bett, und sein Gesichtsausdruck verhieß nichts Gutes.

»Ich musste es tun, Joe«, sagte sie ruhig.

»Das habe ich schon von Galen gehört.« Sein Ton war kalt. »Es wäre nett gewesen, es von dir zu hören.«

»Du hättest mit mir gestritten.«

»Wenn man bedenkt, wie lange wir schon zusammenleben, betrachte ich das als mein gutes Recht.«

»Mag sein.« Sie schüttelte müde den Kopf. »Ich bin es leid, mich mit dir zu streiten, Joe. Wir haben nichts anderes mehr getan, seit diese ganze Geschichte angefangen hat. Du wirst mich nicht umstimmen. Und offensichtlich kann ich dich auch nicht umstimmen. Patt.«

»Das kann ich nicht akzeptieren. Ich *akzeptiere* es nicht.«

»Dann musst du es schlucken und dich damit abfinden«, sagte sie schroff. »Ich werde die Rekonstruktion fertig stellen und sie Montalvo übergeben. Dann fahre ich nach Atlanta zurück und warte darauf, dass Montalvo sich revanchiert. Ich kann nicht anders. Ich muss sehen, ob er sein Versprechen hält. Ich will es wissen, Joe.«

»Willst du dir auch von Diaz die Kehle durchschneiden lassen? Damit musst du nämlich rechnen.«

»Ich riskiere es. Das ist es mir wert. Ich bin ganz nah dran, Joe. Ich war seit Jahren nicht so nah dran, Bonnie zu finden.«

»Du bist blind.«

Sie lächelte unsicher. »Vielleicht. Aber das weißt du seit langem.« Sie drehte sich um und öffnete die Tür. »Ich werde mich nicht ändern.«

»Und ich werde mich nicht zurücklehnen und die Hände in den Schoß legen. Ich werde aus diesem Bett hier aufstehen und mich an Diaz' Fersen heften. Es ist mir egal, was Montalvo mit ihm vorhat. Er ist erledigt.«

Sie drehte sich nicht zu ihm um. »Und ich werde versuchen, dich daran zu hindern.« Sie bemühte sich, mit fester Stimme zu sprechen. »Damit ist die Situation wohl klar.«

»Eve.«

Sie hielt, die Hand schon am Türgriff, inne. »Was?«

»Warum bist du letzte Nacht zu mir gekommen?«

»Warum nicht? Ich komme immer zu dir, wenn es mir nicht gut geht.« Sie holte zögernd Luft. »Aber das kann ich wohl jetzt nicht mehr tun.«

Sie schloss die Tür hinter sich.

Himmel, ihre Augen brannten. So hart und kalt kannte sie Joe sonst gar nicht. Nicht ihr gegenüber. Sie fühlte sich ... allein gelassen.

»Kein schöner Besuch?«

Sie blickte auf und sah Montalvo den Flur entlangkommen.

»Ein schrecklicher Besuch.« Sie räusperte sich, um den schmerzenden Kloß in ihrem Hals loszuwerden. »Ich habe seinen Stolz verletzt. Ich habe ihn verletzt. Manchmal frage ich mich, warum er bei mir bleibt.«

»Ich nicht.« Er lächelte. »Und ich dachte auch nicht, dass er so dumm wäre. Das lässt hoffen.«

»Keine Spielchen, Montalvo. Dazu bin ich nicht in der Stimmung.«

»Spielchen gehören zum Geschäft, nicht zum Privaten.« Er schob sie sanft zur Treppe. »Gehen Sie etwas essen. Miguel wartet auf Sie. Ich möchte nicht, dass Sie mit leerem Magen in die Bibliothek gehen.«

»Ich hatte nicht die Absicht, nichts zu essen. Ich habe harte Arbeit vor mir. Am Ende einer Rekonstruktion ist das anders. Da arbeitet der Instinkt, und alles ist im Fluss ...«

Er nickte und sagte leise: »Danke, dass Sie die Rekonstruktion gestern Nacht noch zugedeckt haben. Das hat es mir heute Morgen erleichtert, dort hineinzugehen.« Seine Lippen zuckten. »Ich hatte keine Ahnung, was für ein Feigling ich bin. Ich hatte regelrecht Angst davor.«

»Ich weiß.« Sie ging die ersten Stufen hinunter. »Aber das sollten Sie nicht. Versuchen Sie, endlich Frieden zu finden.« Sie blieb stehen. »Haben Sie etwas von Diaz gehört?«

»Dies und jenes von meinen Informanten in Bogotá. Er holt sich Verstärkung.«

»Wird er angreifen?«

»Wahrscheinlich.«

»Kann die CIA Ihnen helfen?«

»Warum sollte sie? Für die CIA bin ich genauso lästig wie Diaz. Ich komme alleine klar. Was soll ich mit Quinn machen?«

Sie zögerte; dann traf sie eine Entscheidung. »Er will Diaz an den Kragen. Ich möchte nicht, dass Sie das zulassen. Hindern Sie ihn daran.«

Er hob die Brauen. »Es wird ihm nicht gefallen, dass Sie mich darum bitten.«

»Dann missfällt es ihm eben. Ich will nicht, dass er stirbt.« Sie ging weiter die Treppe hinunter. »Wenn wir Glück haben, ist er zu schwach, um etwas zu unternehmen, aber ich muss Maßnahmen ergreifen, falls er es doch versucht.«

»Und eine dieser Maßnahmen bin ich?«

»Ich kann ihn nicht Tag und Nacht beobachten. Ich werde mit Nalia beschäftigt sein. Passen Sie auf ihn auf.«

»Ein Austausch von Verantwortung – jeder kümmert sich um den Lebensgefährten des anderen?«

»Ja, nur dass meiner noch lebt, und ich möchte, dass es dabei bleibt.« Als sie unten angekommen war, sah sie Miguel quer durch die Halle auf sie zu geeilt kommen. »Bringen Sie mir bitte ein Sandwich und Suppe, Miguel? Und in zwei Stunden noch eine Kanne schwarzen Kaffee.«

Ein paar Minuten später zog sie die Tür der Bibliothek hinter sich ins Schloss. Die Tränen waren getrocknet, doch die Traurigkeit blieb. Sie hatte das Gefühl, der Graben zwischen Joe und ihr wurde mit jedem Wort, das sie sagten, breiter und tiefer.

Sie ging zur Staffelei und nahm das Tuch von der Rekonstruktion. »Du stiftest ganz schön viel Ärger, Nalia. Du erinnerst mich an eine der Frauen am Hof Camelots, um die alle Ritter sich stritten. Und ich bin einer der Ritter, die versuchen, dich ...«

Camelot.

Jane hatte bei ihrer Ausstellung von Camelot gesprochen. Camelot und MacDuff's Run.

Jane.

Eine Welle der Panik stieg in ihr auf. Bestimmt ging es ihr gut. Montalvo hatte versprochen, ihre Familie zu schützen.

Egal. Sie musste mit Jane sprechen, ihre Stimme hören. Sie holte ihr Handy aus der Hosentasche und wählte Janes Nummer.

Keine Antwort. Keine Mailbox. Nichts.

Ganz ruhig bleiben. Sie konnte es später noch einmal versuchen.

Sie wandte sich wieder dem Schädel zu. Konzentration. Nicht die Nerven verlieren. Nachdenken. Sicher gab es einen Grund, warum Jane nicht ...

Ihr Handy klingelte.

Unbekannter Teilnehmer.

»Hallo.«

»Ich hoffe, Montalvo bezahlt dich gut.« Es war eine tiefe Männerstimme mit leichtem Akzent. »Bestattungskosten können heutzutage immens hoch sein.«

»Wer spricht da?«

»Aber ich übernehme sie gerne für dich. Du kannst dir das Grab mit den Überresten seiner Frau teilen.«

»Diaz?«

»Ja, Ramon Diaz, du Schlampe. Du spielst im falschen Team. Soll ich dir sagen, was ich mit dir anstelle, wenn du weiter für Montalvo arbeitest?«

»Ich höre mir Ihre Drohungen nicht an, Diaz.«

»O doch. Ich lasse dich ein, zwei Wochen am Leben, damit meine Männer ein bisschen Spaß haben. Dann töte ich dich. Langsam. Ganz langsam.«

»Und werfen Sie mich dann auch in den Sumpf, wie Sie es mit Nalia Armandariz gemacht haben? Das war ziemlich dumm. Sie ist zurückgekommen, um Sie zu verfolgen.« Es gelang ihr, mit kühler, fester Stimme zu sprechen. »So wie ich es tun werde. Ich bringe Nalia nach Hause, und Sie können nichts dagegen unternehmen.«

»Oh, es gibt durchaus etwas, was ich dagegen unternehmen kann. Du hast schon eine Tochter verloren. Wie wär's mit der anderen?«

Sie erstarrte. »Wovon reden Sie?«

»So ein hübsches Kind. Nicht mein Typ. Ich mag lieber jüngere und weniger unabhängige Frauen. Aber es gibt viele Bordelle, die darauf spezialisiert sind, den Willen der Frauen zu brechen, die ich ihnen schicke.«

»Sie *können* ihr nichts tun. Ich bringe Sie um, wenn Sie ihr auch nur ein Haar krümmen.«

»Ah, da habe ich dir einen Schrecken eingejagt, was? Ich finde immer einen Weg, mir zu holen, was ich brauche.«

»Scheißkerl.«

»Ich fange an, mich über dich zu ärgern. Ich glaube kaum, dass du das willst. Lass die Finger von dem, was du da tust, und fahr nach Hause. Und zwar sofort – dann bleibt deine Tochter vielleicht am Leben. Versprechen kann ich allerdings nichts. Es ist schwer aufzuhören, wenn ein Plan erst einmal in Gang gekommen ist.« Er legte auf.

Eves Herz klopfte so heftig, dass sie kaum atmen konnte. Ihr Finger zitterte, als sie auf die Trenntaste drückte.

Bastard. Widerlicher Scheißkerl.

Jane.

Sie wählte noch einmal Janes Nummer.

Keine Antwort. Keine Mailbox.

O Gott.

Sie legte auf und rannte zur Tür.

Miguel kam ihr mit einem Tablett in der Hand entgegen. »Ich bringe Ihnen etwas zu essen. Ich hoffe …«

»Holen Sie Montalvo«, zischte sie. »Ich will ihn sprechen – sofort.«

Miguel schaute sie an und stellte das Tablett ab. »Sofort. Kann ich sonst noch etwas für Sie tun?«

»Holen Sie einfach Montalvo.«

Er drehte sich um und ging rasch den Flur hinunter.

Sie versuchte es erneut bei Jane.

Nichts.

Mach, dass es ihr gut geht. Bitte mach, dass es ihr gut geht.

»Was ist passiert?« Montalvo eilte zur Tür herein. »Wie kann ich Ihnen helfen?«

»Sie haben gesagt, Sie würden meine Familie beschützen. Sie haben es mir versprochen.«

»Ja, das habe ich.« Er schaute ihr forschend ins Gesicht. »Sagen Sie mir, was los ist.«

»Ach, nichts weiter. Außer dass Diaz gesagt hat, er würde meine Tochter in eins seiner Lieblingsbordelle stecken.«

Er wurde starr. »Er hat Sie angerufen?«

»Ja. Jetzt sagen Sie mir bitte, dass meine Tochter in Sicherheit ist und der Scheißkerl lügt.«

»Sie ist in Sicherheit. Er lügt.«

Sie blickte ihm direkt in die Augen. »Beweisen Sie es mir. Sie geht nicht an ihr Telefon.«

Er holte sein Handy aus der Tasche und wählte eine Nummer. »Montalvo. Bitte geben Sie mir Jane Mac Guire.« Er hielt Eve das Telefon hin. »Der Beweis.«

»Eve?«

Es war eindeutig Janes Stimme. Eve lehnte sich erleichtert mit dem Rücken gegen die Wand. »Gott sei Dank. Geht es dir gut, Jane?«

»Ja, alles okay. Ich kriege hier nur langsam einen Hüttenkoller. Hoffentlich bist du bald fertig und kommst wieder her.«

»Wo bist du denn?«

»In einem sicheren Versteck – irgendein Haus in Tucson, das Venable ausgesucht hat. Es ist ganz nett hier, und sie haben mir Leinwand und Farben gegeben, damit ich beschäftigt bin.«

»Venable?«

»Wusstest du nicht, dass er das in die Hand genommen hat?«

»Nein.«

Schweigen. »Geht es dir gut, Eve?«

»Ich hatte Angst um dich.«

»Mir geht's gut. Aber wenn du das nächste Mal einen so brisanten Auslandsjob annimmst, möchte ich mitkommen. Ich langweile mich zu Tode.«

»Tut mir leid.« Sie räusperte sich. »Ich bemühe mich, hier so schnell wie möglich fertig zu werden. Ich rufe dich an. Mach's gut, Jane. Ich hab dich lieb.«

Sie drückte die Trenntaste und wandte sich an Montalvo. »Die CIA?«

Er nickte. »Ich habe einen Deal mit ihnen gemacht.«

»Was für einen Deal?«

»Ich habe Venable versprochen, einem bestimmten Diktator auf seiner Hitliste keine Waffen zu verkaufen. Dafür hat er mir versprochen, auf Ihre Tochter und Ihre Mutter aufzupassen. Möchten Sie Ihre Mutter anrufen? Sie ist in einem Haus in Griffin, Georgia, untergebracht.«

»Wie hat Venable die beiden überreden können, sich zu verstecken?«

»Sie lieben Sie. Er hat ihnen gesagt, es wäre besser für Sie, wenn sie in Sicherheit wären.«

»Und wie lange sind sie schon in diesen Häusern?«

»Seit der Nacht, in der auf Sie und Quinn geschossen wurde. Da habe ich beschlossen, Vorsichtsmaßnahmen zu ergreifen.«

»Warum die CIA?«

»Weil Sie ihr vertrauen. Und Ihre Tochter und Ihre Mutter auch.« Er zuckte die Schultern. »Ich vertraue ihr zwar nicht sonderlich, aber ich lasse die Häuser zusätzlich von meinen eigenen Leuten beobachten. Und denen vertraue ich.«

»Warum konnte ich Jane auf ihrem Handy nicht erreichen?«

»Venable wollte nicht riskieren, dass Diaz es ortet. Ich gebe Ihnen die Nummer des Hauses. Zufrieden?«

Sie nickte langsam. »Ich hatte Angst.«

Seine Lippen wurden schmal. »Genau das wollte Diaz erreichen. Was hat er sonst noch gesagt?«

»Er meinte, wenn ich weiter an der Rekonstruktion arbeite, würde er dafür sorgen, dass ich das Grab mit Nalia Armandariz teile. Nach gebührender Qual und Demütigung, versteht sich.«

»Klar.« Er blickte ihr in die Augen. »Unter diesen Umständen hätte wohl jeder Angst. Was werden Sie tun?«

»Ich werde mir Mühe geben, so schnell wie möglich fertig zu werden. Ich will, dass diesem Scheißkerl das Handwerk gelegt wird. Er bedroht Menschen, die ich liebe.« Sie drehte sich um und ging zur Bibliothek zurück. »Und jetzt lassen Sie mich allein, damit ich arbeiten kann.«

»Gleich.« Er nahm das Tablett, das Miguel hastig auf einer Kommode abgestellt hatte, und trug es in die Bibliothek. Dort setzte er es auf dem Tisch neben dem Ledersofa ab. »Miguel war sehr besorgt, weil Sie so streng mit ihm waren und mich so dringend sprechen wollten. Es wird ihn beruhigen, wenn ich ihm ein leeres Tablett zurückbringe. Würden Sie ihm den Gefallen tun?«

Sie nickte. »Ich habe Ihnen doch gesagt, dass ich nicht

vorhabe, nichts zu essen. Ich passe schon auf mich auf. Das ist Teil des Jobs.«

Er lächelte. »Sehen Sie zu, dass Sie diesen Teil genauso gut erledigen wie den Rest.« Er wandte sich zum Gehen. »Und rufen Sie mich, wann immer Sie mich brauchen.«

Sie setzte sich hin und nahm den Deckel vom Tablett. »Ich glaube, ich habe bereits bewiesen, dass ich in dieser Hinsicht keinerlei Scheu habe.«

Sie hörte ihn leise lachen, als er die Bibliothek verließ.

11

»Wir können Jane MacGuire nicht finden«, sagte Nekmon, als er ins Büro kam. »Sie ist vor ein paar Nächten aus dem Hotel in Phoenix verschwunden.«

Diaz stieß einen Fluch aus. Eve Duncans Reaktion auf die Drohung, die er am Abend zuvor gegen ihre Adoptivtochter ausgesprochen hatte, war sein stärkster Anhaltspunkt gewesen. Montalvo hatte wahrscheinlich von dieser Schwäche gewusst und sich beeilt, seine Position zu festigen. »Finden Sie sie.«

»Wir sind schon auf der Suche.« Nekmon zögerte. »Sendak ist hier.«

»Hat er es mitgebracht?«, fragte Diaz.

»Er behauptet es jedenfalls.« Nekmon trat nervös von einem Fuß auf den anderen. »Ich habe es nicht nachgeprüft.«

Diaz lächelte hämisch. »Feigling.«

»Soll ich ihn reinholen?«

»Ich bitte darum.« Er lehnte sich in gespannter Erwartung in seinem Stuhl zurück. Jane MacGuire war nicht der einzige Pfeil in seinem Köcher. Eve Duncan saß dort hinter den hohen Mauern und wiegte sich in Sicherheit. Doch sie würde niemals in Sicherheit sein.

Montalvo würde schon noch begreifen, dass Diaz sich nicht aufhalten ließ.

Am nächsten Abend traf Galen Eve in der Eingangshalle, als sie gerade hinaufgehen wollte, um zu duschen und etwas zu essen, ehe sie die Arbeit fortsetzte.

»Endlich kommst du mal aus deiner Höhle raus«, sagte er. »Miguel hat den ganzen Tag niemanden zu dir hineingelassen.«

»Ich habe ihn nicht darum gebeten. Aber ich bin froh, dass ich nicht gestört wurde. Ich muss mich unbedingt konzentrieren, um alle Messungen genau hinzukriegen.«

»Hast du Quinn heute schon gesehen?«

»Nein.« Sie schaute weg. »Wir sind uns einig, dass wir uns uneinig sind, und er wird kaum wollen, dass ich einfach so bei ihm vorbeischaue. Ich habe Miguel gefragt, und er sagt, Joe habe eine ruhige Nacht verbracht.«

Galen pfiff leise durch die Zähne. »Ich dachte, Quinn sei darauf aus, in Höchstgeschwindigkeit wieder einsatzfähig zu sein.«

»Und ist er es?«

»Heute Morgen war er jedenfalls schon mal auf den Beinen, und heute Nachmittag auch. Vor dem Abendessen hat er auf dem Stuhl am Fenster gesessen und mich nach den Details von Diaz' Organisation befragt.«

»Und du hast sie ihm gegeben?«

»Er würde das meiste auch ohne mich herausfinden. Mir ist es lieber, wenn er präzise Informationen hat.«

Das war Eve im Prinzip auch lieber, doch die Nachricht, dass Joe allmählich wieder zu gewohnter Form auflief, erfüllte sie mit panischer Angst. »Wie lange habe ich noch Zeit?«

»Bei jedem anderen Mann würde ich sagen, vielleicht vier Tage. Bei Quinn ...« Er zuckte mit den Schultern. »Wie gesagt, er ist hoch motiviert. Wie kommst du mit der Rekonstruktion voran?«

»Offenbar nicht schnell genug. Ich muss wohl noch mehr Gas geben.«

»Ich habe das Gefühl, dass du's übertreibst. Wie lange hast du letzte Nacht geschlafen?«

»Ich weiß es nicht. Vier Stunden, vielleicht auch fünf. Genügend.«

»Du hast gesagt, du musst absolut präzise arbeiten. Brauchst du nicht einen klaren Kopf, damit du ...«

»Ich habe einen klaren Kopf, verdammt. Was erwartest du von mir? Dass ich acht Stunden seelenruhig schlafe, während Joe ...« Sie hielt inne und holte tief Luft. »Ich werde schlafen, wenn Nalia fertig ist.« Sie ging die Treppe hoch. »Und jetzt muss ich mich waschen und etwas essen, damit ich weiterarbeiten kann.«

Du lieber Himmel – Joe wieder auf den Beinen. Joe stündlich mehr bei Kräften. Welche Ironie! Normalerweise wäre sie angesichts seiner Fortschritte überglücklich gewesen; jetzt nicht. Jetzt machte sie sich einerseits Sorgen, dass er zu wenig Rücksicht auf sich nahm und einen Rückfall erleiden würde. Und andererseits hatte sie panische Angst, dass er in Aktion treten würde, bevor sie mit der Rekonstruktion fertig war.

Wenn sie weiter mit Lichtgeschwindigkeit arbeitete, würde ihm letzteres allerdings nicht gelingen, dachte sie. Sie würde sich nur minimale Pausen erlauben und Montalvo seinen Beweis liefern, ehe Joe die Chance hatte, sich an Diaz' Fersen zu heften.

»Ich möchte Sie sprechen, Eve.« Soldono erhob sich von der Bank gegenüber ihrer Zimmertür. »Und Miguel wollte mich nicht in die Bibliothek lassen.«

»Miguel muss ja sehr überzeugend gewesen sein. Offenbar hat sich vor meiner Tür eine regelrechte Schlange gebildet.«

»Wenn Sie eine Pistole überzeugend nennen wollen.«

Sie starrte ihn ungläubig an. »Er hat seine Waffe auf Sie gerichtet?«

»Nein. Er hat nur auf die Pistole in seinem Halfter geschaut und gesagt, er habe Anweisung, mit allen Mitteln dafür zu sorgen, dass Sie nicht gestört werden.«

»Er hat geblufft.«

»Ich habe ihn in Aktion gesehen. Ich wollte es nicht darauf ankommen lassen.« Er schwieg einen Moment. Dann fuhr er fort: »Ich wollte Ihnen nur sagen, dass ich höchstwahrscheinlich eine Möglichkeit gefunden habe, Sie aus dem Lager zu bringen, wenn Sie es wollen.« Er schnitt eine Grimasse. »Ich wünschte, ich hätte diese Möglichkeit schon nutzen können, als Montalvo Gonzales hier gefangen hielt. Dann wäre uns der ganze Schlamassel vielleicht erspart geblieben.«

»›Was-wäre-wenn‹-Geschichten interessieren mich nicht, Soldono. Es ist nicht so gewesen, und jetzt habe ich eine andere Richtung eingeschlagen.« Sie öffnete ihre Zimmertür. »Und solange Montalvo Wort hält und meine Familie beschützt, arbeite ich weiter an der Rekonstruktion und werde sie ihm mit rosa Schleifchen überreichen. Bisher scheint Venable seine Sache gut zu machen.«

»Venable?«

»Sie wussten nicht, dass Venable eine Einigung mit Montalvo getroffen hat und Jane und meine Mutter beschützt?«

»Er ist mein Boss, und er teilt längst nicht jeden Aspekt seiner Fälle mit mir. Ich bin nur ein Arbeitssklave.« Er schüttelte bewundernd den Kopf. »Dieser gerissene Hund. Montalvo hat an alles gedacht, oder?« Er wandte sich zum Gehen. »Falls Sie es sich anders überlegen, geben Sie mir Bescheid. Aber möglichst frühzeitig. Es bedarf einiger Vorbereitung.«

»Ich weiß nicht, wie ich Ihnen frühzeitig Bescheid geben soll, wenn es brennt.« Sie zog die Tür hinter sich ins Schloss.

Nicht an Joe denken.

Nicht die eigene Entscheidung hinterfragen, weil Soldono eine Möglichkeit gefunden hatte, sie hier herauszubringen.

Sie musste sich konzentrieren und schnell arbeiten, damit die Rekonstruktion fertig wurde.

Zehn Minuten später kam sie aus der Dusche und zog sich eilig an.

Sollte sie noch einmal Jane anrufen und mit ihr reden, bevor sie hinunterging?

Nein, sie hatte Jane und ihre Mutter schon heute Morgen angerufen. Alles war in Ordnung, und sie würden sich nur Sorgen machen, wenn sie sich zu ängstlich zeigte. Sie würde jetzt etwas essen und dann wieder an die Arbeit gehen.

Miguel stand vor der Bibliothek Wache, als sie hinunterkam. »Guten Abend.« Sein Lächeln war sonnig. »Ich habe ein Steak für Sie auf dem Rost. Wie mögen Sie es gern?«

»Medium bis durch.« Sie öffnete die Tür. »Und meine Freunde haben Sie heute offenbar auch ein bisschen gegrillt.«

»Keine Drohungen. Nur Andeutungen. Galen hat mich auch so verstanden.«

»Da habe ich keinen Zweifel.«

»Und außerhalb der Bibliothek habe ich sie ja mit Ihnen sprechen lassen.« Er wandte sich zum Gehen. »Bitte vertiefen Sie sich nicht zu sehr in Ihre Arbeit, bevor ich Ihnen Ihr Steak gebracht habe.«

Sie musste lächeln, als sie ihn davoneilen sah. Miguel war ein seltsamer und faszinierender Kerl, und sie begann ihn zu mögen. Sie schloss die Tür und schaltete die Lampe ein. Die Sonne war inzwischen untergegangen, und es war dunkel geworden. Sie hatte die Rekonstruktion wieder mit dem schwarzen Tuch verhüllt, wie sie es immer tat, ehe sie die Bibliothek verließ. Sie streckte den Arm aus, um es abzuziehen. Montalvo hatte nichts mehr dazu gesagt, und es kostete sie nur eine Sekunde, und wenn es seinen Schmerz in Schach hielt, war es die Mühe …

Zähne gruben sich in das Tuch.

Ein brauner, dreieckiger Kopf schoss auf sie zu.

Sie machte einen Satz nach hinten und ließ das Tuch fallen.

Die Schlange wand sich und schnellte in ihre Richtung.

Sie verfehlte sie um wenige Zentimeter.

Dann sprang sie erneut auf sie zu.

Töte sie. Töte sie. Töte sie.

Eve rannte zum Schreibtisch, packte die Messinglampe und schleuderte sie durch die Luft.

Der Schatten traf die Schlange, doch sie kam weiter auf sie zu geglitten.

Eve rannte zur Tür.

Ehe sie dort war, wurde die Tür aufgerissen.

Montalvo sah die Schlange mit einem Blick und stieß Eve beiseite.

Die Schlange sprang Montalvo an.

Er schoss ihr in den Kopf.

»Mein Gott.« Er atmete schwer, als er auf die Schlange hinabschaute. »Das war knapp.«

»Sie ist immer wieder auf mich losgegangen. Immer wieder.« Sie zitterte am ganzen Leib. »Sie war unter dem Tuch versteckt, das ich immer über die Rekonstruktion hänge. Plötzlich sprang sie ...«

»Hat sie Sie gebissen?«

»Ich glaube nicht. Ich habe nichts gespürt ...«

»Glauben reicht nicht. Ja oder nein.« Er packte sie an den Armen und untersuchte sie genau. »Ich sehe keine Bissspuren.«

»Sie hat ins Tuch gebissen. Ich ... habe es fallen lassen.« Sie schüttelte benommen den Kopf. »Aber sie hat nicht aufgehört. Ich habe noch nie ... Sie ist immer wieder auf mich losgegangen.«

»Schlangen können sehr aggressiv sein.«

»Entsetzlich. Ich ... mag keine Schlangen.«

»Es ist vorbei. Hören Sie auf zu zittern.«

»Gleich. Ich kann nicht ...«

»Himmel.« Er nahm sie in die Arme und hielt sie fest. »Es ist okay. Wehren Sie sich nicht. Ich wollte das nicht tun. Es könnte stören.« Er wiegte sie hin und her. »Aber ich ertrage es nicht, Sie so ...«

Sein Körper war warm und stark, und sie klammerte sich instinktiv an diese Kraft. »Es tut mir leid«, flüsterte sie. »Ich dachte nicht, dass ich – ich hatte solche Angst.«

»Natürlich hatten Sie Angst.« Er strich ihr mit rauer Zärtlichkeit über das Haar. »Schsch, alles ist gut. Niemand wird Ihnen wehtun. Das lasse ich nicht zu.«

Ein paar Sekunden lang rührte sie sich nicht. Es war gut, hier zu stehen und an seiner Kraft teilzuhaben. Gleich würde sie sich aus seinen Armen lösen. Sie brauchte nur noch ein wenig Zeit, um den Schock dieser dunklen, panischen Minuten zu überwinden.

»Was ist denn hier passiert?« Miguel stand in der Tür

und starrte auf die tote Schlange auf dem Boden. »Schon wieder ein Notfall? Ich fange an zu glauben, dass Sie alles tun, damit Sie meine Mahlzeiten nicht essen müssen.«

Sie löste sich aus Montalvos Umarmung. »So weit würde ich dafür auf keinen Fall gehen.« Sie versuchte, mit fester Stimme zu sprechen. »Könnten Sie sie bitte ... entfernen? Ich glaube nicht, dass ich mich konzentrieren kann, solange dieses ... Ding dort liegt.«

»Natürlich.« Miguel musterte die Schlange. »Was ist das für eine, Colonel? Habe ich noch nie gesehen. Sie hätten ja wenigstens den Kopf intakt lassen können, damit ich ...«

»Nein, hätte ich nicht. Es ist eine schwarze Mamba.«

Miguel schüttelte den Kopf. »Das glaube ich nicht. Die gibt es hier in der Gegend nicht.«

»Richtig.«

»Eine Mamba«, wiederholte Eve. Sie hatte mal etwas darüber gelesen, doch sie konnte sich nicht an die Einzelheiten erinnern. »Giftig.«

»Extrem.« Montalvo wandte sich an Miguel. »Durchsuch den Raum und schau nach, ob sie einen Freund mitgebracht hat. Sei vorsichtig.«

»Keine Sorge. Ich möchte noch alt und weise werden.« Er lächelte listig. »So wie Sie, Colonel.«

»Wenn du mich weiter so nervst, lebst du kein Jahr mehr.« Montalvo zog Eve in den Flur. »Bleiben Sie hier, bis er fertig ist. Ich glaube nicht, dass noch eine da ist, aber sicher ist sicher.«

»Ganz Ihrer Meinung. Ich kann warten.« Sie bemühte sich, nicht mehr zu zittern. »So einer Schlange möchte ich so schnell nicht wieder begegnen.«

»Ich sorge dafür, dass das nicht passiert. Wenn Miguel hier fertig ist, schicke ich ihn in Ihr Schlafzimmer.«

Sie befeuchtete sich die Lippen. »Sie glauben nicht, dass das Tier sich aus dem Dschungel hierher verirrt hatte, oder?«

»Die Wahrscheinlichkeit ist verschwindend gering. Mambas findet man fast ausschließlich in Afrika. Es gibt auch hier Giftschlangen, aber sie sind nicht annähernd so gefährlich wie die schwarze Mamba.«

»Sie war gar nicht schwarz. Eher braun-grau.«

»Der Rachen ist schwarz. Komisch, dass Ihnen das nicht aufgefallen ist.«

»Auf Farben habe ich in dem Moment nicht so geachtet. Wie gefährlich ist sie?«

»Es ist die gefährlichste Schlange der Welt. Wenn man sie in Ruhe lässt, verzieht sie sich, aber sobald sie sich in die Enge getrieben fühlt, greift sie an, wieder und wieder. Als Sie das Tuch weggezogen haben, muss sie sich bedroht gefühlt haben. Sie standen ihr ja quasi Auge in Auge gegenüber. Ihr Gift greift das Atmungssystem an und ist fast hundertprozentig tödlich, es sei denn, es ist eine Klinik in der Nähe, die das Gegengift hat.«

»Meine Güte«, flüsterte sie. »Kann man einen solchen Biss denn überhaupt überleben?«

»Die meisten sterben daran. Vor allem, wenn sie am Hals oder am Oberkörper gebissen werden. Das Gift ist dann schnell bei den lebenswichtigen Organen. Zu schnell, um rechtzeitig medizinische Hilfe zu holen.« Er schaute sie besorgt an. »Sie sind immer noch ganz blass. Setzen Sie sich hin.« Er drückte sie auf einen Stuhl neben der Tür. »Ich hole Ihnen einen Drink.«

»Nein, Kaffee. Nur Kaffee.« Sie lehnte sich zurück. »Diese Schlange sollte mich am Oberkörper erwischen. Sie war fast auf gleicher Höhe mit mir. Sie muss unter der Rekonstruktion eingerollt gewesen sein.« Sie schauderte bei dem Gedanken daran, wie der dreieckige Kopf auf sie zugeschossen war. »Ich habe wohl instinktiv den Arm hochgerissen, um mich zu schützen; das könnte mich gerettet haben. Ich hatte das Tuch in der Hand …«

»Und die Mamba hat das Tuch erwischt anstatt Sie.« Er reichte ihr den Kaffee. »Gott sei Dank.«

Ja, Gott sei Dank, dachte sie. »Wie ist sie dahin gekommen? Durch die Terrassentür?«

»Wahrscheinlich. Aber nicht von selbst. Jemand muss sie in die Bibliothek getragen und unter dem Tuch versteckt haben.«

»Einer von Diaz' Männern?«

Er schüttelte den Kopf. »Das Lager ist zu gut gesichert und bewacht, als dass einer seiner Leute einfach aus dem Dschungel hereinspazieren und ein solches Paket hier deponieren könnte.«

»Es ist aber passiert.«

»Nicht auf eine so einfache Art. Das riecht nach Bestechung.«

»Sie glauben, er hat einen Ihrer Leute geschmiert?«

»Ich hoffe, ich irre mich.« Seine Miene verfinsterte sich. »Aber ich fürchte, so ist es. Eine andere Erklärung fällt mir nicht ein.«

»Keine weiteren Schlangen.« Miguel kam aus der Bibliothek. »Die Mamba war sehr groß, fast fünf Meter lang, und bestimmt hatte sie eine Riesenladung Gift im Gepäck. Sendak?«

»Darauf würde ich wetten. Er hat die Schlange Diaz' Maulwurf hier im Lager gegeben, damit er sie unter das Tuch steckt.«

»Wer ist Sendak?«, fragte Eve.

»Ein Äthiopier, der gegen sehr hohe Summen Schlangen verkauft. Ich bin ihm über die Jahre ein paar Mal begegnet. Einer seiner kleinen Freunde hat mal einen Kunden getötet, der sich für einen von Diaz' Rivalen als lästig erwiesen hatte. Ich bin sicher, Diaz war fasziniert von dieser Möglichkeit.«

»Ich gehe rauf und schaue in ihrem Zimmer nach«, sagte Miguel. »Wir wollen schließlich nicht, dass sie einen ungebetenen exotischen Gast bei sich im Bett hat.«

»Nein, das wollen wir nicht.« Montalvos Blick ruhte auf ihrem Gesicht. »Sie haben Angst. Genau das wollte er erreichen. Er wollte, dass Sie sich nicht mehr sicher fühlen und an meiner Fähigkeit zweifeln, Sie zu beschützen.«

»Wenn einem eine Mamba an die Gurgel springt, kann das schon passieren«, sagte sie trocken.

»Wie groß ist Ihre Angst? Wie viel Schadensbegrenzung muss ich betreiben?«

»Sie sind unmöglich.« Sie stand auf. »Vergessen Sie Ihre Schadensbegrenzung. Ich werde nicht besonders gerne von Schlangen angegriffen, aber ich lasse mich von Diaz nicht einschüchtern. Kümmern Sie sich um die Sicherheit meiner Familie und finden Sie den Schlangenbeschwörer, der die Mamba zu Nalia unter das Tuch gesteckt hat. Ich erledige meine Arbeit.«

»Da bin ich mir sicher.« Ein leises Lächeln spielte um seine Lippen. »Und Sie können sicher sein, dass ich sehr bald herausfinde, wer der Judas in meinem Lager ist. Er wird Sie nicht noch einmal belästigen.«

Der letzte Satz klang bedrohlich. »Ich habe nicht gesagt, dass Sie ihn töten sollen. Ich möchte nur weiterarbeiten können, ohne dass die ganze Zeit ein Damoklesschwert über mir schwebt.«

»Das kann ich Ihnen so bald nicht versprechen. Die Bedrohung bleibt, solange Diaz am Leben ist.«

»Montalvo. Wissen Sie noch, dass ich einmal gesagt

habe, ich fände es lächerlich, dass Sie im Haus mit einer Waffe rumlaufen?«

»Ja.«

»Streichen Sie das aus Ihrem Gedächtnis. Ich war heute Abend verdammt froh, dass Sie eine Waffe dabeihatten.«

»Ich auch.« Er drehte sich um und ging davon.

Sie holte tief Luft, riss sich zusammen und ging in die Bibliothek zurück.

Alles war so sauber und ordentlich, als hätte der Vorfall gar nicht stattgefunden. Miguel hatte ganze Arbeit geleistet. Die sterblichen Überreste der Schlange waren verschwunden. Die Lampe, die sie nach der Schlange geworfen hatte, stand wieder auf dem Schreibtisch. Sogar das Tuch war weg.

Sie ging zur Staffelei und betrachtete Nalia.

Ein sargförmiger, dreieckiger Kopf kam auf sie zu geschossen.

Sie verkrampfte sich und trat instinktiv einen Schritt zurück. Himmel, mit diesem Bild im Kopf konnte sie unmöglich arbeiten.

Na schön, dann musste sie das Ganze noch einmal durchspielen, damit es sie nicht hinterrücks anfallen konnte. Sie schloss die Augen. Die schwarze Mamba greift sie an. Das Tuch fällt ihr aus der Hand. Die Lampe fliegt durch die Luft. Die Schlange kommt. Kommt. Kommt. Montalvo schießt auf die Schlange. Die Schlange ist tot. Keine Gefahr mehr. Keine Gefahr.

Allmählich verebbte die Panik und sie öffnete die Augen. Die Angst konnte noch einmal wiederkommen, doch nicht mehr mit der gleichen Kraft. »Es ist vorbei, Nalia. Wir haben es besiegt. Aber du musst mir helfen, damit es nicht wiederkommt.«

Weiterarbeiten. Den Auftrag zu Ende führen. Sie begutachtete das bisherige Ergebnis ihrer Arbeit. Die Tiefenmarkierungen waren von der Schlange anscheinend nicht in Mitleidenschaft gezogen worden, doch um ganz sicherzugehen, würde sie sie noch einmal überprüfen müssen.

»Okay, auf ein Neues«, murmelte sie. »Es war schlimm, dich dafür zu missbrauchen. Du hast schon genug Schlimmes durchgemacht. Das hättest du nicht auch noch gebraucht.«

Sie begann vorsichtig zu messen.

»Ich habe gehört, du hattest heute Nacht Besuch«, sagte Galen, als sie am nächsten Morgen die Treppe herunterkam. Seine Miene war sachlich. »Du hast Glück gehabt. Ich bin in Afrika mal mit so einer Schlange in Berührung gekommen. Scheußlich.«

»Ich hoffe, du meinst das mit der Berührung nicht wörtlich. Sonst hätte Montalvo gelogen, als er mir sagte, wie gefährlich die Viecher seien.«

»Er hat nicht gelogen. Die Mamba ist bei einem meiner Leute in den Schlafsack gekrochen und hat ihn in den Hals gebissen. Er hatte keine Chance.«

»Mir ist nichts passiert. Aber ich möchte nicht mehr darüber nachdenken.« Sie stutzte. »Woher weißt du davon?«

»Miguel. Er hat es Soldono und mir gestern Abend erzählt, nachdem er dein Zimmer durchsucht hatte. Er meinte, wir sollten auch in unseren Zimmern nachschauen, falls du nicht die einzige Zielscheibe bist.«

»Weiß Joe Bescheid?«

Er schüttelte den Kopf. »Ich wollte ihn nicht beunruhigen. Ich habe sein Zimmer selber durchsucht, während er schlief. Er hat genug Probleme damit, wieder fit zu werden. Er kann keine zusätzliche Aufregung gebrauchen.«

»Wie geht es ihm?«

»Warum gehst du nicht zu ihm und verschaffst dir selbst einen Eindruck?«

»Damit wir uns wieder streiten? Nein, danke. Es fällt mir so schon schwer genug, mich zu konzentrieren.«

»Kein Wunder, oder? Es passiert dir sicher nicht jeden Tag, dass eine schwarze Mamba auf deiner Rekonstruktion hockt und dich anspringt.«

Und er wusste noch nicht einmal, dass Diaz gedroht hatte, Jane etwas anzutun, dachte sie. »Nein, das kommt nicht allzu häufig vor.«

»Hast du schon gefrühstückt? Ich gehe kurz etwas essen, bevor ich Quinn sein Tablett bringe.«

»Miguel hat mir ein Tablett aufs Zimmer gebracht.« Sie lächelte. »Er meinte, nur so könne er sicher sein, dass ich etwas essen würde.«

Er musterte sie. »Du siehst wirklich etwas hohlwangig aus. Bekommst du genug Schlaf?«

Sie hatte in der letzten Nacht drei Stunden geschlafen. Sie war nervös und aufgekratzt gewesen und hatte einfach nicht abschalten können. »Ausreichend. Schlafen kann ich später noch,« sagte sie und ging in Richtung Bibliothek. »Sie lässt mich jetzt nicht schlafen. Ich bin schon zu nah dran.«

»Sie?«

»Die Arbeit. Die Rekonstruktion.«

»Es klang aber wesentlich intimer.«

»Es ist auch ein intimes Gefühl, wenn ich an einem Schädel arbeite. Es ist ein menschliches Wesen, Herrgott.«

»Wie weit bist du?«

»Ich müsste heute Abend oder morgen früh mit der Feinarbeit anfangen können.«

Sie blieb vor der Bibliothek stehen. »Kannst du Joe noch so lange davon abhalten, irgendetwas zu unternehmen?«

»Ich versuch's. Aber versprechen kann ich es dir nicht.«

»Es ist nur noch ein Tag.«

»Aber du weißt nie, wann du es das nächste Mal mit einem lästigen Reptil zu tun bekommst. Das könnte zu Verzögerungen führen.«

»Montalvo sagt, es wird keine weiteren Störungen geben. Er hat mir versprochen, herauszufinden, wer von seinen Männern Schmiergeld genommen und die Schlange in die Bibliothek geschmuggelt hat.«

»Ich bin sicher, dass er tut, was er kann. Miguel meinte, Montalvo hätte die ganze Nacht gearbeitet, sich die Personalakten angeschaut und versucht, die schwachen Stellen ausfindig zu machen. Wenn er die Schlange findet, die er an seinem Busen genährt hat, ist alles gut.« Er lächelte. »Ist dir schon mal aufgefallen, wie viele Redewendungen mit Schlangen es gibt? Unsere Kultur scheint von ihnen besessen zu sein.«

Und sie wusste nicht, ob sie diese Redewendungen jemals wieder würde hören können, ohne sich an den Moment zu erinnern, als die Mamba sie ansprang. »Ich würde sie von jetzt an lieber ignorieren.«

»Das kann ich verstehen.« Galen drehte sich um und ging zum Frühstücksraum. »Aber Montalvo wird den Vorfall nicht ignorieren, und Quinn auch nicht, sobald er davon erfährt.«

Sie wollte gar nicht, dass Montalvo den Vorfall ignorierte, dachte sie, als sie die Tür öffnete. Sie wollte in dieser hochsensiblen Phase ihrer Arbeit von jeder Unterbrechung verschont werden, und es war seine Aufgabe, das zu gewährleisten. Doch sie hoffte inständig, dass niemand Joe erzählen würde, was passiert war. Joe war der …

Sie hielt inne.

Montalvo saß am Schreibtisch und starrte die Rekonstruktion an. »Guten Morgen, Eve.« Er wandte den Blick nicht von dem Schädel. »Ziemlich grausig, nicht wahr?«

»Eigentlich nicht. Aber den meisten Leuten erscheint es wohl so.«

Seine Lippen zuckten. »Aber ich bin nicht die meisten Leute, oder? Ich habe sie geliebt. Ich habe Jahre damit zugebracht, sie zu rächen. Und trotzdem schaue ich mir … dies an und kann keinerlei Zärtlichkeit empfinden. Es sieht aus wie das Cover einer Horror-DVD.«

»Wenn sie noch am Leben wäre und entstellende Narben hätte, würden Sie dann genauso empfinden?«

»Nein.«

»Es ist das Gleiche. Sie ist nicht mehr bei uns, aber Ihre Erinnerung an sie ist hier. In den ersten Stadien ist eine Rekonstruktion nie schön. Deshalb wollte ich, dass Sie sie erst am Schluss sehen. Ich hatte kein Tuch, sonst hätte ich sie letzte Nacht verhüllt.«

»Ich habe Miguel gebeten, Ihnen kein neues zu geben.«

»Warum wollen Sie …« Dann dämmerte es ihr. »Die Schlange. Sie dachten, ich würde jedes Mal an die Schlange erinnert werden, wenn ich es abnehme.«

»Eine ganz natürliche Reaktion. Sie brauchten das Tuch nicht. *Ich* habe es gebraucht. Also dachte ich, ich komme her und begegne ihr von Angesicht zu Angesicht.«

»Das ist keine Begegnung mit ihr. Sie verstehen sie nicht. Dies hier ist sie nicht.« Sie setzte sich auf die Schreibtischkante und betrachtete Nalia. »Ich würde sie Ihnen gerne erklären. Die kleinen Stäbe, die sie wie eine Voodoo-Puppe aussehen lassen, sind Gewebetiefenmarkierungen. Es gibt über zwanzig Punkte am Schädel, deren Gewebetiefe bekannt ist. Und es gibt anthropologische Tabellen, die für jeden Punkt einer kaukasischen Frau mit durchschnittlichem Körpergewicht ein konkretes Maß angeben. Wenn ich die Gewebetiefe kenne, nehme ich Plastilinstreifen, bringe sie zwischen den Markierungen an und fülle dann die Zwischenräume aus.« Sie berührte sanft die Nasenhöhle. »Die Nase ist immer besonders schwierig. Ich muss dafür sorgen, dass die Messungen am Nasenrücken und an den Öffnungen sehr präzise sind. Sie bestimmen alles andere, die Länge, den Winkel der Nase. Aber es ist alles da, man muss nur hart genug arbeiten. Die Knochen sagen uns, was wir wissen müssen, wenn wir nur zuhören. *Sie* sagt es uns, Montalvo. Sie hat nichts Grausiges an sich. Sie ist die Frau, die Sie geliebt haben. Wir müssen nur den Schleier wegziehen.«

»Und was passiert, wenn Sie mit dem Messen fertig sind?«

Sie schaute ihn an und sah, dass sein Blick nicht länger auf dem Schädel, sondern auf ihrem Gesicht ruhte.

»Dann beginne ich mit der letzten Phase, dem eigentlichen Modellieren. Das ist der Punkt, an dem der Instinkt den Verstand ablöst.«

Er schwieg einen Moment. »Ich wäre gern dabei, wenn Sie diesen Punkt erreichen. Wenn es Ihnen nichts ausmacht.«

»Es macht mir nichts aus. Ich merke wahrscheinlich

gar nicht, dass Sie im Raum sind. Aber erwarten Sie nicht, dass ich Ihnen Bescheid gebe. Manchmal ist der Zeitpunkt nicht kalkulierbar.«

»Sie überlassen sich dem Fluss?«

»Das klingt sehr angenehm und träge. Aber dieser Fluss ist eher wie ein Lavastrom nach einem Vulkanausbruch.«

Er stand auf. »Ich lasse Sie jetzt arbeiten.« Er lächelte. »Ich schaue gelegentlich mal vorbei und messe Ihren Lava-Ausstoß.« Er ging zur Tür. »Danke, Eve.«

»Für den Vortrag über Gesichtsrekonstruktion?«

»Nein, dafür, dass Sie es mir leichter machen zu begreifen, was aus ihr geworden ist.«

»Und ist es mir gelungen?«

»Ja. Ich bin nicht sonderlich spirituell. Ich habe immer in der materiellen Welt gelebt, und irgendwie musste ich mit all dem klarkommen.« Leise fügte er hinzu: »Sie sind eine ganz besondere Frau, Eve.«

»Da haben Sie verdammt recht.« Sie stand auf und stellte sich vor die Rekonstruktion, um die Nasenbeinmarkierung zu kontrollieren. »Aber Sie sind besser im Schlangenvernichten.«

»Erstaunlich, dass sie es schafft weiterzuarbeiten«, sagte Miguel, als er Montalvo auf dem Flur traf. »Sie hat Nerven aus Stahl.«

»Nein. Sie hat Angst, aber sie weiß, was sie will«, sagte Montalvo. »Und deshalb macht sie weiter, egal, was geschieht.« Er ging den Flur hinunter. »Aber sie soll von jetzt an mit nichts anderem mehr zu kämpfen haben als mit der Rekonstruktion. Die Sache mit der Schlange hätte nicht passieren dürfen.«

»Es tut mir leid. Ich will mich nicht rausreden.«

»Herrgott, ich beschuldige dich doch gar nicht. Du trägst nicht für alles die Verantwortung, was hier im Lager geschieht.«

»Wie erleichternd. Auch nicht für die verstopfte Toilette in der Waffenkammer?«

»Miguel.«

Er lächelte. »Kleiner Scherz.«

»Sehr klein. Hast du die Namen von denen, die Diaz gekauft haben könnte?«

»Fascquelo, Ramierez, Gomez und Destando. Alle vier sind erst seit relativ kurzer Zeit bei Ihnen. Sie schienen in Ordnung zu sein, als wir sie aufgenommen haben, und ich habe keinen Beweis dafür, dass sie es nicht mehr sind.« Er hielt inne. »Ich tippe auf Destando. Er spielt sehr viel Poker in den Baracken und hat Schulden. Er redet zwar nicht schlecht über Sie, aber er ist mürrisch.«

»Dafür kann ich ihn nicht erschießen. Bring mir Beweise.«

»Ich werde hart daran arbeiten, welche zu finden.« Er blickte sich zur geschlossenen Tür der Bibliothek um. »Ich weiß ebenfalls, was ich will, Colonel.«

»Sendaks Mamba hat sie nicht erwischt«, sagte Nekmon. »Sie hat letzte Nacht weiterarbeiten können. Unser Mann im Lager sagt, sie ist womöglich bald fertig.«

»Wenn er in der Lage war, eine Schlange in ihrer Nähe zu platzieren, wird er die Schlampe ja wohl auch töten können. Ich habe ihm genug bezahlt.«

»Nicht genug, um ihm die Angst zu nehmen.«

»Immerhin hatte er keine Angst, die Schlange in der Bibliothek zu verstecken.« Diaz fügte sarkastisch hinzu: »Sie würden ja nicht mal einen Blick in den Käfig werfen, wenn Sendak ihn hierherbringen würde.«

»Ich mag keine Schlangen«, sagte Nekmon. »Und ein direkter Zugriff ist schwierig. Montalvo lässt sie den ganzen Tag lang jede Sekunde bewachen. Niemand kann einfach hingehen und sie erschießen.«

»Gift?«

»Miguel Vicente bereitet alle ihre Mahlzeiten zu.«

Diaz fluchte. »Wenn Duarte nicht so versagt hätte, wäre sie jetzt tot und wir hätten dieses Problem nicht. Das Glück war von Anfang an auf Montalvos Seite.«

»Das Glück kann wechseln. Wir brauchen nur irgendeinen Einstieg«, sagte Nekmon. »Ich habe in Phoenix angerufen, und man hat mir versprochen, alle Hotelbesitzer am Ort zu befragen. Jane MacGuire kann sich ja nicht in der untergehenden Sonne aufgelöst haben. Irgendjemand muss den Wagen gesehen, vielleicht ein Nummernschild aufgeschrieben haben. Ich brauche nur eine Nummer, dann können wir den Senator anrufen, den Sie in der Tasche haben, und ihn bitten, eine Suchmeldung an die Highway Patrol zu schicken, um den Wagen zu lokalisieren.«

»Und in der Zwischenzeit wird Eve Duncan mit der Rekonstruktion fertig.«

»Das ist nicht gesagt. In der Parkgarage sind Videokameras installiert. Wenn sie die Garage benutzt haben, könnten wir sie vielleicht bald haben. Ich habe jemanden, der diese Möglichkeit gerade auslotet.« Seine Lippen wurden schmal. »Das ist wesentlich sauberer und effizienter, als so einen afrikanischen Schlangenmenschen einzusetzen. Ich wusste gleich, dass es nicht funktionieren würde.«

»Es hätte funktionieren können.« Diaz' Miene verfinsterte sich. »Und ich mag es überhaupt nicht, wenn man mir hinterher sagt, ›ich hab's doch gewusst‹. Merken Sie sich das, Nekmon.«

»War nicht so gemeint. Soll ich die Suche nach Jane MacGuire fortsetzen?«

»Natürlich. Tun Sie Ihr Bestes«, sagte Diaz. »Ich habe es allmählich satt, von diesem Scheißkerl ausgebremst zu werden. Ich glaube, ich muss mit Jane MacGuire ein Exempel statuieren, um der Duncan zu zeigen, wer hier das Sagen hat.«

»Hervorragende Idee. Wie Sie wünschen.«

»Ganz richtig. Alles, wie ich es wünsche. So sollte es sein.« Er ging zum Fenster und blickte auf den Friedhof unten im Dorf hinab. Das Mondlicht schimmerte auf dem Grabmal seiner Mutter. Wie dumm sie gewesen war. Sie hatte nie begriffen, was für ein besonderer Mensch er war. Von frühester Kindheit an hatte sie ihm gepredigt, er solle auf die Priester hören und demütig sein, dann würde er Größe und Ruhm erlangen. Sie verstand nicht, dass ein Mann selber nach beidem greifen musste. Er hätte sie zur Königin gemacht, wenn sie erkannt hätte, dass sie mit seinem Schicksal nicht hätte spaßen dürfen. Stattdessen hatte sie ihn verraten und zu zerstören versucht.

Und er hatte sie zerstören müssen.

Siehst du, Mutter? Jetzt bin ich König, und ich nehme mir, was ich will. Ich töte, wen ich will. Ich stehe über den Priestern, über deinem Gott.

Und ich lebe, während du tot bist und in der Erde vermoderst.

»Sie lächeln«, sagte Nekmon. »Habe ich etwas verpasst?«

»Ich dachte nur gerade, wenn ich Eve Duncan in die Finger bekomme, sollte ich sie vielleicht eine Rekonstruktion meiner lieben Mutter anfertigen lassen. Meinen Sie nicht, der Schädel meiner reizenden kleinen *madre* wäre eine Zierde für meinen Schreibtisch?«

12

Sie hörte, wie die Tür der Bibliothek auf- und wieder zuging, blickte jedoch nicht von der Rekonstruktion auf. »Ich bin noch bei der Hauptarbeit, Montalvo. Der Endspurt beginnt erst in ein paar Stunden. Sie verschwenden Ihre Zeit.«

»Ich habe viel Zeit zu verschwenden.«

Joe.

Sie wirbelte herum und sah, wie Joe sich vorsichtig auf dem Stuhl neben der Tür niederließ. Er trug Khakihosen und ein dunkles Hemd. Er schien dünner geworden zu sein und war ein wenig blass, doch ansonsten wirkte er kaum verändert. »Wieso bist du aufgestanden?«

»Es war Zeit.« Seine Kiefermuskeln spannten sich. »Höchste Zeit. Das war mein erster Spaziergang, und es ging ganz gut. Die Treppe war allerdings die Pest.«

»Der Rückweg wird noch schwieriger sein.«

»Dann kann mir ja dein Wachhund da draußen helfen. Ich wollte nur wissen, ob ich es schaffe.«

»Du solltest im Bett liegen.«

»Und du solltest zu Hause sein und Rekonstruktionen für die dortige Polizei anfertigen. Wir tun beide nicht, was wir tun sollten. Das hebt sich gegenseitig auf.« Sein Blick blieb an der Rekonstruktion haften. »Du bist schnell vorangekommen. Ist es nicht schwer?«

»Bisher nicht.«

»Und du glaubst, es ist Montalvos Frau?«

»Du weißt, dass ich mir nicht gestatte, irgendetwas zu glauben. Es könnte Nalia sein.«

»Was, wenn sie es nicht ist? Bleibst du dann hier, bis er noch einen Schädel findet und noch einen?«

»Ich denke nicht so weit voraus.«

»Weil du möchtest, dass es Nalia Armandariz ist. Sie ist der Schlüssel zu all deinen Träumen.« Er rutschte auf der Sitzfläche nach vorne und begann sich mit großer Mühe hochzustemmen.

Instinktiv kam sie auf ihn zu, um ihm zu helfen, doch er wies sie mit einem scharfen »Nein!« zurück.

Sie ging trotzdem weiter. Erst als sie seinen eisigen Blick sah, blieb sie stehen. »Lass mich dir doch helfen, Joe.«

»Ich muss es selber schaffen.« Er richtete sich auf. »Heute Nachmittag wird es schon besser sein. Morgen bin ich dann so gut wie gesund.«

»Quatsch.«

»Deine Zuversicht ist beflügelnd.«

»Du bist ein dickköpfiger Vollidiot, und du machst mir Angst.«

»Offenbar nicht genug, um dich von hier wegzuholen.«

»Ich muss das hier zu Ende ...«

»Ist alles in Ordnung?« Montalvo hatte die Bibliothek betreten und schaute Joe aufmerksam an. »Miguel war besorgt, als er Sie in die Bibliothek gehen sah, Quinn. Er meinte, Sie sähen nicht gut aus.«

»Aber er hat nicht versucht, mich daran zu hindern. Galen sagte mir, er bewache hier die Tore.«

»Selbstverständlich würde er Sie nicht anrühren.«

»Weil ich mich nicht verteidigen kann?«

Montalvo lächelte. »Diesem Irrtum würde er nicht

aufsitzen. Wie ich schon sagte, er war nur besorgt.« Er wandte sich an Eve. »Sie sehen ein wenig beunruhigt aus. Kann ich irgendetwas für Sie tun?«

»Nein.«

»Dann gehe ich wieder.« Er suchte ihren Blick und hielt ihn fest. »Aber Sie wissen, dass Sie nur einen Ton zu sagen brauchen.«

Sie nickte unsicher. »Ja, ich weiß.« Ihr Blick wanderte zu Joe zurück, der die Augen zu Schlitzen zusammengekniffen hatte. Er schaute von ihr zu Montalvo und von Montalvo wieder zu ihr. »Joe und ich klären unsere Probleme selbst.«

»Natürlich. Es war nur ein Angebot.« Montalvo drehte sich um und ging zur Tür. »Rufen Sie mich, falls Sie Ihre Meinung ändern.«

»Ja, das tut sie bestimmt«, murmelte Joe, als die Tür hinter Montalvo ins Schloss fiel. »Ich lasse dich jetzt weiterarbeiten. Ich will dich ja nicht stören.«

»Du hast mich wirklich gestört. Wie könnte es auch anders sein? Du machst mir Angst, Joe.«

»Gut. Wenigstens bemitleidest du mich nicht. Das würde mir den Rest geben.«

Sie zuckte zusammen, als die Tür zuknallte. Er war genauso übel gelaunt gewesen, wie sie es sich vorgestellt hatte. Er balancierte am Abgrund entlang und drohte jeden Augenblick hinunterzufallen. Sie hätte ihm so gern geholfen, ihn besänftigt, doch der Preis war zu hoch. Sie hätte dafür auf ihre Chance verzichten müssen, Bonnie wiederzubekommen.

Sie drehte sich um und trat vor die Staffelei. Sie musste mit der Rekonstruktion fertig werden, das war die einzige Art und Weise, wie sie ihnen beiden helfen konnte. Wenn sie schnell genug arbeitete, konnte sie vielleicht Joe und sich selber retten, ehe ihre Beziehung irreparablen Schaden litt.

»Bald holen wir uns den großen Preis, Nalia«, flüsterte sie. »Ich bin allmählich so weit, und ich hoffe, du auch. Ich werde deine Hilfe brauchen …«

»Eine Schulter zum Anlehnen gefällig?« Galen stand am Fuß der Treppe, als Joe aus der Bibliothek kam. »Das sind eine Menge Stufen für so einen quengeligen alten Burschen wie …« Er unterbrach sich und pfiff durch die Zähne. »War nur ein Witz, Mann.«

»Das ist nicht lustig«, zischte Joe. »Ich will nicht hilflos sein. Ich will nicht schwach sein.« Er hielt sich mit einer Hand am Geländer fest und erklomm die ersten Stufen. »Und ich komme allein hier rauf.«

»Wie du meinst.« Galen kam langsam hinter ihm her. »Aber wenn du nichts dagegen hast, begleite ich dich und fange dich auf, falls dir die Beine einknicken.«

»Sie knicken mir nicht ein.«

»Das glaube ich dir sogar. Was immer in der Bibliothek vorgefallen ist – es hat dir offenbar einen Mordsadrenalinstoß verpasst.«

»Das kannst du laut sagen.«

»Ich habe Montalvo vor dir rauskommen sehen. Hattet ihr Streit?«

»O nein. Er ist zu schlau, um sich mit einem Verwundeten anzulegen.« Dann stieß er, ohne Galen anzuschauen, hervor: »Warum hast du mir nicht erzählt, dass er Eve ins Bett zu kriegen versucht?«

»Ist das so?«

»Hör auf mit dem Mist. Dir entgeht doch normalerweise nichts. Und dass zwischen den beiden irgendwas läuft, sieht ein Blinder.«

»Ich habe sie nicht oft zusammen gesehen.«

Und Joe wünschte, er hätte den letzten Blick nicht gesehen, den Montalvo und Eve gewechselt hatten. Er war nicht nur voller Verständnis, sondern auch voller Intimität gewesen. Nein, es war gut, dass er gesehen hatte, was los war, auch wenn es schmerzte. Eve würde ihn nie betrügen, nur weil sie sich sexuell von jemandem angezogen fühlte. Bei ihr müssten alle Gefühle angesprochen sein, und diesen Punkt hatte sie mit Montalvo noch nicht erreicht.

Aber sie waren auf dem Weg dorthin.

Womöglich merkte sie gar nicht, dass sie von Montalvo angezogen wurde wie die Motte vom Licht. Sie hatten beide ein ähnliches tragisches Erlebnis hinter sich, und sie teilten den Wunsch, endgültig damit abzuschließen. Das war ein starkes Band, und es schuf die Grundlage, weitere Facetten an dem anderen zu entdecken, weitere Türen ihrer Beziehung zu öffnen. Herrgott, er sah das alles genau. Er wusste nur nicht, wie er es stoppen sollte.

Jetzt war er auf dem oberen Treppenabsatz angekommen. Galen hatte völlig recht, das Adrenalin war durch seine Adern gerauscht und hatte ihn Schmerz und Schwäche vergessen lassen. So würde es von nun an bleiben müssen – Scheiß auf den Schmerz, Scheiß auf die Schwäche. Montalvo war stark und gesund, und Joe musste sich ihm ebenbürtig zeigen. Das Mitleid würde Eve noch eine Weile an ihn binden, doch dazu sollte es gar nicht erst kommen. Er konnte ihre Beziehung nicht weiter auf so notdürftige Weise zusammenflicken.

»Brauchst du Hilfe?«, fragte Galen.

»Nein, ich schaff's alleine.« Er blieb vor seiner Tür stehen. »Aber später werde ich deine Hilfe brauchen. Kann ich auf dich zählen?«

Galen schwieg einen Moment. »Nur wenn du mir beweisen kannst, dass du einen Plan hast, der funktioniert. Ich hab's nicht so mit Selbstmordkommandos.«

»Ich auch nicht.« Er öffnete die Tür. »Es geht mir nicht darum, ein großartiges Statement zu machen. Ich will Diaz umlegen, und ich will, dass Eve keinen Grund mehr hat, auch nur eine Minute länger hierzubleiben.«

»Ich bringe Ihnen Ihr Abendessen.« Montalvo kam in die Bibliothek und stellte das Tablett auf dem Schreibtisch ab. »Wenn Sie sich die Zeit nehmen wollen.«

»Ja, ich nehme sie mir.« Eve wischte sich die Hände an einem feuchten Alkoholtuch ab. Wenn Sie wollen. Joe hätte sich stur gestellt und darauf bestanden, dass sie etwas aß. Montalvo hatte die Entscheidung ihr überlassen. Vielleicht, weil er wollte, dass sie ihre Arbeit fortsetzte, und das Essen eine symbolische Geste des guten Willens war. »Ich weiß nicht, wann ich wieder dazu kommen werde, etwas zu essen.«

Er setzte sich ihr gegenüber. »Es sieht nicht aus, als wäre die Rekonstruktion ihrer Fertigstellung näher als beim letzten Mal.«

»Ist sie aber.« Eve biss in ihr Sandwich. »Und was noch wichtiger ist – ich bin näher dran. Ich bin fast so weit, dass ich anfangen kann.«

Er schaute weg. »Ich hatte Sorge, dass der irritierende Besuch von Quinn Sie Zeit kosten würde. Habe ich Sie gestört?«

»Nein, nein. Wir haben nichts Wichtiges besprochen. Nichts Neues.« Sie verzog das Gesicht. »Ich war beinahe froh, als Sie kamen.«

»Sie wollten ihn loswerden.«

»Nein«, sagte sie, ohne zu zögern. »Niemals. Ich

wollte nur weiterarbeiten, und ich merkte, dass ich anfing …« Sie seufzte. »Ich dringe einfach nicht zu ihm durch. Er denkt, ich sei verrückt geworden und er müsse mich vor mir selbst retten.«

»Vollkommen verständlich.« Er lächelte. »Sie sind ja auch verrückt. Meine Schuld. Aber ich bin zugleich derjenige, der Sie nötigenfalls rettet.«

»Joe würde das nicht gefallen.«

»Das tut mir aber leid. Sie sollten diesen Zitronenkuchen probieren. Sie brauchen Energie. Es könnte eine lange Nacht werden.«

Sie schmunzelte, während sie sich ein Stück Kuchen in den Mund steckte. »Meine Güte, sind Sie und Joe verschieden. Er würde mir sagen, ich soll etwas Herzhaftes essen und dann ins Bett gehen. Sie wollen, dass ich hellwach und aufmerksam bin, damit Ihre Rekonstruktion fertig wird.«

»Richtig. Ich bin ein egoistischer Mistkerl.« Sein Lächeln schwand. »Aber Sie wollen das Gleiche. Erinnern Sie sich noch, wie ich Ihnen sagte, wenn ich Sie anschaue, ist es, als schaute ich in einen Spiegel? Daran hat sich nichts geändert. Ich verstehe Sie nur deshalb so gut, weil ich Sie in der Dunkelheit meiner Seele habe leuchten sehen.«

»Dunkelheit?«

»Wir sind jetzt beide Geschöpfe der Dunkelheit. Gelegentlich treten wir hinaus ins Sonnenlicht, aber es zieht uns immer wieder zurück.«

Sie schnitt eine Grimasse. »Sie reden, als wären wir Vampire. Sie vielleicht, Montalvo.«

»Keine Vampire. Aber wir sind den Toten näher als den Lebenden. Um nichts anderes kreisen unsere Gedanken, um nichts anderes geht es uns. Wenn es nicht so wäre, wären Sie nicht hier.« Er schwieg einen Moment. »Und dann hätten Sie Quinn auch nicht wegschicken wollen.«

»Ich wollte Joe nicht wegschicken.«

»Doch, das wollten Sie. Er steht für die von der Sonne beschienene, normale Seite Ihres Lebens. Aber er spielt keine Rolle, sobald Sie auf der dunklen Seite stehen.«

»Sie irren sich. Joe spielt immer eine Rolle in meinem Leben.«

»Denken Sie darüber nach.«

Sie wollte nicht darüber nachdenken. Seine Worte rührten an etwas, das ihr nicht behagte. »Scheiß auf Ihre Dunkelheit. Ein Leben in der Dunkelheit ist sicher nicht das, was ich möchte.«

»Und doch haben Sie es gewählt. Genau wie ich. In der besten aller möglichen Welten hätte ich das nicht getan.« Er zuckte die Achseln. »Vielleicht werde ich eines Tages in der Lage sein, es hinter mir zu lassen.«

»Aber für mich hegen Sie diese Hoffnung nicht.«

»O doch. Ich hoffe sehr, dass Sie der Dunkelheit entkommen.« Er hielt ihren Blick mit hypnotisierender Intensität fest. »Wenn ich zuerst dort bin, strecke ich die Hand aus und helfe Ihnen herüber.«

»Danke.« Sie schien den Blick nicht von ihm wenden zu können. »Aber ich brauche Ihre Hilfe nicht. Ich komme sehr gut allein zurecht.«

»Allein. Ich nehme zur Kenntnis, dass Sie Quinn nicht erwähnen.«

»Ich bin eine unabhängige Frau. Joe ist nicht mein Aufpasser.«

Er antwortete nicht. Er saß nur da und schaute sie an.

»Hören Sie auf. Dieses Gespräch ist absurd.«

»Haben Sie Angst, dass ich der Wahrheit zu nahe

komme?« Er beugte sich vor. »Die Dunkelheit muss nicht beängstigend sein, Eve. Nachts passieren alle möglichen wundervollen Dinge. Die meisten Geburten finden nachts statt. Alles bekommt schärfere Konturen, alles wird aufregender. Und zugleich lässt die Nacht die Realität verschwimmen und macht sie erträglicher.« Er hielt inne. »Und es ist die Zeit der Leidenschaft.«

Er saß entspannt unter der Lampe in seinem Sessel. Er sprach über die Dunkelheit, während das warme Leuchten des Lebens ihn zu umgeben schien. Die Intimität des Raums war enorm, beinahe unerträglich. Sie verspürte den plötzlichen Impuls, die Hand auszustrecken und ihn zu berühren.

»Nein.« Er las in ihrem Gesicht wie in einem offenen Buch. »Ich fühle das Gleiche, aber es ist besser, wenn wir noch warten. Ich will dich auch, aber es darf keine Reue dabei sein.«

Der Schreck fuhr ihr in die Glieder. Himmel, sie hatte gefühlt, anstatt zu denken. Sie riss ihren Blick von ihm los. »Es hat nichts mit Ihnen zu tun. An diesem Punkt der Rekonstruktion bin ich immer hochsensibel.«

»Verstehe.« Er schmunzelte. »Erinnern Sie mich daran, unbedingt in der Nähe zu sein, sobald Sie diesen Punkt erreichen. Es scheint, als würde sich das lohnen.«

»Da müsste ich bedauern. Für One-Night-Stands bin ich nicht zu haben.«

»Denken Sie, das wüsste ich nicht? Das ist ja eins der Probleme. Es wäre viel einfacher, wenn Sie eins vom anderen trennen könnten.«

»So wie Sie es offenbar tun.«

»Ich lebe fast immer in der Vergangenheit. Doch manchmal begegnet einem etwas so Gutes, dass man innehalten und es geschehen lassen sollte.« Sein Lächeln schwand. »Und ich rede nicht von Sex. Sex kann man überall haben. Sobald ich anfing, mich mit Ihnen zu befassen, war mir klar, dass Sie eine besondere Rolle in meinem Leben spielen würden.«

Sie nickte. »Die Rolle derjenigen, die Ihre Frau nach Hause bringt.«

»Ja. War das eine Rüge? Ich habe meine Frau geliebt. Ich werde sie wahrscheinlich für den Rest meines Lebens lieben. Sie war das Glück. Die erste Liebe meines Lebens. Vor Nalia hatte ich nur sexuelle Begegnungen. Sie hat mir den Unterschied gezeigt. Nalia wäre die erste, die mir sagen würde, ich soll überall nach diesem Glück Ausschau halten. Was werden Sie für mich sein? Ich weiß es nicht. Aber ich möchte es herausfinden. Ich habe das Gefühl, es könnte weltbewegend sein.« Er stand auf. »Ich lasse Sie jetzt allein. Darf ich ab und zu wiederkommen, während Sie an Nalia arbeiten?«

»Wie ich Ihnen schon sagte – ich werde wahrscheinlich gar nicht merken, dass Sie da sind.«

»Die schlimmste Kränkung, die einem Mann widerfahren kann. Trotzdem will ich es nicht anders.« Er ging zur Tür. »Bringen Sie sie nach Hause, vielleicht finde ich dann eines Tages das Sonnenlicht, von dem wir gesprochen haben.«

»Montalvo.« Als er sich zu ihr umdrehte, sagte sie: »Ich liebe Joe. Was immer ich zwischendurch mal für einen anderen Mann empfinden mag – daran wird sich nichts ändern.«

»Ich weiß. Aber jedes Gefühl kennt verschiedene Abstufungen. Manchmal ändert sich ein Gefühl von einem Moment zum anderen, von Stunde zu Stunde, von Jahr zu Jahr. Etwas anderes habe ich in den letzten Jahren nicht gelernt. Ich habe mich in Geduld gefasst. Wir werden sehen, was passiert.« Er war fort, ehe sie antworten konnte.

Seltsam. Diese letzten Momente waren wie Szenen aus einem Opium-Traum gewesen. Verschwommen, weich gezeichnet, sinnlich, und doch blitzten zwischendurch harte Realität und Wahrheit auf. Dunkelheit und Sonnenlicht.

Hatte er recht? War es möglich, dass sie sich deshalb in letzter Zeit so von Joe entfernt hatte, weil er nicht Teil der Dunkelheit war? Weil ihm jenes letzte Verständnis fehlte, das niemand haben konnte, der nicht den gleichen Verlust erlitten hatte?

Sie wusste es nicht, dachte sie erschöpft, und stand auf. Vielleicht war sie wirklich so beschädigt, wie sie es Joe gesagt hatte. Vielleicht war sie es müde, ihn um ihrer selbst willen leiden zu sehen. Vielleicht suchte sie nach einem Weg, ihn zu befreien.

Und vielleicht war sie scharf auf diesen attraktiven Mistkerl, der die ganze Anziehungskraft des Neuen und Unbekannten besaß. Er war wie das Phantom der Oper mit all seinem Gerede von der Dunkelheit. Wie das Biest, das die Schöne in sein Schloss zurücklockte. Er war eine Herausforderung, der sie sich stellen, eine Erfahrung, die sie machen konnte.

Und ein Seitensprung, den sie begehen konnte.

Aber so weit würde es nicht kommen.

Sie ging durch den Raum und trat vor die Rekonstruktion. »Ich kann schon verstehen, warum du ihn dir als Liebhaber ausgewählt hast, Nalia. Der Kerl ist ganz schön attraktiv. Er sagt, du hast ihm gezeigt, was Glück ist. Ich hoffe, du selbst hast es auch gefunden.« Sie begann, die Wange glatt zu streichen. »Es ist Zeit anzufangen. Bist du bereit? Wir bringen dich jetzt nach Hause …«

Glatt streichen.

Klopfen.

Eine etwas tiefere Einkerbung rund um die Lippen.

Glatt streichen.

Breitere Stirn.

Glatt streichen.

Formen.

Hilf mir, Nalia.

Ihre Finger arbeiteten fieberhaft.

Glatt streichen.

Formen.

Die Wangenknochen etwas höher schieben.

Der Mund.

Der Mund war immer wieder schwer. Manchmal unmöglich, weil es dort keine sichtbaren Anhaltspunkte gab.

Sprich mit mir.

Weglassen. Später noch mal versuchen.

Die Nase.

Formen.

Glatt streichen.

Mach es richtig. Mach es um Himmels willen richtig.

Nein, um Nalias willen. Um all ihres Schmerzes und ihrer Verzweiflung willen. Komm nach Hause, Nalia.

Glatt streichen.

Zurück zum Mund.

Leichter, diesmal.

Ihre Finger flogen über das Gesicht. Kleine Nase, gerade, keine Stupsnase.

Ich hoffe, es ist richtig so, Nalia.

Glatt streichen.

Schneller arbeiten. Schneller.

Formen.

Glatt streichen …

Sie trat einen Schritt zurück und schloss die Augen.

»Reicht das aus, Nalia?«, flüsterte sie. »Besser kann ich es nicht.«

Der letzte Schliff.

Sie schlug die Augen auf, drehte sich zum Tisch um und öffnete ihr Augenkästchen.

»Darf ich das machen?«

Sie blickte auf und sah, dass Montalvo neben ihr stand.

Er schaute auf die Glasaugen in dem Kästchen hinab. »Darf ich?«

Sie nickte unsicher. »Wenn Sie wollen.«

Er nahm zwei braune Augen aus dem Kästchen. »Danke.« Vorsichtig setzte er die Augen in die leeren Höhlen. »Und um Ihre Frage zu beantworten – es ist mehr als ausreichend. Es ist Nalia.«

»Ich hatte das Gefühl, dass sie es ist. Manchmal habe ich keine Ahnung. Aber dieses Mal war ich mir sicher.« Sie betrachtete die Rekonstruktion. »Sie ist sehr schön. Bei dem Mund war ich mir nicht sicher ...«

»Ich weiß. Sie mussten einen zweiten Anlauf nehmen.«

»Wie lange sind Sie denn schon hier?«

»Stunden.« Er wandte den Blick nicht von dem Schädel. »Zuerst fand ich es faszinierend. Dann geriet ich allmählich in einen Strudel.«

»Was für einen Strudel?«

»Der Erinnerungen. Ich glaube, ich habe in den letzten Stunden jeden einzelnen Augenblick, den Nalia und ich zusammen verbracht haben, noch einmal erlebt.« Er streckte die Hand aus und berührte mit den Fingerspitzen unendlich sanft Nalias Wange. »Ich konnte mich nicht von ihr verabschieden, ehe ich nicht Hallo sagen konnte, Willkommen in meiner Welt.«

»Das verstehe ich gut.«

»Ich weiß, dass Sie das verstehen.« Seine Augen glänzten feucht, als er einen Schritt von der Staffelei zurücktrat. »Und jetzt, wo ich es gesagt habe, tut es höllisch weh.«

»Man kann mit so etwas nicht über Nacht abschließen.«

»Ich werde es überhaupt nicht können, ehe ich nicht sicher bin, dass Diaz tot ist und wir das Königreich, das er errichtet hat, in Schutt und Asche gelegt haben.« Er wandte sich zum Gehen. »Und ich fange besser sofort an, daran zu arbeiten.«

»Das werden Sie erst tun, wenn ich fertig bin.«

»Fertig?« Er blieb stehen und schaute Eve an. »Sie ist doch fertig. Es ist *Nalia*.«

»Mit dem eigentlichen Modellieren bin ich fertig, aber ich muss die Rekonstruktion noch fotografieren, sie in den Computer einscannen und mit den Fotos von Nalia vergleichen. Diese Fotos brauche ich jetzt von Ihnen.«

Er runzelte die Stirn. »Das ist doch alles nicht nötig. Ich habe schon, was ich wollte.«

»Aber ich nicht. Ich erledige jeden Job mit der gleichen Gründlichkeit. Ich arbeite professionell, und ich werde weder Nalia noch mich betrügen, indem ich pfusche. Geben Sie mir die Fotos.«

Er zögerte. Dann ging er zum Schreibtisch, schloss eine der unteren Schubladen auf und holte einen großen Briefumschlag heraus. »Briefe. Fotos. Sonst noch etwas?«

»Mal sehen.« Sie öffnete den Umschlag und zog die Fotos heraus. Es waren Schnappschüsse einer jungen Frau zwischen Zwanzig und Dreißig. Ein Foto zeigte sie in Rock und Bluse an einem Tisch in einer Bar sitzend. Auf einem anderen trug sie eine Hose und ein Khakihemd und lächelte verschmitzt in die Kamera. Die Frau war zweifellos jene Nalia, die sie rekonstruiert hatte. Sie sah so vital und lebendig aus, dass Eve beinahe erwartete, sie gleich aus dem Foto herausspazieren zu sehen. »Nein, mehr brauche ich nicht.«

Er nahm ihr das Foto aus der Hand und betrachtete es. »Sie haben hervorragende Arbeit geleistet. Nur ein einziges Detail fehlt bei Ihrer Rekonstruktion – die Lachfältchen um ihre Augen. Sie fand immer, diese kleinen Runzeln machten sie alt. Ich mochte sie. Sie waren ein Teil von ihr.« Er gab ihr die Bilder wieder zurück. »Aber das konnten Sie nicht wissen.«

Nein, Nalia, oder welcher Instinkt auch immer Eve während der Arbeit an ihren Rekonstruktionen antrieb, hatte ihr von diesen Fältchen nichts erzählt. »Jetzt kann ich sie nicht mehr hinzufügen. Es wäre weder ethisch noch professionell vertretbar.«

Er nickte. »Und am Ende gab es für sie sowieso nichts mehr zu lachen. Bitte beeilen Sie sich mit Ihren letzten Handgriffen. Ich muss allmählich selber anfangen, letzte Vorkehrungen zu treffen.«

Und seine Vorkehrungen hatten mit Tod und Zerstörung zu tun.

»Sie werden Vorkehrungen treffen müssen, Joe und mich in die Staaten zurückzuschicken.«

Er wurde starr. »Wann?«

»Heute Nachmittag oder heute Abend. Ich bin in ein paar Stunden mit der Computerarbeit fertig. Ich möchte Joe so schnell wie möglich nach Atlanta zurückbringen.«

Er schwieg einen Moment. »Es wäre mir lieber, wenn Sie noch so lange blieben, bis ich sicher bin, dass Diaz Ihnen nichts mehr anhaben kann. Rache wird bei ihm ganz groß geschrieben.«

»Da ist er nicht der einzige.«

Er legte den Kopf schief. »Stimmt.«

»Lassen Sie mich nach Hause. Joe und ich können allein für uns sorgen.« Sie begegnete seinem Blick. »Und ich werde darauf warten, dass Sie Ihr Versprechen einlösen.«

»Keine Sorge, ich halte Wort. Ich komme nach Atlanta, sobald ich hier fertig bin.«

Nachdem er die Bibliothek verlassen hatte, ging sie zum Fenster und schaute in den Nachthimmel. Er begann allmählich regenbogenzart zu leuchten, wie die schwarzen Perlen, die Joe ihr vor ein paar Jahren zu Weihnachten geschenkt hatte. Bald würde es dämmern.

Es ist fast vorbei, Joe. Wir können nach Hause fahren und versuchen zu vergessen, was hier geschehen ist. Wenn du das möchtest. Ich bin es dir schuldig.

Aber vielleicht wäre es besser, wenn sie es nicht vergessen würde. Sie hatte so manches über sich gelernt, was sie vorher nicht gewusst hatte. Obwohl man nach allem, was sie durchgemacht hatte, hätte meinen sollen, dass sie jede Facette ihrer Persönlichkeit kannte. Doch dann kam ein Montalvo des Weges, und sie merkte, dass sie bisher kaum an der Oberfläche gekratzt hatte.

Wenn ich Sie anschaue, ist es, als schaute ich in einen Spiegel.

Doch das Bild war dunkel und verzerrt und entsprach nicht dem, was sie vom Leben wollte. Sie wollte Joe.

Nun, mit ein wenig Glück hatte sie ihn ja noch. Und vielleicht würde er auch bei ihr bleiben, wenn Montalvo, wie versprochen, nach Atlanta kam, um ihr bei der Suche nach Bonnie und ihrem Mörder zu helfen … Die Situation würde angespannt sein und sehr, sehr gefährlich. Doch sie konnte nichts anderes tun, dachte sie bekümmert. Hierfür hatte sie gearbeitet, hierfür hatte sie das Glück aufs Spiel gesetzt, das sie und Joe miteinander geteilt hatten. Bevor sie Atlanta verließ, hatte sie den Entschluss gefasst, dass Montalvos Versprechen jedes Risiko wert war. Sie würde jetzt keinen Rückzieher machen. Dafür war ihr Einsatz zu hoch gewesen.

Sie öffnete die Tür des kleinen Schranks neben der Terrassentür und holte den Seesack mit ihren Kameras und ihrer Ausrüstung heraus. Sie musste zunächst einmal diesen Job abschließen und Joe nach Atlanta zurückbringen, wo er in Sicherheit war. Über die Suche nach Bonnie konnte sie sich später noch den Kopf zerbrechen. Sie hatte all diese quälenden Jahre lang gewartet. Jetzt musste sie noch ein wenig Geduld aufbringen und sich um die Menschen kümmern, die sie liebte.

Sie begann, die Kameras einzurichten.

Es klopfte leise, und Soldono steckte den Kopf zur Tür herein. »Darf ich eintreten?«, fragte er. »Da Miguel nicht mehr draußen Wache steht, nehme ich an, Sie sind fertig?«

»Ja.« Sie rieb sich den Nacken. »Ich habe gerade die Computervergleiche abgeschlossen und die Kameras eingepackt.« Sie blickte ihn an. »Und nein, Sie brauchen mich nicht herauszuschmuggeln. Montalvo schickt uns selbst nach Hause.«

»Wirklich?«

Sie verkrampfte sich. »Was wollen Sie damit sagen?«

»Mag sein, dass er Sie nach Hause schickt, aber bei Quinn wäre ich mir da nicht so sicher.« Er machte eine Pause. »Deshalb habe ich es auch gewagt, Sie zu stören.«

»Soldono, wovon reden Sie, verdammt noch mal?«

»Ich versuche es Ihnen ja gerade zu erklären. Ich glaube, Quinn ist letzte Nacht abgehauen.«

Ihr blieb das Herz stehen. »Unmöglich. Ich habe ihn gestern Nachmittag noch gesehen, da konnte er kaum laufen.«

»Dann muss er wohl irgendwo Kräfte gesammelt haben.« Er schaute sie mitfühlend an. »Es tut mir leid, Eve. Ich war vor einer Stunde in seinem Zimmer – kein Quinn. Daraufhin bin ich sofort zu Galens Zimmer gelaufen, doch der war auch verschwunden.«

»Galen ist mit ihm gegangen?« Sie hätte sie beide umbringen können. Warum hatte Joe nicht noch einen Tag länger gewartet? Aber nein, er musste allein losrennen. Nicht ganz allein, Gott sei Dank. Wenigstens Galen war stark und gesund und vielleicht in der Lage, Joes Schwäche auszugleichen. »Sind Sie ganz sicher, Soldono?«

»Wenn sie sich nicht in Montalvos Waffenkammer verstecken. Was mir allerdings eher unwahrscheinlich vorkommt.«

»Mir auch.« Nein, sie waren hinter Diaz her. Sie sah plötzlich wieder dieses Schloss auf dem Hügel vor sich. Es mochte ein größenwahnsinniger Bau sein, doch er repräsentierte ungeheure Macht, und bei dem Gedanken, dass Joe und Galen sich mit dieser Macht anlegen wollten, wurde ihr himmelangst. »Ich muss mit Montalvo sprechen. Wissen Sie, wo er ist?«

»Vor fünfzehn Minuten war er noch draußen auf dem Hof.« Soldono war zur Staffelei hinübergegangen und betrachtete die Rekonstruktion. »Sie war sehr schön. Ist die Ähnlichkeit groß?«

»Sehr groß.« Sie ging zur Tür. »Abgesehen von ein paar Kleinigkeiten. Keine Rekonstruktion ist perfekt.«

»Diese hier scheint ziemlich nah dran zu sein. Montalvo ist sicher sehr zufrieden.«

»Ja, aber das ist jetzt nicht wichtig.« Sie lief aus dem Zimmer, die Treppe hinunter und auf den Hof.

»Eve, sind Sie fertig mit Fotografieren?« Montalvo, der sich gerade mit Miguel unterhielt, blickte auf. »Ich kann nicht mehr lange warten, ehe …«

»Wussten Sie von Joe?«

»Quinn?«, fragte er argwöhnisch. »Was sollte ich denn von ihm wissen?«

»Soldono sagt, Joe sei weg. Er und Galen sind irgendwann letzte Nacht abgehauen.«

»Und das soll ich Ihnen verheimlicht haben?«

»Ich finde es zumindest merkwürdig, dass Sie nicht wissen, was in Ihrem Lager vor sich geht. Und wie hätte Joe es schaffen sollen, hier herauszukommen, ohne dass Sie eingeweiht sind?«

Montalvo wandte sich an Miguel. »Das finde ich allerdings auch merkwürdig. Miguel?«

Er zuckte die Schultern. »Er und Galen sind heute Morgen um drei über die Westmauer geklettert. Ich war sehr beeindruckt. Ich hätte nicht gedacht, dass ein verwundeter Mann das schaffen würde.«

»*Verdammt noch mal*«, sagte Eve. »Warum haben Sie ihn nicht daran gehindert?«

»Er war uns im Weg«, sagte er schlicht. »Der Colonel wollte ihn hier nicht haben, aber er war auch nicht bereit, ihn wegzuschicken. Nun braucht er das nicht mehr zu tun. Quinn hat es selber besorgt.«

»Du hättest es mir sagen müssen, Miguel«, hielt Montalvo ihm vor.

»Aber das hätte alles verdorben. Es war eine günstige Gelegenheit. Keiner von uns musste ihn töten. Und er hat eine Chance zu überleben, wenn er so gut ist, wie wir gehört haben.« Er lächelte. »Es schien mir das Vernünftigste zu sein.«

Eve starrte ihn ungläubig an. Das Vernünftigste, Joe Diaz zum Fraß vorzuwerfen? Die Rücksichtslosigkeit des Jungen war unfassbar.

»Es war falsch, Miguel«, sagte Montalvo. »Und wir müssen es wiedergutmachen. Was nicht ganz leicht sein dürfte.«

»Herrgott noch mal, Sie reden mit ihm, als wäre er ein Zweijähriger, der mit einem Filzstift auf den Möbeln rumgekritzelt hat. Er hat Joe gehen lassen. Wahrscheinlich hätte er ihm noch über die Mauer geholfen, wenn es nötig gewesen wäre.«

Miguel nickte. »Aber es war nicht nötig. Wie gesagt, es war sehr beeindruckend.«

»Holen Sie ihn zurück«, zischte Eve. »Er ist alleine da draußen.«

»Er hat Galen bei sich«, sagte Miguel. »Aber wenn der Colonel es wünscht, gehe ich natürlich.« Er schaute auf seine Armbanduhr. »Allerdings ist er seit über zehn Stunden unterwegs. Quinn war ein SEAL – ich glaube kaum, dass ich ihn aufspüren kann.«

»Sie wissen, wohin er will«, sagte sie. »Zu Diaz.«

Miguel nickte. »Aber wenn ich die Pläne des Colonel durchkreuze, wird er gar nicht erfreut sein.«

Sie schaute Montalvo an. »Reden Sie mit ihm.«

»Natürlich«, sagte Montalvo. »Aber ich werde ihm nicht befehlen, Quinn zurückzuholen. Erstens könnte das genau die Reaktion hervorrufen, die Sie verhindern wollen. Zwei Männer mit Guerilla-Ausbildung haben eine weit bessere Überlebenschance, wenn sie es allein versuchen, als wenn ein ganzer Trupp meiner Leute durch Diaz' Territorium marschiert. Und zweitens: Wenn Quinn so gut ist, wie man mir berichtet, wären die beiden sowieso in der Lage, Miguel auszuweichen, auch wenn ich ihm noch jemanden mitschicke.«

»Dann sagen Sie mir gefälligst, was Sie stattdessen zu tun gedenken!«

»Ich werde Miguel in Diaz' Dorf schicken, damit er sich ein wenig umhören und umschauen kann. Miguel hat den größten Teil seines Lebens dort verbracht, und er hat immer noch einige Kontakte. Alles, was im Schloss passiert, sickert ins Dorf durch. Man wird dort wissen, ob Diaz Quinn und Galen gefangen genommen hat.«

»Und wenn es so ist?«

»Dann muss ich Nalias Vater sehr schnell dazu bewegen, einzuschreiten, ehe Diaz Quinn die Kehle durchschneidet.« Er fügte hinzu: »Wenn Diaz allerdings nicht weiß, dass Sie mit der Rekonstruktion fertig sind, wird er Quinn vielleicht dazu benutzen, Sie am Weiterarbeiten zu hindern.«

»Sie wissen immer noch nicht, wer von Ihren Leuten hier im Lager es ihm stecken könnte?«

»Ich tippe auf Destando, einen Mann, der noch nicht so lange bei mir ist wie die anderen. Er wird genau beobachtet.« Montalvo wandte sich an Miguel. »Wenn du Destando beobachtet hättest, anstatt Quinn zu beobachten, wäre ich zufriedener gewesen.«

Miguel zuckte mit den Schultern. »Ich habe nur getan, was Sie mir beigebracht haben. Es war eine günstige Gelegenheit.« Er wandte sich ab. »Ich breche sofort auf. Sobald ich etwas erfahren habe, lasse ich es Sie wissen.«

»Auf der Stelle«, sagte Montalvo. »Und sieh dich verdammt noch mal vor, Miguel.«

»Natürlich.« Miguel blickte über die Schulter zurück

und lächelte ihn an. »Es würde Ihnen sehr viel Kummer bereiten, wenn mir etwas zustoßen würde, nicht wahr? So einen guten Sohn wie mich finden Sie nicht so leicht wieder!«

Mit einer Mischung aus Wut und Sorge sah Eve ihn davoneilen. »Wird es sehr gefährlich für ihn?«

»Gefährlich genug. Ein Spion ist immer in Gefahr. Aber er war schon ein paar Mal für mich im Dorf, um dort Informationen einzuholen. Miguel wird zurückkommen, wenn er sich bedroht fühlt.«

»Aber Sie lassen ihn gehen.«

»Er weiß, dass er meinen Befehlen zuwidergehandelt hat. Es spielt keine Rolle, dass er dachte, das Ergebnis würde mich zufriedenstellen. Er ist nicht befugt, Entscheidungen zu treffen, und das muss er lernen.«

»Selbst wenn er dabei umkommt.«

Montalvo antwortete nicht direkt. »Er hat den Fehler gemacht, er muss ihn auch ausbügeln.«

»Ich bin unglaublich wütend auf ihn, aber ich will doch nicht, dass er stirbt!«

»Ich auch nicht.« Er schaute Miguel nach. »Wenn ich jemanden auf dieser Welt liebe, dann diesen Jungen.«

»Dann rufen Sie ihn zurück. Schicken Sie …«

»Zu spät.« Er wandte sich ab. »Alles, was ich gesagt habe, war vernünftig, und dies ist die beste Art, damit umzugehen. Ist die Rekonstruktion jetzt fertig?«

»Scheiß auf die Rekonstruktion.«

»Ich kann verstehen, dass Sie so empfinden. Ist sie fertig?«

»Ja, Sie monomanischer Mistkerl.«

»Dann werde ich sie jetzt einpacken und die nötigen Vorkehrungen treffen, sie zu Armandariz zu bringen.« Er ging zur Eingangstür. »Und ja, ich bin monomanisch.

Dennoch sollten Sie sich eins vor Augen führen: Je eher ich Armandariz gegen Diaz aufhetzen kann, umso besser für Joe.«

»Wenn nicht vorher schon seine Wunde aufplatzt und er verblutet.«

»Irgendwie glaube ich nicht, dass Quinn sich gestattet zu sterben, bevor er in Schussweite von Diaz ist. Ich habe ihn beobachtet, als er in der Bibliothek war. Er war sehr ... konzentriert.«

»Hätte ich doch irgendetwas zu ihm gesagt! Obwohl ich gar nicht weiß, was ich hätte sagen müssen, um ihn von seinem Plan abzubringen.« Sie ballte die Hände zu Fäusten. »Warum hat er das gemacht? Er wusste, dass ich mit der Rekonstruktion so gut wie fertig war. Er hätte nur einen Tag länger zu warten brauchen. Er ist doch kein Idiot. Es war fast vorbei. Warum hat er ...«

»Er wusste, dass ich versuchen würde, Sie noch ein wenig hierzubehalten«, unterbrach Montalvo sie. »Er ist ein weitsichtiger Mann. Er hat geahnt, dass ich Sie brauchen würde, um den nächsten Schritt zu tun.«

Sie zog die Stirn in Falten. »Wovon reden Sie da? Sie haben sich einverstanden erklärt, Vorkehrungen für unsere Abreise zu treffen.«

»Und das hätte ich auch getan. Wenn es keinen anderen Ausweg gegeben hätte.« Er schnitt eine Grimasse. »Aber eigentlich wollte ich Sie überreden, hierzubleiben und mir zu helfen.«

»Was?«

»Ich habe die Rekonstruktion, und die ist für sich genommen schon ziemlich überzeugend. Der Schockeffekt wird enorm sein. Aber ein Mann wie Armandariz, der die Wahrheit leugnet, braucht mehr als einen Schock. Ich habe ihm vor drei Tagen Ihre Akte zugeschickt. Sie ist beeindruckend. Ihre Ehrlichkeit und Ihre Berufsethik sind tadellos. Ich habe ihm Zeit gegeben, damit er sich selbst ein Bild von Ihnen machen kann.«

»Und wenn er sie in den Papierkorb wirft, ohne sie gelesen zu haben?«

»Das hat er nicht getan. Ich habe noch Freunde unter den Rebellen, und sie versichern mir, er habe sie gelesen. Wenn er es selbst überprüft hat, weiß er jetzt, dass Sie glaubwürdig sind.«

»Menschen, die die Wahrheit leugnen, halten alle anderen für Lügner.«

»Deshalb möchte ich ja, dass Sie mit mir in sein Lager kommen.«

Ihre Augen weiteten sich vor Entsetzen. »Was?«

»Ich möchte, dass Sie ihm Ihre Vorgehensweise erklären, so wie Sie sie mir erklärt haben. Erläutern Sie ihm, wie Sie es gemacht haben. Und dass Sie sich nie Fotos anschauen, bevor Sie fertig sind.«

»Und das soll er mir glauben?«

»Etwas Besseres fällt mir nicht ein. Sie sind eine ehrliche Frau, Eve. Das strahlen Sie aus. Ich bin wahrscheinlich der größte Skeptiker auf Erden, aber wenn Sie mir bei unserer ersten Begegnung erklärt hätten, Schwarz sei Weiß – ich hätte es Ihnen geglaubt.«

»Sie haben sich nicht im Guten von ihm getrennt. Wenn Sie ihn bedrängen, erschießt er uns womöglich beide.«

»Er wird sich denken können, dass ich nicht in sein Lager komme, ohne Verstärkung in der Nähe zu haben.« Er machte eine Pause. »Aber ins Lager selbst werden wir allein gehen müssen.«

»Ich muss nirgendwo hingehen.«

»Das stimmt. Sie haben Ihren Teil der Vereinbarung eingelöst. Soldono würde Ihnen sicher sagen, dass das Pack sich doch gegenseitig umbringen soll.«

»Genau.«

»Ich glaube aber, dass Sie ihm inzwischen nicht mehr folgen würden. Sie haben ein wohl begründetes Interesse an Nalia und daran, was mit ihr geschieht.« Er blickte ihr direkt in die Augen. »Sie wollen, dass ihr Vater einsieht, wie sehr er sich geirrt hat. Sie wollen, dass Nalia Gerechtigkeit widerfährt.«

»Und Sie setzen Gerechtigkeit mit Rache gleich.«

»Ja, genau wie Sie. In Ihrem tiefsten Herzen.« Er fügte hinzu: »Und das wäre mein Argument gewesen, ehe ich wusste, dass Quinn sich davongemacht hat. Jetzt hat sich die Situation geändert.«

»Sie meinen, Sie haben einen Trumpf im Ärmel.« Sie lächelte bitter. »Und Sie haben Miguel sicher nicht befohlen, Joe entkommen zu lassen?«

»Nein, aber er kennt mich sehr gut. Ein bisschen schuldig fühle ich mich schon«, sagte er. »Ja, Sie haben jetzt noch mehr Grund.«

»Wie schnell wird Armandariz zur Tat schreiten, wenn er sich eingesteht, dass Diaz ihn all die Jahre betrogen hat?«

»Das weiß ich nicht. Ich würde Ihnen ja gerne sagen, dass er unverzüglich losstürmen und anfangen wird, Koka-Felder niederzubrennen, aber das kann ich nicht. Armandariz ist ein emotionaler Mann, aber auch ein Soldat, und er wird tun, was für seine Truppen und sein Ziel das Beste ist.«

»Dann riskiere ich also Kopf und Kragen, und vielleicht kommt gar nichts dabei raus.«

»Irgendetwas kommt sicher dabei raus. Aber ich will

Ihnen keine falschen Hoffnungen machen. Es ist denkbar, dass es Quinn nichts nützt.«

»Himmel.« Panik stieg in ihr auf. Sie hatte zwei Möglichkeiten. Sie konnte entweder hier sitzen bleiben und warten, bis Miguel etwas über Joe in Erfahrung brachte. Oder sie konnte sich an einer Aktion beteiligen, die womöglich vollkommen vergebens war. »Ich muss nachdenken.«

»Ich werde für morgen Nachmittag ein Treffen vereinbaren. Beeilen Sie sich mit dem Nachdenken.« Er verschwand im Haus.

Es geht doch nichts über ein bisschen Druck, dachte sie gereizt. Es gab noch eine dritte Möglichkeit, die sie ausloten sollte, bevor sie eine Entscheidung traf. Sie folgte Montalvo ins Haus und machte sich auf die Suche nach Soldono. Auf dem Flur zur Bibliothek kam er ihr entgegen.

»Könnten Venable oder Sie sich etwas einfallen lassen, um Joe zu finden und ihn von hier fortzuschaffen?«, fragte sie.

»Ich kann Venable anrufen, aber die Situation ist ... heikel.«

»Sie sind die CIA. Sie sollten doch in der Lage sein, etwas zu unternehmen.«

»Wir bewegen uns auf einem schmalen Grat zwischen dem Militär und Diaz.«

»Sie meinen, Sie tummeln sich je nach Bedarf auf beiden Seiten. Wie nett.«

»Wir können nicht unverdeckt handeln.«

»Ich habe den Eindruck, Sie können überhaupt nicht handeln.«

»Ich weiß, dass Sie verärgert sind, aber Sie müssen verstehen, dass die CIA heutzutage stark auf Verhandlung setzt.«

»Es wäre ja auch schlimm, wenn Sie sich Diaz zum Feind machen würden, indem Sie Joe retten. Gott bewahre.« Sie drängte sich an ihm vorbei und steuerte auf die Bibliothek zu. »Vergessen Sie, was ich Sie gefragt habe.«

»Heißt das, Sie begleiten ihn zu Armandariz?«, fragte Soldono. »Das ist keine gute Idee, Eve.«

»Wenigstens tue ich überhaupt etwas, anstatt Däumchen zu drehen und zu hoffen, dass alles gut geht.«

»Das ist nicht fair«, entgegnete er ruhig. »Ich tue, was ich kann.«

»Ich will gar nicht fair sein. Ich will nur Joe in einem Stück wiederbekommen.«

Montalvo verstaute gerade behutsam die Rekonstruktion in der Lederschachtel, als sie ins Zimmer kam. Er schaute auf und hielt mitten in seinem Tun inne. »Und?«

»Ich komme mit. Was bleibt mir anderes übrig? Es ist der einzige positive Schritt, den ich in dieser Situation unternehmen kann.«

»Gut.« Er klappte den Deckel zu und schloss die Schnalle. »Dann rufe ich jetzt Armandariz an und vereinbare ein Treffen.«

13

»Wir haben den Wagen gefunden, mit dem Jane MacGuire in der Parkgarage abgeholt wurde«, sagte Nekmon. »Er wurde heute Morgen in Tucson auf dem Parkplatz eines Supermarkts gesehen. Der Fahrer war etwa Ende vierzig.«

»Sind sie ihm gefolgt?«

Nekmon nickte. »Natürlich. Wir glauben, dass wir das Haus gefunden haben, in dem sie versteckt gehalten wird. Jedenfalls ist der Fahrer des Wagens zu einem Haus in die Wohnsiedlung Sunset View gefahren und hat dort ein paar Tüten Lebensmittel ausgeladen.«

»Glauben reicht nicht. Hat jemand sie gesehen?«

»Noch nicht. Aber das Haus scheint gut bewacht zu sein, und die Chancen stehen nicht schlecht, dass sie dort ist. Ich habe unseren Männern Anweisung gegeben, sich weit genug heranzuwagen, um sich vergewissern zu können, dass sie dort ist, aber sich auf keinen Fall erwischen zu lassen. Wir wollen uns ja nicht das Spiel verderben.«

»Die Männer müssen zugreifen können, sobald ich den Befehl dazu gebe. Keine Fehler, Nekmon.«

»Mit allem gebotenen Respekt – ich mache selten Fehler.«

»Einer wäre schon zu viel. Ich muss ...« Das Klingeln seines Telefons unterbrach ihn und er nahm ab. »Diaz.« Er hörte ein paar Sekunden zu, dann legte er auf. »Die Rekonstruktion ist fertig, und Montalvo hat sie.«

»Sollen wir uns das Mädchen schnappen?«

Er dachte nach. »Noch nicht. Es tut sich da gerade noch eine andere Möglichkeit auf, die vielleicht schneller und effektiver ist.«

»Das ist schon die dritte Kontrollstelle«, sagte Eve, als Montalvo den Jeep startete. »Armandariz nimmt das Thema Sicherheit ja wirklich nicht auf die leichte Schulter.«

»Deshalb haben wir auch ein offizielles Treffen vereinbart, anstatt zu versuchen, in sein Territorium einzudringen«, sagte Montalvo. »Er mag ein verbohrter Vater sein, aber er ist ein verdammt guter Soldat, sonst hätte er nicht so viele Jahre durchgehalten.«

»Wie weit sind wir vom Lager entfernt?«

»Fünf Minuten.« Er warf ihr einen Blick zu. »Nervös?«

»Natürlich bin ich nervös. Ich soll einen neurotischen Typen von der Tatsache überzeugen, dass er Verrat an seiner Tochter und gleichzeitig an seiner eigenen Sache begangen hat. Selbst wenn er mir glaubt, heißt das noch nicht, dass er es zugeben wird.«

»Wir haben eine reelle Chance. Er wird von Männern umgeben sein, die Nalia praktisch ihr Leben lang gekannt haben. Ein paar von ihnen waren wie Brüder für sie. Sie werden sie an der Rekonstruktion wiedererkennen, und vielleicht wird sich Armandariz von ihnen mitziehen lassen.«

»Hatte sie Brüder?«

»Nein, deshalb hat Armandariz sie wie einen Sohn erzogen. Er brauchte jemanden, mit dem er seinen Traum teilen konnte, und Nalia war seine einzige nahe Verwandte.«

»Aber sie hat seinen Traum missachtet.«

»Seiner Meinung nach.« Seine Lippen wurden schmal. »Sie ist für seinen verdammten Traum gestorben. Sie hat genauso daran geglaubt wie er und wollte verhindern, dass irgendjemand diesen Traum verrät.« Er fuhr an den Rand. »Wir gehen zu Fuß weiter.« Er stieg aus und holte die Lederschachtel aus dem Wagen. »Kommen Sie.«

Sie stieg ebenfalls aus. »Geben Sie sie mir.«

»Warum?«

»Wenn ich einen Auftrag erledigen soll, dann tue ich es auf meine Art. Armandariz hasst Sie. Sobald er Sie mit der Schachtel ankommen sieht, wird er in Abwehrhaltung gehen. Sie würden vielleicht eine gewisse Genugtuung dabei empfinden, mit den Worten ›Hab ich's dir nicht gesagt‹ die Schachtel zu öffnen, aber das wäre nicht konstruktiv.«

»So würde ich es garantiert nicht machen.«

»Vielleicht nicht genauso. Aber wenn Sie mit der Schachtel vor ihm stehen, riecht er den Braten doch sofort.«

Er zögerte. »Stimmt.« Er gab ihr die Schachtel. »Aber ich ergreife als erster das Wort.«

»Sehr gerne.« Sie hielt den Blick auf den Weg vor ihnen gerichtet. »Ich habe keinerlei Bedürfnis, mehr zu reden als unbedingt erforderlich. Am liebsten wäre ich gar nicht hier. Ich möchte die Sache nur möglichst schnell über die Bühne bringen und einen Weg finden, Joe aus dem Land zu schaffen.«

»Das weiß ich. Ich bin Ihnen dankbar …« Er verstummte, als sich das Gebüsch teilte und ein etwa dreißigjähriger Mann vor ihnen auftauchte. »Sieht aus, als finge die Show jeden Augenblick an.« Er ging an ihr vorbei. »Manuel. Wir haben uns lange nicht gesehen. Ich wusste gar nicht, dass du noch lebst.«

Der Mann, den er Manuel genannt hatte, lächelte kaum. »Dafür wusste ich immer, dass du noch lebst und wo du warst. Wenn mein Bauch leer war, stellte ich mir vor, wie du hinter deinen hohen Mauern hockst und immer fetter und reicher wirst.«

Montalvo zuckte die Achseln. »Irgendwie muss man ja für sich sorgen. Armandariz hat mich schließlich als Lügner bezeichnet und mich vor die Tür gesetzt.«

»Du hast ziemlich gut für dich gesorgt.« Manuels Lächeln schwand. »Und Armandariz wird seine Meinung nicht ändern.« Sein Blick wanderte zu der Schachtel in Eves Händen. »Ist es das?«

»Das ist *sie*«, verbesserte Eve ihn. »Und Armandariz wird seine Meinung durchaus ändern.«

»Eve Duncan, dies ist Manuel Estevez. Wir kannten uns schon viele Jahre, bevor ich geächtet wurde.« Montalvo schob sie vorwärts. »Ich nehme an, du bringst uns zu Armandariz?«

»Ja.« Manuel drehte sich um. »Aber ich muss euch warnen – er wird euch ins Gesicht lachen. Es wird nicht das Geringste nützen.«

»Ermutigend«, murmelte Eve, als sie Manuel folgten. Sie hatte nicht erwartet, dass es leicht sein würde – ja, sie war nicht einmal sicher, ob es überhaupt gelingen würde. Montalvo hatte ihr keinerlei falsche Hoffnungen gemacht.

Nach einer Weile traten sie auf eine große Lichtung, die mit Zelten übersät war. Manuel führte sie zum größten Zelt, das am Rand des Lagers stand, und bedeutete ihnen hineinzugehen. »Viel Glück«, sagte er zu Montalvo. »Falls du's verdient hast.«

»Ich habe es verdient«, sagte Montalvo. »Kommst du mit?«

Manuel zögerte und zuckte dann die Schultern. »Ein bisschen neugierig bin ich schon. Warum nicht?« Er folgte ihnen und nickte einem älteren Mann zu, der auf einem Campingstuhl am Tisch saß. »Darf ich bleiben, Antonio?«

»Ich habe nichts dagegen.« Antonio Armandariz war ein dünner, gut aussehender Mann zwischen sechzig und siebzig Jahren mit grauweißer Mähne und strahlend blauen Augen. »Sie haben immer viel von Montalvo gehalten. Sie sollen ruhig mal sehen, was für ein Idiot er in Wirklichkeit ist.«

»Nalia hat ihn geliebt«, sagte Manuel. »Sie irrte sich normalerweise nicht in den Menschen.«

Armandariz' Augen funkelten zornig. »Verteidigen Sie sie nicht. Sie hat sich den größten Fehler geleistet, der überhaupt nur denkbar ist. Warum begreifen Sie das nicht?«

»Ich versuche es«, sagte Manuel. »Weil es Ihre Überzeugung ist und weil Sie ein ehrenhafter Mann sind.« Er setzte sich auf einen Stuhl in der Ecke des Zelts. »Vielleicht wird Montalvo mich ja davon überzeugen, dass es falsch war, an Ihnen zu zweifeln, Antonio.« Er wandte sich an Montalvo. »Unterhalte uns, mein Freund. Lass mal sehen, was du zu bieten hast.«

»Er hat hier keine Freunde«, sagte Armandariz. »Er hat uns mit seinen wüsten Aktionen gegen Diaz beinahe vernichtet.« Er fixierte Montalvo mit kaltem Blick. »Also fang an, und dann verschwinde schleunigst wieder aus meinem Lager.«

»Genau das habe ich vor.« Er nickte Eve zu. »Das ist Eve Duncan. Hast du die Akte gelesen, die ich dir geschickt habe?«

Armandariz würdigte sie kaum eines Blickes. »Ja. Wahrscheinlich alles gelogen.«

»Du weißt, dass das nicht stimmt«, sagte Montalvo. »Und du wirst selber Nachforschungen über sie angestellt haben. Ich kenne dich. Du kannst gar nicht anders. Ich bin sicher, du wolltest dir beweisen, dass ich lüge und dass sie ein Scharlatan ist, aber das hat leider nicht funktioniert, nicht wahr?«

Armandariz antwortete nicht.

»Es gefiel dir ganz und gar nicht, als du erkennen musstest, dass sie hoch angesehen und grundehrlich ist und keinerlei eigennützige Zwecke verfolgt. Das muss schwierig für dich gewesen sein.«

»Keineswegs.« Sein Blick wanderte zu Eve. »Sie kann so korrupt sein wie alle anderen auch. Nalia war ehrlich und hat uns trotzdem verraten.«

»Darf ich jetzt mal etwas sagen?«, schaltete Eve sich ein. »Dieses Gespräch ist doch sinnlos, Montalvo.«

»Gleich.« Montalvo griff in seine Jackentasche und zog einen Umschlag heraus. »Nalia musste sterben, weil sie beweisen wollte, dass Diaz seine Spielchen mit der Miliz trieb und dich dabei betrog. Sie hat diesen Beweis nicht rechtzeitig gefunden, ehe sie gefangen genommen und getötet wurde. Diaz hat ihn vergraben, und ich habe Jahre gebraucht, um ihn ans Tageslicht zu bringen.« Er warf Armandariz den Umschlag auf den Schreibtisch. »Zusammen mit ein paar Dokumenten aus jüngerer Zeit, die beweisen, dass Diaz auch heute noch ein doppeltes Spiel spielt, wann immer es ihm passt. Er ist sehr vorsichtig, aber wenn der Preis hoch genug ist, verrät er jeden.«

»Beweis?« Armandariz' Gesicht war weiß vor Zorn. »Du kommst hierher und legst mir irgendwelche Fälschungen vor. Diaz ist unser Freund. Wenn er uns nicht geholfen hätte, hätten wir uns längst auflösen müssen.«

»Keine Fälschungen.« Montalvo schaute Manuel an.

»Lassen Sie nicht zu, dass er die Beweise vernichtet, bevor er sie geprüft hat. Es hat mich verdammt viel Zeit und ein kleines Vermögen gekostet, sie zu finden.«

»Ich werde tun, was ich will.« Armandariz' Stimme zitterte. »Lügen. Du erzählst mir nichts als Lügen.«

Montalvo trat einen Schritt zurück. »Eve?«

Na prima, erst den Mann auf hundertachtzig bringen und es dann mir überlassen, ihn zu überzeugen, dachte sie gereizt. »Von diesen Papieren weiß ich nichts. Montalvo hat es offenbar nicht für ratsam gehalten, sie mir zu zeigen. Aber ich hätte sowieso nicht in die Sache hineingezogen werden wollen.« Sie stellte die Lederschachtel auf den Tisch. »Dies ist der einzige Teil der ganzen Angelegenheit, mit dem ich etwas zu tun habe.« Sie öffnete den Verschluss und klappte den Deckel auf. »Ich wollte Ihnen Ihre Tochter zurückbringen.«

»Meine Tochter ist in Australien.«

»Ihre Tochter wurde ermordet und in den Sumpf geworfen«, entgegnete sie schroff. »Als es Montalvo endlich gelungen war, ihren Leichnam zu finden, war außer dem Skelett nichts mehr davon übrig. Er hatte Glück, dass die Knochen noch intakt waren, wenn man bedenkt, wie lange sie dort gelegen hat – ganz abgesehen von all dem Wasser und den wilden Tieren.«

»Sie ist in Australien.«

»Der Schädel Ihrer Tochter befindet sich in dieser Schachtel.«

Er wandte den Blick ab. »Nein.«

»Ich habe nicht den geringsten Zweifel daran.« Vorsichtig hob sie die Rekonstruktion heraus und setzte sie auf dem Tisch ab. »Und jetzt schauen Sie hin, verdammt noch mal. Sie haben Nalia das Leben geschenkt. Wagen Sie nicht, sie zu verleugnen.«

»Meine Tochter ist nicht tot.«

»Schauen Sie sie an.«

Er drehte langsam den Kopf herum. Sie sah ihn zusammenzucken, als er schließlich den Schädel in Augenschein nahm. »Eine hübsche Statue. Sie können Sie anhand einer Fotografie angefertigt haben.«

»Habe ich aber nicht. Ich habe an verschiedenen Punkten Messungen angestellt und auf deren Grundlage das Gesicht modelliert. Erst als ich damit fertig war, habe ich um ein Foto gebeten. Dann habe ich dreidimensionale Aufnahmen von der Rekonstruktion gemacht und sie über das Foto geblendet.« Sie holte eine Diskette heraus, ging zum Computer, der vor Armandariz stand, und legte sie ein. »Alles passte perfekt aufeinander. Sehen Sie selbst.«

»Ich habe keinerlei Bedürfnis ...«

»Schauen Sie hin. Ich habe sie nicht nach Hause gebracht, damit Sie ihr den Rücken zukehren. Sehen Sie, wie das Foto sich über die Rekonstruktion schiebt.«

»Ich möchte nicht ...«

Manuel trat näher heran. »Seien Sie kein Feigling, Antonio. Schauen Sie hin.«

»Halt den Mund«, sagte er barsch. »Das ist meine Sache.«

»Wenn wir tatsächlich betrogen worden sind, ist es eine Sache, die uns alle angeht. Ich bin bereit, zu kämpfen und zu sterben, aber ich ziehe nicht blind in den Kampf. Ich bin seit zwanzig Jahren an Ihrer Seite. Das sollten Sie nicht von mir verlangen.«

Armandariz zögerte und richtete schließlich den Blick auf den Computerbildschirm. »Zeigen Sie's mir.«

»Ich muss gar nichts tun. Das übernimmt das Programm.« Sie verfolgte die langsame Überblendung. Nach all den Jahren faszinierte es sie immer noch, dabei zuzuschauen. Es war, als ob eine Geisterhand die zwei Bilder zusammen schöbe. »Der Ähnlichkeitsquotient beträgt sechsundneunzig Prozent. Das ist außergewöhnlich hoch.«

Armandariz wandte den Blick nicht vom Bildschirm. »Nicht, wenn Sie sich während der Arbeit an der Rekonstruktion das Foto angeschaut haben.«

»Das habe ich aber nicht getan.« Sie hielt inne. »Ich habe Montalvo gesagt, Sie würden sowieso nur glauben, was Sie glauben wollen. Ich kann Sie nicht zwingen, etwas zu sehen, was Sie nicht zu sehen wünschen.« Sie zeigte auf die Überblendung auf dem Bildschirm. »Diese Frau dort ist Nalia. Sie ist gestorben, weil sie Ihnen allen helfen wollte. Sie haben kein Recht, alles wegzuwerfen, was sie getan hat. Ihr Leben sollte Ihnen etwas bedeuten. Ihr Tod sollte Ihnen etwas bedeuten.«

»Sie ist nicht tot.« Sein Blick wich nicht vom Bildschirm. »Sie ist nicht tot.«

»Es ist Nalia, Antonio«, sagte Manuel sanft. »Ich kenne dieses Gesicht. Sie hat genau die gleichen Wangenknochen wie Sie. Die gleichen tief liegenden Augen. Ich habe Sie beide schon zusammen gesehen, als sie noch ein Kind war.« Seine Augen glänzten feucht. »Verdammt noch mal, ich bin mit ihr aufgewachsen. Es ist Nalia.«

»Beweise«, sagte Armandariz heiser. »Wir haben keine Beweise.«

»Montalvo hat einen Zahn ins DNA-Labor geschickt«, sagte Eve. »Aber das dauert seine Zeit. Er hatte gehofft, die Rekonstruktion allein würde Sie überzeugen. Diaz hat Wind davon bekommen, dass ich an der Rekonstruktion arbeite, und wird sich bald etwas einfallen lassen.«

»Sie wollen mich ohne Beweise überzeugen?«

»Schauen Sie in den Spiegel. Ihr Freund hat recht. Ihr Knochenaufbau ähnelt dem Ihrer Tochter frappierend.« Sie verzog den Mund. »Wollen Sie, dass ich die wahrscheinliche Gewebetiefe jedes Punkts in Ihrem Schädel herunterrattere? Das könnte ich tun. Ich habe mich so daran gewöhnt, an Nalia zu arbeiten, dass sie ein Teil von mir geworden zu sein schien. Eine ... Freundin. Es ist bedauerlich, dass Sie Ihr kein Freund gewesen sind.« Sie nahm die Diskette aus dem Computer. »Träumen Sie manchmal von ihr, Armandariz?«

»Nein.«

»Das wird sich jetzt ändern.« Sie wandte sich wieder zu der Rekonstruktion um. »Weil Sie wissen, dass Sie unrecht haben. Sie werden sich nicht länger selbst belügen können.« Sie nahm die Rekonstruktion und machte Anstalten, sie wieder in der Schachtel zu verstauen. »Kommen Sie, Montalvo. Ich kann nichts ...«

»Halt.« Armandariz starrte den Schädel an. »Lassen Sie sie hier.«

Sie wurde starr. »Das geht nicht. Ich bin für sie verantwortlich.«

Armandariz schaute zu Montalvo. »Ich behalte sie, Montalvo.«

Montalvo fixierte ihn. »Warum?«

»Ich behalte sie.«

»Das ist keine Erklärung.«

»Lassen Sie sie hier.« Manuel trat vor. »Ich passe auf, dass ihr nichts passiert. Ich betrachte es als meine Pflicht.«

»Wir müssen sie zu ihrer letzten Ruhestätte bringen«, sagte Eve. »Sie ist keine Karte, die man beliebig hin- und hertauschen kann.«

»Ich weiß.« Montalvo blickte Armandariz forschend

ins Gesicht. »Also gut, wir lassen sie erst einmal hier. Ich komme morgen wieder und hole sie.«

»Den Teufel wirst du tun«, sagte Armandariz. »Ich behalte sie. Du hast sie mir schon einmal weggenommen. Das lasse ich mir nicht noch ein zweites Mal gefallen.«

»Morgen.« Er fasste Eve am Ellbogen und drängte sie zum Zelteingang. »Keine Diskussionen mehr, Eve.«

»Machen Sie mir keine Vorschriften.« Sie drehte sich um und warf Armandariz einen wütenden Blick zu. »Dies ist keine hübsche Statue von Ihrer Tochter. Es ist ein Teil ihres Körpers. Wenn Sie das nicht glauben können, geben Sie mir den Schädel zurück.«

Armandariz antwortete nicht. Sein Blick war erneut starr auf die Rekonstruktion gerichtet.

»Er glaubt es ja«, sagte Manuel, während er sich neben Armandariz stellte und ihm eine Hand auf die Schulter legte. »Geben Sie ihm Zeit mit ihr.«

Eve zögerte und versuchte, den Gesichtsausdruck des älteren Mannes zu deuten. Er hatte die Lippen fest aufeinander gepresst, sein Gesicht war blass und angestrengt, und seine Augen ... Sie machte auf dem Absatz kehrt und marschierte vor Montalvo aus dem Zelt.

»Hat er recht?«, fragte sie ihn, sobald sie sich ein paar Meter vom Zelt entfernt hatten. »Glaubt Armandariz uns?«

»Sie hätten das Zelt nicht verlassen, wenn Sie nicht dieser Meinung wären«, antwortete Montalvo. »Sie waren großartig, Eve.«

»Wie lange wird es dauern, bis Sie mit ihm darüber reden können, Diaz' Verfolgung aufzunehmen?«

»Wie Manuel schon sagte – geben wir ihm ein bisschen Zeit mit seiner Tochter. Er muss erst einmal damit klarkommen, dass sie tot ist und dass er selber Fehler begangen hat, die seiner kostbaren Sache geschadet haben.«

»Ich habe keine Zeit. Ich muss Joe helfen.«

»Das werden Sie. Sobald wir wieder im Lager sind, setze ich mich mit Miguel in Verbindung und höre mir an, was er herausgefunden hat.«

»Ich bin nicht ganz sicher, dass Armandariz uns glaubt.«

»Aber ich. Er hat von der Rekonstruktion gesprochen, als wäre sie ein Mensch und kein Gegenstand. Und er war genauso besitzergreifend, wie er sich auch Nalia gegenüber immer benommen hat. Er wollte absolut nicht, dass Nalia mich heiratete. Er meinte, ich hätte sie ihm gestohlen.«

»Und – stimmte das?«

»Ja, ich war ein genauso besitzergreifender Idiot wie er. Aber jetzt gehört sie keinem von uns.«

Sie schüttelte den Kopf. »Jetzt gehört sie Ihnen beiden. Solange Sie Ihr Andenken lieben.«

Er schwieg einen Moment. »Vielleicht haben Sie recht.«

»Natürlich habe ich recht.« Sie waren beim Jeep angekommen, und sie kletterte auf den Beifahrersitz. »Gott weiß, wie häufig ich danebenliege. In letzter Zeit scheine ich Fehler zu machen, wo ich gehe und stehe. Aber in diesem Fall habe recht.«

Armandariz hatte die letzten zehn Minuten keinen Ton gesagt. Er blickte unverwandt auf das Gesicht der Rekonstruktion.

»Es war nicht Ihre Schuld.« Manuel setzte sich auf den Campingstuhl neben ihm. »Sie hätte kein solches Risiko eingehen dürfen. Sie hätte warten müssen, bis Sie überzeugt gewesen wären, dass Diaz unaufrichtig war.«

»Sie hat nie auf irgendetwas gewartet«, sagte Armandariz. »Ich habe sie gelehrt, Entscheidungen zu treffen und danach zu handeln. Deshalb war sie eine so gute Soldatin.« Er berührte zärtlich ihre Wange. »Ich hatte vergessen, wie schön sie war. Ich wollte es vergessen. Sie sieht mir tatsächlich ähnlich, nicht wahr?«

»Ja.«

»Ich habe diese Duncan angelogen. Ich träume schon manchmal von Nalia.«

»Es geht sie nichts an.«

»Ich träume von dem kleinen Mädchen, das sie einmal war – damals, als sie mir gehörte. Bevor Montalvo kam und sie mir wegnahm.«

»Nalia hat Sie immer geliebt. Sie hat Montalvo hierbehalten, weil sie wusste, dass er wichtig für unsere Sache war, wichtig für Sie, Antonio.«

»Ich weiß, dass sie mich geliebt hat.« Sein Gesicht zuckte vor Schmerz. »Aber die Schlampe hatte recht: Ich bin ihr kein guter Freund gewesen. Ich wollte nicht, dass Montalvo recht hatte. Ich wollte nicht, dass Nalia recht hatte, was Diaz betraf. Sie sollte meinem Urteil vertrauen, wie sie es immer getan hatte, bevor sie heiratete.«

»Jeder macht Fehler«, sagte Manuel. »Nalia war meine Freundin. Ich hätte Ihr Urteil hinterfragen, hätte Ihnen sagen sollen, dass wir uns womöglich irrten.« Er verzog das Gesicht. »Aber Sie irren sich nicht sehr häufig, Antonio. Ich bin nicht daran gewöhnt, mich gegen Sie behaupten zu müssen.« Er machte eine Pause. »Was werden wir jetzt tun?«

Armandariz schüttelte den Kopf. »Ich weiß es nicht. Ich weiß im Augenblick gar nichts.« Seine Stimme schwankte. »Ich möchte nicht nachdenken. Ich möchte nur hier sitzen und meine Tochter anschauen, die zu mir nach Hause gekommen ist.«

Eves Handy klingelte, als sie erst ein paar Kilometer von Armandariz' Lager entfernt waren.

»Wo sind Sie, Eve?«, fragte Diaz, nachdem sie sich gemeldet hatte. »Ich habe gehört, dass Sie an Montalvos Verhandlungen beteiligt sind. Haben Sie sich schon mit Armandariz getroffen?«

»Woher wissen Sie, dass ich mich mit Armandariz treffen wollte, Diaz?«

Montalvos Hände krampften sich um das Steuer, während sein Blick zu ihr flog.

»Ich habe Leute in Montalvos Lager. Haben Sie nach Ihrer Begegnung mit meinem kleinen Reptilienfreund noch Zweifel daran gehabt? Sie sind nirgends vor mir sicher, egal, wo Sie sind.«

»Leere Drohungen. Sie haben zweimal versucht, mich umzubringen, und beide Male ist es Ihnen nicht gelungen.«

Schweigen am anderen Ende der Leitung. »Sie machen mich wütend. Das ist nicht sehr schlau von Ihnen.«

»Warum rufen Sie mich an? Wenn Sie wissen, dass wir bei Armandariz' waren, wissen Sie sicherlich auch, dass die Rekonstruktion fertig ist.« Sie schwieg einen Moment. »Und es gibt keinen Zweifel, dass es sich um Nalia Armandariz handelt.«

»Es gibt immer Zweifel. Soll ich Ihnen sagen, was Sie meinem alten Freund Antonio erzählen werden? Es sei alles eine riesengroße Lüge. Sie hätten das Gesicht nach Montalvos Vorgaben geformt. Der Schädel stamme nicht von dieser Hure.«

»Warum sollte ich das tun?«

»Weil Sie mir eine Gefälligkeit damit erweisen. Armandariz wird Ihnen glauben, weil er es glauben möchte. Er mag unsere lauschige Freundschaft und möchte sie erhalten. Sie brauchen ihm nur zu erzählen, was für ein Lügner Montalvo ist, und er wird sehr glücklich sein.«

»Aber ich will Ihnen keine Gefälligkeit erweisen.«

»O doch, das wollen Sie. Ihnen liegt nicht das Geringste an Montalvo. Er ist bloß ein fetter Gewinn für Sie. Mit seinem Geld kann ich konkurrieren.« Er senkte die Stimme. »Und ich habe etwas, das er Ihnen nicht geben kann.«

»Was?«

»Ihren Geliebten. Möchten Sie Joe Quinn lebend wiedersehen?«

Sie erstarrte, und Panik erfasste sie. Himmel.

»Sie bluffen.«

»Ich würde Sie ja mit ihm sprechen lassen, aber meine Männer waren ein bisschen grob, als sie ihn gefangen genommen haben, und jetzt ist er bewusstlos.«

Sie versuchte, ihre Stimme fest und ruhig klingen zu lassen. »Wie praktisch.«

»Aber vielleicht haben sie auch gar nichts damit zu tun. Vielleicht liegt es an der scheußlichen Wunde, die Duarte ihm beigebracht hat. Sie könnte aufgeplatzt sein, und womöglich verblutet er jetzt. Soll ich meine Männer bitten, schnell nachzusehen?«

»Sie Scheißkerl.«

»Keine Flüche. Sie müssen höflich zu mir sein. Sie wollen sich doch nicht mit einem schlechten Gewissen belasten, wenn ich so wütend werde, dass ich Armandariz vergesse und beschließe, Sie zu bestrafen.« Sein Ton wurde scharf. »Wenn Armandariz irgendetwas gegen mich unternimmt, ist Quinn tot. Wenn ich mit ihm rede und merke, dass seine Loyalität mir gegenüber schwankt, ist Quinn tot. Wenn Montalvo mich angreift, ist Quinn tot. Haben Sie mich verstanden?«

»Sie drücken sich sehr klar aus.«

»Gut. Dann passen Sie jetzt auf. Nachdem Sie Armandariz klargemacht haben, was für eine Lügnerin und Betrügerin Sie sind, bringen Sie die Rekonstruktion her und überlassen Sie sie mir.«

»Sie wissen genau, dass Montalvo das nicht zulassen wird.«

»Dann stehlen Sie sie. Es ist mir egal, wie Sie es anstellen. Sie sind doch offenbar eine intelligente Frau. Lassen Sie sich etwas einfallen. Montalvo wird ihn nicht als Beweismittel gegen mich verwenden. Ich habe das Skelett. Bringen Sie mir den Schädel.«

»Damit Sie ihn wieder in den Sumpf werfen können?«

»Nein, ich habe inzwischen dazugelernt. Diesmal wird seine Asche in alle vier Winde verstreut.«

»Ich mach's nicht. Ich habe keinerlei Beweis, dass Joe wirklich bei Ihnen ist.«

»Keine Sorge, Sie bekommen Ihren Beweis. Sie finden ihn vor, sobald Sie wieder in Montalvos Lager sind.« Er legte auf.

Ruhig bleiben. Nicht in Panik ausbrechen. Nicht zusammenklappen.

»Quinn?«, fragte Montalvo leise.

Sie nickte. »Diaz behauptet, er habe ihn. Aber er könne nicht sprechen, weil er bewusstlos sei.«

»Das könnte eine Lüge sein.«

»Das habe ich ihm auch gesagt.« Sie rieb sich die Schläfe. »Kein Beweis. Er sagt, der Beweis wartet im Lager auf mich.«

»Was will er für Quinn haben?«

»Schadensbegrenzung. Ich soll Armandariz sagen, ich hätte die Rekonstruktion gefälscht. Und ich soll Diaz den Schädel aushändigen, damit er nicht als Beweismittel verwendet werden kann.«

»Sonst krepiert Quinn.«

»Ja. Es könnte gelogen sein. Rufen Sie Miguel an und fragen Sie ihn, ob er etwas weiß.«

Er nickte, griff nach seinem Handy und wählte. Nach ein paar Sekunden schüttelte er den Kopf. »Keine Antwort.« Er legte das Handy weg. »Ich versuche es später noch einmal. Vielleicht ist er an einem Ort, wo ein klingelndes Telefon eine Gefahr darstellt.«

Das war nicht die Antwort, die sie sich erhofft hatte. Nichts lief richtig, dachte sie verzweifelt. »Beeilen Sie sich. Ich muss zum Lager zurück.«

»Ich beeile mich ja.« Montalvo drückte aufs Gaspedal. »Aber es dauert trotzdem noch eine Stunde.«

Eine Stunde, die ihr wie ein Jahrhundert vorkommen würde. Sie starrte blind aus dem Fenster. »Ich weiß nicht, ob ich seinen Beweis überhaupt sehen will.«

»Doch. Sie stecken den Kopf nicht in den Sand. Sie schauen sich die Sache an, und dann finden wir einen Weg, den Scheißkerl auf die Hörner zu nehmen.«

Sie spürte ein wenig Wärme in ihren Körper zurückkehren. Es war gut, mit der Angst nicht allein zu sein. »Ja. Genauso machen wir es.«

Wenige Minuten, bevor sie das Lager erreichten, erhielt Montalvo einen Anruf. Er explodierte, nachdem er nur einen Moment lang zugehört hatte. »Scheiße. Nein, unternehmen Sie nichts. Ich bin gleich da.« Er klappte sein Handy zu. »Das war Soldono.«

»Was ist los?«

»Ich glaube, Diaz hat seinen Beweis abgeliefert.« Die Tore des Lagers ragten vor ihnen auf, und mehrere Männer liefen außerhalb der Tore umher. »Verdammt soll er sein.«

Er trat hart auf die Bremse und sprang aus dem Jeep, als Soldono ihm entgegenkam.

»Wo?«, fragte Montalvo schroff.

»Um die Ecke, an der Westmauer«, sagte Soldono. »Ich weiß nicht, wie lange …« Er brach mitten im Satz ab und rannte hinter Montalvo her.

Eve sprang ebenfalls aus dem Wagen und folgte ihnen. Als sie um die Ecke des Lagers bog, konnte sie die Kegel mehrerer Taschenlampen sehen. Sie waren allesamt auf eine Stelle an der Mauer gerichtet, ein paar Meter von ihr entfernt. Was zum Teufel war …

Sie blieb wie angewurzelt stehen. »Oh, mein Gott.«

Miguel.

Entsetzen packte sie. Sie hörte undeutlich, wie Montalvo fluchte, als er bei der Mauer war, doch alles schien surreal, verloren in dem grauenhaften Anblick, der sich ihr bot.

Miguel war an ein behelfsmäßiges Kreuz genagelt, das an der Lagermauer lehnte. Ein Lederriemen knebelte ihn, doch seine Augen …

Todesqualen.

»Holt ihn runter«, sagte sie. »Er lebt noch. Schaut euch seine Augen an.«

»Ich habe schon ein paar Männer losgeschickt, damit sie eine Leiter holen«, sagte Soldono. »Sie müssten gleich – da sind sie.« Er trat beiseite, während Montalvo die Leiter packte und die Sprossen hinaufsprang.

»Zwei Männer müssen sich unter ihn stellen und das Gewicht abfangen.« Montalvo riss Miguel den Riemen vom Mund. »In ein paar Minuten haben wir dich unten. Alles wird gut.«

»Es«, keuchte Miguel, »tut ... weh.«

»Ich weiß«, sagte Montalvo mit unsicherer Stimme. »Es ist bald vorbei. Das verspreche ich dir.«

»Ich habe ... versagt.«

»Nein, es war nicht deine Schuld.«

»Doch. Ich ... ich mach's wieder gut, Colonel.«

»Ja, sicher. Indem du wieder gesund wirst.« Er rief nach unten: »Haben Sie Dr. Diego Bescheid gegeben, Soldono?«

»Gleich nachdem ich Sie angerufen hatte«, sagte Soldono. »Er müsste gleich da sein. Wie kann ich Ihnen sonst noch helfen?«

»Wir müssen ihn ins Haus bringen, aber ich möchte die Nägel nicht selber rausnehmen. Ich will seine Hände nicht noch schlimmer zurichten. Am besten holen Sie und ein paar Männer eine Trage, und wir legen ihn mitsamt dem Kreuz darauf und tragen ihn ins Haus.« Er schaute zu Eve. »Bereiten Sie ein Zimmer für ihn vor. Ich möchte ihn in meiner Nähe haben.«

»Ich gebe ihm Joes Zimmer.« Eve drehte sich um, rannte um die Ecke und eilte durch das Tor. Sie war froh, etwas zu tun zu haben, das sie von dem Entsetzen ablenken konnte, dem Mitleid, das sie durchströmte.

Herrgott, der arme Junge.

Ein Beweis.

Blinde Wut verdrängte ihr Entsetzen, als sie sich an Diaz' Worte erinnerte. Er hatte ihr diese grässliche Botschaft geschickt, um sie in Angst und Schrecken zu versetzen. Es war kaum zu fassen, dass jemand so grausam sein konnte.

Er war ein Monster.

Und dieses Monster hatte Joe.

14

»Wie geht es ihm?«, fragte Eve Montalvo, als er aus dem Zimmer kam. »Was hat der Arzt gesagt?«

»Er wird überleben. Er hat ziemlich viel Blut verloren und bekommt jetzt eine Transfusion. Soldono hat dieselbe Blutgruppe wie er«, sagte Montalvo. »Er muss an beiden Händen operiert werden. Ich schicke ihn dafür zu einem Spezialisten. Er hatte Glück, dass seine Arme über das Kreuz gelegt waren und ein wenig von seinem Gewicht tragen konnten. Er wird auf jeden Fall wieder gesund. Dafür sorge ich. Zwei seiner Rippen sind gebrochen. Diaz hat ihn verprügeln lassen, bevor sie ihn ans Kreuz genagelt haben. Keine inneren Verletzungen außer den Brüchen.« Er presste die Lippen aufeinander. »Er hat mir gesagt, er habe noch Glück gehabt. Diaz habe keinen Zweifel daran gelassen, dass er ihn umgebracht hätte, wenn er Ihnen nicht eine Nachricht hätte übermitteln wollen.«

»Und die Nachricht lautet, dass Diaz Joe hat?«

Er nickte. »Er hat ihn im Schloss gesehen. Diaz' Männer haben ihn im Wald in der Nähe des Dorfs aufgegriffen.«

»Und Galen?«

»Galen war nicht bei ihm.«

»Was?«

»Vielleicht haben sie sich getrennt, und nur Quinn wurde gefangen genommen. Galen ist jedenfalls definitiv nicht im Schloss.«

Eve runzelte die Stirn. »Galen würde Joe doch nicht im Stich lassen.«

Montalvo zuckte die Achseln. »Ich kann nur wiedergeben, was Miguel mir erzählt hat.«

Und was er erzählt hatte, nahm ihr die letzte Hoffnung – nämlich die, dass Diaz gelogen hatte, als er sagte, Joe sei sein Gefangener.

»Wie ist das überhaupt passiert? Warum wurde Miguel gefangen genommen?«

»Miguel meint, es gebe einen Informanten. Diaz' Männer haben das Dorf durchsucht.«

»Dieser Destando, von dem Sie mir erzählt haben?«

»Sie können sicher sein, dass ich ihm einen Besuch abstatten werde.«

»Darf ich zu Miguel?«

Er nickte. »Aber nur kurz. Und wundern Sie sich nicht, wenn er wirres Zeug redet. Er steht unter dem Einfluss von Beruhigungsmitteln.«

»Ich werde ihm nicht zusetzen. Ich möchte ihm nur sagen, dass ich da bin, falls er mich braucht. Irgendwie fühle ich mich schuldig – schließlich hatte es auch mit mir zu tun, dass Sie ihn in Diaz' Territorium geschickt haben.«

»Sie?«, fragte er bitter. »Sie trifft nicht die geringste Schuld. Die Schuld trifft Miguel, weil er meinem Befehl zuwidergehandelt hat, und mich, weil ich ihm einen Auftrag erteilt habe, bei dem alles Mögliche passieren konnte.« Er fügte grimmig hinzu: »Und passiert ist.«

»Ich war wütend. Das hat Sie vielleicht beeinflusst.«

»Es hat mich nicht beeinflusst. Ich habe lediglich das getan, was ich mit jedem meiner Männer tun würde, der sich meinen Befehlen widersetzt. Wer einen Fehler macht, muss ihn korrigieren.«

Harte Worte. Harter Mann. Und doch drückte dieser letzte Satz ein Leitmotiv ihres eigenen Lebens aus. Der berüchtigte Spiegel. »Ich glaube nicht, dass Sie es wirklich so schwarz-weiß sehen.«

»Herrgott, nein«, sagte er mit rauer Stimme. »Und in diesem Moment würde ich alles geben, wenn ich die Uhr zurückdrehen und ihn in dieses Dorf begleiten könnte.«

»Meinen Sie nicht, dass er allein eine weit bessere Chance hatte?«

»Das hilft nicht gegen dieses Bild, wie er da an der Mauer lehnte, geknebelt, damit er nicht schreien konnte.« Er wandte sich zum Gehen. »Ich muss jetzt einen Spezialisten an Ihrer Emory University in Atlanta anrufen und einen OP-Termin für Miguel vereinbaren.«

»Und dann?«

»Dann fange ich an, mir darüber Gedanken zu machen, wie ich Diaz in die Finger bekommen und ihn seinerseits ans Kreuz nageln kann.« Er marschierte mit großen Schritten den Flur hinunter.

Die Brutalität seiner Worte schockierte sie nicht. Die Erinnerung an den Anblick, der sich ihr vorhin geboten hatte, war noch zu lebendig. Montalvo glaubte an Rache, und es war nur natürlich, dass er den Mann bestrafen wollte, der dem Jungen, den er liebte, solch entsetzliches Leid zugefügt hatte. Sie konnte es ihm nicht verübeln. Sie war außer sich vor Wut und zu Tode erschrocken, dass Diaz glaubte, wie ein Berserker durchs Leben rennen und Tod und Verderben über die Menschen bringen zu dürfen, als wäre das sein gutes Recht. Die Nachricht, die er ihr geschickt hatte, war deutlich. Tu, was ich sage, oder das nächste Opfer heißt Joe. Was sollte sie bloß tun?

Sie öffnete die Tür und ging zu Miguel ins Zimmer, der

in demselben Bett lag, wo vorher Joe gelegen hatte. Seine Hände waren verbunden, das Gesicht, das normalerweise eine olivfarbene Tönung hatte, war blass, der Mund angespannt.

Als sie die Tür hinter sich schloss, öffnete er die Augen. »Ich ... hätte ... Quinn nicht laufen lassen dürfen«, flüsterte er. »Ich dachte nicht, dass sie ... ihn kriegen würden.«

»Ja, das war ein großer Fehler. Nur weil Sie verwundet sind, werde ich Ihnen jetzt nicht erzählen, dass es nicht so schlimm sei.« Sie ging zu ihm und stellte sich ans Bett. »Aber es tut mir trotzdem leid, dass Sie so viel ertragen mussten. Kann ich irgendetwas für Sie tun?«

Er versuchte zu lächeln. »Den Scheißkerl ... umbringen?«

»Keine schlechte Idee. Mir fällt niemand ein, der es mehr verdient hätte.«

»War nur ... ein Scherz. Das ist ... nicht Ihre Sache. Der Colonel ... erledigt das. Er hat es ... mir versprochen.«

»Dann ist es sicher schon so gut wie erledigt. Sonst noch etwas?«

»Tun Sie nicht, was Diaz will. Tun Sie ... niemals, was er will. Ich dachte, mein Vater wäre ein böser Mann. Diaz ist ...« Er schauderte. »Geben Sie nicht nach. Niemand sollte Diaz nachgeben. Er wird Quinn nicht am Leben lassen, egal ... was Sie tun.«

»Hat er das gesagt?«

»Er ist ... böse auf Sie. Er will Sie töten. Er will Ihnen Schmerzen zufügen. Und das kann er tun, indem er Quinn umbringt.« Er schaute auf seine bandagierten Hände hinab. »Es macht ihm Spaß, anderen Schmerzen zuzufügen. Er hat gelacht, als seine Männer mir die Nägel ... durch die Hände gehämmert haben.«

Tränen brannten ihr in den Augen, als sie die Hand ausstreckte und seinen Arm berührte. »Denken Sie nicht mehr daran. Es ist vorbei.«

»Ich glaube, den Schmerz kann ich irgendwann vergessen. Aber das Geräusch höre ich immer und immer wieder. Dieses Geräusch, wie die Nägel ins ...« Er hielt inne. »Sie weinen ja. Ich wollte Sie nicht zum Weinen bringen.« Seine Lippen verzogen sich zu der Andeutung eines Lächelns. »So schlimm ist es auch wieder nicht. Obwohl ich wahrscheinlich nie wieder Klavier spielen kann.«

»Und als nächstes kommt, dass Sie auch vorher nie gespielt haben. Das ist ein ganz alter Witz.« Unsicher fügte sie hinzu: »Aber wenn Sie wirklich Klavier spielen wollten, würde Montalvo es ganz bestimmt möglich machen.«

»Das glaube ich auch.« Er schloss die Augen. »Es ... tut ihm leid, was passiert ist. Er gibt es zwar nicht zu, aber er ... mag mich.«

»Ich denke, das ist ein offenes Geheimnis.«

»Und er will nicht, dass ich ... ihm helfe, Diaz zu schnappen.« Er begann immer undeutlicher zu sprechen. »Irrtum. Ich muss es tun.«

»Um Himmels willen, Sie sind verwundet. Ihr Zustand lässt es gar nicht zu, dass Sie irgendetwas tun.«

»... Quinn ... nicht laufen ... lassen ... dürfen.«

»Und Joe wird von Diaz festgehalten.«

»Muss ... helfen. Vielleicht hört dann ... das Geräusch ... auf ...«

»Miguel, Sie müssen sich jetzt nur darauf konzentrieren, gesund zu werden. Alles andere ist ...«

Er war eingeschlafen. Seine Brust hob und senkte sich stetig, und er atmete tief und regelmäßig. Montalvo hatte ihr gesagt, er bekomme Beruhigungsmittel und sie solle nicht zu lange bleiben, und vermutlich hatte sie die Grenze längst überschritten. Als sie auf Miguel hinabschaute, fühlte sie sich hin und her gerissen zwischen Mitleid, Wut und einer Art mütterlichem Schutzinstinkt. Er war noch ein Junge, verdammt.

Behutsam zog sie seine Decke höher und ging zur Tür.

Tun Sie nicht, was Diaz will.

Leicht gesagt. Irgendeinen Befehl von dieser Bestie zu befolgen, war ohnehin das Letzte, was sie wollte.

Joe. Was war mit Joe?

Aber Miguel hatte gesagt, Joe sei sowieso ein toter Mann, ob sie Diaz gehorchte oder nicht.

Er würde *nicht* sterben. Sie würde es auf keinen Fall zulassen.

Denk nach. Es musste einen Ausweg geben. Diaz war ein Drache, der jedem von ihnen nach dem Leben trachtete. Sie durften ihn nicht siegen lassen. Und doch sah im Moment alles danach aus, als ob genau das geschehen würde, dachte sie bitter.

Sie schloss die Tür hinter sich und ging über den Flur zu ihrem Zimmer. Schnell unter die Dusche springen, etwas anderes anziehen und sich dann hinsetzen und eine Lösung austüfteln, wie sie alle heil aus der Situation herauskamen.

Ihr Handy klingelte, noch bevor sie ihre Zimmertür erreicht hatte.

»Wie hat Ihnen mein Bote gefallen?«, fragte Diaz. »Ich fand, es war eine aufsehenerregende Art, Ihnen meine Wünsche zu übermitteln.«

»Es war entsetzlich. Sie sind entsetzlich.«

»Wenn Worte töten könnten ... Gibt es da nicht so ein Sprichwort? Ich habe keine Worte benutzt, um ihm die

Knochen zu brechen. Ich habe meinen Männern Baseballschläger gegeben.«

»Und dann haben Sie ihn gekreuzigt.«

»Das war doch sehr passend. Eine biblische Note.«

»Eine satanische Note.«

»Es ist nichts im Vergleich dazu, was ich mit Quinn anstellen werde, wenn Sie meine Anweisungen nicht haargenau befolgen. Wussten Sie, dass ich schon mal jemanden in Öl gekocht habe? Er hat sehr lange gebraucht, um zu sterben. Ich war angenehm überrascht. Ich dachte, es würde im Handumdrehen vorbei sein.« Sein Ton verschärfte sich. »Ich will den Schädel morgen Abend in Händen halten. Und bis morgen Nachmittag liefern Sie mir den Nachweis, dass Armandariz Sie für eine schäbige Lügnerin hält.«

»Ich wäre verrückt, wenn ich all das tun würde, ohne sicher sein zu können, dass Sie Joe dann wirklich freilassen. Auf Ihr Wort gebe ich nichts.«

»Da mögen Sie recht haben. Aber ich habe hier das Sagen. Sie tun, was ich verlange, sonst stirbt Quinn.«

Sie schwieg, während hundert panische Gedanken durch ihren Kopf jagten. Was wusste sie über Diaz? Verdammt, hierauf war sie nicht vorbereitet. Sie musste ihrem Instinkt folgen. »Auch ich könnte dabei sterben. Warum sollte ich mein Leben riskieren, wenn Sie mir keine Chance lassen, heil aus der Sache rauszukommen?«

»Weil Sie eine schwache Frau sind und er Ihr Geliebter ist.«

Das war der stärkste Joker, den Diaz in der Hand hielt. Den musste sie ihm wegnehmen. »Ich fände es ganz furchtbar, wenn Joe etwas zustoßen würde, aber mein Geliebter ist er nicht mehr.«

Schweigen. »Sie lügen. Er ist Ihnen hierher gefolgt. Er hat sich für Sie beinahe erschießen lassen.«

»Aber warum musste er mir folgen? Warum habe ich diesen Job angenommen? Für Geld? Wenn Sie genauere Nachforschungen über mich angestellt hätten, wüssten Sie, dass Geld mir nicht so wichtig ist.«

»Geld ist allen Menschen wichtig.« Er machte eine Pause. »Warum sonst?«

»Wegen Montalvo. Meine Beziehung zu Joe war langweilig geworden. Montalvo ist neu und aufregend.«

»Sie gehen mit ihm ins Bett?«

»Sooft ich kann.«

»Das glaube ich Ihnen nicht.«

»Glauben Sie, was Sie wollen. Ich habe es geheim gehalten, weil ich Joe nicht verletzen wollte, bevor ich endgültig Schluss machen konnte. Aber das Leben zeigt sich mir im Augenblick von einer sehr angenehmen Seite, und ich habe nicht vor, es für einen Mann wegzuwerfen, von dem ich mich sowieso trennen werde. Wenn ich mich entscheide, Ihre Anweisungen zu befolgen, will ich mit heiler Haut davonkommen.«

»Und dann gehen Sie zurück zu Montalvo?«

»Genau. Und Joe verfrachte ich in ein Flugzeug nach Atlanta und sage ihm Lebewohl.«

»Da machen Sie einen schlechten Tausch. Montalvo wird die nächsten paar Wochen nicht überleben.«

»Bisher haben Sie es noch nicht geschafft, ihn umzubringen. Er ist hart im Nehmen. Das ist eine der Eigenschaften, die mich an ihm faszinieren.«

»Hure.«

»Biest. Lassen Sie sich etwas einfallen, wie ich heil aus der Sache herauskomme, und ich lasse mir etwas einfallen, um Ihnen den Schädel zu bringen.«

Erneutes Schweigen an anderen Ende. »Ich denke drüber nach.« Er legte auf.

Aber wenn es ihr gelungen war, ihn zu überzeugen, würde er wieder anrufen. Gegen Ende des Gesprächs hatte sie den Eindruck gehabt, dass er ihr die Lüge abkaufte. Herrje, sie hatte einen Riesensprung gewagt, und sie war nicht sicher, ob sie Joe dabei nicht den Abgrund hinuntergestoßen hatte. Doch sie hatte keine andere Wahl gehabt. Diaz benutzte ihre Liebe zu Joe als Waffe, die sie beide töten konnte. Die einzige Möglichkeit, ihm seine dominierende Rolle in dieser Situation streitig zu machen, bestand darin, ihm diese Waffe abzunehmen.

Und was würde sie tun, wenn er wieder anrief? Sich anhören, was für ein Geschäft er ihr vorschlug, und dann einen Weg finden, wie sie Joe retten konnte. Was im besten Fall auf eine Verlegenheitslösung hinauslief. Sie musste sich etwas Besseres ausdenken. Sie musste Diaz die Kontrolle entreißen. Selber handeln, nicht bloß reagieren. Und sie hatte keinen blassen Schimmer, wie sie das anstellen sollte.

Diese Ratlosigkeit musste sie allerdings schleunigst überwinden, dachte sie verzweifelt, während sie in ihr Zimmer ging. Sie musste einen Plan zur Gegenwehr entwickeln, auf jede Falle, die Diaz ihr stellen mochte, vorbereitet sein.

Weitermachen. Tun, was sie gerade tun wollte, als dieser Anruf gekommen war und sie bis ins Mark erschüttert hatte. Duschen. Frische Sachen anziehen. Etwas essen. Und während dieser banalen Tätigkeiten jede Minute dazu nutzen, nachzudenken und einen Ausweg zu suchen …

Diaz hatte noch nicht wieder angerufen, als sie fertig umgezogen war. Sie hatte allerdings auch nicht erwartet, dass er schnell handeln würde. Vermutlich musste er erst eine Weile überlegen, ob sie die Wahrheit gesagt hatte, um dann zu entscheiden, in welcher Weise er auf ihren Vorschlag eingehen konnte.

Auf dem Weg zur Tür kam sie an einem Spiegel vorbei und schnitt eine Grimasse. Es war ihr gutes Recht, müde auszusehen, schließlich hatte sie seit fast zwei Tagen nicht geschlafen, doch sie wirkte regelrecht ausgezehrt. Wie Diaz sich freuen würde, wenn er sie so sehen könnte. Aber sie fühlte sich nicht annähernd so erschöpft, wie sie aussah. Sie stand unter Strom.

Montalvo blickte auf, als sie die Bibliothek betrat. »Geht's Ihnen besser? Miguel gibt Ihnen nicht die geringste Schuld.«

»Ihnen auch nicht?« Sie ließ sich auf den Besucherstuhl fallen. »Er könnte seine Verletzung benutzen, um Sie zu manipulieren. Dazu wäre er fähig.«

»Ich weiß. Und ich werde ihm garantiert noch eins auf den Deckel geben.« Er fügte hinzu: »Wenn der Mistkerl wieder auf dem Damm ist.«

»Er will Diaz selber an den Kragen. Aber er hat mir gesagt, das würden Sie nicht zulassen. Das ist gut.«

»Vielleicht. Aber vielleicht wäre es auch besser, ihm irgendeine Rolle zu geben. Nach allem, was er durchgemacht hat, verdient er eine gewisse eigene Genugtuung.«

»Stimmt. Aber ich bin mehr daran interessiert, Joe aus dem Schloss zu befreien, als Sie beide Ihren Rachegelüsten nachgehen zu lassen.«

»Selbst wenn eins das andere befördert?« Er wartete ihre Antwort nicht ab. »Hat Diaz Sie schon zurückgerufen?«

»Ja.«

Er erstarrte. »Und?«

»Wie gehabt. Plus ein wenig zusätzliche Häme im Hinblick auf Miguel.« Sie schauderte. »Er hat es genossen.«

»Daran habe ich keinen Zweifel.«

»Ich auch nicht.« Sie richtete sich auf. »Und ich werde nicht zulassen, dass er Joe etwas Ähnliches antut. Also muss ich schnell handeln. Er will den Schädel haben. Ich werde ihn ihm geben. Mit allem Firlefanz, den er sonst noch von mir verlangt hat. Ich soll Armandariz weismachen, dass ich ihm nicht die Wahrheit gesagt hätte, was die Aussagekraft der Rekonstruktion anbelangt. Ich brauche Ihre Hilfe, um Kontakt mit Armandariz aufzunehmen.«

»Sie wollen Armandariz sagen, Sie hätten ihn angelogen?«, fragte er schroff. »Das kommt nicht in Betracht.«

»Sagen Sie das nicht. Ich werde alles tun, was nötig ist, um Joe von ihm wegzuholen.«

»Ich lasse nicht zu, dass Sie ihm den Schädel geben.«

»Wenn Sie eine andere Idee haben – ich bin für alle Vorschläge offen.«

»Sie werden ihm den Schädel nicht geben.«

Sie saß da und schaute ihn an.

Er fluchte leise. »Er wird Ihnen die Kehle durchschneiden, wenn Sie in seine Nähe kommen.«

»Ich arbeite gerade daran, das zu verhindern. Er hat die Situation nicht mehr vollkommen unter Kontrolle.«

»Unsinn.«

»Ich habe ihm gesagt, dass ich mich nur dann auf seine Bedingungen einlasse, wenn es einen sicheren Ausweg für mich gibt, und dass ich für Joe nicht mein Leben aufs Spiel setzen werde.«

»Und das hat er Ihnen geglaubt?«

»Vielleicht. Das werden wir sehen. Ich habe versucht, meine Geschichte so glaubwürdig wie möglich klingen zu lassen.« Sie blickte ihm direkt in die Augen. »Ich habe ihm erzählt, dass ich mit Ihnen ins Bett gehe und Joe sowieso verlassen wolle.«

»Wirklich?«, murmelte er. »Warum?«

»Ich brauchte eine Erklärung dafür, warum ich gar nicht so erpicht darauf bin, Joe freizubekommen. Das hat mir eine stärkere Verhandlungsposition gegeben.«

»Falls Diaz Ihnen geglaubt hat.«

»Ich denke, er hat mir geglaubt. Wenn er zurückruft, wissen wir mehr.« Sie fügte hinzu: »Und wenn er einverstanden ist, mache ich einen Treffpunkt aus.«

»Nein«, sagte Montalvo tonlos. »Vergessen Sie's. Es kommt nicht in Frage.«

Verzweiflung packte sie. Seine Weigerung überraschte sie nicht, doch sie hatte gegen alle Vernunft gehofft, er würde anders reagieren. Sie stand auf. »Ist das Ihr letztes Wort?«

Er nickte und wiederholte: »Es kommt nicht in Frage. Ich werde Sie nicht von einem Kreuz herunterholen, Eve.«

Sie drehte sich abrupt um und verließ den Raum.

Mein Gott, wie allein sie sich fühlte. Sie hätte Montalvos Hilfe dringend gebraucht, und nun war klar, dass er sie ihr verweigerte. Sie konnte seinen Standpunkt sogar verstehen. Er hatte Jahre dafür gebraucht, Armandariz so weit zu bringen, und nun war er nicht bereit, seinen Vorteil wieder aufzugeben. Na schön, dann musste sie sich eben allein behelfen. Sie würde jetzt erst einmal in ihr Zimmer gehen und ein paar Stunden schlafen. Ihr schwante, dass sie in nächster Zeit nicht allzu viel Gelegenheit dazu haben würde. Danach würde sie sich hinsetzen und überlegen, wie sie aus diesem Dilemma herauskam.

Sie hatte gedacht, sie würde eine Weile brauchen, um abzuschalten, doch sie fiel augenblicklich in Tiefschlaf.

Vom Klingeln ihres Handys wachte sie vier Stunden später wieder auf.

Diaz?

Sie tastete hektisch nach dem Telefon auf dem Nachttisch. »Hallo.«

»Du klingst verschlafen. Wach auf, Eve. Wir haben einiges zu besprechen.«

»Galen?« Sie setzte sich kerzengerade auf. »Wo bist du?«

»Im Moment? Ich habe mich in einer Eiche versteckt, knapp zwei Kilometer von Diaz' Märchenschloss entfernt, und find's hier ziemlich unbequem. Ich bin an dieses raue Leben nicht mehr gewöhnt.«

»Ich denke, Joe hat es im Augenblick auch nicht sonderlich bequem.«

»Nicht meine Schuld.« Galens Stimme klang plötzlich nüchtern. »Er hat nicht mit sich reden lassen. Ich habe versucht, ihn zurückzuhalten. Ich habe ihm gesagt, ich würde für ihn in die Drachenhöhle gehen, aber er wollte nichts davon hören. Er meinte, es sei wesentlich sinnvoller, dass er gehe. Wahrscheinlich hatte er damit sogar recht. Diaz hätte nicht viel Verwendung für mich gehabt, außer meinen hübschen Kopf als Kaminschmuck zu benutzen. Quinns Chancen, am Leben zu bleiben, bis der Job erledigt ist, sind erheblich größer.«

»Du meinst, bis Diaz erledigt ist? Herrgott, Miguel hat erzählt, als er dort war, sei Joe noch bewusstlos gewesen. Er könne von Glück sagen, wenn er nicht verblutet.«

»Gut möglich, dass er gerade aufwacht. Ich benutzte meine akustischen Spionagegeräte, um das Schloss zu überwachen, und es kommt mir komisch vor, dass er noch nicht wieder bei Bewusstsein ist. Ich wette, er stellt sich tot. Und er wird nicht verbluten, es sei denn, Diaz öffnet seine Wunden. Aber das ist unwahrscheinlich. Diaz bevorzugt die Live-Unterhaltung. Er wird Quinn ignorieren, solange er schachmatt ist.«

»Was?«

»Quinn ist nicht dumm. Stur schon, aber nicht dumm. Er wusste, dass er zu schwach war, um wie gewohnt zu funktionieren. Deshalb hat er beschlossen, jede direkte Konfrontation zu vermeiden, bis er der Kröte die Kehle aufschlitzen kann. Er war ja nicht in Topform und durfte nicht riskieren, im Schloss in Diaz' Nähe zu kommen. Also haben wir uns geeinigt, den Bastard in die Luft zu jagen. Wir haben jede Menge Dynamit ums Schloss herumgelegt, das wir zünden wollten, sobald wir im Wald waren, aber dann merkten wir, dass es in der Ganzen Umgebung von Diaz' Männern wimmelte.«

»Das hat Miguel auch gesagt.«

»Jedenfalls wurden wir in die Enge getrieben, und Quinn warf mir den Zünder zu und rief mir zu, ich solle das erledigen. Dann wagte er sich aus der Deckung hervor und lenkte sie von mir ab. Er wusste, dass wir ihnen nicht gemeinsam entkommen konnten und dass er es in seinem Zustand sowieso nicht schaffen würde.« Er schwieg einen Moment. »Mut hat er, dein Joe, Liebes.«

»Das brauchst du mir nicht zu erzählen.«

»Aber ich konnte das Schloss nicht in die Luft sprengen. Dort haben sie schließlich Joe hingebracht. Wie gesagt, ich hocke hier und höre mir mithilfe dieser schicken, praktischen Überwachungsgeräte an, was im Schloss vor sich geht, und warte auf eine Gelegenheit. Ich dachte mir, im besten Falle kann ich in Erfahrung bringen, was sich dort abspielt, und dann Verstärkung anfordern.«

»Erzähl mir, was du bisher rausgefunden hast. Sag mir, wie ich dir helfen kann.«

»Also, die wichtigen Tagesordnungspunkte zuerst. Ich weiß nicht, wie lange ich in diesem Versteck bleiben kann. Sie suchen nach mir, seit sie Quinn gefasst haben. Ich muss vielleicht bald abhauen.«

»Dann rede schon, verdammt.«

Er lachte. »Okay, also in Steno. Erstens handle ich absolut Quinns Anweisungen zuwider. Er wollte nicht, dass du in die Sache reingezogen wirst. Aber ich habe gesehen, wie sie den Jungen, Miguel, am Kreuz aus dem Schloss getragen haben, und ich glaube, wir brauchen Hilfe von außen.« Seine Stimme wurde nüchterner, und die nächsten Worte kamen hart und schnell. »Als erstes musst du wissen, dass Montalvo ...«

Als Eve fünfzehn Minuten später das Handy weglegte, schlug ihr das Herz bis zum Hals. Anspannung? Hoffnung? Zum ersten Mal, seit sie erfahren hatte, dass Joe fort war, hatte sie das Gefühl, vielleicht einen Weg aus diesem Nebel des Grauens, den Diaz verursacht hatte, herausfinden zu können.

Sie schlug die Decke zurück und sprang aus dem Bett. Sie musste sich anziehen. Galen war am Ort des Geschehens und bereit, ihr zu helfen. Sie musste einen eigenen Plan entwickeln.

Sie warf einen Blick auf das Telefon. Diaz' Anruf lag Stunden zurück. Wollte er sie nervös machen? Ein psychologischer Trick? Vielleicht. Woher sollte sie das wissen, verdammt?

Los, ruf an, Diaz. Ich bin bereit für dich.

»Auf keinen Fall«, sagte Miguel. »Wenn Sie mich in den Hubschrauber nach Bogotá setzen, entführe ich ihn und komme zurück.«

»Eine solche Dummheit machst du ganz bestimmt nicht«, sagte Montalvo. »Ich habe dich etwas Besseres gelehrt.«

»Sie haben mich Loyalität und Teamarbeit gelehrt. Ich war dumm genug, mich erwischen zu lassen. Und ich bin eindeutig dumm genug, mich Ihnen in einer so schwierigen Lage aufzudrängen.«

»Mit zwei gebrochenen Rippen und den Händen da?«

»Mich stören nur die Hände. Mit allem anderen komme ich schon zurecht.« Er runzelte die Stirn. »Und meine Finger funktionieren ja schließlich noch. Ihnen fällt bestimmt etwas ein.«

»Miguel ...« Montalvo zuckte die Achseln. »Lass mich drüber nachdenken.«

»Sie wird Ihnen nicht mehr viel Zeit zum Nachdenken lassen«, sagte Miguel. »Als sie hier war, habe ich ihre Ungeduld gespürt. Ich tat ihr zwar leid, aber sie will ihren Mann wiederhaben.«

Er runzelte die Stirn. »Er ist nicht ihr Mann. Auf die Weise sind die beiden nicht voneinander abhängig. Das liegt nicht in ihrem Wesen.«

Miguel lächelte. »Sie möchten nicht, dass es so ist. Sehr interessant.«

»Warum sollte es mich kümmern, ob ...« Montalvo unterbrach sich. »Nein, ich möchte nicht, dass es so ist, du scharfsinniger Lausebengel. Du solltest dich darauf konzentrieren, gesund zu werden, anstatt dich um meine Angelegenheiten zu kümmern.«

»Aber Ihre Angelegenheiten sind auch meine. Ich kann nicht anders, als mich dafür zu interessieren. Das ist Ihre

Schuld, schließlich haben Sie mir damals das Leben gerettet.«

Montalvo seufzte. »Ich fange allmählich an, diesen Moment zu bereuen.«

Miguel schüttelte den Kopf. »Es nützt nichts, dass Sie das sagen. Ich habe Ihr Gesicht gesehen, als Sie mich vom Kreuz genommen haben. Sie waren so liebevoll wie Maria mit Jesus auf dem Kalvarienberg.«

»Ich glaube, mir wird gleich schlecht. Du bist genauso wenig Jesus, wie ich Maria bin. Du kriegst ja noch nicht mal das Geschlecht richtig hin.«

»Na ja, Sie wissen, was ich meine.«

»Wahrscheinlich wirst du mir dieses Jesus-Bild für den Rest deines Lebens vorhalten.«

»Gut möglich.« Sein Lächeln schwand. »Ich habe Ihnen gesagt, was ich tun muss. Jetzt sorgen Sie dafür, dass meine Mission Ihrer Mission den Weg bereitet.«

»Du hast meine Antwort gehört.«

Miguel blickte ihm direkt in die Augen. »Und Sie haben meine gehört. Ich mache keinen Rückzieher. Es ist mir egal, ob dadurch alles noch komplizierter wird. Lassen Sie sich etwas einfallen.«

Montalvo stand auf. »Vielleicht. Es hängt alles von Eve ab. Ich habe keinen blassen Schimmer, was im Moment eigentlich Sache ist.« Er ging zur Tür. »Jetzt schlaf erst mal und hör auf, dir immer neue Qualen für mich auszudenken.«

»Das ist meine Pflicht.« Miguel schloss die Augen. »Ich muss Sie lehren, demütig zu bleiben, Colonel. Und ich nehme diese Aufgabe mit Freuden an.«

»Daran habe ich keinen Zweifel«, sagte Montalvo und verließ das Zimmer.

Zur Hölle mit dem Jungen, dachte er verärgert. Er war

zwar erleichtert, dass Miguel sich so schnell erholte, doch dass sein Wille in dem Maße stärker wurde wie sein Körper, behagte ihm weniger. Miguel hatte schon immer über Energien und geistige Kräfte verfügt, die seinem Alter weit voraus waren, doch der Vorfall im Schloss hatte ihn verändert. Nein, nicht verändert, sondern ihn reifer und härter werden lassen.

Und warum auch nicht, verdammt? Eine Erfahrung dieser Art hätte manchen Mann in den Wahnsinn getrieben. Er konnte sich glücklich schätzen, dass sie Miguel lediglich abgehärtet hatte. Der Junge war absolut beeindruckend.

Und es war allerhöchste Zeit, dachte Montalvo grimmig, sich mit dem niederträchtigen Informanten zu befassen, der Miguel verraten hatte.

Er lief die Treppe hinunter, um Destando einen Besuch abzustatten.

Der Anruf von Diaz erreichte Eve vier Stunden später.

»Also gut«, sagte er. »Ich schlage ein Treffen an einem Ort außerhalb des Schlosses vor, wo Sie mir den Schädel übergeben können – vorausgesetzt, meine Informanten berichten mir, dass Armandariz kein Problem darstellt.«

Eve atmete erleichtert auf. »Er stellt kein Problem dar. Wo?«

»Im Wald auf der anderen Seite des Dorfs.«

»Wo sich dreißig Scharfschützen bereithalten können, die uns umlegen, sobald Sie den Schädel in den Händen halten? Kaum.«

»Ja oder nein.«

»Nein. Ich bin nicht bereit, für eine Beziehung zu sterben, deren Zeit abgelaufen ist. Ich habe Ihnen schon gesagt, dass ich leben möchte. Sie haben mir nicht die geringste Chance eingeräumt.«

»Dann töte ich Quinn.«

»Tun Sie, was Sie nicht lassen können. Rufen Sie mich an, falls Sie es sich noch anders überlegen.«

»Moment.« Diaz zögerte. Dann sagte er mit säuerlicher Stimme: »Vielleicht kommen wir doch noch zu einer Einigung. Wie lautet Ihr Vorschlag?«

»Dass Joe und ich unmittelbar nach der Übergabe von einem Hubschrauber abgeholt werden, der uns nach Bogotá zurückbringt. Ich werde Venable von der CIA bitten, uns einen Hubschrauber zu schicken. Wo ist Ihr Landeplatz?«

»Auf dem Gelände hinter dem Schloss.«

»Zu gefährlich für mich. Wo kann er sonst landen?«

»Es gibt noch einen Platz am Dorfrand, beim Friedhof.«

Sie schwieg. »Der Friedhof ist völlig ungeschützt. Ich wäre die ideale Zielscheibe. Wo könnte die Übergabe noch stattfinden?«

»Vielleicht in der Kirche auf dem Friedhofsgelände.«

Ja. Sie versuchte, unentschlossen zu klingen. »Ich weiß nicht recht ...«

»Ich habe keine Lust mehr auf Ihre Albernheiten. Wir treffen uns in der Kirche, oder Sie können das Ganze abhaken.«

Sie wartete ein paar Sekunden und sagte dann scheinbar widerstrebend: »Ich denke, die Kirche könnte sicher genug sein. Ich werde den Schädel nicht bei mir haben, aber er wird in der Nähe sein. Sobald ich sehe, dass Sie allein in der Kirche sind, hole ich ihn. Und ich werde den Hubschrauberpiloten bitten, in der Zwischenzeit über den Wald zu fliegen und Infrarot zu benutzen, falls dort jemand lauert, der uns beim Start ein Loch in den Benzintank schießen könnte.«

»Meine Güte, wie misstrauisch Sie sind.«

»Kein Kommentar. Ich habe gesehen, was Sie Miguel angetan haben. Sie sind ein Schlächter.«

»Montalvo mag den Jungen. Ich dachte mir, dass es ihm zusetzen würde.«

»Dann freut es Sie sicher zu hören, dass Sie recht hatten. Er weicht nicht von seiner Seite.«

»Was es Ihnen leichter machen dürfte, mir den Schädel zu bringen«, sagte er spöttisch. »Er wird Sie in seinem Bett nicht vermissen.«

»Leicht ist an der Sache gar nichts. Ich verhandle mit einem Mann, der sich das Hirn zermartert und geheime Pläne schmiedet, wie er seine Ziele erreichen und mich trotzdem töten kann. Selbst wenn ich Joe wohlbehalten nach Bogotá bringen kann, muss ich zurückkommen und mich Montalvo stellen, der vor Wut außer sich sein wird, weil ich seine Pläne durchkreuzt habe.«

»Das stimmt. Vielleicht wird er Sie sogar töten.«

»Sicher nicht. Dafür verstehen wir uns zu gut. Aber ich werde sehr behutsam mit ihm umgehen müssen.«

»Nur für kurze Zeit. Ich sagte Ihnen ja schon, dass ich ihn innerhalb der nächsten paar Wochen aus dem Weg zu räumen gedenke. Sie sollten besser gleich in Bogotá bleiben.«

»Ihre Fürsorge rührt mich«, sagte sie sarkastisch. »Aber ich kümmere mich schon selbst um meine Angelegenheiten, vielen Dank.«

»Ihre lächerlichen kleinen Angelegenheiten interessieren mich nicht. Sie und Quinn sind mir völlig egal.« Seine Stimme wurde kalt. »Der Schädel ist spätestens morgen um Mitternacht bei mir. Wenn nicht, schicke ich Ihnen Quinn in einem Dutzend Einzelteile zurück.«

Bloß nicht erkennen lassen, welches Entsetzen diese Vorstellung in ihr auslöste. »Ihnen scheint es allmählich an Phantasie zu mangeln. Der Einfall mit dem Kreuz war wesentlich effektvoller.«

»Machen Sie sich über mich lustig? Sie halten sich für so unheimlich stark und intelligent. Ich verabscheue Frauen, die glauben, sie seien Männern ebenbürtig. Am Ende merken sie immer nur, wie schwach sie sind.«

»Wie Ihre Mutter, Diaz? Man muss schon ein ganzer Mann sein, um die Frau zu töten, die einen geboren und aufgezogen hat.« Schluss jetzt. Sie hatte erreicht, was sie wollte. Jetzt bloß nicht alles ruinieren, nur weil der Mann sie auf die Palme brachte. »Ich bin morgen um Mitternacht in der Kirche. Wenn ich irgendwelche Schwierigkeiten habe, den Schädel zu bekommen, werde ich ...«

»Es gibt kein Wenn«, unterbrach er sie schroff. »Sie *bringen* ihn mir.« Er machte eine Pause. »Mit Quinn mögen Sie ja fertig sein, aber an Jane MacGuire liegt Ihnen viel. Dachten Sie, Sie könnten sie ewig vor mir verstecken?« Er legte auf.

Er bluffte.

Jane war in Sicherheit.

Aber sie musste es genau wissen.

Sie rief Venable an. »Diaz hat eben Jane erwähnt, und es klang ziemlich überzeugend.«

»Sie ist in Sicherheit.« Er fügte hinzu: »Okay, wir glauben, dass ihr erstes Versteck aufgeflogen ist. Einer der Agenten wurde bis zum Haus verfolgt, aber er hat es gemerkt. Ein paar Stunden später haben sie die Gegend verlassen, und jetzt ist sie in Flagstaff untergebracht.«

Knapp. Verdammt knapp. »Und dorthin ist ihnen niemand gefolgt?«

»Meine Jungs sind vorsichtig, Eve. Hören Sie auf, sich Sorgen um Ihre Tochter zu machen; passen Sie lieber auf sich selbst auf. Was Sie dort mit Diaz vorhaben, ist sehr riskant.«

»Nicht wenn Sie mir den Hubschrauber rechtzeitig schicken.« Nein, er hatte schon recht – selbst wenn alles wie am Schnürchen lief, es war trotzdem gefährlich. »Ich muss es tun, Venable.«

»Ich weiß«, sagte er bekümmert. »Ich wünschte, wir könnten mehr für Sie tun.«

»Soldono hat mir erläutert, wie behutsam die Verhandlungen der CIA geführt werden müssen«, sagte sie sarkastisch. »Sie wollen solche Scheißkerle wie Diaz ja auf keinen Fall beleidigen.«

»Es ist ein schmutziges Spiel mit festen Regeln. Wir tun, was wir können, um den Einsatz der Gewinner so niedrig wie möglich zu halten. Rufen Sie mich an, wenn Sie das Lager verlassen, und ich sorge dafür, dass der Helikopter da ist.« Er legte auf.

Jane war in Sicherheit. Venable tat, was er konnte, um ihr zu helfen. Sie hatte es geschafft, Diaz in die Ecke zurückzudrängen, in der sie ihn haben wollte. Alles lief so gut wie irgend möglich, mit der einen Einschränkung, dass nichts wirklich gut sein konnte, solange Diaz Joe hatte.

15

»In der Kirche«, sagte Diaz zu Nekmon, nachdem er aufgelegt hatte. »Morgen um Mitternacht.«

»Wo im Dorf soll ich Männer postieren?«

»Nirgendwo. Sie hat die CIA herzitiert, damit sie sie rausholt. Wir wollen doch keinen ärgerlichen Zwischenfall auf meinem Territorium erleben.« Er lächelte boshaft. »Lieber in der Nähe von Montalvos Lager. Dann können wir behaupten, er hätte den Hubschrauber abschießen lassen, weil er wütend auf die Schlampe war. Er hat Boden-Luft-Raketen, und das weiß die CIA. Sorgen Sie dafür, dass ein Mann in den Ruinen dieses Turms, dreißig Kilometer von hier, in Stellung geht. Sie wird glauben, sie ist gerettet, und dann verbrennen wir die Hure bei lebendigem Leibe.«

»Sie wollen sie wirklich in den Hubschrauber einsteigen lassen?«

»Warum nicht? Das ist der beste Weg, die Schlampe loszuwerden. Die CIA stellt kein Problem für uns dar, solange wir ihren Agenten nicht direkt in die Quere kommen. Töte einen CIA-Agenten, und du musst mit enormen Schwierigkeiten rechnen.«

Er stand auf. »Haben Sie Galen inzwischen gefunden?«

»Wir haben ungefähr fünfzehn Kilometer von hier entfernt ein Telefonsignal aufgefangen.«

»Aber Sie haben ihn nicht erwischt?«

»Als wir die Stelle gefunden hatten, von der das Signal ausging, war er nicht mehr dort«, sagte Nekmon. »Er scheint permanent den Standort zu wechseln. Er bleibt allerdings immer in der Gegend.«

»Vielleicht sucht er nach einer Möglichkeit, seinen Freund Quinn zu retten«, sagte Diaz. »Ich werde extrem ungemütlich, falls er mir morgen Nacht in die Quere kommt. Sie wollen ganz bestimmt nicht erleben, wie ungemütlich ich dann werde, Nekmon.«

»Er wird uns nicht stören«, sagte Nekmon. »Ich gebe Ihnen mein Wort. Übrigens – Quinn ist wieder bei Bewusstsein.«

»Gut. Ich hatte schon befürchtet, ich müsste mit einer Leiche ins Rennen gehen. Wird er überleben?«

Nekmon nickte. »Wie Sie wissen, hat er ein wenig Schaden genommen, als wir ihn uns geschnappt haben. Möchten Sie ihn sehen?«

Diaz überlegte. Er war versucht, Quinn einen guten Grund zu geben, sich an ihn zu erinnern. Diese Duncan empfand bestimmt noch etwas für ihn, sonst würde sie sich nicht derart ins Zeug legen, ihn zu befreien.

Nein, besser nicht. An der Oberfläche sollte alles so unauffällig wie möglich aussehen, wenn sie in der Kirche aufeinandertrafen.

»Später.« Er ging zur Tür. Blut zu vergießen war aufregend, rauschhaft, belebend. Aber Sex war fast genauso gut, und er hatte ja noch das Bauernmädel hier im Schloss. Die Kleine entpuppte sich allmählich als sehr amüsant. Anfangs war sie ein verschüchtertes kleines Täubchen gewesen, doch in letzter Zeit hatte er doch ein paar Geistesblitze bei ihr wahrgenommen, wenn der Schmerz zu groß wurde.

Ja, sie würde ein guter Ersatz für die Befriedigung sein, die es ihm verschafft hätte, ein wenig mit Quinn zu spielen.

Soldono war auf der Veranda, als Eve ihn schließlich fand. Es war inzwischen Abend geworden.

»Ich habe Sie gesucht«, sagte Eve. »Ich brauche Ihre Hilfe. Wo können wir reden?«

»Probleme?« Er fasste sie am Ellbogen und führte sie über die Veranda. »Hier ist es genauso gut wie irgendwo sonst.« Er schüttelte den Kopf. »Seit der arme Miguel nicht mehr im Dienst ist, funktioniert die Überwachung nicht mehr annähernd so gut wie vorher.«

»Sie haben gesagt, Sie könnten mich aus dem Lager und ins Dorf zurückbringen, ohne dass Montalvo etwas davon mitbekommt.«

Er schwieg einen Moment. »Wollen Sie das denn?«

»Nein, aber ich dachte mir, wenn Sie dazu in der Lage wären, müssten Sie mir auch auf andere Weise helfen können. Ich möchte, dass Sie ein Treffen mit Armandariz für mich arrangieren. Ich kann nicht zu ihm gehen. Es ist zu weit, und Montalvo würde es merken und mich zurückholen, bevor ich überhaupt dort wäre. Armandariz muss mir möglichst weit entgegenkommen.«

»Warum wollen Sie sich mit ihm treffen?«

Sie schnitt eine Grimasse. »Ich muss dem neurotischen Mistkerl weismachen, ich hätte ihn angelogen, und alles wieder zunichte machen, was Montalvo erreichen wollte. Und als wäre das nicht genug, muss ich ihn auch noch dazu bewegen, mir die Rekonstruktion zurückzugeben.«

Soldono pfiff leise durch die Zähne. »Jetzt verstehe ich allerdings, warum Montalvo daran interessiert sein könnte, Sie zurückzuholen. Es wäre sogar möglich, dass er Ihnen eine Kugel in den Kopf jagen würde.«

»Das Risiko muss ich eingehen. Es ist der einzige Weg, wie ich Joe retten kann. Montalvo schert sich einen

Dreck um ihn. Können Sie mir helfen? Sie haben doch früher schon mit den Rebellen verhandelt, oder?«

»Zu dem einen oder anderen Zeitpunkt habe ich mit jedem schon einmal verhandelt, der in diesem beschissenen Dschungel lebt.«

»Sie werden mir also helfen?«

»Ich sollte es besser nicht tun. Und Sie sollten sich auf nichts verlassen, was Diaz Ihnen vorschlägt.«

»Ich habe keine andere Wahl.« Mit schwankender Stimme fügte sie hinzu: »Sie haben gesehen, was er Miguel angetan hat. Das darf Joe unter keinen Umständen passieren.«

Er runzelte nachdenklich die Stirn. »Ich weiß nicht, ob es mir gelingen wird, Armandariz zu überzeugen.«

»Versuchen Sie es. Er möchte schließlich glauben, dass seine Tochter noch lebt. Das ist schon die halbe Miete. Außerdem mag er Montalvo nicht – das sollte für den Rest reichen. Werden Sie mir helfen?«

»Wann wollen Sie sich mit ihm treffen?«

»Morgen früh. Und bitten Sie ihn, die Rekonstruktion mitzubringen. Kann sein, dass er sich nicht darauf einlässt, aber wir müssen es wenigstens versuchen.«

»Das Ganze ist nicht sehr klug, Eve.«

»Es ist das Beste, was mir einfällt. Ich lasse nicht zu, dass Joe umgebracht wird.« Sie wiederholte: »Werden Sie mir helfen?«

Er zögerte; dann nickte er langsam.

»Gott sei Dank.« Sie drückte seinen Arm. »Und Ihnen auch, Soldono.«

»Sie können mir danken, indem Sie heil aus der Sache rauskommen. Mein Auftrag lautet, *Sie* zu beschützen, nicht Quinn.« Er wandte sich zum Gehen. »Ich werde ein ganzes Stück in den Dschungel hineinlaufen müssen, wenn ich Armandariz anrufen will, ohne abgehört zu werden. Und es wird vielleicht eine lange, lange Diskussion nötig sein, um ihn hierherzulocken.« Er blickte über die Schulter zurück. »Überlegen Sie es sich noch einmal, Eve. Es ist zu riskant. Wenn die Rebellen Sie nicht töten, wird Montalvo es tun.«

»Warum nennen Sie nicht auch noch Diaz?«, fragte sie. »Es gibt hier nichts für mich zu gewinnen. Ich kann nur versuchen, zu überleben und dafür zu sorgen, dass Joe am Leben bleibt.« Sie drehte sich um. »Ich bin in meinem Zimmer und warte auf Ihren Bericht.«

Soldono erschien erst gegen halb drei Uhr morgens in ihrem Zimmer.

»Heute, kurz vor Tagesanbruch«, sagte er, als er die Tür hinter sich geschlossen hatte. »Tut mir leid, dass Sie nicht viel Schlaf bekommen werden, aber es ist sicherer, Sie um diese Zeit aus dem Lager rauszuschmuggeln.«

»Das macht nichts. Wo findet das Treffen statt?«

»Auf einer Lichtung ungefähr acht Kilometer von hier.«

»Bringt er die Rekonstruktion mit?«

Er zuckte die Achseln. »Darauf wollte er sich nicht festlegen lassen. Sie werden es sehen, wenn Sie dort sind. Ich habe mein Bestes getan.«

»Und das war sehr gut. Vielen Dank, Soldono.«

»Kommen Sie um halb sechs auf die Veranda. Eine Viertelstunde später müssen wir über die Mauer geklettert und unterwegs sein.«

»Wie können Sie sicher sein, dass wir es schaffen werden, unbemerkt das Lager zu verlassen?«

»Ich bin nicht sicher. Aber die Westmauer wurde bisher von einem Mann namens Destando bewacht, und dem hat Montalvo gestern Abend einen Besuch abgestattet.«

Sie horchte auf. »Destando? Das ist doch der Mann, den Miguel als Informanten verdächtigt hat.«

Er nickte. »Fünf Minuten, nachdem Montalvo in Destandos Zimmer gegangen war, habe ich einen Schuss gehört. Anscheinend hat Montalvo sich um die undichte Stelle in seinen Reihen selbst gekümmert. Wenn die Westmauer überhaupt bewacht wird, dann also von jemandem, der wenig Erfahrung hat. Quinn und Galen sind auch über die Westmauer entkommen. Ich frage mich, ob Destando in jener Nacht absichtlich seine Pflichten vernachlässigt hat.«

Sie schaute ihm nach und holte tief Luft.

So weit, so gut.

»Armandariz müsste da vorne auf der Lichtung sein«, murmelte Soldono. »Ich kann Sie nicht weiter begleiten. Er hat gesagt, Sie sollen allein kommen. Ich bleibe hier und gebe Ihnen Rückendeckung.«

»Wenn Armandariz so viele Männer hier rumlaufen hat wie in seinem Lager, wird das nicht sonderlich viel nützen.« Sie ging weiter. »Aber trotzdem vielen Dank.«

»Fassen Sie ihn nicht zu grob an«, sagte Soldono. »Er war nicht gerade scharf auf dieses Treffen. Wenn er zu wütend wird, weil Sie ihn angelogen haben, schneidet er Ihnen womöglich die Kehle durch.«

»Ich werde ihn so grob anfassen wie nötig.« Sie blinzelte angestrengt in die Dunkelheit, die trotz der nahenden Morgendämmerung noch immer undurchdringlich war. »Ich habe keine andere Wahl.«

Als sie eine Stunde später zurückkam, lehnte Soldono an einem Baum und richtete sich rasch auf. »Ich hatte schon angefangen, mir Sorgen zu machen.«

»Ich auch.« Sie ging weiter. »Er wollte mir nicht glauben. Ich war wohl vorher zu überzeugend gewesen.«

»Aber am Ende hat er Ihnen doch geglaubt?«

»Nicht bevor er mir klargemacht hatte, dass ich in einem Sarg nach Hause fliegen würde, wenn ich Kolumbien nicht bis Ende der Woche verlassen hätte.«

»Und die Rekonstruktion hat er Ihnen nicht gegeben?«

»Im Gegenteil, er hat sie mir vor die Füße geworfen.«

»Sie haben Sie aber nicht bei sich.«

»Ich habe sie auf dem Rückweg versteckt. Ich wollte nicht riskieren, dass Montalvo mich aufspürt und sie mir wegnimmt. Ich hole sie mir, bevor ich mich mit Diaz treffe.« Sie machte eine Pause. »Auch dafür brauche ich Ihre Hilfe. Rufen Sie Venable an und sagen Sie ihm, einer seiner Männer solle mich heute Abend um zehn hier abholen und zu dem Hügel außerhalb von Diaz' Dorf fahren. Von dort gehe ich allein weiter.«

»Er hat sich schon bereit erklärt, Ihnen einen Hubschrauber zu schicken. Vielleicht möchte er nicht ...«

»Fragen Sie ihn einfach.«

»Und was ist mit Montalvo? Er ist schließlich kein Blödmann. Wird er nicht merken, dass Sie irgendetwas im Schilde führen?«

»Am frühen Abend werde ich mich noch zeigen, und später rechnet er sowieso nicht mehr mit meiner Anwesenheit.« Sie fügte grimmig hinzu: »Er weiß, dass ich stinksauer auf ihn bin, und unsere Beziehung ist ziemlich abgekühlt.« Sie blickte zum Himmel und setzte sich in Trab. »Es wird langsam hell. Wir müssen zum Lager zurück ...«

23:55 Uhr

Ein paar Minuten vor Mitternacht rief Nekmon Diaz in der Kirche an. »Es geht los. Sie ist eben unten am Hügel aus dem Wald gekommen.«

»Allein?«

»Ja, definitiv.« Nekmon hielt inne. »Aber sie hat nichts weiter bei sich.«

»Sie hat gesagt, sie würde sie nicht mit in die Kirche bringen. Aber wehe ihr, wenn sie nicht irgendwo in der Nähe versteckt ist.« Er wandte sich zu Joe Quinn um. »Sie kommt, um Sie zu retten. Ist das nicht süß? So viel Hingabe. Ich bin jedes Mal gerührt, wenn ich sehe, wie eine Frau ihren Mann beschützt. Schade nur, dass sie Sie gegen ein neues Modell eintauschen will.«

»Sie lügen.«

»Ich habe auch meine Zweifel, aber da mein Glaube an die menschliche Rasse nicht sehr stark ist, halte ich es für durchaus möglich, dass sie sich als genauso treulos erweist wie die meisten Frauen. In der Rebellenarmee hatte Montalvo den Ruf, er könne sehr gut mit Frauen. Sex ist Sex.«

»Halten Sie den Mund, Diaz.«

»Wie unschön.« Er schlug Joe mit dem Handrücken über das Gesicht. »Werden Sie es denn nie lernen? Ich sollte Sie wirklich lieber ins Schloss zurückbringen, anstatt meinen Plan weiterzuverfolgen. Ich habe noch nicht annähernd genug Freude an Ihnen gehabt.«

Joes Augen funkelten in seinem blutenden Gesicht. »Tun Sie das. Gehen wir.«

»Damit ich meine Chance versäume, mich mit Eve Duncan zu befassen? Sie verdient Sie nicht. Wie kann ich Sie davon überzeugen?«

»Gar nicht.«

»Ich werde es trotzdem versuchen. Desillusionierung kann auch eine Folter sein, wie ich festgestellt habe. Frauen handeln instinktiv eigennützig, Quinn. Sie versuchen, es zu kaschieren, indem sie Fairness und Tugend predigen, aber es geht ihnen immer nur darum, ihre eigene Position im Leben zu sichern. Die christliche Verhaltensnorm schreibt uns vor, dass wir ihnen mit Güte und Toleranz begegnen. Egal, wie sehr sie unserem eigenen Bestreben, uns weiterzuentwickeln, in die Quere kommen. Es ist das Beste, sie zu benutzen und unserer Wege zu gehen. Beim nächsten Mal wissen Sie es besser.«

Joe antwortete nicht.

»Vorausgesetzt, Sie leben dann noch.« Diaz stellte sich ans Fenster. Er konnte die Frau rasch über den Friedhof gehen sehen. Sie würde in ein paar Minuten hier sein.

Jetzt kam sie am Grabstein seiner Mutter vorbei. Siehst du sie, Mutter? Sie ist auch so eine wie du. Absolut überzeugt, dass sie im Recht ist. Voller Verachtung für mich, weil ich böse bin, während sie ihre eigenen Sünden ohne weiteres entschuldigt. Es wird ein Vergnügen sein, sie zu töten. Genauso wie es ein Vergnügen war, dich zu töten.

Eve stand vor der Kirchentür und zögerte.

»Diaz.«

»Kommen Sie herein«, rief er. »Wir warten schon auf Sie.«

»Das befürchte ich ja gerade«, antwortete sie. »Kommen Sie heraus, ins Freie, und bringen Sie Joe mit.«

»Sie trauen mir nicht?«, fragte er spöttisch. »Das verstehe ich gar nicht. Habe ich denn nicht alles getan, was Sie von mir wollten?«

»Sie finden eindeutig zu viel Gefallen am Foltern. Was sollte Sie daran hindern, mich festzusetzen, sobald ich durch diese Tür gehe, und mich zu zwingen, das Versteck des Schädels preiszugeben?«

»Hervorragende Idee!«

»Kommen Sie raus.«

»Haben Sie sich mal überlegt, dass ich hinter jedem Grabstein auf dem Friedhof einen Scharfschützen hätte postieren können, der Sie über den Haufen schießt?«

»Wie Sie sicher wissen, hat Venables Hubschrauberpilot einen Kontrollflug gemacht, bevor ich mich aus dem Wald herausgewagt habe.« Sie hielt einen kleinen Funkempfänger in die Höhe. »Er sagte, es seien wahrscheinlich zwei Männer im Wald, aber keiner auf dem Friedhof.«

Er lachte in sich hinein. »Es sind drei Männer im Wald. Und jeder von ihnen hätte Sie töten können, noch bevor Sie hier angekommen sind.«

»Aber das hätte Ihnen nichts genützt. Was ist mit dem Schädel?«

»Das frage ich Sie. Wo ist er?«

»Bringen Sie Joe raus, dann können wir uns darüber unterhalten.«

Er drehte sich um und sagte: »Kommen Sie schon, Quinn. Die Dame hier sehnt sich offenbar danach, Ihr hübsches Gesicht wiederzusehen.«

Einen Augenblick später erschien er im Türrahmen. »Hier sind wir. Jetzt erzählen Sie mir, wo der Schädel ist.«

Er sah nicht anders aus als auf dem Foto, das sie von ihm gesehen hatte. Ein bisschen dicker, ein bisschen älter vielleicht. »Ich habe bestimmt nicht vor …« Sie atmete scharf ein, als sie Joe mit hinter dem Rücken verbundenen Händen hinter Diaz auftauchen sah. »Mein Gott. Was haben Sie mit ihm gemacht?«

»Nicht viel. Ich hatte keine Zeit«, sagte Diaz. »Zuerst

war er bewusstlos, und dann musste ich vorsichtig sein, weil ich ja noch etwas brauchte, was ich Ihnen zum Tausch anbieten konnte.«

Joe war wegen seines geschwollenen Gesichts kaum zu erkennen. »Es muss ja enorm erregend gewesen sein, auf einen unbewaffneten Mann einzuprügeln.«

»Du hättest dich da raushalten sollen, Eve«, sagte Joe. »Warum hast du das bloß nicht getan?«

»Wenn du die Antwort darauf nicht kennst, brauchen wir uns nicht weiter zu unterhalten.« Sie wandte sich an Diaz. »Der Hubschrauber landet in vier Minuten. Sobald Joe an Bord ist, sage ich Ihnen, wo Sie den Schädel finden.«

»Inakzeptabel. Ich möchte ihn in Händen halten, bevor ich Sie gehen lasse.«

Sie hatte sich gedacht, dass es so kommen würde. »Ich bleibe hier.«

»Nein!« Joe trat einen Schritt vor. »Um Himmels willen, nein.«

»Keine Sorge, ich opfere nicht mein Leben für dich«, sagte sie. »Er wird mich nicht töten. Wenn er das täte, würde Armandariz davon erfahren und vermuten, dass Montalvo vielleicht doch die Wahrheit gesagt hat.«

»Nein!«, sagte Joe.

»Es ist nicht mehr deine Entscheidung, Joe.« Sie wandte sich wieder Diaz zu. »Ich meine es ernst. Sie bekommen den Schädel erst, wenn Sie Joe in den Hubschrauber einsteigen lassen.«

»Sie sind bereit, Ihr Leben gegen seins zu tauschen?«

»Sie haben gehört, was ich zu Joe gesagt habe. Sie werden nicht so dumm sein, mich zu töten und das aufs Spiel zu setzen, worum Sie die ganze Zeit feilschen.« Sie blickte zum Himmel. »Ich höre den Hubschrauber. Er müsste gleich landen.« Ihr Blick wanderte wieder zu Diaz. »Und?«

Er zuckte die Schultern. »Solange ich Sie habe, lasse ich Quinn gehen. Wenn Sie falschspielen, werde ich keine Sekunde zögern, Ihnen die Kehle durchzuschneiden.«

»Ich gehe nicht.« Joes Augen funkelten. »Wofür hältst du mich, Eve? Wann hast du beschlossen, dass ich ein Waschlappen bin, und dass du mich einfach überfahren kannst? Es kommt überhaupt nicht in Frage …« Er brach ab, als Diaz ihm mit brutaler Gewalt die Faust in den Magen rammte.

Seine Knie gaben nach, und er wäre hingefallen, wenn Eve nicht nach vorn gesprungen wäre, um ihn aufzufangen. Das schwere Gewicht seines Körpers riss sie mit zu Boden. »Sie Scheißkerl.«

»Ich hatte keine Lust mehr zu diskutieren. Meine Entscheidung steht fest.«

Sie legte schützend die Arme um Joe. Der Schlag hatte ihm den Atem genommen, und er rang nach Luft. »Er ist verwundet und hilflos. Binden Sie ihn los.«

»Erst wenn er sicher im Hubschrauber verstaut ist. So hilflos ist er nicht. Manche Männer geben nie auf. Er hat drei meiner Männer getötet, bevor ich ihn hatte.« Diaz hob den Blick zum Himmel und sah das blauweiße Licht des Hubschraubers über ihnen. »Ah, da kommt er ja.«

Der Wind der Rotoren blies ihr die Haare vor das Gesicht, als der Hubschrauber herunterging. Nur noch wenige Minuten, dann wäre Joe in Sicherheit. Schnell. Bitte, mach schnell.

Joe wehrte sich, versuchte sich hinzusetzen und von ihr loszukommen. Sie konnte seine Wut und Empörung in jedem Muskel seines Körpers spüren. Wer wollte es ihm verübeln? Sie hatte seine Unabhängigkeit und seinen

Stolz verletzt, und das war unerträglich für ihn. »Ich musste es tun«, flüsterte sie. »Es tut mir leid, Joe.«

»Mir auch.« Er sprach jedes Wort überdeutlich aus. »Lass mich los.«

Sie nahm langsam ihre Arme weg. »Es wird alles gut, Joe.« Sie wusste nicht, ob das eine Lüge war. Selbst wenn sie hier lebend herauskamen, konnte sie nicht sicher sein, dass für sie beide alles wieder gut würde. Sie stand auf. »Versuch mir zu glauben.« Der Hubschrauber war gelandet, und die Cockpittür öffnete sich. Zwei Männer stiegen aus der Maschine und näherten sich ihnen.

Diaz richtete seine Waffe auf die Männer.

Eve trat zwischen sie und zeigte mit dem Kopf auf Joe. »Binden Sie ihn los und schaffen Sie ihn hier weg.«

»Nehmen Sie ihm die Fesseln erst im Hubschrauber ab«, befahl Diaz ihnen. »Sie versucht, seine Würde zu retten, aber so wird es wesentlich leichter für Sie sein.«

Der Pilot schaute sie an. »Ma'am?«

Sie wandte sich ab. »Nehmen Sie ihn einfach mit.« Sie wollte nicht sehen, wie er sich zur Wehr setzte. »Und tun Sie ihm nicht weh.«

Sie hörte Joe einen Fluch ausstoßen, und kurz darauf klappte die Hubschraubertür zu. Einen Augenblick später war das Pfeifen der Rotoren zu hören, und als sie sich umdrehte, sah sie die Maschine abheben.

Er war fort. Bald würde er in Sicherheit sein. In ihre Erleichterung mischte sich Traurigkeit. Es war ihr *entsetzlich* schwergefallen, es so zu machen.

»Der Schädel«, soufflierte Diaz.

Sie riss ihren Blick vom Hubschrauber los. Schnell zur Sache kommen. »Gut.« Sie machte auf dem Absatz kehrt und lief in der Richtung, aus der sie gekommen war, über den Friedhof zurück. »Folgen Sie mir.«

»Etwas anderes würde mir auch nicht einfallen. Aber sagen Sie mir, wohin wir gehen.«

»Nicht weit.«

»Wohin?«

»Wir sind fast da.« Sie warf einen Blick auf das Grabmal, an dem sie gerade vorbeikamen; hier war Diaz' Mutter beerdigt. »Es ist wirklich erstaunlich, dass eine Frau Sie zur Welt gebracht hat, Diaz. Ich hätte eher gedacht, Sie wären von irgendwelchem Ungeziefer unter einem Stein ausgebrütet worden. Es überrascht mich nicht, dass Sie versucht haben, mich mit einer Schlange zu töten – Sie sind selber eine.«

»Wollen Sie mich wütend machen? Warum?«

»Weil ich wütend bin. Es hat mir überhaupt nicht gefallen, wie Sie Joe behandelt haben. Und was ich ihm Ihretwegen antun musste.«

»Pech für Sie. Wo ist der Schädel?«

»Hier.« Sie blieb direkt neben dem Grabmal stehen. »Aber Sie müssen ihn ausgraben.«

»Ausgraben?« Er blickte sie argwöhnisch an und ging dann zu dem Grab, neben dem sie stand. »Das Grab dieser Armandariz?«

»Ich fand es angemessen, ihren Schädel an ihre Ruhestätte zurückzubringen.«

»Sie lügen. Wie hätten Sie das schaffen sollen? Ich habe Sie beobachten lassen, seit Sie den Hügel erreicht hatten. Sie hatten gar keine Zeit, hierherzukommen und den Schädel einzugraben.«

»Und Sie haben wahrscheinlich auch die Kirche beobachten lassen. Wenn ich es selbst getan hätte, wäre das selbstmörderisch gewesen, und ich habe Ihnen schon erklärt, dass ich keine derartigen Absichten habe.«

»Wenn Sie es nicht getan haben, wer war es dann?«

»Sean Galen. Ich habe ihm erklärt, an welcher Stelle im Dschungel ich den Schädel versteckt hatte, und er hat ihn sich geholt. Dann ist er direkt vor Ihrer Nase auf den Friedhof geschlichen und hat den Schädel eingegraben.«

»Galen.« Er zog die Stirn in Falten. »Er hat mir schon ziemlich viele Unannehmlichkeiten bereitet. Ich werde ihn sehr hart anfassen müssen.« Er blickte sich auf dem Friedhof um. »Und wo ist Galen jetzt?«

»Fürchten Sie, dass er plötzlich hinter einem der Grabsteine hervorspringt? Sie wissen, dass er nicht hier ist. Ihre Männer haben doch sicher die ganze Umgebung überwacht.«

»Ja.« Er schaute sie wieder an. »Aber ich gebe nichts auf die Logik einer Frau. Frauen denken nicht rational.«

»Wollen Sie den Schädel nun haben?« Sie nahm einen Spaten in die Hand, der am Grabstein lehnte. »Graben Sie.«

Er starrte sie einen Moment lang an und hielt ihr dann seine Waffe an den Kopf. »O nein. Ich verrichte keine schweren Arbeiten. Wie wär's, wenn Sie das für mich erledigen?«

Enttäuschung und Angst packten sie. Sie hatte gehofft, sie könnte ihn ablenken. Jetzt half gar nichts mehr.

Sie fing an zu graben.

»Der Hubschrauber müsste den Turm innerhalb der nächsten zehn Minuten erreicht haben, Perez«, sagte Nekmon ins Telefon. »Holen Sie ihn runter. Schießen Sie ihn vom Himmel.«

Er legte auf und hielt sich wieder das Fernglas vor die Augen. Was zum Teufel spielte sich dort unten ab? Die Frau grub. Ließ Diaz sie ihr eigenes Grab schaufeln? Das war möglich. Er war schon einmal so vorgegangen, mit diesen Missionaren, die ihn so erzürnt hatten, weil sie die Farmer gegen ihn aufgewiegelt hatten.

Ja, so musste es wohl sein. Er erinnerte sich, dass Diaz einmal gedroht hatte, sie zusammen mit Montalvos Frau zu begraben, und auf sie war er wesentlich wütender gewesen als auf die Missionare. Nekmon hatte nicht den geringsten Zweifel, dass Diaz Eve Duncan umbringen würde, und er hatte sich gewundert, als sie nicht zusammen mit Quinn in den Hubschrauber gesetzt worden war.

Egal, es war bloß eine Verzögerung und ging ihn nichts weiter an. Nekmon hatte seinen Auftrag erledigt und konnte nicht zur Verantwortung gezogen werden. Sollte Diaz seine Spielchen mit der Frau treiben, wie er lustig war.

In ein paar Minuten würden Quinn und die CIA-Agenten von der Rakete verbrannt werden. Die Frau würde erschossen und entsorgt werden, und das Leben konnte normal weitergehen. Der ganze Aufruhr, den es hier gegeben hatte, seit sie auf der Bildfläche erschienen war, ärgerte ihn sehr.

Jetzt hatte sie aufgehört zu graben und schaute Diaz wütend an. Sie sagte irgendetwas zu ihm.

Wenn ihre Worte so provozierend waren wie ihr Benehmen, war sie vielleicht schon tot, ehe sie das Grab fertig geschaufelt hatte.

16

Der Turm

0:32 Uhr

Perez hörte das schwache Geräusch des Hubschraubers in der Ferne. Noch war er zu weit weg, doch er würde im Handumdrehen hier sein.

Perez prüfte, ob der Raketenwerfer sicher auf dem steinernen Fenstersims stand. Er würde wahrscheinlich nur einen Schuss haben, und der musste sitzen. Diaz kannte kein Pardon, wenn man versagte.

Aber er würde nicht versagen. Er war der Beste von allen. Diaz hätte ihn nicht dafür ausgewählt, den Hubschrauber abzuschießen, wenn er nicht so gut wäre.

Der Hubschrauber war jetzt ganz nah. Er konnte sehen, wie er im Mondlicht schimmerte.

Komm ruhig noch ein bisschen näher, kleiner Vogel. Ich werde dir die Federn ausrupfen ...

0:40 Uhr

»Wenn Sie wollen, dass ich weitergrabe, dann halten Sie den Mund«, sagte Eve. »Es ist unerträglich, was für giftigen Schleim Sie die ganze Zeit absondern.«

Diaz' Lippen wurden schmal. »Haben Sie bemerkt, dass ich Ihnen eine Pistole an den Kopf halte? Ich rede, so viel ich will und was ich will.«

»Sie haben nichts davon, wenn ich sterbe, im Gegenteil. Armandariz würde dann erfahren, dass ...«

»Sie glauben, wegen dieses Schwachsinns seien Sie außer Gefahr? Das Problem kann ich leicht umschiffen. Obwohl es besser gewesen wäre, wenn Sie mit Quinn in diesen Hubschrauber eingestiegen wären. Graben Sie weiter.«

Sie erstarrte; dann riss sie sich zusammen und versenkte den Spaten wieder in der Erde. »Was meinen Sie damit?«

»Das erkläre ich Ihnen gleich. Sobald Sie mir den Schädel übergeben haben. Wenn er denn wirklich hier vergraben ist, wie Sie behauptet haben. Ich beginne allmählich, daran zu zweifeln.«

»Natürlich ist er hier.« Sie grub schneller. »Ein paar Zentimeter noch ... Da!«

Das braune Leder der Schachtel glänzte matt, als sie die Erde davon abkratzte. Sie holte die Schachtel heraus und reichte sie ihm. »Also – was haben Sie gemeint, als Sie sagten, es wäre besser gewesen, wenn ich auch in den Hubschrauber eingestiegen wäre?«

»Machen Sie sie auf.«

Sie öffnete den Verschluss und hob den Deckel an.

Er richtete die Taschenlampe auf die Rekonstruktion und pfiff leise durch die Zähne. »Ja, das ist die Schlampe. Keine schlechte Arbeit.«

»Was haben Sie damit gemeint?«

»Es ist wahr, dass ich meine sehr provisorischen Beziehungen zur CIA nicht unnötig aufs Spiel setzen will. Wenn ich einen Agenten töte, müsste man mich im Gegenzug auch töten.« Er streckte die Hand aus und nahm ihr die Schachtel ab. »Wenn hingegen Montalvo es tut, stürzen sich alle auf ihn. Der Hubschrauber müsste in etwa drei Minuten über seinem Territorium abgeschossen werden.«

»Nein!«

»Doch. Ich glaube zwar nicht, dass wir es hören können, aber vielleicht werden wir sehen, wie der Himmel im Westen kurz aufleuchtet. Ich denke, wir schauen uns das erst noch an, bevor ich Sie töte.«

Sie kletterte aus dem Grab heraus. »Sie widerlicher Scheißkerl.«

»Allerdings müssen wir Ihre Leiche sofort zur Unfallstelle bringen, damit sie zusammen mit Quinns Überresten gefunden wird. Ein kleines Benzinfeuerchen, und Sie sehen genauso aus wie die anderen Leichen.«

»Man wird bei der Autopsie die Schusswunde entdecken. Das können auch die Verbrennungen nicht verhindern.«

Er schnippte mit den Fingern. »Richtig! Was für einen gut geschulten Verstand Sie haben. Da wäre mir doch tatsächlich fast ein Fehler unterlaufen. Lassen Sie mich nachdenken – dann werde ich Ihnen wohl das Genick brechen müssen, nicht wahr?«

»Wenn Sie mich zu fassen kriegen, Sie Bastard.« Sie drehte sich abrupt um und rannte den Pfad entlang auf die Kirche zu.

Sie hörte ihn lachen. »Laufen Sie nur. Sie können mir nicht entkommen. Nekmon hat uns die ganze Zeit vom Hügel aus beobachtet. Er weiß, dass ich den Schädel habe, und wird im Schloss Alarm schlagen, damit meine Männer herkommen und Sie aufhalten. Vielleicht werde ich ihnen befehlen, Ihnen ein paar mehr Knochen zu brechen als nur das Genick.«

Sie warf einen Blick auf ihre Uhr, während sie die Kirchentür aufstieß. Drei Minuten. Großer Gott, das war knapp. »Natürlich schicken Sie Ihre Leute hinter mir her«, rief sie ihm zu. »Sie sind ja zu feige, es selbst zu tun.

Sie schlagen Männer zusammen, die sich nicht wehren können. Sie kreuzigen Jungs, die bessere Männer sind, als Sie es je sein werden. Sie halten sich für den König Ihrer ganzen Gefolgschaft hier, aber ohne diese Idioten wären Sie gar nichts.« Sie blickte über die Schulter zurück. Das hatte gesessen. Er kam hinter ihr her marschiert.

Sie schaute zum Schloss hinüber. Bewegung. Die Tore öffneten sich, um Diaz' Männer ausschwärmen zu lassen.

Und Diaz hatte beinahe die Kirche erreicht.

Im Westen leuchtete der Himmel auf.

Der Hubschrauber!

»Nein!«

Das Lager

0:44 Uhr

Es war so weit. Gleich ging es los.

Miguel lag angespannt unter der Decke. Heilige Maria, er hatte so lange darauf gewartet. Er zitterte doch tatsächlich wie ein Baby.

Soldono steckte den Kopf zur Tür herein. »Wie geht es Ihnen, Miguel? Dr. Diego sagte, Sie könnten nicht schlafen und würden sich über Gesellschaft freuen. Sie haben Glück, dass ich so eine Nachteule bin.«

Miguel nickte. »Genau wie der Colonel. Aber ich werde trotzdem sträflich vernachlässigt. Er ist in der Bibliothek und versucht eine Lösung zu finden, wie er mich von hier fortschicken kann. Und Eve hat mir heute noch nicht mal einen Höflichkeitsbesuch abgestattet.«

»Ich glaube, sie ist ebenfalls zu beschäftigt.« Soldono setzte sich auf den Stuhl, der neben dem Bett stand. »Wir scheinen die einzigen zu sein, die ein wenig freie Zeit zur

Verfügung haben.« Er lächelte. »Möchten Sie vielleicht einen Mitternachtsimbiss? Ich könnte Ihnen etwas bringen lassen.«

»Sind Sie sicher, dass man Ihnen nicht gesagt hat, Sie sollen einem kranken Mann die Langeweile vertreiben?«

»Wer hätte mir das sagen sollen? Ich empfange meine Befehle von Venable. Ich fürchte, er hält Sie nicht für wichtig genug, um der Meinung zu sein, dass ich meine Zeit mit Ihnen verschwenden sollte.«

»Was für ein Schlag für mein Ego«, sagte Miguel. »Und ich hatte schon erwogen, den Colonel zu verlassen und Venable zu fragen, ob er einen Job für mich hat. Denken Sie nicht, ich würde einen guten CIA-Agenten abgeben?«

»Ich denke eher, Sie nehmen mich auf den Arm. Was möchten Sie essen?«

»Der Colonel gibt mir immer Steaks, um meine Blutreserven wieder aufzufüllen.« Sein Lächeln schwand. »Wenn ich recht informiert bin, habe ich Ihnen zu danken, weil Sie mir Blut gespendet haben.«

»Nicht der Rede wert. Das hätte ich für jeden getan.«

»Aber ich war derjenige, der es brauchte«, sagte Miguel. »Ich habe es gar nicht gern, wenn ich Hilfe brauche. Es verletzt meinen Stolz. Ich habe mich noch nie im Leben so hilflos gefühlt wie an jenem Kreuz.«

»Denken Sie nicht mehr daran, Miguel.«

»Aber ich kann nicht anders. Es geht mir nicht aus dem Kopf – wie mir die Nägel in die Hände gehämmert wurden und wie Diaz die ganze Zeit daneben stand und auf mich herabschaute und lächelte. Es tangierte ihn überhaupt nicht. Er tat so, als mache er das jeden Tag. Völlig ungerührt. Er hat sogar telefoniert, während er zusah, was seine Leute mir antaten.«

Soldono lehnte sich in dem Stuhl zurück. »Ja?«

»Wahrscheinlich dachte er, ich hätte zu große Schmerzen, um auf ihn zu achten. Er hat nicht geahnt, dass sich jedes Geräusch, jeder Anblick in meinem Kopf vergrößerte und abgespeichert wurde. Mit jedem Hammerschlag ...«

»Sie sind wirklich bemerkenswert, Miguel. Da bin ich ganz auf Diaz' Seite. Ich hätte auch nicht gedacht, dass Sie in der Lage sein würden, sich auf irgendetwas anderes zu konzentrieren als das, was mit Ihnen geschah.«

»Was für ein seltsamer Zufall, dass Sie diese Wendung benutzen.«

»Welche Wendung?«

»Sie haben gesagt: ›Ich bin auf Diaz' Seite.‹« Er lächelte. »Und so ist es, Soldono. Sie waren es, der den Scheißkerl an jenem Abend angerufen hat.«

Soldono wurde starr. »Sie sind ja verrückt.«

»Nein, er hat Ihren Namen gesagt. Nur einmal. Er sagte: ›Sind Sie sicher, Soldono?‹ Sie müssen ihm erzählt haben, dass Eve auf dem Weg zu Armandariz' Lager war.«

»Unsinn. Die Schmerzen haben Sie phantasieren lassen.«

»Nein. Sie sind sein Maulwurf hier im Lager. Wie lange werden Sie schon von ihm bezahlt?«

»Sie sind ja nicht ganz bei Trost. Destando ist der Maulwurf. Herrgott noch mal, Montalvo hat den Kerl doch umgebracht.«

»Nein, er wollte nur, dass Sie denken, er hätte ihn umgebracht, damit Sie nicht merken, dass er Sie verdächtigt. Destando hat sich auf Befehl des Colonels den ganzen Tag versteckt gehalten. Wie lange sitzen Sie schon in Diaz' Boot?«

Soldono antwortete nicht.

»Wie lange, Soldono?«, fragte Miguel leise.

Er schwieg einen Moment und zuckte dann die Schultern. »Nicht sehr lange. Er wollte meinen Preis nicht zahlen. Erst kürzlich war er irgendwann verzweifelt genug, mir so viel anzubieten, dass es sich für mich lohnte.« Soldonos Blick war kalt. »Und Sie sind ein Dummkopf, mich damit zu konfrontieren, während Sie hilflos im Bett liegen. Ihnen ist doch klar, dass ich Sie töten muss.«

»Um Ihre Interessen gegenüber Diaz zu schützen?«

»Diaz braucht mich nur, solange ich Kontakte zur CIA habe. Also muss ich diese Kontakte aufrechterhalten. Wenn ich die CIA verlasse, gehe ich nach Hause und erzähle allen, ich hätte einen Riesengewinn an der Börse gemacht. Wie ein Tier im Dschungel zu leben, ist nichts für mich. Ich werde mir eine schöne große Pferdefarm in Kentucky kaufen und von allen geachtet sein.« Er kniff die Augen zu Schlitzen zusammen. »Montalvo weiß es also auch?«

»Definitiv.«

»Dann werde ich mich wohl, wenn ich hier fertig bin, auch um ihn kümmern müssen. Er ist in der Bibliothek, sagten Sie?«

»Ja, das sagte ich.« Miguel sah zu, wie er in seine Tasche griff, eine Pistole herausholte und auf ihn zielte. »Sie würden wirklich einen unbewaffneten Mann erschießen?«

Soldono verzog den Mund. »Das würde ich wirklich tun.«

»Hm. Das dachte ich mir.« Miguels Zeigefinger drückte den Abzug der abgesägten Schrotflinte, die er unter der Decke hatte. Von der Gewalt der Explosion wurde ihm die Decke weggerissen.

Und Soldono flog der Kopf weg.

0:48 Uhr

»Verstecken Sie sich vor mir?«, fragte Diaz spöttisch, während er den Blick über die dunklen Kirchenbänke schweifen ließ. »Vor ein paar Minuten waren Sie doch noch so mutig. Wo ist denn Ihr Mut geblieben?«

Er schritt langsam den Mittelgang entlang und leuchtete mit der Taschenlampe nach links und rechts. »Beten Sie in meiner schönen Kirche? Das wird Ihnen nichts nützen. In ein paar Minuten sind Sie tot. Haben Sie den Himmel gesehen, als der Hubschrauber explodiert ist? Glauben Sie, Quinn wird Ihnen verzeihen, dass Sie ihn mit einem anderen Mann betrogen haben, wenn Sie sich im Jenseits wieder treffen? Er hat mir weiszumachen versucht, er glaube mir nicht, aber jeder Mann glaubt, dass eine Frau bei der erstbesten Gelegenheit mit einem anderen ins Bett geht.« Er hielt inne und runzelte die Stirn. »Komm raus, du Schlampe. Ich werde langsam ungeduldig, und du willst doch nicht ...«

»Sie sind nicht der einzige, der ungeduldig ist.«

Diaz erstarrte. Er wirbelte herum und sah eine Gestalt im Türrahmen stehen. »Montalvo?«

»Wer sonst?« Er wich zur Seite, damit er kein Ziel abgeben konnte. »Sind Sie bereit zu sterben? Sie haben Eve gefragt, ob sie betet. Ihnen würde kein Gebet nützen. Sie stecken so tief im Dreck, dass selbst der Satan Sie nicht würde haben wollen.«

Diaz feuerte einen Schuss ab, während er sich hinter einer der Kirchenbänke verschanzte. »Daneben.« Er konnte hören, wie Montalvo sich nach links bewegte.

Er schoss ein zweites Mal.

»Wieder daneben. Sie haben zu viel Zeit in Ihrem Schloss verbracht und Drogengeld gezählt«, sagte Montalvo. »Das Katz-und-Maus-Spiel will gekonnt sein. Ich habe es bei der Armee gelernt.« Er zögerte. »Genau wie Nalia.«

Montalvos Stimme klang jetzt leiser, und Diaz hatte den Eindruck, dass sie mehr von rechts kam. Er musste ihn weiterreden lassen, bis er genau auf ihn zielen konnte. »Die Schlampe war keine Herausforderung für mich. Ich habe sie zwischen meinen Fingern zerquetscht. Ob tot oder lebendig – sie ist völlig unwichtig. Ich habe ihren Kopf.«

»Sie irren sich.« Das war Eves Stimme, auf der anderen Seite des Raums. »Nalia mag zwar tot sein, aber sie war es, die Sie heute Nacht in die Falle gelockt hat.«

»Ich hatte Ihnen gesagt, Sie sollen nicht in der Kirche sein, wenn ich hier auftauche, Eve«, herrschte Montalvo sie an. »Jetzt machen Sie, dass Sie hier rauskommen.«

»Ich musste sichergehen«, sagte Eve. »Am Grab habe ich Sie nicht gesehen. Ich war nicht sicher, ob Sie es geschafft hatten.«

»Am Grab«, wiederholte Diaz.

»Das Grab Ihrer Mutter«, sagte Montalvo. »Ich bin vor ein paar Stunden hergekommen und habe das Schloss aufgestemmt. Ich dachte, es würde ihr nichts ausmachen, wenn dafür endlich der Haufen Müll entsorgt würde, der Sie sind.«

Diaz begann zu fluchen. Diese Schlampe versuchte ihn noch aus dem Grab heraus zu vernichten. Nein, er durfte sich nicht geschlagen geben. Er war hier immer noch der König. Bald würden seine Männer die Kirche stürmen und dieses Ungeziefer töten. Er kroch auf allen vieren zur Tür.

Der Boden schwankte, als eine gewaltige Explosion die Erde erschütterte!

»Was war das?«

»Ihr sagenhaftes Schloss, das Zentrum Ihres Universums«, sagte Montalvo. »Oder vielmehr das ehemalige Zentrum. Diese Explosion müsste es in Schutt und Asche gelegt haben. Dem Klang nach zu urteilen, haben Quinn und Galen ganze Arbeit geleistet.«

»Ich baue ein neues«, fauchte Diaz. »Ich habe Geld. Ich habe Männer. Sie können mir nicht …«

»Sie haben keine Männer mehr«, sagte Eve. »Armandariz' Truppen haben auf sie gewartet, als sie aus dem Schloss kamen. Und eine seiner Einheiten setzt gerade die Koka-Felder in Brand. Sie haben gar nichts mehr. Man wird Sie in einem Armengrab beerdigen.«

»Nein!«, schrie Diaz. Er begann wild in die Ecke zu schießen, aus der ihre Stimme zu kommen schien. »Sie lügen. Sie lügen.«

»Es ist Zeit, die Sache zu beenden«, sagte Montalvo. »Höchste Zeit.«

Er war in der Nähe des Altars! Diaz drehte sich um und feuerte einen weiteren Schuss ab. Er vergewisserte sich nicht erst, ob er den Scheißkerl erwischt hatte. Er musste hier raus. Er musste sehen, ob es stimmte. Er musste sehen …

Diaz fiel auf den Boden, als Montalvo ihn von hinten ansprang. Er versuchte sich umzudrehen und die Pistole zu heben. Montalvo schlug sie ihm aus der Hand. »Keine Waffen. Ich werde Sie nicht erschießen. Dazu habe ich zu lange auf diese Chance gewartet.« Er legte Diaz die Hände um den Hals. »Wollten Sie Eve auf diese Weise töten, Diaz? Sie hätten sich Zeit gelassen, nicht wahr? Sie mögen es, wenn der Schmerz sich langsam steigert und heftig ist.«

»Ja.« Diaz starrte ihn wütend an und begann zu fluchen. »Ich komme hier noch raus.« Er versuchte, Montalvos Griff zu lockern. »Ich bin stärker und klüger als Sie, als alle. Ich lasse mir …«

»Vergiss es.« Montalvos Hände drückten zu und begannen ihn langsam zu erwürgen. »Du bist Abschaum. Stirb, Abschaum.«

Er war tot.

Eve sah seinen schlaffen Körper, als sie durch die Kirche zu Montalvo ging, der immer noch rittlings auf ihm saß.

Sie hob Diaz' Taschenlampe vom Boden auf und leuchtete ihm damit ins Gesicht. Seine Augen waren weit aufgerissen und starrten sie an. Ja, tot. Doch Montalvo machte noch immer keine Anstalten, von ihm abzulassen.

Sie richtete den Lichtstrahl in sein Gesicht und holte tief Luft. Blutgier. Genau diesen Ausdruck hatte sie in der Hitze des Gefechts auch auf Joes Gesicht gesehen, und er jagte ihr eine Höllenangst ein. »Ich denke, Sie können ihn jetzt loslassen«, sagte sie leise.

Er starrte sie abwesend an und schüttelte dann den Kopf, wie um zu sich zu kommen. »Ja.« Langsam löste er die Hände von Diaz' Hals. »Es ist … vorbei.« Er stand auf. »Sie hätten durch die Hintertür verschwinden sollen, wie wir es verabredet hatten.«

»Es war keine Verabredung – Sie haben es mir befohlen. Und ich habe mich anders entschieden. Ich wollte sichergehen, dass Diaz Ihnen nicht entwischt. Er hat zu vielen Menschen Leid zugefügt.«

»Ja, allerdings.« Er starrte immer noch auf Diaz hinab. »Und er hat bis zum Schluss geglaubt, dass er derjenige sei, der uns alle überleben würde.«

Sie schnitt eine Grimasse. »Überleben und wachsen und gedeihen.«

»Ich wollte ihm unbedingt klarmachen, dass er besiegt war und sterben musste. Aber ich glaube nicht, dass er das begriffen hat.«

»Ich glaube, das begreift jeder, bevor er den letzten Atemzug tut, es sei denn, der Tod tritt völlig überraschend ein.« Sie zögerte. »Da war eine Explosion. Ich habe das Licht am Himmel gesehen und mich zu Tode erschrocken. Das war nicht geplant. Sie hatten mir versprochen, Joe würde in dem Hubschrauber in Sicherheit sein.«

»Er ist in Sicherheit. Ich habe es so arrangiert, dass ...«

»Woher wollen Sie das so genau wissen«, unterbrach sie ihn scharf. »Was war das für eine Explosion?«

»Ich werde mich erkundigen.« Er wählte eine Nummer und trat an eins der Bogenfenster. »Da draußen sieht es aus wie in einer Szene aus dem Film *Unabhängigkeitstag*. Kommen Sie her und schauen Sie sich das an.«

Sie stellte sich zu ihm ans Fenster. Das Schloss brannte lichterloh, Rauch stieg auf und warf einen dunklen Schatten über das Dorf.

Männer rannten auf das Schloss zu.

Schreie.

Schüsse.

Ein Lastwagen mit einem auf die Ladefläche montierten Maschinengewehr fuhr die Straße hinunter und spuckte Kugeln und Tod, während Diaz' Männer das Feuer erwiderten.

Montalvo hatte inzwischen endlich eine Verbindung und sprach ins Telefon.

Angespannt beobachtete sie ihn. Kein Ausdruck, verdammt.

Er hörte einen Moment zu und sagte dann: »Nein, fahren Sie ins Lager zurück. Wir treffen uns dort.«

»Was ist los?«, fragte sie, sobald er aufgelegt hatte.

»Quinn ist quicklebendig und frei und außer sich vor Wut. Das war es doch, was Sie wissen wollten, oder?«

Erleichterung durchströmte sie. »Ja. Es ist nicht so, dass ich Ihnen nicht vertraue, aber …«

»Aber Sie haben mir nicht vertraut.« Er lächelte. »Nicht ganz. Immerhin muss ein Hauch von Vertrauen da gewesen sein, sonst hätten Sie einen hysterischen Anfall gehabt und nicht nur leise Zweifel.«

»Manchmal schlagen die besten Pläne fehl.«

»Üblicherweise nicht. Daran habe ich nie geglaubt.«

»Und was war das nun für eine Explosion?«

»Der Turm war nicht zugänglich genug, um eine Einheit dort hinzuschicken und den Scharfschützen zu erledigen.«

»Sie haben Galen zwanzig Männer geschickt, um das zu klären. Das hat nicht gereicht?«

»Es hätte Verluste gegeben. Und Galen graut offenbar vor Verlusten. Er hat letzte Nacht in der Nähe des Turms im Dschungel kampiert, um den Raketenwerfer unter die Lupe zu nehmen. Er meinte, er könne ihn außer Gefecht setzen. Also hat er gewartet, bis der Scharfschütze den Wehrgang verließ und nach unten ging, wahrscheinlich zum Pinkeln und Essen. Dann ist er in den Turm geschlichen, hat den Raketenwerfer außerstand gesetzt und konnte gerade rechtzeitig wieder verschwinden.«

»Die Explosion«, wiederholte sie.

»Als der Scharfschütze die Rakete abschießen wollte, ist sie explodiert, genau wie Galen es wollte. Es war der Turm, der in die Luft geflogen ist.«

»Gott sei Dank.« Sie wandte den Kopf, um noch einmal das Chaos auf den Straßen zu sehen.

»Unabhängigkeitstag?«, fragte Montalvo leise.

Sie nickte. Sie und Montalvo hatten all dies verursacht. Sie hatten einen Plan entwickelt, ihn ausgeführt, und nun war er Wirklichkeit geworden. Dieses Wissen gab ihr ein Gefühl der Nähe zu ihm, wie sie es bei keinem anderen Menschen je empfunden hatte.

Sie holte tief Luft und trat einen Schritt zurück. »Wann kann ich wieder ins Lager?«

»Nicht so ungeduldig. Immerhin ist hier ein größeres Gefecht im Gang.« Er gab ihr eine Pistole und lief zur Tür. »Und ich sollte da draußen bei meinen Männern sein. Bleiben Sie hier. Ich komme zurück, wenn die Gefahr vorbei ist.«

»Und was ist mit Nekmon und den anderen Männern, die sich im Wald herumtreiben?«

»Die müssten inzwischen tot sein. Ich habe den Befehl gegeben, sie auszuschalten, sobald das Schloss gesprengt ist.« An der Tür blieb er stehen. »Ich meine es ernst. Bitte verlassen Sie die Kirche nicht. Da draußen fliegen überall Kugeln herum. Ich möchte Sie nicht in dieser Phase des Spiels noch verlieren.«

»Man kann nichts verlieren, was man nicht ...«

Doch er konnte sie schon nicht mehr hören. Sie sah, wie er sich duckte und in gebückter Haltung durch die Straßen auf das Schloss zu lief. Es stimmte, unablässig wurden Schüsse abgefeuert, und Granaten explodierten, wo sie hinschaute. Er konnte von Glück sagen, wenn er seine Männer erreichte, ehe er getroffen wurde. Der Gedanke löste eine Welle der Panik in ihr aus.

»Pass auf dich auf«, flüsterte sie. »Um Himmels willen, stirb jetzt nicht, Montalvo.«

Galen kam Eve auf dem Hof entgegen, als sie das Lager erreichten. »Alles okay?«

»Natürlich ist alles okay.« Sie sprang aus dem Jeep. »Wie geht es Joe?«

»Er musste an ein paar Stellen noch mal genäht werden, und Diaz hat ihm eine weitere Rippe gebrochen, aber es geht ihm den Umständen entsprechend gut. Wo ist Montalvo?«

»Im Dorf. Er und Armandariz räumen dort noch auf. Er hat mich hierhergeschickt, weil er glaubt, dass keine Gefahr mehr besteht.« Sie lächelte grimmig. »Ein paar von Diaz' Männern haben sich verkrochen und schießen auf alles, was sich bewegt. Der Idiot hat Glück, wenn er mit heiler Haut davonkommt.«

Er zog eine Augenbraue hoch. »Du scheinst dir Sorgen um Montalvo zu machen.«

»Was erwartest du? Er ist schließlich kein Fremder mehr. Wir haben hier eng zusammengelebt, seit ich hergekommen bin.«

»Ja, ich kann mir vorstellen, dass das eine gewisse Intimität erzeugt. Eine unter dem Schwert geborene Beziehung sozusagen.«

»Es gibt keine Intimität zwischen uns.« Dabei hatte sie dort in der Kirche ein starkes Gefühl von Intimität verspürt, das konnte sie nicht leugnen. »Es ist vorbei. Kann ich Joe sehen? Oder hat er wieder ein Beruhigungsmittel bekommen?«

»Bist du verrückt? Nach allem, was er durchgemacht hat, hätte er jeden erschossen, der ihm eins hätte geben wollen. Er ist auf der Veranda.«

»Und du bist hier, um mich zu begrüßen.«

»Er hat sich Sorgen um dich gemacht. Er wollte zum Friedhof zurückfahren und dich retten. Als ich ihm gesagt habe, dass du auf dem Weg hierher bist, war er erleichtert.«

Sie lächelte bitter. »Nicht erleichtert genug, um mein Gesicht sehen zu wollen.« Sie schüttelte traurig den Kopf. »Ich habe nichts anderes erwartet. Ich weiß ja, wie Joe denkt. Ich habe seinen Stolz verletzt. Er wird eine ganze Weile brauchen, um mir zu verzeihen.« Sie schwieg einen Moment. »Wenn er es je tut.«

Galen zuckte mit den Schultern. »Ich kann ihn verstehen. Ich hätte auch meine Schwierigkeiten damit, der Bauer zu sein und nicht der Spieler. Es würde mich, offen gesagt, zur Weißglut bringen.«

»Damit muss er sich abfinden.« Sie ging zur Treppe. Joe musste sich keineswegs damit abfinden, wenn er es nicht wollte. Er konnte ihr den Rücken kehren und gehen. Der Gedanke versetzte sie in Panik. Aber es war nicht zu ändern. Sie hatte getan, was sie für notwendig erachtet hatte, und die Folgen konnten furchtbar sein. Sie musste den Tatsachen ins Auge blicken und versuchen, damit fertig zu werden.

Joe stand an der Balustrade und schaute in den Dschungel, als Eve die Verandatür öffnete.

»Solltest du nicht lieber sitzen?«, fragte sie leise. »Galen sagt, du bist noch mal genäht worden.«

»Mir ist nicht nach Sitzen zumute.« Er drehte sich um und sah sie an. »Ich fühle mich dann bloß schwach und nutzlos. Davon habe ich für den Rest meines Lebens genug.«

»Du warst überhaupt nicht nutzlos. Du hast den Sprengstoff gelegt. Und du hast die Schläge eingesteckt, die dieser Bastard ausgeteilt hat, und nicht mit der Wimper gezuckt.« Sie machte eine Pause. »Du warst ein Held, Joe.«

»Blödsinn. Ich habe die Sache nicht zu Ende gebracht.« Er blickte ihr direkt in die Augen. »Das wart ihr. Du und Montalvo. Ich war nutzlos, nachdem die mich gefangen hatten. Ein besserer Boxsack.«

»Das *stimmt* nicht. Wenn du den Sprengstoff nicht gelegt hättest, wäre es Montalvo vielleicht nicht gelungen, Armandariz zu der ganzen Angriffsaktion zu überreden. Es hat sich alles ineinander gefügt.«

»Was hat sich ineinander gefügt?«

Sie runzelte die Stirn. »Hat Galen dir das nicht erzählt?«

»Ich möchte es von dir hören. Ich möchte dein Gesicht dabei sehen.«

»Glaubst du, ich würde dich anlügen?«

»Nein, das ist nicht der Grund. Erzähl's mir.«

»Als Diaz mir gesagt hatte, sie hätten dich gefangen genommen, wusste ich, dass ich einen Deal mit ihm abschließen musste. Aber ich konnte nicht sicher sein, dass er sich daran halten würde, also musste ich Montalvo einschalten. Zuerst gab er mir einen Korb, und ich dachte schon, ich müsse es allein schaffen. Doch nach Galens Anruf bin ich noch einmal zu ihm hingegangen und habe ihn überzeugen können. Er begriff, dass wir eine reelle Chance hatten. Er wusste schon, dass Soldono Diaz' Informationsquelle war und seine Telefongespräche abhörte. Wir brauchten nur noch dafür zu sorgen, dass Soldono die richtigen Informationen an Diaz weitergab. Das war mein Job.«

»War es auch dein Job, dich mit ihm auf dem Friedhof zu treffen und Kopf und Kragen zu riskieren?«

»Ja. Das war die einzige Möglichkeit, dich zu retten. Und es musste alles wie am Schnürchen laufen, wenn wir Diaz in einer einzigen Nacht vernichten wollten. Armandariz sollte den Sprengstoff zünden und das Schloss in die Luft sprengen. Nachdem Galen uns von Diaz' Plan berichtet hatte, schickte Montalvo ihn zum Turm, um den Scharfschützen unschädlich zu machen. Außerdem war Galen dank der effektiven Überwachungsgeräte, die ihr mitgebracht habt, die ganze Zeit informiert, was im Schloss vor sich ging. Montalvo fiel die Aufgabe zu, Diaz rechtzeitig auszuschalten, damit er sich keine Verstärkung holen konnte. Kein einziger Teil des Plans durfte misslingen, sonst hätte der Rest voraussichtlich auch nicht geklappt.«

Er kräuselte die Lippen. »Ich sehe es richtig vor mir, wie ihr die Köpfe zusammengesteckt und all das ausgeheckt habt.«

»Ja, wir haben uns häufig getroffen«, sagte sie. »Wir mussten aufpassen, dass Soldono uns nicht zu früh auf die Schliche kam.«

»Wie lauschig.«

»Kein bisschen.« Ihre Lippen wurden schmal. »Was zum Teufel willst du damit sagen?«

»Warst du mit ihm im Bett?«

Sie schluckte und antwortete so ruhig wie möglich: »Nein, war ich nicht. Hast du das gedacht?«

»Diaz sagte, du hättest es ihm erzählt.«

»Um mir eine bessere Verhandlungsposition zu verschaffen. Ich dachte, das würdest du dir zusammenreimen.«

»Es ist schwer, sich irgendetwas zusammenzureimen, wenn jedes Wort von einem Schlag in die Magengrube begleitet wird. Er hat seiner Behauptung schon einigen Nachdruck verliehen.«

Sie zuckte zusammen. »Ja, das kann ich mir vorstellen. Glaubst du ihm?«

Er erwiderte ihren Blick und schüttelte dann den Kopf. »Nicht, wenn ich bei klarem Verstand bin.«

»Diaz sagte, im Grunde ihres Herzens glauben alle Männer, dass Frauen Huren sind.«

»Das stimmt nicht. Aber wir haben irgendeine primitive Ader, die uns glauben lässt, dass Frauen sich immer von den Starken angezogen fühlen. Dagegen komme ich nicht an.«

»So ein Quatsch«, sagte sie mit schwankender Stimme. »Außerdem bist du stark, Joe. Selbst wenn du im Rollstuhl säßest, wärst du immer noch stärker als alle anderen Männer, die ich kenne.«

»Ich frage lieber nicht, ob das Montalvo einschließt.«

»Ich habe *nicht* mit ihm geschlafen.«

»Aber hättest du es nicht gern getan?« Er ging zur Tür. »Ich glaube, die Antwort ist ja. Und ich möchte nicht mal, dass du es leugnest. Das würde ich dir vermutlich sowieso nicht abnehmen. Vielleicht ist es dir ja selbst nicht klar, verdammt.«

»Aber für dich ist meine Seele natürlich ein offenes Buch.«

»Ja, ich kenne dich. Vielleicht sogar besser, als du dich selber kennst.«

Er hatte die Tür erreicht, und Panik erfasste sie. »Bitte geh noch nicht. Wir müssen reden.«

»Nicht jetzt. Ich bin im Moment ein bisschen wund. Okay, ich habe ein großes Ego, und du hast mich verletzt, indem du mich von deinen Aktionen ausgeschlossen hast. Das könnte ein Teil der Erklärung sein. Und vielleicht bin ich nach all den Jahren deiner besessenen Suche nach Bonnie auch einfach müde. Ich weiß es nicht. Ich muss eine Weile nachdenken …«

»Joe …«

Er wandte den Kopf und schaute sie an. »Ich weiß, dass ich dir nicht egal bin. Ich weiß auch, dass du selber aufgewühlt und verletzt bist. Aber dieses Mal kann ich dir nicht helfen, Eve.«

Die Verandatür fiel hinter ihm ins Schloss.

Himmel.

Sie sank in den Rattansessel und kauerte sich zusammen. Sie hatte ihm wehgetan, und das war das letzte, was sie wollte. Sie musste einen Weg finden, ihm zu helfen und seine Wunden zu heilen. Ja, auch sie war verletzt, doch sie fürchtete, dass ihr niemand helfen konnte.

Seine letzten Worte hatten zu sehr nach Abschied geklungen.

17

Eve war noch auf der Veranda, als Montalvo vier Stunden später ins Lager zurückkam.

»Eve?«

Sie zuckte zusammen und setzte sich auf. »Ist im Dorf alles unter Kontrolle?«

»Ein paar Widerstandsnester gibt es noch. Aber darum kann Armandariz sich kümmern.« Er kam zu ihr und ging in die Hocke. »Ich bin gekommen, um mich um Sie zu kümmern.«

»Mir geht's gut.«

»Lügnerin.« Seine Finger strichen sanft über ihre Wange. »Sie sind angespannt wie eine Geigensaite. Galen sagte mir, Sie seien hierhergekommen, um mit Quinn zu reden.«

Sie nickte.

»Und es lief nicht gut?«

»Das könnte man wohl so sagen.«

»Warum?«

»Er glaubt, ich würde gerne mit Ihnen ins Bett gehen.«

Er hörte nicht auf, ihre Wange zu streicheln. »Und stimmt das?«

»Manchmal.« Sie war selbst überrascht, als ihr dieses Wort herausrutschte; sie hatte es sich bislang nie so ehrlich eingestanden. »Aber es wäre nur Sex. Und ich werde es nicht tun.«

Er seufzte. »Ich fürchte, das stimmt. Aber wir wären so fantastisch zusammen. Es wäre unglaublich.« Er berührte mit dem Zeigefinger ihre Lippen. »Nur ein einziges Mal, Eve?«

Sie schüttelte den Kopf. »Selbst wenn es Joe nicht gäbe, könnte ich es nicht riskieren. Sie sind ... ich glaube, Sie wären mir zu viel.«

»Zu viel was?«

»Zu viel Dunkelheit, zu viel Intensität, zu viel Leidenschaft.« Sie zuckte hilflos die Schultern. »Einfach zu viel.«

»Was die Dunkelheit betrifft – daran arbeite ich gerade. Ich glaube, seit ich Nalia nach Hause geholt und Diaz getötet habe, könnte ich es schaffen, ins Licht hinauszutreten. Aber die Intensität und die Leidenschaft?« Er lächelte. »Unmöglich. Ich habe Ihnen gesagt, dass wir einander spiegeln. Diese beiden Eigenschaften sind womöglich meine stärkste Munition.«

Ihre Lippen prickelten unter seiner Berührung, und sie drehte den Kopf weg. »Mir gefällt mein Leben. Ich liebe Joe. Sie ... würden mich verschlingen.«

»Kann sein, dass ich es versuchen würde.« Er richtete sich auf. »Sie – du bist im Augenblick verunsichert, sonst hättest du nicht so wenig Selbstvertrauen. Ich denke, ich lasse dich jetzt allein, damit du wieder zu dir kommen kannst. Du weißt gar nicht, wie schwer es mir fällt, mich so zurückzuhalten.« Er blickte mit einem Lächeln zu ihr hinab. »Was wären wir für ein Team, Eve. Wir hätten alles.«

Sie schüttelte den Kopf.

Er musterte sie. »Du traust dich nur nicht, den ersten Schritt zu tun. Ich würde dir helfen, Eve. Da ist so viel mehr zwischen uns als Sex.«

»Ich liebe Joe«, wiederholte sie.

»Natürlich. Aber es gibt auch für mich einen Platz. Ich

kann nicht versprechen, dass ich nicht versuchen würde, Quinn zu verdrängen. Wir sind beide Alphatiere. Aber ich kann warten. Ich weiß, was zwischen uns möglich ist. Ich sehe es. Ich *fühle* es.«

Und sie merkte, dass er sie dazu brachte, es ebenfalls zu fühlen. Er ließ alles verschwimmen und zog sie in den Bannkreis seiner Intensität hinein. Sie musste dagegen ankämpfen.

Guter Gott. Sie war es so leid zu kämpfen.

»Ich könnte es forcieren«, sagte er sanft. »Du bist wund, und vielleicht werden meine Chancen nie wieder so gut sein wie jetzt, wo du so verletzlich bist.« Er schüttelte den Kopf. »Aber das reicht mir nicht. Ich möchte, dass du zu mir kommst und meine Hand nimmst. Ich möchte, dass du neben mir stehst wie dort in der Kirche, stark und unabhängig, und dasselbe Ziel hast wie ich.« Er drehte sich um und ging zur Tür. »Und deshalb werde ich warten. Meine Zeit wird kommen.«

Er war fort.

Erleichterung durchflutete sie.

Erleichterung … und Enttäuschung.

Himmel, was war eigentlich mit ihr los? Sie hatte doch sonst immer gewusst, was sie wollte. Diese Zerrissenheit machte sie fix und fertig.

Am besten nicht weiter darüber nachdenken. Ins Bett gehen und schlafen. Ihre Entscheidung war hier schließlich gar nicht gefragt, dachte sie bitter. Sie wusste nicht, ob Joe sie noch wollte. Montalvo hatte gesagt, in ihrer jetzigen Verfassung genüge sie ihm nicht. Es war sehr gut möglich, dass sie am Ende allein dastand.

Und das geschähe ihr nur recht. So besessen, wie sie war, sollte sie vielleicht lieber allein leben; dann konnte sie niemanden verletzen außer sich selbst.

Sie stand auf. Es hatte keinen Zweck, hier herumzusitzen und zu grübeln. Sie würde jetzt duschen, anfangen zu packen und sich schlafen legen. Und morgen früh würde sie Montalvo bitten, die nötigen Vorkehrungen für ihre Rückreise nach Atlanta zu treffen.

Es war Zeit, dass sie ihr Leben wieder ins Gleis brachte.

»Eve? Schläfst du?«

Sie drehte sich im Bett um und erkannte Joes Silhouette in der offenen Tür. »Nein. Komm rein.«

Er schloss die Tür und trat an ihr Bett. »Ich wollte bis morgen früh warten. Aber ich konnte es nicht.«

»Es ist doch schon fast morgen früh.« Sie schaute auf die Nachttischuhr. »Vier Uhr. Das gilt.« Sie setzte sich im Bett auf. »Und ich konnte sowieso nicht schlafen.« Sie versuchte zu lächeln. »Du hast mich vorhin ganz schön abblitzen lassen.«

»Ich weiß. Ich hatte ... Probleme.«

»Offensichtlich. Hilft es dir, wenn ich dir sage, dass ich jedes einzelne davon verstehe?«

Er setzte sich an den Bettrand. »Das hilft.«

»Soll ich Licht machen?«

»Nein, jetzt nicht. Es kommt genug Mondlicht durchs Fenster.« Er schwieg einen Moment. »Die meisten dieser Probleme sind lösbar. Ich glaube, wenn ich wieder gesund bin, wirst du mich nicht mehr wie einen Bürger zweiter Klasse behandeln. Das hast du schließlich auch vorher nie getan.«

»Du warst ja auch noch nie so schwer verwundet und in solcher Gefahr. Ich kann dir nicht versprechen, dass ich nicht wieder so handeln würde. Ich liebe dich, Joe. Den anderen beschützen zu wollen, gehört einfach dazu. Mein Selbsterhaltungstrieb schließt auch dich mit ein.«

»Dann muss ich verdammt aufpassen, dass ich nicht noch einmal verwundet werde. Ich ertrage das nicht.« Er schwieg einen Moment. »Und vor Montalvo habe ich keine Angst. Ich weiß, dass ich dir helfen kann, ihn zu vergessen. Er ist der Neue, er kennt sich nicht aus – ich kenne dich besser, als er es je könnte.«

Ich habe Sie angeschaut und mich selbst gesehen.

»Ja.«

»Das klang nicht sehr überzeugend.«

»Ich bin überzeugt, dass du alles schaffen kannst, was du dir vornimmst.«

Er griff nach ihrer Hand. »Mit einer Ausnahme.«

Sie wusste, was jetzt kommen würde, und spannte sich an.

»Bonnie. Ich kann dir nicht helfen, Bonnie zu vergessen.«

»Nein, das kannst du nicht«, sagte sie mit brüchiger Stimme. »Niemals. Und wenn das für dich zum Problem wird, ist es womöglich das einzige, das ich nicht lösen kann.«

»Ja, es ist ein Problem für mich. Ich dachte immer, wenn ich sie nur finden könnte, wäre der Spuk vorbei. Aber das passiert nicht, und dieses Mal wärst du bei dem Versuch, sie zu finden, fast selber draufgegangen.«

»Und du auch.«

»Trotzdem wirst du die Spur verfolgen, die Montalvo für dich gefunden hat.«

»Ja.« Ihre Hand verkrampfte sich. »Wenn du klug bist, wirst du mich deshalb verlassen. Das hast du nicht verdient.«

»Möchtest du denn, dass ich dich verlasse? Ist es dann leichter für dich?«

»Himmel, nein.«

Er schwieg einen Moment. »Ich glaube, dann bleibe ich noch ein bisschen.« Er zog sich die Schuhe aus. »Rutsch mal ein Stück. Als ich dich das letzte Mal im Arm gehalten habe, war ich so mit Medikamenten voll gepumpt, dass ich überhaupt nichts davon hatte.«

Sie machte ihm Platz, und er schloss sie in die Arme. Wie gut er sich anfühlte. »Ich liebe dich, Joe«, flüsterte sie. »Das hier ist alles, was ich will. Du bist alles, was ich will.«

»Das ist gut zu wissen.« Er küsste sie auf die Schläfe. »Und ich werde hart daran arbeiten, dass es so bleibt.«

»Ich auch«, flüsterte sie. »Für immer ...«

Montalvo war in der Bibliothek, als sie etwas später hinunterkam. »Guten Morgen.« Sein Blick glitt forschend über ihr Gesicht. »Sie sehen ... heiter aus. Ich bin nicht sicher, ob das gut für mich ist.«

»Ich möchte Sie bitten, die nötigen Vorkehrungen für Joes und meine Rückreise zu treffen.«

Er nickte. »Aha, eine Versöhnung. Definitiv nicht gut für mich.«

»Werden Sie das tun?«

»Natürlich. Bis zum späten Nachmittag sind Sie hier weg.« Er stand auf. »Bekomme ich einen zärtlichen Abschiedskuss?«

»Nein.«

»Feigling.« Er lächelte. »Ich habe Sie noch nie geküsst – es wäre sicher interessant. Aber ich stimme Ihnen zu, dass wir kein Risiko eingehen sollten. Es könnte zu Verwicklungen führen.«

»Es wäre kein Risiko«, sagte sie. »Wie geht es Miguel?«

»Wesentlich besser, seit ich ihm gestattet habe, Soldono zu erschießen.« Er schnitt eine Grimasse. »Venable ist allerdings weniger angetan. Er wollte, dass Soldono in Ihrem Land der Prozess gemacht wird. Aber ich vertraue den Gerichten nicht.« Sein Blick verfinsterte sich. »Und Miguel hatte es verdient, sich persönlich an ihm zu rächen.«

Sie zitterte, als sie daran dachte, wie der Junge an dem Kreuz gehangen hatte. »Wann bringen Sie ihn in die Staaten, damit er operiert werden kann?«

»Sobald ich meine Angelegenheiten hier geregelt habe. Ich schließe das Lager.«

»Was?«

»Ich ziehe mich zurück. Ich habe mehr Geld, als ich brauchen kann. Und ich habe das Ziel erreicht, das ich mir gesteckt hatte.« Er legte den Kopf schräg. »*Wir* haben das Ziel erreicht, das ich mir gesteckt hatte. Armandariz und ich werden Nalias sterbliche Überreste auf dem Friedhof des Dorfes begraben, wo sie geboren wurde.«

»Dann ist sie wirklich zu Hause«, sagte sie sanft.

Er nickte.

»Gut. Das freut mich sehr.« Sie wandte sich zum Gehen.

»Und sobald Miguel wieder auf den Beinen ist, halte ich mein Versprechen, was Bonnies Mörder betrifft.«

»Ich habe seinen Namen. Joe und ich können uns jetzt selbst darum kümmern.«

»Aber damit hätte ich mein Versprechen nicht gehalten.«

»Wir kümmern uns selbst darum«, wiederholte sie.

Er musterte sie. »Lassen Sie uns ein anderes Mal darüber reden.«

»Nein, ich möchte Sie nicht in meiner Nähe haben, Montalvo.«

Er nickte bedächtig. »Weil Quinn sich bedroht fühlt?«

Sie antwortete nicht.

Er legte den Kopf schief und schaute sie prüfend an. »Oder weil Sie sich bedroht fühlen?«

»Wir kommen alleine zurecht.« Sie ging zur Tür. »So wie früher.«

Die Sonne ging gerade unter, als Eve, Joe und Galen sich in den Jeep setzten.

»Warum laufen Sie nicht schnell runter und sagen ihr Lebewohl?«, fragte Miguel. Montalvo stand am Fenster und schaute auf den Hof hinunter. »Das wollen Sie doch eigentlich.«

Dreh dich um, Eve. Du weißt genau, dass ich dich beobachte.

»Wie kommst du denn darauf, dass ich das will?«, fragte Montalvo.

»Ich habe nichts weiter zu tun, als hier zu liegen und nachzudenken«, sagte Miguel. »Und da die Palette meiner Themen ziemlich langweilig ist, habe ich Sie gewählt.« Er schwieg einen Moment. »Sie lassen sie gehen. Das hätte ich nicht gedacht.«

»Sie ist noch nicht bereit für mich. Es wäre eine Katastrophe gewesen, wenn ich mich aufgedrängt hätte.«

»Aber verabschieden könnten Sie sich schon.«

»Das wäre für keinen von uns befriedigend. Sie nimmt sehr viel Rücksicht auf Quinn.« Er lächelte. »Und sich nicht zu verabschieden, ist keine so schlechte Lösung.«

Dreh dich um und schau herauf, Eve.

Sie schaute stur geradeaus, als der Fahrer den Wagen startete.

Ich bin hier, Eve. Nur ein Blick …

Sie spannte die Schultern an, und einen Moment lang dachte er, sie würde sich umdrehen.

Sie tat es nicht. Sie saß kerzengerade da und hielt den Blick konsequent nach vorn gerichtet, als der Jeep durch das Tor fuhr.

Natürlich hatte sie sich nicht umgedreht. Es hätte nicht zu ihrem Wesen gepasst, diesem Impuls nachzugeben.

Doch eine Sekunde lang hatte sie es erwogen, und das allein war ein Triumph.

»Sie sind weg.« Er drehte sich um und schlenderte zu Miguels Bett. »Ab morgen sitzen sie wieder gemütlich in ihrem Cottage am See.«

»Das scheint Sie ja nicht weiter aufzuregen.«

»Es ist zwecklos, sich aufzuregen.« Er schenkte Miguel eine Tasse Kaffee ein und hielt sie ihm an die Lippen. Nachdem der Junge ein paar Schlucke daraus getrunken hatte, stellte er die Tasse wieder auf die Untertasse. »Es ist kontraproduktiv. Und ich verhalte mich ungern kontraproduktiv, wie du weißt.«

»Was werden Sie tun?«

»Als erstes bringe ich meine Nalia an ihre letzte Ruhestätte. Dann sorge ich dafür, dass du ins Emory Hospital kommst und gesund wirst. Ich habe nämlich langsam keine Lust mehr, dich zu bedienen. Ich glaube, du fängst an, es zu sehr zu genießen.«

Miguel lächelte verschmitzt. »Kann sein.«

»Und wenn du wieder gesund bist, gehst du aufs College und steckst deine Nase in Bücher.«

Miguels Lächeln schwand. »Bestimmt nicht. Ich bleibe bei Ihnen.«

»Wer hat denn gesagt, dass ich nicht da sein werde?«

»Die ganze Zeit?«, fragte Miguel misstrauisch.

Montalvos Blick wanderte zum Fenster zurück. »Schon möglich, dass ich den einen oder anderen Ausflug unternehmen werde, solange du anderweitig beschäftigt bist.«

Miguel schaute ihn trotzig an. »Ich werde nicht ›anderweitig beschäftigt‹ sein. Nicht wenn das heißt, dass Sie mich irgendwo abladen. Ihre Bücher interessieren mich einen Scheißdreck.«

Montalvo erwiderte seinen Blick und schüttelte langsam den Kopf. »Was soll ich bloß mit dir machen, Junge?«

»Mich in Ihrer Nähe behalten. Wir müssen zusammenbleiben, Colonel.«

Montalvo nickte und legte ihm voller Zuneigung die Hand auf den Arm, vorsichtig darauf bedacht, die bandagierten Hände nicht zu berühren. »Wahrscheinlich hast du recht«, sagte er sanft. Ein warmes Lächeln hellte sein Gesicht auf. »Wir müssen zusammenbleiben.«

18

Cottage am See

Die Sonne ging unter und warf pinkfarbene und purpurrote Spiegelbilder auf den See. Es war ein prachtvoller Anblick.

Spiegel …

Würde sie dieses Wort je wieder hören können, ohne an Montalvo zu denken, fragte sich Eve, während sie sich, am Stamm einer Kiefer sitzend, zurücklehnte und die Arme um die Knie schlang.

Natürlich. Es brauchte nur Zeit. Zwei Monate waren vergangen, seit sie das Lager verlassen hatte, und sie hatte nicht häufiger als ein paar Mal an ihn gedacht. In einem Jahr würde sie sich nicht mehr daran erinnern, dass Montalvo überhaupt existierte.

»Doch, das wirst du.«

Sie schaute zur Seite und sah Bonnie wenige Meter entfernt an einem Baum lehnen. Ihr Herz tat einen Sprung.

»Davon verstehst du nichts«, sagte sie. »Du bist noch ein Kind.«

Bonnie seufzte. »Ich habe dir doch schon gesagt, dass mein Alter keine Bedeutung mehr hat.«

»Du sagst mir immer das, was ich hören will. Das ist sehr verdächtig, weißt du.«

»Ich möchte dich glücklich machen. Das heißt nicht, dass ich dir nicht die Wahrheit sage.«

»So wie du sie siehst.«

Ein strahlendes Lächeln glitt über Bonnies Gesicht. »So wie ich sie sehe.«

»Ich bin glücklich«, sagte Eve zärtlich. »Immer wenn ich dich sehe, bin ich glücklich. Was wohl auch heißt, dass ich ein bisschen verrückt bin …«

»Und bist du jetzt glücklich mit Joe, Mama?«

»Natürlich bin ich das.« Das war die Wahrheit. Warum sollte sie nicht glücklich sein? Joe und sie waren zusammen, und sie hatten ihr friedliches Leben wieder, das so gefährdet gewesen war. »Warum fragst du?«

Bonnie schaute sie nur an.

»Okay, wir müssen noch ein paar Dinge klären. Es läuft nicht mehr so … glatt.«

»Glatt ist nicht immer gleichbedeutend mit gut. Vielleicht musstet ihr mal wach gerüttelt werden, Mama.«

»Aber nicht so«, sagte sie trocken. »Ich verzichte.«

»Er war gut für dich.«

»Montalvo? Du weißt ja nicht, was du da redest.«

»Es war, als wärst du in einem Sturm gefangen gewesen. Du musstest kämpfen, um zu überleben, aber es hat dich erregt. Du hast dich lebendig gefühlt. Es ist schön, dich so zu sehen – so leidenschaftlich und entschlossen.«

»Es freut mich, wenn ich dich glücklich gemacht habe. Für mich war es weniger lustig.« Sie blickte auf den See hinaus. »Und jetzt ist es vorbei. Ich warte nur noch, bis Joes Wunden endgültig verheilt sind – dann suchen wir nach dem Mann, der dich umgebracht haben könnte. War er es, Kleines?«

»Ich habe dir doch gesagt, dass ich nicht darüber nachdenke, was an dem Abend passiert ist. Es ist so – ich denke nicht darüber nach.«

Eve schloss die Augen, als sie an das Grauen jener Nacht zurückdachte. »Das hatte ich vergessen«, flüsterte sie. »Entschuldige, Kleines. Ich könnte bloß ein bisschen Hilfe gebrauchen.«

»Du hast doch Hilfe. Du hast Joe.« Sie lächelte. »Und du hast Montalvo.«

»Montalvo habe ich nicht. Wahrscheinlich werde ich nie wieder von ihm hören.«

»Doch, du wirst von ihm hören. Er ist da. Und er wartet.«

»Ich werde ihn fortschicken, wenn er sich meldet. Ich brauche ihn nicht.«

»Wie du meinst«, sagte Bonnie sanft. »Es wird langsam dunkel. Joe will heute Abend Steaks grillen. Er wundert sich schon, wo du bleibst.«

»Dann gehe ich jetzt wohl besser zurück.« Sie öffnete die Augen. »Ich möchte ihn nicht ...«

Bonnie war nicht mehr da. Das vertraute Gefühl von Traurigkeit und Schmerz war alles, was blieb.

»Auf Wiedersehen, Kleines«, flüsterte sie. Sie stand auf und schlenderte den Pfad entlang, der zum Cottage führte.

Joe stand auf der Veranda und winkte ihr zu.

Sie winkte zurück.

Ein Gefühl von Zufriedenheit und Liebe durchströmte sie, als sie Joe am Geländer lehnen und lächeln sah. Sie beeilte sich, zu ihm zu kommen.

Iris Johansen

Der Mädchensammler

Ein Eve-Duncan-Roman

ISBN 978-3-548-26630-5
www.ullstein-buchverlage.de

Eve Duncan rekonstruiert für die Polizei von Atlanta die Gesichter von Toten. Bei einer Mordserie an Frauen, die alle völlig entstellt aufgefunden wurden, macht sie eine entsetzliche Entdeckung: Jede der Toten ähnelt ihrer Adoptivtochter Jane. Hat es der grausame Täter auch auf Jane abgesehen? Die Ermittlungen der Polizei führen bald auf eine deutliche Spur. Da fasst Jane gegen Eves Widerstand einen waghalsigen Plan: Sie will sich als Köder zur Verfügung stellen, um den Mörder zu fassen.

»Fesselnde Lektüre mit der Garantie auf nachhaltigen Thrill!« *dpa*